Peter Gerdes
Wut und Wellen

LEDA

Alles frei erfunden, und das mit größtem Vergnügen.
Nur die Zeiten, die sind, wie sie sind.

Peter Gerdes
Wut und Wellen
Inselkrimi

Originalausgabe
1. Auflage 2010

ISBN 978-3-939689-34-8

Leda-Verlag, Kolonistenweg 24, D-26789 Leer
info@leda-verlag.de
www.leda-verlag.de

Lektorat: Maeve Carels
Titelillustration: Andreas Herrmann
Druck und Bindung: Bercker Graphischer Betrieb GmbH & Co. KG
Printed in Germany

Peter Gerdes

Wut und Wellen

Inselkrimi

LEDA

Wo das Verbrechen wächst, wachsen auch Typen wie Stahnke. Peter Gerdes präsentiert seinen Ermittler mit einem spröden Charme, einer glaubwürdigen Kantigkeit, die nicht in das seichte Wasser des Klischees abdriftet. Und mit einem eleganten Augenzwinkern. (...) eine kaum genug zu lobende Qualität.

Anja Knocke, Lesart

Gerdes schreibt einfach gut.

Dorothea Puschmann, Capricorn

Gerdes schreibt Krimis, wie man sie sich schöner nicht wünschen kann. Sehr spannend, schlüssig, wunderbar formuliert und immer lustig, dabei geprägt von Liebe zu Land und Leuten – wunderbar. Mehr davon!

Dorothea Baumm, Lübecker Nachrichten

1.

So ein neues Boot war wie eine neue Freundin, dachte Waldemar Wallmann. Jünger. Glatter. Schlanker. Und mit mehr Pfeffer im Arsch. Ein heißes Teil eben. Etwas, woran man sich aufgeilen und womit man schön angeben konnte. Ach ja, so ein neues Boot, das brauchte man nun mal von Zeit zu Zeit als richtiger Mann. Genauso wie eine neue Freundin eben.

Schade eigentlich, dass er momentan gerade keine hatte. Sonst hätte er der jetzt das neue Schmuckstück zeigen können. Die scharfe Sechszylinder-Maschine mit Z-Drive, die aus dem trailerbaren Daycruiser einen echten Donnerbolzen machte. Den angesagten Navigationscomputer, der auf seinem coolen Flachbildschirm jederzeit anzeigte, wo auf der Ems man sich gerade befand. Das konnte man zwar auch mit bloßem Auge sehen, aber davon verstanden Schnecken ja sowieso nichts. Schnecken pflegten von so etwas schwer beeindruckt zu sein, und dann konnte man ihnen die schmucke kleine Kajüte näherbringen, um sie auf dem blitzschnell aufklappbaren Dinettenbett gleich mal zu vernaschen. Und ihnen anschließend zu zeigen, wo die Kombüse war.

Ach ja, so ein neues Boot war wirklich eine feine Sache.

Wallmann parkte seinen BMW-Roadster vor dem Haupttor der Marina, schaltete die Scheinwerfer ab und stieg aus. Bequem war er ja nicht, dieser flache kleine Sportwagen; immerhin maß Wallmann stolze einsneunzig, und sein Gewicht bewegte sich eingangs der stattlichen Dreistelligkeit. Andererseits war solch eine Karre doch immer noch ein erstklassiger Büchsenöffner. Gerade jetzt, da alle Bemühungen, seine Ex zur Rückkehr zu ihm zu bewegen, noch nicht zum Erfolg geführt hatten. Da brauchte man schon mal eine kleine Zwischenmahlzeit zur Überbrückung. So als Mann.

Vielleicht stoße ich den Roadster doch demnächst ab, überlegte Wallmann, während er über den nächtlich ruhigen Campingplatz hinunter zu den Anlegern schlurfte. Kauf' mir stattdessen einen fetten Geländewagen, so einen richtigen SUV-Boliden. Pfeif doch auf Spritverbrauch! Oder eventuell diesen Super-Bulli, wie Paul einen hat, voll aufgemotzt, mit allem Schnick und Schnack. Sogar Kühlschrank und überall Getränkehalter. Und hinten drin ein Doppelbett.

Jetzt aber ging Wallmann erst einmal nach seinem Boot sehen. Etwas spät war es zwar dafür, aber früher hatte er beim besten Willen nicht gekonnt. Das Geschäft brummte, und er kam mit seinen Terminen kaum noch nach. Irgendwoher musste das Geld für sein schönes Spielzeug schließlich kommen. Und wenn man ein neues Spielzeug hatte, dann wollte man es auch immer mal wieder in die Hand nehmen, ganz egal, wie spät es war. So ein neues Boot war eben wirklich wie eine neue Freundin.

Das Hafenbecken der Marina Bingum öffnete sich vor ihm wie ein tiefes, dunkles Loch, ringsherum von Deichen eingefriedet, die nur eine schmale seitliche Zufahrt ließen. Bei Niedrigwasser war das hier der reinste Schlickpfuhl, und Wallmann hasste den Gedanken, dass seine kostspielige Neuerwerbung einen Großteil des Tages in einem schmierigen Schlammbett lag, nutzlos wie ein Kurschatten in der Fangopackung. Ein Boot, so fand er, musste jederzeit für ihn bereit und verfügbar sein. Genau wie eine Freundin eben. Aber einen besseren Liegeplatz gab es im näheren Umkreis von Leer nicht. Klar, auch im Stadthafen oder am Kanal in Oldersum lagen Yachten. Aber die waren hinter Schleusen gefangen, die nur zu bestimmten Zeiten und mit langwierigen Manövern zu passieren waren. Auch nicht gerade der Inbegriff von Freiheit. Also Bingum.

Vorsichtig tastete er sich den schrägen Verbindungssteg hinab zu den Schwimmstegen. Die düstere Wasserfläche des windgeschützten Beckens lag da wie ein Spiegel aus schimmerndem Öl, nahezu unbewegt bis auf ein paar winzige ringförmige Wellen, die gelegentlich die unwirkliche Ruhe durchbrachen. Irgendwo bewegte sich jemand auf einem der Boote, vermutlich ein Eigner, der an Bord übernachtete. Was ja nicht unbedingt schlafen bedeuten musste. Wallmann lachte leise vor sich hin.

Auch der Schwimmsteg schickte kleine Wellenringe aus, als er unter Wallmanns Gewicht tiefer eintauchte. Bis zur Box seines neuen Bootes waren es nur ein paar Schritte. Ihm fiel ein, dass er der Neuerwerbung noch gar keinen Namen gegeben hatte. War auch nicht so wichtig, fand er. Gewöhnlich hießen seine Boote *Diana*, nicht etwa nach dieser toten englischen Prinzessin, sondern nach der römischen Göttin der Jagd. Von der hatte er mal eine geile Abbildung in einem alten Sagenbuch gefunden, damals, als er noch Bücher gelesen, sich aber schon für Frauen interessiert hatte. Ein guter Name, fand Wallmann. Der hatte für seine früheren Boote getaugt, warum also nicht auch für das neue? Seine Freundinnen nannte er schließlich auch alle »Schneckchen«.

Da lag es, sein neues Boot, glatt und weiß und glänzend. Wallmann griff nach der verchromten Bugreling, während er den Stichsteg betrat. Und spürte, dass sich sein Boot bewegte. Ganz leicht nur, aber eindeutig. Kleine, ruckartige Bewegungen, die nur entstehen konnten, wenn jemand an Bord sein Gewicht verlagerte.

Wallmann knurrte. »Wer, zum Teufel … He, raus da!« Der kann was erleben, dachte er. Angst hatte er keine. Wer sein Geld mit der Vermittlung von Leiharbeitern verdiente, dem durfte vor körperlichen Auseinandersetzungen nicht bange sein. Wallmann wusste, was in seinen Ärmeln steckte. Und dass er sich darauf verlassen konnte.

Er spürte, wie das kalte Relingsrohr in seiner Handfläche zum Stillstand kam. Dann ruckte es dermaßen hart, dass es Wallmann fast aus dem Gleichgewicht gerissen hätte.

Im nächsten Moment huschte ein Schatten aus der offenen Plicht und landete weiter vorne auf dem schwimmenden Stichsteg, der schwingend nachgab. Das Boot, jetzt ohne Last, holte zur anderen Seite aus. Diesmal verlor Wallmann tatsächlich die Balance. Instinktiv ließ er sich nach hinten fallen, auf den Mittelsteg, um nicht ins schlickige Wasser zu stürzen.

Einen Wimpernschlag später war der Schatten über ihm. Ein Eiszapfen schien sich in Wallmanns Brust zu bohren. Noch einer. Und noch einer. Fassungslos starrte er auf die ausholenden Bewegungen des Angreifers, die gegen den dunklen, wolkenverhangenen Himmel nur schemenhaft zu erkennen waren. Wieder und wieder stach die dunkle Gestalt auf ihn ein. Erst spürte Wallmann nur harte Schläge, hörte, wie etwas knirschend zerriss. Dann spürte er auch wütenden Schmerz.

Ein Irrer, dachte Wallmann. Das ist ein Irrer. Ein Gedanke, der keinen Trost bot.

Jetzt ließ der Angreifer von ihm ab, richtete sich auf. Wallmann versuchte Luft zu holen. Jetzt erst spürte er die Tiefe der Stiche. Er wollte schreien, aber das ging nicht, und es dauerte einen Augenblick, bis er merkte, dass die röchelnden Geräusche, die er vernahm, von ihm selbst stammten.

Der Angreifer gab keinen Ton von sich. Wieder holte er aus, diesmal mit dem Fuß. Wuchtige Tritte trafen Wallmanns Körper, die Hüfte, die Nierengegend, die Rippen. Was will der denn noch, was will denn der, dachte Wallmann. Er kann doch alles haben, mein Geld, mein Boot, meinen Wagen, alles. Soll er sich doch alles nehmen. Was will denn der?

Die Tritte hörten auf. Jetzt bückte sich die Gestalt. Wallmann spürte Hände, fühlte, wie sein schwerer Körper seitlich angehoben und auf den Bauch gerollt wurde. Der Schmerz wurde von Sekunde zu Sekunde höllischer. Wallmann stöhnte laut.

Noch eine halbe Drehung. Eine Metallkante. Dann ein kurzer Fall, ein Klatschen. Kühle umschloss ihn, als sein Körper im Emswasser versank. Von unten konnte Wallmann sehen, wie sich der Wasserspiegel über ihm wieder glättete, bis auf ein paar kleine Wellen, die sich ringförmig ausbreiteten. Dunkle Schlieren strebten der Oberfläche zu. Das muss mein Blut sein, dachte Wallmann, ehe er zu denken aufhörte.

Ein Bett aus Schlick nahm seinen toten Körper auf.

2.

Als das erste Morgenlicht durch die Jalousie zu sickern begann, lag Stahnke schon wach. Jeden Tag früher, kam es ihm vor. Klar, um diese Jahreszeit waren die Nächte kurz und wurden immer noch ein bisschen kürzer, da war es nur natürlich, dass der Körper darauf reagierte. Trotzdem, den bösen Spruch von der »präsenilen Bettflucht« bekam er einfach nicht aus dem Kopf. Er beobachtete sich selbst permanent und mit größtem Misstrauen. Das kleinste Anzeichen fortschreitenden Alterns jagte ihm einen panischen Schrecken ein. In dieser Hinsicht konnte er es mit jedem Hypochonder aufnehmen.

Zumal jetzt, da er wieder mit der personifizierten Jugend zusammen war.

Der Hauptkommissar drehte sich zur anderen Betthälfte herum, ganz vorsichtig, um das metallene Bettgestell mit seinem massiven Körper nicht allzu sehr zum Beben zu bringen. Sina schlief noch. Total entspannt lag sie da, die nackten Arme von sich gestreckt. Unter der dünnen Sommerdecke hob und senkte sich ihre Brust ruhig und gleichmäßig. Ihr Gesicht, das gestern Abend noch so blass und gestresst ausgesehen hatte, schien von innen heraus zu leuchten. Dem halb geöffneten Mund entschlüpften wieder einmal die leisen Atemgeräusche, die Stahnke so entzückend fand. Die verrücktesten Kosenamen hatte er sich dafür schon ausgedacht. Überhaupt verfiel er, wenn es um Sina ging, nur allzu gerne in hemmungslose Albernheit. Auch das war seiner Selbstbeobachtung nicht entgangen. Er sah jedoch keinen Anlass, daran etwas zu kritisieren oder gar zu ändern.

Es war schon hell genug, um den winzigen Wecker abzulesen. Noch vor sechs. Sina hatte heute Spätdienst und durfte länger schlafen. Stahnke wusste aus Erfahrung, dass es nicht ratsam war, sie davon abzuhalten. Behutsam tupfte er ihr einen Kuss auf den Unterarm und registrierte amüsiert, wie sich die kleinen Härchen darauf sträubten. Dann stieg er so leise wie möglich aus dem Bett, suchte seine Sachen zusammen und ging ins Bad.

Das Duschen verschob er auf später, um Sina nicht doch noch zu wecken, und begnügte sich mit einer Katzenwäsche. Immerhin hatte er heute einen freien Tag, da konnte er sich das erlauben. Das Bad in Sinas Inselapartment war eng, aber hell und modern, und der Spiegel über dem Waschbecken großzügig dimensioniert. Stahnke gefiel, was er darin sah. Das gesunde und vor allem bewusstere Essen der vergangenen Monate hatte seinen Bauch schrumpfen, regelmäßiges Krafttraining seine Arm- und Schultermuskeln anschwellen lassen. Der Hauptkommissar fühlte sich an eine Comicfigur erinnert, die ihre Körpermasse aus der Bauch- in die Brustregion verschieben konnte, und musste grinsen. Nein, so einfach war es wirklich nicht gewesen. Aber es hatte sich gelohnt.

Er setzte Kaffee an und trat hinaus auf den Balkon, der über je eine Tür zur Küche und zum Wohnzimmer verfügte. Draußen herrschte schönste Morgenruhe, gelegentlich mehr unterstrichen als durchbrochen von stampfenden Joggern. Meerblick gab es keinen, die

Mieten in solchen Lagen waren für Sina bei ihrem Einstiegsgehalt als Psychotherapeutin unerschwinglich. Aber immerhin Morgensonne. Stahnke breitete die Arme aus und genoss das Wechselspiel von warmen Strahlen und kühlem Wind auf seiner Gesichtshaut. Mal hören, was der Wetterbericht sagt, überlegte er. Vielleicht reichen die Temperaturen ja schon für einen Nachmittag am Strand. In der Vorsaison, wenn Langeoog zwar nicht mehr winterlich einsam, aber auch noch nicht überlaufen und hektisch wirkte, waren solche Tage besonders kostbar.

Dann fiel ihm wieder ein, dass es wohl ein einsamer Strandtag werden würde. Sina musste ja arbeiten. Während ihrer ersten sechs Monate als Festangestellte im *Haus Waterkant* galt Urlaubssperre, und die Klinikleitung hatte die Angewohnheit, Ausgleichstage für Wochenendarbeit stillschweigend in diese Regelung einzubeziehen. Miese Ausbeuter, weißbekittelte, dachte Stahnke grimmig.

Das Kaffee war durchgelaufen, und Stahnke eilte in die Küche zurück, um die röchelnde Maschine abzustellen. Während er sich seinen Lieblingsbecher aus dem Schrank fischte, griff er mit der anderen Hand nach dem Radio, stoppte seine Bewegung aber auf halber Strecke. Radio, und sei es auch noch so leise gestellt, weckte Sina stets mit größter Sicherheit. Lieber nicht. Vielleicht war ja die Inselzeitung schon da, die hatte bestimmt auch einen Wetterbericht.

Leise tappte er ins Treppenhaus und hinunter zu den Briefkästen. Tatsächlich, die Zeitungen steckten bereits säuberlich in den Schlitzen. Nicht in allen – der Hauptkommissar erinnerte sich, dass es ja zwei Zeitungen auf Langeoog gab. Die anderen Mieter lasen offenbar die Konkurrenz. Oder gar nicht.

Zwei Zeitungen für ein Dorf mit kaum mehr als zweitausend Einwohnern! Wie konnten die denn eigentlich existieren? Vermutlich von den Touristen – und denen, die diesen Touristen etwas verkaufen wollten. 180 000 Übernachtungen pro Jahr, da kamen allerhand potentielle Leser zusammen. Und die waren zugleich die Lebensgrundlage der gesamten Insel.

Stahnke schlug die Zeitung auf, während er die Stufen wieder hinaufstieg. *Langeooger Inselbote* hieß das Blatt. Himmel, klang das altmodisch! Und der Titelkopf war auch nicht sonderlich zeitgemäß gestaltet. Da sah die Konkurrenzpostille, die *Langeoog News*, doch deutlich moderner aus. Warum Sina wohl nicht die abonniert hatte?

Jedenfalls schien sie noch zu schlafen. Mit Kaffeebecher und *Inselbote* schlich sich der Hauptkommissar hinaus auf den Balkon. Natürlich war das Wetter hier Thema – sogar Titelthema. *Wird sich die Warmfront halten?* Über diese Frage verbreitete sich der Verfasser des Aufmachers über vier Spalten. Fazit seiner Ausführung: Man wusste es nicht, aber man durfte hoffen. Stahnke schnaubte verächtlich und schlürfte an seinem brühheißen Kaffee.

Vermischte Meldungen, Anzeigen – der Rest der Titelseite erschien dem Hauptkommissar von begrenztem Unterhaltungswert. Weder hatte er vor einzukaufen, noch wollte er sich ein Fahrrad mieten. Schließlich stand sein eigenes unten im Keller. Seit er wieder mit Sina zusammen war und sie nach bestandenem Examen ihre erste Stelle auf Langeoog angetreten hatte, in derselben Klinik, die sie schon von einem Praktikum her kannte, waren Stahnkes Inselbesuche so häufig geworden, dass es sich lohnte, sein geliebtes knallgelbes Trekkingrad einzuschiffen. Für zu Hause hatte er sich ein Zweitrad zugelegt, ein knarrendes Gebrauchtes, gerade gut genug für Stadtfahrten.

Stahnke faltete die Zeitung zusammen und blätterte erneut, diesmal von hinten. Aha, hatte er es sich doch gedacht. Viele Seiten kamen ihm von Layout und Schlagzeilen-Stil her bekannt vor. Politik, Kultur, Wirtschaft,

Sport – alles nicht hier auf der Insel produziert, sondern vom Festland geliefert. Sogenannte Mantelseiten. Praktisch alle Provinzzeitungen arbeiteten so. Lediglich Lokales und Regionales wurden vor Ort gemacht. So konnte man viel Personal und Kosten sparen.

Gestern Abend, als Sina noch in der Klinik gewesen war, hatte Stahnke ausgiebig Fernsehnachrichten geschaut; so kamen ihm die meisten Meldungen bekannt vor. Die Kommentare überblätterte er, nachdem er einen Blick auf die Namen der Verfasser geworfen hatte. Schubladendenker mit schematisierten Ansichten, vielen Dank auch. Schnell war er auf diese Weise wieder beim Lokalen angelangt.

Der Aufmacher der Seite drei schien eine bunte Geschichte zu sein. *Rentnergang auf Krawall gebürstet* – keine besonders kuschelige Überschrift, fand Stahnke. Es ging um eine Gruppe von vier älteren Männern, die sich jeden Nachmittag am Langeooger Bahnhof einfanden, nicht nur, um dort auf den Bänken zu hocken und von alten Zeiten zu schwärmen, sondern, das machte der Artikel in süffisanter Weise deutlich, über alles und jeden herzuziehen. Und das nicht eben zurückhaltend. Lokalpolitiker, Kurdirektion, Geschäftsleute – bei den Inselsenioren kam keiner gut weg. Die meiste Häme aber wurde über die Badegäste ausgeschüttet. »Touristenplage« war noch einer der milderen Ausdrücke, die der Autor zitierte. Hallo, das ging ja ans Eingemachte! Welcher Journalist traute sich denn da, dermaßen Geschäftsschädigendes zu verfassen?

Der Name des Autors stand unter dem Text. In Fettdruck. Trotzdem traute der Hauptkommissar seinen Augen kaum. Marian Godehau. Wie, zum Teufel, kam der denn hierher?

Stahnke kannte Godehau seit Jahren, allerdings als Redakteur der *Regionalen Rundschau* in Oldenburg. Und vor allem als Ex-Freund von Sina Gersema. Wieso, fragte er sich, tauchte der jetzt plötzlich auf Langeoog auf? Sofort beschlichen ihn ungute Gefühle. Verlustängste, genauer gesagt. Für die er sich postwendend schämte. Hatte Sina ihm nicht unmissverständlich klargemacht, dass sie ein selbstständig denkender Mensch war und keine Sache, die man besitzen und demzufolge auch verlieren konnte? Ja, das hatte sie, und sein Verstand hatte das auch kapiert. Aber sein Verstand war auch nicht für derartige Ängste zuständig.

Erneut blätterte er, suchte und fand das Impressum. Aha: *Zuständig für Langeoog: Marian Godehau.* Kein zweiter Name war aufgeführt, also war Marian hier als Einzelkämpfer unterwegs. Und weiter oben: *Herausgeber und Verlag: ZG Regionale Rundschau GmbH, Oldenburg.* ZG? Vermutlich Zeitungsgruppe, riet Stahnke. Auf jeden Fall aber war die Sache klar. Die *Rundschau*, die schon vor Jahren Kooperationsverträge mit ostfriesischen Zeitungen abgeschlossen hatte, um ihren Einflussbereich zu erweitern, hatte sich den *Inselboten* komplett einverleibt und die Redaktion vor Ort mit einem ihrer eigenen Reporter besetzt. Vermutlich hatte man dessen Stelle in Oldenburg direkt eingespart; so etwas nannte man heutzutage »kostenneutral«.

Und warum ausgerechnet Marian? Der hatte sich schon immer für maritime Themen interessiert, sicher. Aber doch nicht für Kurbetrieb! Und nie hatte er Anzeichen gezeigt, aus Oldenburg weg zu wollen. Es mussten also besondere Gründe vorliegen. Entweder machte sich der Bursche tatsächlich immer noch Hoffnungen auf Sina – oder …

Der Hauptkommissar spürte, wie ein hämisches Grinsen seine Mundwinkel auseinandertrieb. Marian war schon immer unbequem gewesen. Eigensinnig, kritisch, nicht leicht zu führen. Mit so einem taten sich Vorgesetzte schwer, das wusste er aus Erfahrung. Was lag da näher, als den Unruhestifter in die Wüste zu schicken?

Genau, in die Sandwüste. Die zur Sicherheit auch noch von Schlick und Nordseewasser umgeben war. Tja, so konnte es gehen.

Stahnkes Grinsen aber hielt nicht lange vor. Warum auch immer, Marian Godehau war hier, das war Fakt. Und es passte ihm gar nicht. Wie lange wohl schon? Und warum hatte Sina ihm noch nichts davon erzählt? Lief da womöglich doch etwas hinter seinem Rücken? Hastig trank er seinen Kaffeebecher leer, verschluckte sich, unterdrückte einen Hustenanfall. Die gute Morgenlaune war dahin.

Und wie um das Maß voll zu machen, piepte jetzt auch noch sein Handy. Warum hatte er es bloß nicht deaktiviert? Jetzt war es zu spät. Seufzend zückte er das Gerät und schaute aufs Display. Sein Seufzen wurde zum Stöhnen.

»Was gibt es, Kramer? Ich habe heute frei.«

»Weiß ich. Moin erst mal.« Oberkommissar Kramer klang stoisch wie immer. »Trotzdem wäre es besser, wenn du herkommen könntest. Marina Bingum. Mordsache.«

»Steht das schon fest?«

»Tja, die Kollegen zählen noch die Einstiche«, erwiderte Kramer ungerührt. »Trotzdem würde ich mich mal auf ein Ja festlegen.«

»Na denn.« Stahnke beendete das Gespräch ebenso grußlos, wie er es begonnen hatte. Natürlich hatte Kramer richtig gehandelt, den Leiter des 1. Leeraner Fachkommissariats auch an dessen freiem Tag zu informieren und hinzuzuziehen. Trotzdem nahm er es ihm übel.

Er schaute auf die Uhr. Zehn vor sieben; die Inselbahn zur ersten Fähre des Tages fuhr in zwanzig Minuten. Das war locker zu schaffen. Also dann. Von wegen, ein Frühsommertag am Sandstrand.

Sina schlief immer noch. Er weckte sie nicht, legte ihr nur einen Zettel auf den Küchentisch. Dann machte er sich mit schleppenden Schritten auf den Weg zum Bahnhof.

3.

Marian stolperte von der Fähre, die Augen noch halb geschlossen, und ließ sich vom Pulk seiner zielstrebigeren Mitreisenden in Richtung Inselbahn spülen. Für die Menschen, die ihm entgegeneilten, um Langeoog mit dem frühestmöglichen Schiff zu verlassen, hatte er keinen Blick. Der gestrige Tag steckte ihm noch in Kopf und Knochen wie ein gewaltiger Kater. Dabei hatte er sich letzte Nacht doch nur ein einziges Glas Rotwein gegönnt, um überhaupt schlafen zu können, aufgedreht wie er war, seiner gewaltigen Erschöpfung zum Trotz.

Ein Wahnsinn, bei Morgenlicht besehen, dass er gestern Abend überhaupt noch nach Oldenburg gefahren war, statt sich lieber auf das Bett seines kleinen Inselapartments zu werfen, um so viel Schlaf zu ergattern und Kraft zu schöpfen wie nur möglich. Aber nach diesem chaotischen ersten Arbeitstag als Solist beim *Inselboten*, der ihn trotz langjähriger Redakteurserfahrung bis an den Rand seiner Belastbarkeit geführt hatte, wollte er nur noch weg, nur noch raus. Raus aus den Redaktionsräumen, diesen besseren Rumpelkammern voller Papierhügel und Fotohalden, die sein Vorgänger salbungsvoll »Archiv« genannt hatte und die von den beiden Volontären, die hier in den beiden Wochen zwischen dem Kauf des Inselblattes durch die *Rundschau* und Marians endgültiger Abordnung die Stellung gehalten hatten, gründlich verwüstet worden waren. Und am besten gleich weg von dieser Insel, und sei es auch nur für ein paar Stunden.

Was für eine Frechheit, ihn dermaßen ins kalte Wasser zu werfen! Kein Stehsatz, keine Themenliste, dafür ein überquellendes, völlig unsortiertes Posteingangskörbchen und ein randvoller Terminkalender. In seiner Verzweiflung hatte er den Aufmacher schließlich über das Wetter geschrieben. Eine absolute Notlösung; jeden Tag konnte er das nicht machen, nicht einmal hier, wo das Wetter auch ein Wirtschaftsfaktor war. Bloß gut, dass ihm noch die Rentnergang am Bahnhof aufgefallen war. Diese Viererbande von Touristenhassern hatte ein paar nette Sprüche von sich gegeben. Daraus hätte man sicher noch mehr machen können, aber in seiner Situation reichte es nur für einen Schnellschuss.

Den Umbruchtermin hatte er nur mit Mühe und Not eingehalten, nicht zuletzt wegen des modernen Computers, den man ihm im letzten Moment noch bewilligt hatte und der sich jetzt auf einem der wackeligen Vorkriegsschreibtische ausnahm wie ein Raketenwerfer auf einem Maultierkarren. Der PC war mit allen nötigen Text- und Bildverarbeitungsprogrammen ausgestattet, so dass Marian es tatsächlich geschafft hatte, drei komplette Seiten mit Stoff zu füllen. Die Datenübertragung allerdings hatte ihn endgültig den letzten Nerv gekostet. Danach brauchte er unbedingt Abstand.

Ein Zufall, dass ihm tagsüber bei einem seiner Termine, der Vorstellung eines neuen Gourmettempels, der am Wochenende öffnen sollte, dieser lustige junge Koch über den Weg gelaufen war. »Heute Abend noch mal gepflegt in die Disse, ehe der Trubel hier richtig losgeht und man für den Rest des Sommers gar nicht mehr von der Insel runterkommt«, hatte sich der Marian leutselig anvertraut.

»Und wie? Wochentags legt die letzte Fähre doch schon um halb sechs ab.«

Der Koch hatte über sämtliche Sommersprossen gegrinst. »Connections, Alter! Mein Chef hat 'n Boot, das kann ich kriegen. Und ein Kollege hat 'n Bootsführerschein, der ist Antialkoholiker. Ein paar von den Saisonkräften sind auch dabei. Heute Abend um elf geht's los. Willste mit? Platz ist noch.« Ein nettes, aber nicht völlig selbstloses Angebot, denn jeder Mitfahrer beteiligte sich mit ein paar Euro an den Spritkosten.

Marian hatte dankend abgelehnt. Und hatte dann

doch um zehn vor elf am Yachthafen gestanden. Ein heißer Ritt war das gewesen, trotz nur mäßig bewegter See. Aber das Boot war ein echter Flitzer mit winziger Kajüte, die meisten Sitze waren draußen in der offenen Plicht, der Motor war stark und der junge Steuermann offenbar hochmotiviert. Marian hatte einige Erfahrung mit Booten, daher war ihm angst und bange geworden. Die anderen Passagiere, einige davon kaum halb so alt wie er, hatten nur lustvoll gejohlt.

In Bensersiel hatte Marian sich in seinen Golf geworfen und war ähnlich verwegen nach Oldenburg gerast. Und kaum hatte er sich in seinem vertrauten Bett schlafen gelegt, da hatte ihn der Wecker auch schon wieder aus den Federn gescheucht. Jedenfalls war ihm das so vorgekommen. Die Rückfahrt hatte Marian wie in Trance erlebt. Kurz vor Bensersiel hatte er ein Stoppschild ignoriert und beinahe einen Unfall gebaut. Ein Wahnsinn, die ganze Aktion. Nie wieder, schwor er sich.

Der Wind zauste seine braunen Locken, die er schon lange nicht mehr hatte stutzen lassen, und seinen Vollbart, der seit einiger Zeit von grauen Strähnen durchzogen war. Und das schon mit Mitte dreißig! Marian fand das ungerecht, wie so vieles. Blöd, dass man nicht einmal dagegen protestieren konnte. Jedenfalls nicht, ohne sich lächerlich zu machen.

Er bestieg einen der Inselbahnwaggons – einen roten, aus Prinzip – und ließ sich auf den nächstbesten freien Platz plumpsen. Die Holzbank war hart und unbequem, aber die Fahrt würde ja nur ein paar Minuten dauern. Eine winzige Gnadenfrist, ehe die Tretmühle wieder losging. Nur nicht wieder so ein Chaos wie gestern! Am besten, er legte sich früh auf eine Titelstory fest, damit es abends nicht wieder so eng wurde.

Auch auf der Bank ihm gegenüber nahm jetzt jemand Platz. Im selben Moment ruckte die Bahn an und schaukelte los. Marian hob den Kopf und musterte seinen

Mitpassagier. Sommersprossen, abstehende Ohren, rotblondes, zu Stacheln gegeltes Haar – das war doch Jannik Bartels, der lustige kleine Koch! Eindeutig, dachte Marian. Nur sah er überhaupt nicht lustig aus.

»Hi! Was machst du denn hier? Boot verpasst?«

Der Koch zuckte missmutig die Achseln. »Da war nichts zu verpassen.«

»Ähh … was?«

Nicht einmal Marians begriffsstutzige Miene konnte den Sommersprossigen aufheitern. »Als wir um vier Uhr wieder am Anleger waren, war da kein Boot mehr. Weg! Futschikato! Geklaut! Und wir standen da wie Pik doof und mussten in der Kälte auf die erste Morgenfähre warten.«

»Dein Boot ist geklaut worden? Mitten in der Nacht?«

»Natürlich nachts! Wann würdest du denn ein Boot klauen, etwa am helllichten Tag?« In hilfloser Wut ballte der junge Koch die Fäuste. »Und von wegen *mein* Boot! Es war doch das von meinem Chef. Der wird mir die Hölle heißmachen, da kannste einen drauf lassen. Das wird kein Spaß für mich heute.« Bei diesem Gedanken sank er förmlich in sich zusammen.

Bootsdiebstahl, überlegte Marian, war doch für einen Insulaner bestimmt so ähnlich wie Pferdediebstahl für einen Cowboy. Ein Kapitalverbrechen. Eindeutig ein Thema für eine Inselzeitung.

»Weißt du was«, sagte er, »ich geb dir erstmal einen Kaffee aus. Mit Brötchen, die Bäckereien haben ja um diese Zeit schon offen. Und dann erzählst du mir alles noch einmal in Ruhe. Ein bisschen Zeit hast du doch noch. Einverstanden?«

Wieder zuckte Jannik Bartels die Achseln. Marian nahm es als Zustimmung. Ausgezeichnet, dachte er. Einen Aufmacher hätte ich schon mal. Mein zweiter Tag als Inselredakteur fängt deutlich besser an als mein erster.

4.

Stahnke hasste es, zu spät an einen Tatort zu kommen. Absperrung, Identifikation, Fotos, Spurensicherung, Personalienfeststellung und Zeugeneinvernahme, erste Untersuchung des Opfers, schließlich Abtransport der Leiche – alles war bereits erledigt, jeder hatte sich ein Bild von der Lage gemacht, alle kannten sich aus. Bloß er nicht, Stahnke, Leitender Ermittler des 1. Kriminal-Fachkommissariats. Er war wieder einmal auf die loyale Zuarbeit seines Kollegen Kramer angewiesen. Den mochte er, keine Frage. Aber die Situation an sich, die hasste er. Und dass sie wieder einmal an einem sogenannten freien Tag eintrat, machte die Sache nicht besser.

Kramer funktionierte tadellos. »Der Tote ist ein gewisser Waldemar Wallmann. Sechsunddreißig Jahre, wohnhaft in Leer-Loga. Inhaber der Firma *Personal Flexibility*. Unverheiratet, keine Kinder. Jedenfalls keine, von denen wir wüssten.«

Stahnke hob die Augenbrauen; der letzte Zusatz schien ihm erklärungsbedürftig.

»HWG«, erläuterte Kramer. »Häufig wechselnder Geschlechtspartner. Der Hafenmeister kannte ihn ganz gut. Wallmanns Boot liegt schon seit ein paar Jahren hier. Vielmehr seine Boote; er hat sich wohl öfter mal ein neues gegönnt. Ebenso wie eine neue Freundin.« Kramer blätterte in seinen Aufzeichnungen: »Neue Freundinnen sogar häufiger als Boote.«

»Mit diesem Vergleich kämst du bei Sina aber nicht besonders gut an«, tadelte Stahnke. »Ein Mensch ist kein Ding, das man besitzen kann. Was sagt denn deine Insa dazu?«

Kramer blickte zur Seite. »Gemäß deiner eigenen Belehrung ist *deine* hier unangebracht«, murmelte er. »Und außerdem, sie ist sowieso nicht mehr *meine*.«

»Ach.« Dabei hatte sich Kramers Beziehung mit Insa Ukena, der Kollegin, die auf Langeoog Dienst tat, doch so vielversprechend angelassen, fand Stahnke. Er hatte schon gewitzelt: »Demnächst könnten wir eigentlich mal einen Familienpass für die Inselfähre beantragen, aber einen für Großfamilien.« Und sich gefreut, dass Kramer, dem seine Trennung von Frau und Tochter immer noch zu schaffen machte, auch wenn er es nicht zeigte, endlich wieder etwas Festes gefunden hatte. Tja, so konnte man sich irren.

»Ein Don Juan also«, nahm der Hauptkommissar den dienstlichen Faden wieder auf. »Ist ja nicht verboten. Aber man macht sich nicht unbedingt Freunde auf diese Art.« Bei der Suche nach einem Tatmotiv wäre das schon mal ein Ansatz. »Woher wissen wir überhaupt den Namen? Hat dieser Hafenmeister ihn identifiziert?«

Kramer nickte. »Er hat ihn gefunden, heute früh bei Niedrigwasser«, ergänzte er. »Der Tote hatte aber auch alle Papiere bei sich. Ausweis, Führerschein, Kreditkarten. Außerdem über sechstausend Euro in bar. Ein erstaunlich hoher Betrag, selbst wenn man bedenkt, dass Wallmann ziemlich vermögend war. Alles noch da, nur das Boot war weg. Stattdessen lag Wallmanns Leiche im Schlick.«

Stahnke wusste genau, wie die Marina Bingum bei Niedrigwasser aussah, weil er hier früher mal ein eigenes Boot liegen gehabt hatte. Nun war er doch froh, erst verspätet eingetroffen zu sein; die Vorstellung, womöglich nach einem Fehltritt in diesem Modder zu landen, hatte ihn stets geekelt. Die ständigen Vertiefungen der Ems und die dadurch ansteigende Geschwindigkeit vor allem des Flutstroms führten dazu, dass immer mehr und mehr Schlick in die angrenzenden Häfen, Buchten und Altarme gedrückt wurde. Jeder kannte die Ursache für diese Schweinerei. Solange aber die Großwerft oben in Papenburg mit der Arbeitsplatzkeule drohte und die

Politiker nach ihrer Pfeife tanzten, würde sich daran wohl nichts ändern.

»Sechstausend Euro«, wiederholte Stahnke. »Klar, Wallmanns Boot war natürlich weit mehr wert. Trotzdem, welcher Raubmörder nimmt denn ein Boot mit, aber lässt seinem Opfer das Bargeld?«

»Ja, merkwürdig«, bestätigte Kramer. »Ein durchschnittlicher Raubmörder hätte Wallmann wohl auch nicht gleich sechsunddreißig Messerstiche verpasst.«

Der Hauptkommissar pfiff leise durch die Zähne. »Sehe ich auch so«, sagte er. »Da steckt wohl eher Hass dahinter als Habsucht. Eine von seinen Verflossenen vielleicht?«

»Wohl eher ein betrogener Ehemann oder ein verlassener Freund«, erwiderte Kramer. »Wallmann war einen Meter neunzig groß und ziemlich kräftig, ein richtiger Brocken. Und ein zupackender Typ, wie der Hafenmeister berichtet. Keine Angst, sich die Hände schmutzig zu machen. Ihm hat das gefallen. So muss man wohl sein, wenn man in der Zeitarbeitsbranche tätig ist. Jedenfalls in der Grauzone, da, wo richtig viel Geld zu machen ist.«

»Daher wohl auch das viele Bargeld. Cash auf die Hand spart Steuern. So weit klar«, sagte Stahnke. »Aber warum soll der Täter denn keine Frau sein? Auch Frauen können mit Messern umgehen. Gerade Frauen! Wer macht denn die meiste Hausarbeit?«

»Merkwürdige Assoziationskette.« Gegen seinen Willen musste Kramer lachen. »Aber im Ernst, dem ersten Augenschein nach wurde ein Messer mit recht starker Klinge benutzt. Offenbar ziemlich scharf. Der Täter hat damit Wallmanns Brust und Oberbauch regelrecht zerfleischt. Nicht alle Stiche gingen wirklich tief, trotzdem, dazu gehört eine Menge Kraft.«

»Na und? Es gibt sehr kräftige Frauen. Und manche haben auch einen Bootsführerschein.«

Kramer zuckte die Achseln und äußerte sich nicht weiter dazu. Recht hat er, dachte Stahnke. Lauter zwecklose

Spekulationen. Befassen wir uns doch erst einmal mit den Fakten.

Sie standen auf dem breiten Schwimmsteg, dort, wo der Stichsteg abzweigte, der den Liegeplatz von Wallmanns Boot seitlich begrenzte. Eine Böe kräuselte das Wasser im Hafenbecken, das nun wieder gut gefüllt war, und ließ die Bäume rauschen. Der Steg erzitterte leicht.

»Wieso eigentlich Waldemar?«, fragte Stahnke. »Waldemar. Wer heißt denn heute noch so.«

»Fußballreporter«, antwortete Kramer ungerührt.

»Na gut. Aber jüngere und mittlere Jahrgänge? Doch wohl kaum.«

»Wallmann war Russlanddeutscher«, erklärte Kramer. »Seine Eltern wollten ihre Abstammung wohl besonders deutlich machen. Der Junge musste es ausbaden.«

Stahnke zog seine Augenbrauen zusammen und musterte seinen Kollegen scharf. Sollte das gerade etwa mal wieder eine Anspielung sein? Auch Stahnkes Eltern waren besonders stolz auf ihre Herkunft gewesen, die ostfriesische nämlich, und hatten ihm einen Vornamen aufgehalst, der ihm bis heute hochnotpeinlich war.

Kramer schaute nicht zurück. Genau genommen schaute er nirgendwo hin. »Sechsunddreißig«, murmelte er leise.

»Bitte wie?«

»Die Anzahl der Messerstiche«, sagte Kramer leise und schleppend. »Sie entspricht genau dem Alter des Opfers. Sechsunddreißig.« Jetzt hob er den Blick und fixierte seinen Vorgesetzten. »Eigenartig, nicht?«

»Worauf willst du hinaus? Auf einen durchgeknallten Strickmuster-Killer?« Stahnke schaubte. »Jetzt spinnst du aber, mein Lieber.«

Kramer antwortete nicht.

Wieder lief ein leichtes Zittern durch den schwimmenden Steg, begleitet von einem trockenen Pochen. Hier war ein Boot nicht richtig festgemacht, und es drohten

Lackschäden. Stahnke war zu sehr Segler, um das zu ignorieren, und blickte sich suchend um.

Es war das Boot in der Box neben Wallmanns Stichsteg, ein etwas mehr als sechs Meter langer, trailerbarer, teuer wirkender Daycruiser, anscheinend neuwertig. Wallmanns Boot sah vermutlich ganz ähnlich aus. Das luxuriöse Ding dümpelte hin und her, hatte eindeutig zu viel Bewegungsfreiheit und schlug immer wieder mit seiner glänzenden Bordwand gegen die Stegkante. Nicht mehr lange, und die Gelcoatschicht würde Schaden leiden, denn die beiden Fender hingen so, dass sie keinen Schutz boten. Warum hatte der Hafenmeister das denn noch nicht bemerkt?

Das Boot war mit zwei Achterleinen und einer Spring gesichert, ganz zünftig. Vorne aber war nur eine Leine fest. Der zweite vordere Festmacher, der das Boot eigentlich auf Abstand zum Steg hätte halten sollen, hing schlaff aus der Klampe ins Wasser hinab. Jemand hatte ihn vom Stegpoller losgemacht.

»Wart ihr das? Ich meine, die Spusi?«, fragte Stahnke.

Kramer schüttelte den Kopf.

»Dann ruf die Kollegen am besten noch einmal her«, sagte Stahnke.

5.

»Letzte Nacht? Und wann genau?« Lüppo Buss schaute den jungen Mann auf der anderen Seite seines Schreibtisches streng an. Dessen ohnehin schon stark gerötete Segelohren wurden noch um eine Nuance dunkler, und seine schmächtige Gestalt drückte sich in das dünne Stuhlpolster, als suchte sie darin Deckung.

»Irgendwann zwischen halb zwölf und vier Uhr morgens«, antwortete Jannik Bartels kleinlaut und schuldbewusst. »Genau weiß ich's nicht, wir waren ja alle in Esens in der Disse.«

»Wo waren Sie, bitte?«

»In der Discothek.« Der junge Koch rollte die Augen, und zwischen seinen Sommersprossen strebten die Mundwinkel nun doch leicht auseinander: »Wissen Sie, das ist so ein Laden, in dem sie Musik von der Platte ...«

»Willst du mich verscheißern?«, polterte Lüppo Buss los. Und fand seine eigene Frage sinnlos, denn natürlich war es das, was der arme Kerl wollte. Der Oberkommissar war sogar bereit, ihm das zu verzeihen; bestimmt hatte ihm Thormählen, sein Chef und zugleich der Besitzer des abhanden gekommenen Bootes, schon fürchterlich den Kopf gewaschen, ehe er ihn ins Polizeibüro an der Kaapdüne schickte, um Anzeige zu erstatten. Aber natürlich musste der Inselpolizist seine Autorität wahren. Außerdem wurmte es ihn, dass ihn dieser grüne Junge offenbar für einen senilen Tattergreis hielt.

Jannik Bartels hob abwehrend beide Hände. »Um Himmels Willen ... sollte doch bloß ... ich meine, war doch nicht bös ...«, stammelte er.

Hoffentlich sind seine Menüs besser durchdacht als seine Sätze, dachte Lüppo Buss, während er so tat, als regte er sich langsam ab. Man erzählte sich ja wahre Wunderdinge von Thormählens neuem Restaurant, das am Wochenende eröffnet werden sollte. Allerdings nicht nur von den Speisen, sondern auch von den Preisen. Ob er es sich überhaupt leisten konnte, seine Nicole dorthin auszuführen? Verdient hatte sie es ganz sicher, dass er ihr mal etwas Besonderes bot. Nur wollte er sich dafür nicht gleich finanziell ruinieren. Und außerdem: Was konnte das für eine Küche sein, in der die Köche dermaßen dünn waren? Nouvelle Cuisine, wo man nach einem fünfgängigen Menü mit knurrendem Magen aufstand?

»Ist schon gut«, sagte der Inselpolizist beschwichtigend. »Eine Wache habt ihr also nicht an Bord gelassen? So, wie man das eigentlich macht, wenn man ein Boot an einer unbewachten Stelle zurücklässt? Zumal so ein wertvolles, der Beschreibung nach?«

Der Koch starrte Lüppo Buss an und breitete hilflos die Hände aus. Offenbar hatte er von solchen Gepflogenheiten noch nie zuvor gehört.

»Na gut.« Der Oberkommissar schüttelte den Kopf. »Ich leite die Anzeige weiter nach Wittmund, die sind dafür zuständig. Eine Beschreibung des Bootes geht umgehend raus. Die Kollegen werden sich in allen einschlägigen Yachthäfen und Marinas umschauen oder zumindest nachfragen. Die Hafenmeister wissen ja immer am besten, wenn irgendwo fremde Boote auftauchen.« Demonstrativ klappte er seinen Notizblock zu. Für ihn war das Gespräch beendet.

Der Koch aber zögerte noch. »Was meinen Sie, wann … ich meine, wie sind denn die Chancen, dass das Boot wieder auftaucht?«

Lüppo Buss zuckte die Achseln. »Falls es bloß ein Dumme-Jungen-Streich war, wenn sich also jemand das Boot nur für eine Spritztour ausgeliehen hat, dann wird es sicher schnell gefunden werden. Die Frage ist dann nur, in welchem Zustand. Aber wenn es sich hier um einen planvollen Diebstahl gehandelt hat, dann, schätze ich, ist das gute Stück futsch. Es sei denn, der Autobahnpolizei gelingt noch ein Zugriff.«

Jannik Bartels' Augen rundeten sich noch mehr. »Autobahn ...?!«

Lüppo Buss schüttelte den Kopf; diesmal fiel es ihm nicht schwer, milde zu bleiben. »Professionelle Bootsdiebe schippern nicht mal eben in der Gegend rum. Die packen ihre Beute auf einen Trailer, und dann ab dafür, so schnell es geht. Zum Abnehmer. Meistens Richtung Osten.« Der Inselpolizist wusste das auch erst seit Kurzem. Während einer verordneten Fortbildungsmaßnahme hatte er sich einen Vortrag ausgesucht, dessen Thema ihm am wenigsten weltfremd vorgekommen war. Aber das ging den kleinen Koch hier ja nichts an.

Jannik Bartels verabschiedete sich und ging. Lüppo Buss blieb gerade genug Zeit, seine Meldung nach Wittmund abzusetzen, da öffnete sich die Tür zu seinem Büro bereits wieder. Eine Frau mit hennarot gefärbten Haaren erschien; sie trug ein erdbeerrotes Top, einen scharlachroten Wickelrock um die ausladenden Hüften, eine magentarote Umhängetasche und einen himbeerrosa Sonnenbrand auf den Schultern. Lüppo Buss hatte ein deutliches Déjà-vu-Gefühl, das er jedoch nicht zuordnen konnte.

Er begrüßte die Besucherin und nickte ihr aufmunternd zu.

»Ich will mich beschweren«, sprudelte die Frau los, ohne den Gruß zu erwidern. »Das ist ja lebensgefährlich, also echt, unglaublich. Mein Hermann ist die ganze Nacht nicht vom Lokus runtergekommen. Total schlecht geht es ihm. Und jetzt traut er sich immer noch nicht vor die Tür. Dabei haben wir doch nur eine Woche gebucht, mehr Urlaub hat Hermann nicht gekriegt, weil, der Laden brummt ja zu Hause, da kann er nicht weg, so einfach. Also, so was gibt es doch wohl nicht! Wie können Sie so etwas zulassen?«

»Was soll ich zugelassen haben?«, fragte Lüppo Buss entgeistert. »Kurze Buchungszeiten? Gute Geschäftslage? Oder dass Ihr Mann die Toilette blockiert?« Er verschränkte die muskulösen Unterarme vor der Brust.

»Wat?« Die rote Dame musterte ihn wie ein Insekt in ihrer Roten Grütze. »Wat soll dat denn? Haben Sie denn überhaupt nicht verstanden, was ich Ihnen gerade erzählt habe?«

»Offen gestanden, nein«, antwortete Lüppo Buss. »Vielleicht versuchen Sie es einfach noch einmal. Was, bitte, ist denn der eigentliche Grund Ihrer Beschwerde?«

»Na, die Marmelade«, erwiderte die rote Dame prompt. »Diese orangene.«

»Sie wollen sich bei mir über Orangenmarmelade beschweren? Meinen Sie denn, dass die Polizei dafür die richtige Adresse ist?« Jetzt sollten die von der Kurverwaltung mich mal sehen, dachte der Oberkommissar. Mehr Verständnis und Höflichkeit gegenüber Kurgästen geht ja wohl nicht, schon gar nicht gegenüber so durchgeknallten.

»Nee«, sagte die Besucherin. »Sanddorn.«

»Wat?« Unwillkürlich imitierte der Inselpolizist den Tonfall der Frau. Stammte sie aus dem Ruhrpott?

»Na, Sanddorn, nicht Orange. Diese Sanddornmarmelade, die es hier gibt, die ist doch orange.« Die Besucherin nickte ernsthaft.

Lüppo Buss stellte sich die verschiedenen, einander beißenden Rottöne, in denen die Dame leuchtete, kombiniert mit Sanddorn-Orange vor und konnte ein Schaudern nur mühsam unterdrücken. »Sanddornmarmelade also. Und die schmeckt Ihnen nicht?« Er sprach jetzt nicht mehr nur höflich, sondern übervorsichtig, wie mit einer Verrückten. Kam zur Polizei, weil ihr die Marmelade nicht schmeckte, also wirklich!

»Natürlich schmeckt uns die«, antwortete die rote Dame. »Ganz vorzüglich schmeckt uns die. Darum ja.«

Lüppo Buss verstand jetzt gar nichts mehr. »Darum ja – was?«, fragte er hilflos. »Darum wollen Sie sich beschweren?«

»Darum essen wir die ja so gerne! Und darum hat sich Hermann auch gleich zwei Brote damit geschmiert, obwohl er sonst gar nicht so gerne süß mag, schon gar nicht abends. Aber diesmal, zwei Brote, mit dick Marmelade drauf, weil sie doch so lecker schmeckt, hat er gesagt, diese einheimische Sorte aus dem Geschäft, wo wir vorher noch nie waren. Tja, und das war's dann.«

Der Oberkommissar merkte, dass ihm der Unterkiefer herab hing, und sorgte für Abhilfe. Gleichzeitig kam ihm ein Gedanke, wie in diese grotesk anmutenden Ausführungen vielleicht doch noch Sinn hineinzubekommen wäre. »Sie meinen, die neue Marmeladensorte ist Ihrem Hermann nicht gut bekommen? Dass er davon einen Flotten gekriegt hat?« Stolz auf sein Kombinationsvermögen und seinen guten Willen, blickte er die rote Dame erwartungsvoll an.

»Was heißt hier, nicht bekommen!«, schnauzte die zurück. »Hermann hat einen Magen aus Eisen, das gibt es gar nicht, dass dem etwas nicht bekommt! Außerdem, Sanddorn haben wir früher schon gegessen, da gab es noch nie Probleme. Nee, nee, mit Bekommen hat das nichts zu tun.«

»Sondern?« Lüppo Buss spürte seine Selbstbeherrschung dahinschwinden und beschränkte sich daher auf dieses eine Wort.

»Sondern? Merken Sie denn überhaupt nichts?« Die rote Dame ging hoch wie eine Leuchtrakete. »Gift! Mit Gift hat das was zu tun! Hier will uns einer vergiften! Bei meinem Hermann hätte das beinahe schon geklappt, wenn der nicht so 'ne eiserne Konstitution hätte.« Mit diesen Worten zog sie eine Plastiktüte aus ihrer magentaroten Umhängetasche und platzierte sie auf Lüppo Buss' polierter Kirschholzfurnier-Schreibtischplatte.

Die Tüte war pink.

Der Oberkommissar merkte, wie sich sein Magen zusammenzog. »Und da drin ist …«

»Genau.« Die rote Dame nickte eifrig. »Die Sanddornmarmelade mit dem Gift. Vielmehr, der Rest davon.«

»Und Sie meinen, die soll ich jetzt …«

»Erraten. Ins Labor, zur Untersuchung. So geht das doch, nicht? Sieht man ja immer im *Tatort*.« Sie blickte sich suchend um: »Wo haben Sie denn hier eigentlich Ihr Labor?«

Der Inselpolizist räusperte sich umständlich. »Das Labor? Tja, wissen Sie, Frau … wie war doch gleich Ihr Name?«

»Salewsky«, erwiderte die rote Dame und knallte einen Personalausweis neben die pinkfarbene Tüte. »Ingeborg Salewsky. Ich dachte schon, Sie würden mich überhaupt nicht mehr danach fragen. Immerhin mache ich hier ja eine offizielle Anzeige.«

»Eine Anzeige?« Lüppo Buss, der sich Namen und Anschrift notierte, blickte auf. »Anzeige gegen wen denn, bitteschön?«

»Na, gegen die Leute, die uns dieses Giftzeugs verkauft haben! Wie heißen die denn noch … ich glaube, Tütjer oder so ähnlich. Jedenfalls heißt der Laden so.«

»*Tuitjers Eck* meinen Sie?« Der Oberkommissar kannte das Geschäft, das immer noch den Namen seines verstorbenen Gründers führte. »Mal im Ernst, glauben Sie wirklich, dass jemand Ihnen Böses wollte? Bestimmt ist das alles nur ein unglücklicher Zufall. Ihr Hermann hat gestern sicher noch irgendetwas anderes gegessen, das ihm nicht bekommen ist. Oder getrunken. Reden Sie doch noch einmal mit ihm, sprechen Sie alles durch. Bestimmt gibt es für das Unwohlsein Ihres Gatten eine harmlose Erklärung.«

Die rote Dame sprang auf, so ungestüm, dass der Stuhl, auf dem sie gesessen hatte, hinter ihr zu Boden krachte.

»Wollen Sie mich eigentlich nicht verstehen?«, zischte sie den Inselpolizisten an. »Oder können Sie bloß nicht? Hier geht es nicht einfach um einen verdorbenen Magen, hier geht es um einen Giftanschlag. Jemand hat es auf uns abgesehen. Und vielleicht auch noch auf andere. Was muss denn noch alles passieren, dass Sie endlich mal Ihren Hintern hochkriegen?« Sie grabschte nach ihrem Ausweis und stopfte ihn in die Umhängetasche. »Aber warten Sie nur, Sie werden schon sehen. Wenn Sie mich nicht ernst nehmen in meiner Not, die Presse wird das schon tun! Da gehe ich jetzt nämlich hin. Zur Presse, jawohl. Die wird Ihnen schon Dampf machen.«

Damit rauschte sie hinaus und schmetterte die Tür hinter sich ins Schloss.

Lüppo Buss schaute ihr kopfschüttelnd nach. Leute gab es! Also wirklich. Ein Mordanschlag, einfach so, mit Marmelade frisch aus dem Laden, ohne einen Anlass oder ein erkennbares Motiv. Nee, Leute. Was die Frau sich so alles einbildete. Na ja, Einbildung war ja auch eine Form von Bildung.

Dann begann er zu grübeln. Sein Blick ruhte auf der pinkfarbenen Plastiktüte, die auf seinem Schreibtisch zurückgeblieben war.

6.

Waldemar Wallmanns Haus war richtig eindrucksvoll, fand Stahnke. Viel zu geräumig für einen alleinstehenden Mann. Noch ziemlich neu. Gartentor aus Schmiedeeisen, Gehwegplatten aus Travertin, Fensterrahmen aus Kupfer. Vorgarten von kundiger Hand angelegt und offensichtlich professionell gepflegt. Imposanter Eingangsbereich, drinnen wie draußen. Schicker Flur, mehr Empfangshalle als Korridor. Garderobe vollkommen leer. Großzügiges Wohnzimmer, spärlich, aber edel möbliert. Keineswegs der plumpe Protz, den der Hauptkommissar erwartet hatte. Waldemar Wallmann schien Geschmack gehabt zu haben. Oder er hatte sich Leute mit Geschmack leisten können.

Vorurteils-Alarm, dachte Stahnke. Vorsicht. Ein dunkelhäutiger Mercedesfahrer muss nicht automatisch ein Drogendealer sein. Und ein wohlhabender Russlanddeutscher kein unter dem Goldlack primitiv gebliebener Proll. Ist das klar, Alter?

Aber das war es gar nicht. Vielmehr das andere: Chef einer Zeitarbeitsfirma. *Personal Flexibility*, wie das schon klang! Ausbeuter. Moderner Sklavenhalter. Profitierte von der Angst der Arbeitgeber vor der wankelmütigen Konjunktur. Und vor allem von der Unsicherheit der Arbeitnehmer. So einer konnte doch nur ein mieses Schwein sein. Und hatte gefälligst auch so zu wohnen. In einem sauteuren, geleckt sauberen, aber gefälligst ekelhaft geschmacklosen Schweinestall.

Da also steckte das Vorurteil. Weg mit dir, dachte Stahnke, du störst bei der Arbeit!

Schade eigentlich, überlegte er weiter, denn dieses Vorurteil war ihm lieb geworden. Wohl durch den Umgang mit Sina, für die *Ausbeutung* noch ein Schimpfwort war und *Solidarität* mehr als der Name einer polnischen Gewerkschaft. Und natürlich mit Marian Godehau, diesem unverbesserlichen Robin Hood im Blätterwald.

Der Hauptkommissar schnaubte ärgerlich. Musste dieser Name denn jetzt unbedingt in seinem Hirn auftauchen, ungebeten wie Marian selbst auf Langeoog?

Er hörte Schritte im Flur. Kramer erschien. »Es gibt eine Putzfrau«, verkündete er und wedelte mit einem Notizzettel. »Oder auch eine Art Haushälterin. Die Nachbarn wussten Namen und Adresse.« Er grinste. »Hier scheint man überhaupt eine ganze Menge übereinander zu wissen. Was manche Leute so alles beobachten – davon könnten sich unsere Fahnder noch eine Scheibe abschneiden.«

»Uns soll's doch nur recht sein«, sagte Stahnke. Insgeheim aber war er doch froh, nicht mit solch neugieriger Nachbarschaft gesegnet zu sein. Jedenfalls nahm er das an. Wissen konnte er es natürlich nicht, dazu war er in seiner knapp bemessenen Zeit im eigenen Heim nicht aufmerksam genug.

»Und? Was hast du inzwischen herausgefunden?«

Stahnke blickte seinen Kollegen erstaunt an. Herausgefunden? Er hatte die Atmosphäre dieses Hauses auf sich wirken lassen, das war doch viel wichtiger. Musste man Kramer sowas etwa erklären?

Anscheinend nicht. Wortlos wandte sich der Oberkommissar ab und begann die restlichen Räume des Hauses zu inspizieren.

Stahnkes Handy ertönte. Sinas Nummer erschien auf dem Display.

»Hallo, Insulanerin.«

»Hallo, du Verschwindefix.« Sina klang gut gelaunt. Leise Hintergrundgeräusche verrieten, dass sie vom *Haus Waterkant* aus anrief. Stahnke kannte diese Klinik für Essgestörte gut, hatte er doch selbst einige Zeit darin zugebracht. Dienstlich zwar und mit speziellem Auftrag, aber um den Schein zu wahren, hatte er sich trotzdem einem Therapieprogramm unterwerfen müssen. Eine zunächst lästige, aber doch sehr lehrreiche Erfahrung, von der er immer noch profitierte.

»Ging nicht anders, der Job rief. Kennst du ja. Freie Tage sind bei uns nur unverbindliche Vorschläge.«

»Ohne Gewähr, ich weiß. Da bin ich hier direkt noch gut dran.« Sie lachte ironisch. »Kannst du schon absehen, wann du wieder nach Langeoog kommst?«

»Schwer zu sagen. Mordfall. Noch haben wir rein gar nichts in der Hand.« Er seufzte. »Ich fürchte, in den nächsten Tagen werde ich hier wohl nicht abkömmlich sein. In der heißen Phase kann ich Kramer und die anderen schlecht alleine lassen.«

»Verstehe.« Sina klang eher sachlich als gebührend enttäuscht; Stahnke verspürte einen kleinen Stich. »Dann sehen wir uns also erst nächste Woche.«

»Kannst du denn nicht am Wochenende nach Leer rüberkommen?«, fragte er.

»Lohnt nicht, muss am Sonntag schon wieder arbeiten«, antwortete sie. »Und vorher, am Freitag, wieder spät. Da würde ich dann den halben Samstag auf der Fähre und im Auto hocken. Nee, das muss ich nicht haben. Da mache ich mir lieber einen schönen Solo-Tag.«

»Verstehe.« Das sagte Stahnkes Verstand; sein Bauchgefühl wollte etwas ganz anderes erwidern, kam aber nicht zu Wort. »Was schwebt dir denn vor? Touristenprogramm mit Strand, essen gehen und so?«

»Essen gehen bestimmt. Mein Oberarzt hat einen Tisch in Thormählens neuem Feinschmeckerlokal bestellt, und weil noch ein Platz übrig war, hat er mich mit eingeladen«, verkündete Sina fröhlich.

Wieder ein Stich, diesmal schmerzhafter. Hatte er diese pennälerhafte Eifersucht denn noch immer nicht im Griff? Offenbar nicht. Hoffentlich setzte es jetzt nicht auch bei ihm einen Stich pro Lebensjahr, schoss es im durch den Kopf. Das wären nämlich erheblich mehr als sechsunddreißig.

»Na, dann wünsche ich mal guten Hunger«, erwiderte er leichthin. »Hoffentlich wird man in solch einem Gourmet-Tempel überhaupt satt. Ohne davon pleite zu gehen, meine ich.«

»Ach, hast du auch mitgekriegt, was hier so geredet wird? Aber lass mal, so schlimm kann das wohl nicht werden, wir sind hier ja nicht auf Sylt. Wird doch nichts so heiß gegessen, wie es gekocht wird.« Sie lachte hell. »So, ich muss Schluss machen. Neue Kundschaft eingetroffen. Mach's gut, mein Lieber.«

»Du auch.« Ehe Stahnke sich zu einem Kosewort durchringen konnte, hatte Sina das Gespräch beendet.

Na ja, hätte schlimmer kommen können, dachte Stahnke, während er sein Handy anstierte, als sei es ein Ding aus einer anderen Welt, und kein appetitliches. Wenigstens geht sie mit ihrem Chef essen und nicht mit ihrem Ex. Und als Gruppe, nicht zu zweit. Alles im grünen Bereich.

Andererseits war eine Restauranteröffnung auf Langeoog ganz bestimmt auch ein Pflichttermin für die örtlichen Zeitungen.

»Dort hinten gibt es ein Büro.« Kramer war wieder aufgetaucht, einen Aktenordner in jeder Hand. »Da steht allerhand an Geschäftsunterlagen, außerdem ein PC mit externer Festplatte. Werde mal die kundigen Kollegen drauf ansetzen. Das hier«, er schwenkte die Ordner, »sind Unterlagen über seine Boote und Versicherungen. Da gehe ich zuerst ran, mal schauen, ob sich Anhaltspunkte ergeben.«

Stahnke nickte abwesend. Immerhin wandte er dabei den Blick von seinem Handy ab. Schuldbewusst steckte er es ein.

»Private Korrespondenz konnte ich nirgends entdecken«, fuhr Kramer fort. »Steckt wohl alles im PC. Heutzutage schreiben die Leute ja sogar ihre Liebesbriefe am Computer. Wenn sie nicht sowieso nur chatten oder SMS verschicken.«

»Ich schau mir das mal an.« Dankbar nahm Stahnke den Hinweis auf. Er war eindeutig nicht genügend bei der Sache. Das musste sich ändern.

7.

Jannik Bartels war im Stress. Wieder einmal zu spät aus dem Bett gekommen. Seine Zeit war der Abend, dann lief er zu großer Form auf. Nicht der Morgen, den hasste er. Darum war er ja auch Koch geworden und nicht Bäcker. Eilig warf er die Schwingtüren der Hotelküche beiseite, nahm die Kurve zu eng und rammte sich die scharfe Ecke des Metallschranks in den Oberschenkel. Aufjaulend vor Schmerz und Wut, trat er nach dem Ding. Zu spät fiel ihm ein, dass er offene Sandalen trug. Jetzt tat ihm auch noch der rechte große Onkel verteufelt weh.

»Gemeinheit!«, zischte er durch die Zähne. Tränen rannen ihm über die Wangen. »So eine Gemeinheit. Blöder Mistkerl.«

Klar, dass sein Chef sauer auf ihn war. Dessen Boot war weg, ausgerechnet zu Saisonbeginn, und er, Jannik Bartels, trug daran die Schuld. Aber erstens nicht alleine, denn die anderen hatten ja ebenso wenig aufgepasst wie er. Und zweitens war sein Chef doch versichert! In Kürze würde die Versicherung zahlen, und zwar den Neuwert, das hatte Thormählen schon stolz verkündet. Dann würde er sich ein noch moderneres und noch stärker motorisiertes Boot kaufen. Na also, dachte der junge Koch, dann sollte der Typ mir doch eher dankbar sein. Aber was ist? Nichts ist. Stattdessen teilt er mich hier im Hotel zum Frühstücksdienst ein, weil jemand krank geworden ist. Dabei hätte ich doch eigentlich heute frei.

Morgen ist Eröffnung der *Weißen Düne*, das ist mein Ding, dafür hat man mich angeheuert, dafür habe ich tagelang geschuftet, um alles vorzubereiten.

Heute, am Freitag, hatte er sich ausruhen wollen. Ruhe vor dem großen Ansturm. Stattdessen durfte er hier das Büffet bestücken, Eier kochen und Wurstscheiben aufreihen. Zur Strafe. Obwohl das meilenweit unter seiner Würde war. Oder gerade deshalb.

Er ließ seinen Blick durch den weitläufigen Frühstückssaal schweifen. Wenigstens war alles schon ordentlich eingedeckt. Der *Insulaner* war beileibe kein kleines Hotel, und es war annähernd ausgebucht. Ab halb acht würde hier der Bär steppen. Hoffentlich fehlte dann nicht noch jemand aus der Saisonkräfte-Crew, dachte Jannik Bartels, sonst musste er womöglich noch Kaffee- und Teekännchen an die Tische bringen! Ihm reichte schon die Aussicht, Rührei und gebratenen Speck *en masse* produzieren und in die Rechauds schaufeln zu müssen. Genau diese Art Küchenbulle hatte er nie werden wollen. Und war es ja glücklicherweise auch nicht geworden.

Genau genommen war er Thormählen dankbar, dass der Vertrauen in ihn investiert und ihn zum Chefkoch eines solchen Nobelprojektes gemacht hatte. Klar, dabei hatte er auch eine Menge Geld gespart, denn Jannik Bartels' Gehaltsvorstellungen waren naturgemäß moderat. Aber wenn er es hier schaffte, wenn er und seine Speisekarte bei den Gästen ankamen, dann war es schon bald aus mit der Bescheidenheit. Das stand für ihn fest. Auch wenn er es natürlich eisern für sich behielt.

Er rechnete sich gute Chancen aus. Er hatte bei wahren Künstlern gelernt, Meisterköchen der regionalen wie der internationalen Küche, hatte alles absorbiert, was es über Ingredienzien, Kombinationen und kulinarische Kreationen zu wissen gab. Sein gutes Gespür für Frische und Qualität hatte ihm viel Lob eingetragen, sein unbekümmerter Wagemut bei unkonventionellen Zusammenstellungen sogar Respekt. Seine Prüfer schließlich hatte er bereits mit einem simplen Zwiebel-Ananas-Salat in Verzückung versetzt. Um sie dann mit jedem weiteren Gang eines ausgefuchsten Menüs noch mehr zu verblüffen und zu begeistern.

Für die *Weiße Düne* hatte er sich eine todsichere Marschroute überlegt. Gerichte mit norddeutschen Wurzeln, aber nach internationalem Standard, wiedererkennbar und doch überraschend. Kess, aber niemanden verschreckend. Pfiffig und trotzdem großzügig. Und natürlich basierend auf dem, was gute Küche in Wahrheit ausmachte: erstklassigen, frischen Zutaten.

Das war zugleich sein einziges echtes Problem. Hier auf der Insel gab es keinen Großmarkt, durch den man frühmorgens schlendern und sich die besten Stücke heraussuchen konnte. Hier wurde man beliefert, und man konnte nur hoffen, dass man auch wirklich das bekam, was man geordert hatte, nämlich erste Qualität. Aber einer wie Jannik Bartels war umtriebig, kannte Gott und die Welt. Und natürlich auch gute Lieferanten. Also konnte er auch in diesem Punkt einigermaßen zuversichtlich sein.

So. Was fehlte noch? Knusprige Brötchen verbreiteten angenehmen Duft, der sich schon bald mit dem von frisch gebrühtem Kaffee mischen und für gute Frühstücksatmosphäre sorgen würde. Tee war in olfaktorischer Hinsicht ja eher enttäuschend, verbreitete höchsten den Geruch von feuchtem Heu. Käse, Wurst und Schinken lagen ordentlich und in ausreichender Menge unter ihren transparenten Abdeckungen, die Säfte waren bereitgestellt, Müsli, Joghurt und Cornflakes platziert, die Rechauds und das heiße Wasser für die Früchtetees blubberten vor sich hin, Milch, Kakao … fehlte noch etwas, oder konnte er sich jetzt der Produktion von »Frühstück englisch« zuwenden?

Halt – frische Früchte! Fast hätte er die vergessen. Er

wusste, dass Ananas-, Mango- und Melonenscheiben und allerhand anderes Zeugs vorbereitet und in Folien gehüllt in einem der großen Kühlschränke bereitlagen. Nur musste er sie schleunigst herausholen und anrichten, damit den Gästen nachher nicht vor Kälte die Zähne wehtaten.

Welcher Kühlschrank mochte es sein? Vermutlich der, an dem er noch nicht gewesen war. Schwungvoll riss Jannik Bartels die große Tür auf.

Das Kühlschranklicht blitzte auf. Dann fauchte es laut. Merkwürdig, dachte der junge Koch. Er dachte es in einen Feuerball hinein, der sich ihm entgegenblähte und ihm mit feuriger Zunge übers Gesicht leckte.

Jannik Bartels war nie bei der Bundeswehr gewesen. Aber oft im Kino. Er ging in die Knie, holte Schwung und sprang seitlich weg. Sein Körper rutschte über den glatten Kachelboden, bis er mit dem Kopf gegen die Schwingtüren knallte. Dann brach hinter ihm endgültig die Hölle los.

8.

Den morgendlichen Gang über die Hafenpromenade ließ sich Stahnke nicht nehmen. Früher, als er noch in der Leeraner Altstadt gewohnt hatte, war dies der logische Weg zur Arbeit gewesen, zum Inspektionsgebäude, das wie ein länglicher Bauklotz am Kopfende des Hafenbeckens ruhte. Seit er weiter draußen in Heisfelde wohnte und jeden Tag mit dem Fahrrad kam, wann immer Dienst und Wetter dies zuließen, war die Promenade ein Umweg. Das aber focht den Hauptkommissar nicht an.

Heute lagen besonders viele Boote im Hafen, Yachten

aller Größen, aber auch kleinere Boote. Besuche in Leer kamen bei Bootstouristen immer mehr in Mode. Wo sonst konnte man praktisch mitten in der Stadt so schön anlegen? Na gut, sicher gab es Plätze, wo man ungestörter war. Aber beides auf einmal ging eben nicht.

Stahnke passierte die neue Fußgängerbrücke. Gegenüber, dort, wo die neuen Kapitänshäuser standen, die ihn reizten, über deren Kaufpreise er aber nicht einmal nachzudenken wagte, lag die *Arcturus*, der alte Kutter, der einmal Marian Godehau gehört hatte. Der neue Besitzer hatte aus dem heruntergekommenen Ding ein echtes Schmuckstück gemacht. Fast Steven an Steven hatte die *Prinz Heinrich* festgemacht, ein stattlicher Oldtimer, an dessen Restaurierung ein ganzer Verein seit Jahren werkelte. Sah schon wieder ganz passabel aus, dachte Stahnke und nickte anerkennend. Er mochte Leute, die in ihrer Freizeit mehr taten, als sich den Hintern vor der Glotze oder dem PC breit zu sitzen.

Ein paar Minuten dauerte der Gang, dann hatte Stahnke die Treppe erreicht, die ihn hoch zur Georgstraße und damit zurück zu seiner Berufsrealität führte. Summend schulterte er sein Zweitrad und trug es die Stufen hoch. Wieder einmal hatte der kleine Umweg zur Verbesserung seiner Morgenlaune gereicht.

Während er das Dienstgebäude betrat und die Treppen erklomm, rekapitulierte er, was sie inzwischen über Wallmann wussten. Er repräsentierte in der Tat die rauere Seite des florierenden Zeitarbeits-Business. Hatte polnische Fleischhauertrupps an südoldenburgische Großschlachtereien vermittelt, hart arbeitende Männer, die für Hungerlöhne unter mörderischen Bedingungen ganze Herden zerlegten, während ihre deutschen Berufskollegen untätig auf den Arbeitsämtern, die neudeutsch Agenturen hießen, anstanden. Hatte multikulturelle Maurerkolonnen ohne Arbeitserlaubnis auf Baustellen in ganz Deutschland geschickt, wo sie jeden Ecklohn unterboten, Überstunden klaglos ertrugen und die Wochenenden durchschufteten, immer das drohende Elend daheim vor Augen. Ungelernte aus Osteuropa hatte er an die Bahn vermittelt, wo sie für einsfuffzig die Stunde Gleise überholten, ohne zu wissen, was sie da taten. Von den zahllosen Gebäudereinigern und Pflegekräften ganz zu schweigen, die dafür sorgten, dass Kosten gedämpft werden konnten, ohne dass auch nur ein Manager auf seine Bonuszahlung verzichten musste. Und er hatte hochqualifizierte Facharbeiter unter Vertrag, die nach Bedarf eingesetzt werden konnten, was es zum Beispiel der Leiner-Werft oben an der Ems ermöglichte, ihre Stammbelegschaft zu reduzieren und Arbeitskräfte je nach Auftragslage kurzfristig anzuheuern, ganz wie früher zur Gutsherren- und Tagelöhnerzeit. Diese Zeitarbeit war wirklich eine tolle Sache, dachte Stahnke. Nahezu alle schienen davon zu profitieren, Wallmann ebenso wie seine unterschiedlichen Kunden. Alle, bloß die Arbeitnehmer nicht.

Oben empfingen ihn Kaffeeduft und Kramer. »Interessante Sache«, sagte der Oberkommissar und legte ihm ein paar Kopien vor. Stahnke blätterte. Die Unterlagen stammten offenbar aus Waldemar Wallmanns Ordnern. Kaufverträge über drei Boote, über einen Zeitraum von sieben Jahren bei verschiedenen Händlern erworben. Und die dazugehörigen Versicherungsverträge. Auch die waren mit drei verschiedenen Firmen abgeschlossen worden.

Stahnke blickte hoch. »Ungewöhnlich«, kommentierte er. »Klar, man wechselt hin und wieder, wenn man unzufrieden ist oder ein besseres Angebot bekommt. Aber gleich jedes Mal?«

»Es kommt noch besser«, sagte Kramer schmunzelnd.

Anzeigenprotokolle. Diebstahlsanzeigen, erstattet bei verschiedenen Polizeirevieren. Zweimal erschien Wallmann selbst als Geschädigter, einmal hatte das Boot angeblich einer Frau gehört. Stahnke verglich die

Daten: Eindeutig dasselbe Boot, das seinerzeit Wallmann erworben hatte. Offenbar hatte der Halter zwischenzeitlich gewechselt. Stahnke tippte auf eine von Wallmanns früheren Freundinnen. Ein simpler Täuschungsversuch, der aber anscheinend gewirkt hatte.

»Schau an«, sagte der Hauptkommissar. »Das stinkt doch nach Versicherungsbetrug. Wallmann hat doppelt abgesahnt.«

Kramer nickte bestätigend. »Bei der Versicherung und beim Abnehmer seiner Boote. Davon können wir ausgehen. Beweise gibt es natürlich keine. Aber für diese Häufung gibt es kaum eine andere Erklärung. Außerdem, wer weiß, vielleicht ist das ja noch nicht einmal alles.«

»Gut möglich«, sagte Stahnke. »Respekt, dass du dies hier so schnell herausgefiltert hast. Ist ja eigentlich gar nicht unser Gebiet. Bringt uns aber auf jeden Fall ein neues Tatmotiv ein.«

»Wallmanns Abnehmer«, nahm Kramer den Ball an. »Oder der Zwischenhändler. Auf jeden Fall muss es einen oder mehrere Komplizen gegeben haben. Leute, die die angeblich geklauten Boote irgendwo aus dem Wasser ziehen, auf Trailer verladen und außer Landes schaffen. So läuft das doch meistens. Jeder von denen will seinen Profit machen. Und Wallmann war bestimmt keiner, der anderen mehr abgibt als unbedingt nötig.«

»Du meinst, er konnte den Hals nicht voll kriegen? Durchaus vorstellbar.« Stahnke lehnte sich zurück. »Wallmann könnte seine Partner derart verärgert haben, dass diese ihm aufgelauert und ihn erledigt haben. Und zwar gründlich. Sein Boot könnten sie mitgenommen haben, um sich nachträglich für unterschlagene Anteile zu entschädigen. Vielleicht wollten sie auch gleich das Nachbarboot mitnehmen, daher die lose Leine. Dabei aber wurden sie gestört und machten sich davon.«

»Ohne Wallmann die sechstausend Euro abzunehmen?« Kramer wiegte zweifelnd den Kopf.

»Wie auch immer.« Stahnke zuckte die Schultern. »Auf jeden Fall war Wallmann offenkundig über Jahre als Versicherungsbetrüger aktiv. Also wird man ihn in den einschlägigen Kreisen auch kennen. Eine Meinung über ihn haben. Bloß, wie kommen wir in diese Kreise hinein? Kontakte habe ich jedenfalls keine. Da werden wir wohl die Kollegen vom Fachkommissariat zwo um Unterstützung bitten müssen.« Er streckte schon seine Hand nach dem Telefon aus, da kam ihm eine andere Idee. »Wir wollten uns doch zunächst einmal mit Wallmanns Ex-Freundinnen befassen«, sagte er, zu Kramer gewandt.

Kramer antwortete nicht. Wenn man von ihm eine Antwort wollte, musste man ihm schon eine richtige Frage stellen.

»Da könnten wir doch gleich zwei Fliegen mit einen Klappe schlagen«, fuhr Stahnke also selbst fort. »Wie heißt doch gleich die Dame, die im letzten Bootsdiebstahlsfall als Geschädigte aufgetreten ist? Das dürfte ja wohl eine seiner Exen sein.« Er blätterte in den Kopien. »Aha, hier. Alina Thormählen. Mit der werden wir uns als erstes einmal unterhalten.«

Dann grinste er breit. »Schau an«, sagte er, »was für ein Zufall. Die Dame wohnt auf Langeoog.«

9.

»Zurücktreten«, psalmodierte Lüppo Buss monoton. »Bitte weitergehen. Hier gibt es nichts zu sehen.«

Das war natürlich glatt gelogen. Die Küche des Hotels *Insulaner* sah spektakulär furchterregend aus. Natürlich nicht zuletzt wegen der Zerstörungen, die die Explosion angerichtet hatte, vor allem aber wegen des Inhalts des betroffenen Kühlschranks. Das servierfertige Obst war zerfetzt und durch den ganzen Raum geschleudert worden. Gelbe Ananasfetzen, roter und weißer Melonenbrei, zermatschte Erdbeeren und grünliche Kiwifragmente klebten überall, tropften von der Decke, glibberten die Wände hinab und wabbelten auf Herd und Arbeitsplatten. Die Gesamtwirkung war von geradezu künstlerischer Grausigkeit, wie sie auch ein Joseph Beuys mit viel Mühe nicht überzeugender hätte hinbekommen können. Zudem hatten die Schwingtüren, die die Küche zum Speisesaal hin begrenzten, etwas abbekommen und schlossen nicht mehr, so dass die Neugierigen freies Blickfeld hatten. Vielmehr: gehabt hätten, wären da nicht Lüppo Buss und seine Kollegin Insa Ukena gewesen.

»Bleiben Sie zurück. Bitte gehen Sie weiter. Hier gibt es nichts ... hallo? Hören Sie mich?« Insa Ukena tat sich mit der Dickfelligkeit einiger Hotelgäste sichtlich schwer. Lüppo Buss kam ihr zu Hilfe, breitete seine kräftigen Arme aus und gab seiner Kollegin Deckung. »Schauen Sie mal, da vorne gibt es Gutscheine für die umliegenden Cafés, dort können Sie heute umsonst Frühstück bekommen. Ich weiß allerdings nicht, ob auch genügend für alle da sind.«

Das half. Endlich begann die drängelnde Menge abzudriften, ließ sich dorthin dirigieren, wo zwei schwitzende Küchenhilfen improvisierte Gutscheine gegen Nennung der Zimmernummer austeilten. Thormählen stand direkt hinter seinen Angestellten und kontrollierte mit gesträubten Augenbrauen über zuckender Adlernase, ob die Belegungsliste auch korrekt abgehakt wurde und sich hier kein Unbefugter ein Gratisfrühstück erschlich. Lüppo Buss war wieder einmal froh, Beamter geworden zu sein.

»Na, müsst ihr hier niedere Dienste verrichten? Solltet ihr nicht lieber die Ermittlungen vorantreiben?«, grollte es von oben herab. Der Inselpolizist legte den Kopf in den Nacken. Doktor Fredermann hatte leicht reden; für einen Menschen seiner Körperlänge war jede Tätigkeit, die er nicht gerade selbst verrichtete, eine niedere. Außerdem hatte der Mediziner einen wunden Punkt getroffen. Nun ja, was sollte man anderes erwarten?

»Was gibt's da zu grinsen?«, knurrte Fredermann weiter. »Immerhin wurde ein Mensch verletzt! Und ihr steht hier herum. Meint ihr, der Bombenleger macht so lange Pause, bis ihr mal Zeit für ihn habt?«

»Ich nicht.« Lüppo Buss verhakte seine Finger auf dem Rücken und wippte auf den Fußballen. »Der, der das meint, heißt Dedo de Beer.«

Insa Ukena schickte ihm einen warnenden Blick herüber. Sie nahm es mit der dienstlichen Verschwiegenheit noch ziemlich genau. Kramer hatte wohl ein bisschen auf sie abgefärbt, dachte Lüppo Buss. Dabei wusste doch jeder, wie der Leitende Ermittler des zuständigen Fachkommissariats in Wittmund hieß.

»Ach«, sagte Fredermann, »kommt er rüber?« Sein Gesicht nahm einen mitleidsvollen Ausdruck an.

»Soll wohl«, murmelte der Inselpolizist und drehte sich weg; Mitleid konnte er überhaupt nicht vertragen. »Der dürfte mittlerweile schon auf der Fähre sitzen. Oder in der Inselbahn.«

Insa knuffte ihn heftig in die Rippen, aber der Oberkommissar zuckte nur die Achseln. Ein paar Minuten noch, dann wusste es ohnehin jeder. Dass Lüppo Buss nur ein Platzhalter war, gerade gut genug, um Betrunkene zur

Ordnung zu rufen, geklaute Fahrräder zu suchen oder schwachsinnige Anzeigen wegen dünnschissverursachender Marmelade entgegenzunehmen. Aber wenn mal etwas Richtiges passierte, so ein Ding wie dieses hier, dann war der Inselpolizist natürlich eine Nummer zu klein. Dann musste jemand anderes her, einer mit mehr Ahnung und Kompetenz. Ein richtiger Polizist eben. Wütend trat Lüppo Buss gegen die Zarge der demolierten Schwingtür.

»He, spinnst du?«, zischte Insa. »Hast du vergessen, weshalb wir hier herumstehen?«

Nein, hatte er nicht. ›Tatort sichern, alles absperren, sonst nichts‹, hatte de Beer am Telefon geschnauzt. ›Wir machen das. Ihr fasst nichts an, verstanden?‹ Am liebsten hätte Lüppo Buss gefragt, ob man denn den Verletzten vielleicht wieder an Ort und Stelle hinlegen solle, am besten blutend, wie er vorgefunden worden war. Aber dann hatte er sich doch auf die Zunge gebissen. De Beer hatte bei den letzten beiden größeren Fällen auf Langeoog, die Lüppo Buss zusammen mit Stahnke und zuletzt auch mit Insa Ukena erledigt hatte, schlecht ausgesehen; offenbar war er nachtragend. Ihn zu reizen, würde nur noch mehr Ärger bringen.

»Wie geht es denn eigentlich dem kleinen Jannik Bartels?«, fragte Insa Ukena, als hätte sie die sarkastischen Gedanken ihres Kollegen gelesen. »Ist er schon wieder bei Bewusstsein?«

Fredermann nickte. »Gut geht es ihm, wenn man's bedenkt. Hat wirklich unverschämtes Glück gehabt. Ich meine, wenn so eine Sprengladung explodiert – da können Splitter wirklich üble Löcher reißen, auch wenn es nur Porzellansplitter sind. Zerfetzte Schlagadern, perforierte innere Organe und so. Aber nee, nichts davon. Nur ein paar Lackschäden, ich meine, leichte Verbrennungen und Schnittwunden. Genau genommen bessere Kratzer. Damit muss er nicht einmal lange krankfeiern.«

»Na, da wird sich sein Chef ja freuen, dass der Jannik

das geklaute Boot weiter abarbeiten kann«, höhnte der Oberkommissar lautstark. Aus den Augenwinkeln aber erkannte er, dass seine Provokation ins Leere fiel; die Traube der hungrigen Hotelgäste hatte sich inzwischen verlaufen, und mit ihnen war auch Hotelbesitzer Thormählen verschwunden.

»Wie kann es denn sein, dass der Jannik so glimpflich davongekommen ist?«, fragte Insa Ukena. »Ich meine, er stand im Moment der Detonation doch genau vor dem offenen Kühlschrank. Da müsste er doch mehr abbekommen haben.«

Fredermann wiegte den Kopf. »Wenn – dann. Das sehe ich auch so«, antwortete er kryptisch. »Aber wenn nicht, dann nicht.«

Lüppo Buss und Insa Ukena stemmten beide die Fäuste in die Hüften, vorwurfsvoll und synchron wie ein altes Ehepaar. Fredermann hob abwehrend die Hände. »Schon gut, schon gut! Ich erkläre mich ja schon. Obwohl – für unbewiesene Hypothesen bin ich genau genommen ja nicht zuständig.« Er grinste spitzbübisch: »Dafür habt ihr doch Spezialisten.«

»Aber Stahnke ist nun einmal nicht hier«, erwiderte der Oberkommissar, ohne eine Miene zu verziehen, »und einer muss es ja machen. Also los.«

»Wenn's unter uns bleibt.« Fredermann zwinkerte ihm zu. »Ich habe ja den kleinen Koch verarztet, ich meine, die Erstversorgung vorgenommen. Da war er schon wieder bei sich. Und der Schock war auch nicht allzu groß, er konnte sich also ziemlich genau an den Ablauf erinnern. Also, der Kleine sagt, als er den Kühlschrank heute früh aufgemacht hat, hätte es zuerst so etwas wie eine Feuerwolke gegeben. Die eigentliche Detonation erfolgte erst ein bisschen später. Jannik Bartels hatte also gerade genug Zeit, sich in Sicherheit zu bringen.«

»Klingt nach einer ausgefuchsten Sprengfalle«, sagte Lüppo Buss. »Wie sowas wohl funktioniert?«

»Nun ja.« Fredermann verschränkte seine langen Finger und ließ die Gelenke knacken, dass die beiden Polizeibeamten zusammenzuckten. »Eine Idee hätte ich schon. Wisst ihr, als ich jung war, war ich ein ziemlicher Pyromane. Habe alles Mögliche in die Luft gejagt, draußen in den Dünen, ohne dass jemand dahintergekommen wäre. Unkraut-Ex in Wasser aufgelöst, Zeitungspapier damit getränkt, getrocknet, aufgerollt und in Rohrstücke gesteckt – Krawumm! Ich kann euch sagen, das waren echte Granaten, die ich damals gebastelt habe, im wahrsten Wortsinne. Danach würden sich heute die Islamisten alle Finger lecken.« Er hob seine Hände hoch: »Ein Wunder, dass ich meine Finger alle noch habe.«

»Eine Bombe aus Unkrautvertilgungsmittel?«, fragte Insa Ukena. »Klingt nicht gerade nach einer Präzisionswaffe.«

»Wie man's nimmt«, erwiderte Fredermann. »Wenn ihr nichts dagegen habt, kann ich ja mal gucken. Ich ziehe auch die hier an.« Er zupfte ein Paar Latexhandschuhe aus der Jackentasche und begann, sie über seine Finger zu streifen.

Insa Ukena hob abwehrend die Hand und öffnete den Mund, aber Lüppo Buss kam ihr zuvor. »Nur gucken, nicht anfassen«, mahnte er. »Und nirgendwo drauftreten. Hier liegt überall Obstmatsch herum.«

Fredermann tat, wie ihm geheißen, und stelzte wie ein Storch auf den deformierten Kühlschrank zu, den Inselpolizisten auf seinen Fersen, während Insa Ukena den Eingang im Auge behielt. Die Kühlschranktür war halb aus den Scharnieren gerissen. Der Arzt musterte sie ausgiebig, ehe er sich dem Kühlschrankkorpus zuwandte. »Dachte ich's mir doch«, murmelte er vor sich hin. Dann beugte er sich vor und streckte seinen Kopf ins Innere des verwüsteten Behältnisses, so weit es ging, ohne irgendetwas zu berühren. »Nicht zu fassen«, erklang es dumpf zwischen Früchtemus und Porzellanscherben.

»Na los, Bericht!«, verlangte Lüppo Buss ungeduldig.

Fredermanns Kopf tauchte wieder auf. »Pass auf«, sagte er und wies mit langem Latexfinger auf eine Stelle der Kühlschrankdichtung, ohne sie zu berühren. »Siehst du das? Hier hat jemand etwas hindurchgebohrt. Eine Hohlnadel, eine feine Düse, irgendwas in der Art. An der Tür ist eine ähnliche Marke, genau auf gleicher Höhe. Der Täter hat darauf geachtet, die Dichtung nicht so stark zu beschädigen, dass sie etwa undicht geworden wäre. Das konnte er nämlich nicht gebrauchen.«

»Warum?«

»Wart's doch ab!« Als nächstes zeigte Fredermann auf die Innenbeleuchtung des Kühlschranks. »Hier, die Lampenverkleidung fehlt, die Glühbirne ist kaputt, der Glühfaden durchgebrannt. Siehst du das?«

»Klar«, antwortete der Inselpolizist. »Ist ja auch kein Wunder nach solch einer Explosion.«

Fredermann grinste. »Schon mal etwas von Ursache und Wirkung gehört? Die beiden verwechselst du nämlich gerade. Siehst du da drinnen irgendwo Glassplitter? Oder Überreste der Lampenverkleidung?«

»Nö. Liegt vermutlich alles hier draußen auf dem Boden, von der Explosion aus dem Schrank herausgefegt.« Lüppo Buss neigte den Kopf ein wenig zur Seite. »Obwohl – ein paar Reste müssten drinnen eigentlich noch liegen. Von dem übrigen Inhalt ist ja auch noch etwas da. Könnte es sein, dass jemand …«

»Genau!« Fredermann klopfte dem Oberkommissar anerkennend auf die Schulter. »Verkleidung ausgebaut und weggeworfen, Birne herausgeschraubt, Glas entfernt, ganz vorsichtig, um den Glühdraht nicht zu beschädigen, Birne wieder hineingeschraubt. Oder noch wahrscheinlicher: Der Täter hat die Originalbirne gegen eine entsprechend präparierte ausgetauscht.«

»Aber ohne Glas brennt die doch sofort durch!«

»Kein Problem. Vorher Stecker ziehen!« Fredermann

hatte sich jetzt offenbar völlig in den Attentäter hineinversetzt. »Dann Kühlschranktür fest schließen. Hohlnadel oder Düse durch die Dichtung einführen. Gas in den Kühlschrank strömen lassen, vermutlich Propan, gibt es überall zu kaufen. Gerade so viel, dass eine explosive Mischung aus Gas und Luft entsteht. Dazu gehört Erfahrung! Dann die Nadel wieder raus, sich vergewissern, dass die Dichtung auch dicht hält, notfalls ein wenig Silikon auf den Einstich schmieren. Danach den Stecker wieder in die Dose. Sobald nun einer den Kühlschrank öffnet, geht automatisch die Lampe an, der nackte Glühdraht brennt durch, das Gasgemisch wird entzündet. Krawumm!« Zur Veranschaulichung schleuderte Fredermann seine langen Arme durch die Luft, und Lüppo Buss musste sich ducken, um nicht getroffen zu werden.

»Okay«, sagte der Inselpolizist. »Das wäre die erste Explosion. Und die zweite?«

»Ganz einfach«, antwortete der Arzt. »Eine Schwarzpulverladung. Mit Zündschnur. Total simpel. Das brennende Gas entfacht die Zündschnur, und die Ladung geht nach einigen Sekunden hoch. Wenn ihr mich fragt, war das eine geplante Verzögerung. Anscheinend wollte der Täter nicht, dass jemand ernsthaft zu Schaden kommt.«

»Stopp. Stopp.« Lüppo Buss rieb sich die Nasenwurzel. »Das geht mir jetzt etwas zu schnell. Wie kommst du auf Schwarzpulver? Und woher weißt du das mit der Zündschnur?«

»Ganz einfach. Schwarzpulver hat einen charakteristischen Geruch, und der ist hier deutlich wahrzunehmen. Und die Zündschnur? Noch einfacher: Da liegt sie.«

Jetzt war es der Oberkommissar, der den Kopf in den Kühlschrank steckte. Sofort wurde er sich des stechenden Geruchs bewusst. Schwarzpulver, keine Frage. Und da, ganz unten, eingeklemmt zwischen den dünnen Stäben eines Rostes, steckte tatsächlich ein Stückchen Zündschnur, völlig unversehrt. Vermutlich war es das Endstückchen, das tief in der Ladung gesteckt hatte.

»Warum ist es nicht auch verbrannt?«, fragte er.

»Durch die Explosion ausgepustet«, antwortete Fredermann, als sei dies das Selbstverständlichste auf der Welt. »Solche Zufälle passieren. Glaube nur einem alten Pyromanen.«

Der Inselpolizist schaute ungläubig. So ungläubig, dass Fredermann sich zu einer weiteren Veranschaulichung genötigt sah. »Als ich noch drüben auf dem Festland praktiziert habe, wurde ich mal zu einem Unfall an einem unbeschrankten Bahnübergang gerufen. Eine Lok hatte einen VW Käfer gerammt und mitgeschleift, der Autofahrer überlebte schwer verletzt. Der Wagen war natürlich Schrott. Aber oben auf dem rechten Puffer der Lok, da, wo er abgeflacht ist, lag eines der Seitenfenster des VW. Völlig unbeschädigt, ohne einen Kratzer! Tatsache. Da haben auch alle gefragt: Wie kann das denn? Die Antwort ist einfach. So etwas passiert eben.«

Lüppo Buss nickte andächtig.

In diesem Moment räusperte sich Insa Ukena vernehmlich und deutete mit einer Kopfbewegung in Richtung Eingang. Schnell und auf Zehenspitzen verließen die beiden Männer den Tatort und bauten sich hinter der Oberkommissarin auf.

Ein hagerer Mann mit grauem Teint hatte das Hotel betreten und schaute sich misstrauisch um. Tief eingekerbte Falten zwischen Nasenflügeln und Mundwinkeln teilten die ungewöhnlich lange Oberlippe vom Rest seines Gesichts ab. Dies, seine kleine Statur und die nikotingelben Finger der rechten Hand gemahnten entfernt an Altkanzler Helmut Schmidt. Fehlt nur noch die Prinz-Heinrich-Mütze, dachte Lüppo Buss. Aber eine Mütze trug Hauptkommissar Dedo de Beer niemals.

Der Inselpolizist biss die Zähne so fest zusammen, dass seine Kiefermuskeln deutlich hervortraten, während er den herablassenden Gruß seines Dienstvorgesetzten aus Wittmund steif erwiderte. Dann trat er beiseite, um den Kollegen, die in de Beers Gefolge die Hotelküche fluteten, nun auch symbolisch das Feld zu überlassen.

Ein greller Blitz ließ ihn zusammenzucken. Er brauchte einen Moment, um sich klarzumachen, dass das keine erneute Explosion, sondern nur das Blitzlicht einer Kamera gewesen war. Schon blitzte es ein zweites, ein drittes Mal. Wer war dieser Kerl, der sich erdreistete ... aha, der neue Typ vom *Inselboten*, dieser Marian Godehau.

»Was ist?«, knurrte de Beer dicht hinter ihm. »Pennt ihr? Los, raus mit dem Kerl!«

Lüppo Buss lief krebsrot an, beherrschte sich aber. Die Arme ausgebreitet, trat er dem eifrigen Reporter entgegen. »Keine Fotos«, sagte er betont ruhig. »Verlassen Sie bitte den Tatort. Hier gibt es nichts ...« Er brach ab, plötzlich peinlich berührt von der Rolle, die er hier zu spielen hatte, und kaschierte sein Verstummen mühsam, indem er sich umständlich räusperte. »Also bitte«, ergänzte er heiser.

Marian Godehau hatte nur Augen für die verwüstete Küche. »Nur noch ein Foto«, bat er, von Diensteifer erfüllt. »Einmal voll in das Chaos hinein, okay? Schadet doch niemandem. Was glauben Sie, wie das aussehen würde, morgen auf der Titelseite!«

»Kommt gar nicht in Frage.« Lüppo Buss schüttelte den Kopf, energisch, aber ohne echte Überzeugung. Hatte der Bursche nicht recht? Hier gab es doch nichts zu verheimlichen, keine Gefahr, dass die Ermittlungen behindert wurden, nur weil alle sehen konnten, wie die zermatschten Früchte an der Decke klebten. Der einzige Grund, hier nicht zu knipsen, war die Tatsache, dass Dedo de Beer es verboten hatte. Der Inselpolizist schnaufte.

»He, schon gut. Kein Grund, sich aufzuregen.« Godehau hob abwehrend die linke Hand, während er mit der rechten immer noch versuchte, seine Kamera in Schussposition zu bringen. Mit professioneller Gier linste er an Lüppo Buss vorbei. »Ein Foto nur, ja? Ich mach's auch ohne Blitz. Und ich sorge dafür, dass Sie in meinem Artikel gut wegkommen. Na, wie wäre das?«

Der spinnt doch, dachte der Oberkommissar, während er über seine Schulter nach hinten blickte. Wie es aussah, teilte de Beer gerade seine Leute ein. Keiner achtete momentan auf ihn und den Journalisten.

»Oder noch besser.« Godehau bettelte und schmeichelte weiter. »Ein Porträt! Ich schreibe ein Porträt von Ihnen. Gleich in der übernächsten Ausgabe. Ganz groß, mit Fotostrecke. *Der Mann, der Langeoog sicher macht.* Das hätte doch was, oder?«

Lüppo Buss warf noch einen Blick auf de Beer, der seinen mürrischen Blick überall hin richtete, nur nicht auf ihn. »Na gut«, zischte der Inselpolizist aus dem Mundwinkel. »Eins. Und ohne Blitz.« Er senkte die Arme. Godehau machte fast einen Freudensprung. Dann ließ er seine Digitalkamera schnarren.

»Buss! Was soll das, verdammt!« De Beers Stimme glich einem Bellen. Lüppo Buss drehte sich nicht um, während er vorgab, den Journalisten nun aber endgültig zu verscheuchen. So konnte der Hauptkommissar sein breites Grinsen nicht sehen.

10.

Jannik Bartels hasste es, wenn sein Vater ihn so ansah. Jedes Mal fühlte er sich dann peinlich gemustert, als untermaßig erkannt, geradezu schuldbewusst. Und sein Vater sah ihn fast immer so an. Wenn er überhaupt Notiz von ihm nahm, denn meistens schaute er über ihn und alles, was er unternahm, geringschätzig hinweg. Jedenfalls kam dem jungen Koch das so vor. Vielleicht lag es ja daran, dass sein Vater um einen guten Kopf größer und erheblich massiger war als er. Aber sicher war Jannik sich da nicht.

Bloß gut, dass Doktor Fredermann ihn so bald schon hatte gehen lassen. Aber warum auch nicht? Klar, dieser Riesenbumms von heute früh steckte ihm noch in den Knochen, Himmel nochmal. Aber Verletzungen hatte er kaum davongetragen, nur ein paar Schnitte und Schrammen, kaum der Rede wert, und die Pflaster wurden entweder von der Kleidung und seinen angesengten Haaren verdeckt oder fielen kaum auf. Als Koch schnitt man sich schon mal in den Finger oder verbrühte sich den Arm, da waren Pflaster ganz normal. Und das Klingeln in den Ohren hatte auch schon deutlich nachgelassen. Fredermann hatte ihm noch eine Abschlussuntersuchung verpasst, mehr rau als herzlich, und ihn dann hinauskomplimentiert. Ganz schön harter Hund für einen angeblichen Helfer der Menschheit. Aber dem jungen Koch sollte es recht sein, schließlich hatte er heute noch etwas vor.

Die Mittagsfähre war randvoll und spülte eine satte Ladung frischer Touristen auf die bereits gut ausgelastete Insel. Gut fürs Geschäft, dachte Jannik Bartels, und auch gut für die Restauranteröffnung heute Abend. Natürlich waren alle verfügbaren Tische längst reserviert, die Neugierde war schließlich groß, aber es konnte ja nicht schaden, wenn genügend potentielle Kundschaft nachdrängte. Denn die Lobeshymnen, die er mit seinen Menüs auszulösen gedachte, sollten ja auch angemessenen Widerhall finden.

Sein Vater hatte sich durch den dichten Pulk der Passagiere bereits bis ans Ende der Gangway vorgearbeitet, als Jannik Bartels endlich auch seine Mutter erblickte. Nicht nur rein äußerlich war sie das komplette Gegenteil ihres Mannes: klein, zierlich, rothaarig, sommersprossig und herzlich. Klarer Fall, die meisten meiner Gene stammen von ihr, dachte Jannik Bartels, als er sich endlich zu seiner Mutter durchgedrängelt hatte und von ihr in die Arme geschlossen wurde. Bloß die Segelohren habe ich von meinem Vater, und auf die hätte ich auch gut verzichten können.

Er hatte sich fest vorgenommen, auf keinen Fall etwas von der Explosion heute früh zu erzählen. Seine Mutter würde sich nur unnötig aufregen, und sein Vater würde darin sicher einen neuen Grund sehen, ihm Vorwürfe zu machen: »Was hast du denn jetzt wieder angestellt, dass jemand so wütend auf dich ist?« Dabei stand doch ziemlich sicher fest, dass der Anschlag gar nicht ihm persönlich gegolten hatte. Außer seinem Chef hatte doch überhaupt keiner gewusst, dass er heute Morgen der Erste sein würde, der an diesen Kühlschrank ging. Nein, nein, er war nicht gemeint gewesen.

Die Frage war bloß: wer dann?

Die ganze Inselbahnfahrt über schaute sein Erzeuger mürrisch aus dem Fenster, während seine Mutter ihn mit einem Schwall von Neuigkeiten und Fragen überschüttete, die allesamt unbeantwortet blieben, weil der kleine Koch zum Antworten gar keine Chance bekam. So beschränkte er sich darauf, glücklich zu lächeln und hin und wieder zu nicken. So war sie eben, seine Mutter, und so liebte er sie. Nicht zuletzt dafür, dass sie zum Anlass seines großen Tages die Reise von Braunschweig nach

Langeoog auf sich genommen und sogar ihren Mann zum Mitkommen bewogen hatte. Denn der wäre bestimmt lieber zu Hause geblieben. Für den Oberstaatsanwalt und überzeugten Konservativen waren Köche untergeordnete Dienstboten, denen man höchstens dann Beachtung schenkte, wenn es etwas an ihrer Arbeit auszusetzen gab. Dass der eigene Sohn einer von denen geworden war, empfand Vater Bartels eher als beschämend denn als Grund zur Freude.

Mit hängenden Mundwinkeln schaute er auf seinen Sohn herab, während der am Bahnhof das Gepäck auf einen Handkarren wuchtete. »Warum haben wir keine Kutsche?«, fragte er vorwurfsvoll und wies auf eine Reisegruppe, die gerade einen Zweispänner bestieg.

»Hätte sich nicht gelohnt«, keuchte Jannik. »Bis zu eurem Ferienhaus sind es nur ein paar Schritte. Aber wenn ihr eine Rundfahrt per Kutsche möchtet, kein Problem, ich kann gleich nachher …«

»Danke«, unterbrach sein Vater ihn. »Mach dir nur keine Mühe.« Wieder blickte er über ihn hinweg.

Jannik Bartels riss am Handgriff der Wippe, dass die Koffer gegeneinander taumelten, und legte sich mit vollem Gewicht ins Zeug, um die Fuhre in Schwung zu bringen. Was seine Wangen dabei erröten ließ, war nicht die Anstrengung, sondern die Wut. Von wegen »keine Mühe«! Hatte dieser Stiesel überhaupt eine Ahnung, wie viel Mühe es machte, zu dieser Jahreszeit auf Langeoog ein vernünftiges Ferienhaus zu bekommen? Natürlich nicht. Der Alte hatte ja von überhaupt nichts Ahnung, das mit dem wirklichen Leben zu tun hatte! Lebte nur in seiner verstaubten Paragraphenwelt. Aber mal eben fordern: »Bitte ein Haus, keine Wohnung, wer weiß, mit wem man sonst Wand an Wand wohnen müsste« – ja, das konnte er! Und natürlich war ihm die prompte Erfüllung dieses Wunsches kein Wort des Dankes wert. Dabei hatte Jannik alle seine Beziehungen spielen lassen müssen, um das zu schaffen, vor allem natürlich die zu seinem Chef. Zum Glück war das noch vor der blöden Sache mit dem geklauten Boot gewesen.

Bis zum Ferienhaus im Polderweg war es kaum mehr als fünfhundert Meter weit, aber das reichte schon, um Bartels senior unzufrieden die Stirn runzeln zu lassen. Jannik war heilfroh, als sie endlich vor dem frisch renovierten Backsteinhaus angelangt waren, das teilweise mit Holz verkleidet war. »Na, was meint ihr?«, fragte er erwartungsvoll, während er das Gepäckwägelchen aufs Grundstück manövrierte.

»Hübsch!« Seine Mutter strahlte ihn an. »Das hast du wirklich gut ausgesucht.«

Bartels senior grunzte. »Na, ein Haus scheint es ja zu sein«, sagte er abfällig. »Ziemlich alt, was? Außen aufgehübscht, aber wer weiß, was uns drinnen erwartet. Kennt man ja, was diese Vermieter so treiben, um an unser Geld zu kommen. Mit den Touristen kann man's ja machen.«

»Wieso euer Geld?«, rief Jannik Bartels entrüstet. Immerhin hatte er die Miete bezahlt, und zwar im Voraus.

Sein Vater aber beachtete ihn gar nicht, sondern marschierte stracks auf die Haustür zu und drückte die Klinke herunter. »Nicht einmal abgeschlossen«, bellte er über seine Schulter, als sei das ein weiterer Beweis für die Verkommenheit der vermietenden Insulaner, und trat ein. »Hier drin ist es ja total finster«, hörte Jannik ihn murren.

»Kein Wunder, die Jalousien sind ja auch noch zu«, erwiderte er. In ihm brodelte es schon wieder, wie jedes Mal, wenn er mehr als zehn Minuten am Stück mit seinem Vater verbrachte. Ob das anderen Söhnen auch so ging?

»Mach dir nichts draus.« Seine Mutter strich ihm über den Rücken. »Du weißt ja, wie er ist. Er meint es nicht so.«

»Dadurch wird es auch nicht angenehmer«, sagte er. Aber er tat es halblaut, um seine Mutter nicht zu brüskieren. Ihr zuliebe ertrug er immer wieder einmal das Zusammensein mit seinem verhassten Vater, auch wenn er sich als Teenager geschworen hatte, ihn nach seinem achtzehnten Geburtstag nie mehr wiederzusehen. Ihr zuliebe würde er fast alles tun. Er wusste, dass sie beinahe ebenso sehr unter den Allüren ihres Gatten litt wie er. Der Himmel mochte wissen, wie sie ihn all die Jahre hatte ertragen können.

»Du musst ihn verstehen.« Sie fuhr fort, seinen Rücken zu massieren, und er genoss es, als sei er wieder ein kleines Kind. Kein Problem, solange *er* nicht dabei war. »Vorhin, auf der Fähre, hat er eine Zeitung liegen sehen, eine von hier, und da standen wirklich schlimme Dinge drin. Darüber, wie die Leute hier in Wahrheit über ihre Gäste denken. Total abfällig und respektlos. Dein Vater wäre am liebsten sofort umgekehrt. Aber das ging ja nicht, so mitten auf dem Wasser.« Sie lachte gekünstelt. Dieser Text musste auch ihr an die Nieren gegangen sein.

»Abfällig? Also, das kann ich mir …« Dann fiel es ihm wieder ein. Marian Godehaus Text im *Inselboten* über die *Viererbande,* diese alten Säcke, die immer am Bahnhof hockten und mäkelten! Unwillkürlich musste er grinsen. »Ach Mama, ich bitte dich! Solche Miesepeter gibt es doch überall. Sind aber nur eine unbedeutende Minderheit. Die kann man doch nicht ernst nehmen.«

»Na ja, wenn du meinst.« Wie gewöhnlich ließ sie sich leicht und schnell besänftigen. »Wir fühlten uns schon sehr abgelehnt. Aber vermutlich hast du recht. Gar nicht ignorieren, nicht wahr?« Jetzt klang ihr Lachen schon natürlicher.

Sein Vater erschien wieder in der Tür. Anscheinend hatte er keine der Jalousien geöffnet, denn im Hausinneren war es immer noch dämmerig. »Wo bleibt ihr denn?«, herrschte er die beiden an. »Oder traut ihr euch etwa nicht rein in diese Bruchbude? Na, das könnte ich euch noch nicht einmal verdenken.« Er streckte die rechte Hand vor und präsentierte einen messinggelb glänzenden Gegenstand. »Hier, sogar die Gasanlage hat schon angefangen zu zerbröseln! Da wären wir ja auf jedem Campingplatz sicherer aufgehoben als hier.«

»Wieso das denn?«, stammelte Jannik Bartels. »Hier ist doch alles elektrisch.« Aber das Ding in seines Vaters Hand sprach eine andere Sprache. Eindeutig das Drosselventil einer Propangasflasche. Gehört vielleicht zur Terrassenheizung, überlegte er. Aber warum liegt es hier herum?

Bartels senior schob das Messingteil in seine Manteltasche. »Das stelle ich mal sicher, als Beleg für die Mietminderungsforderung. Falls ich den Besitzer damit davonkommen lasse.« Er wandte sich wieder dem Hausinneren zu. »Erst einmal sehen, was für Mängel sich da sonst noch verborgen halten. Oben bin ich ja noch gar nicht gewesen.« Er stapfte los. Der kleine Koch hörte ein lautes Poltern; offenbar hatte sein Vater im Halbdunklen etwas umgerannt. Hoffentlich muss ich nicht noch Schadenersatz leisten, schoss es Jannik Bartels durch den Kopf. Das wäre mehr als peinlich.

»Hier bricht man sich ja alle Knochen«, hörte er seinen Vater schimpfen. »Wo ist denn wohl der Lichtschalter für den ersten Stock? Hast du nicht gesagt, die hätten hier schon Strom?«

Auf einmal hatte Jannik Bartels ein mulmiges Gefühl. »Vater«, sagte er mit plötzlich brüchiger Stimme, räusperte sich und wiederholte laut: »Vater, warte doch mal!«

»Was ist denn jetzt schon wieder«, knurrte es von drinnen, als hätte Jannik seinen Erzeuger seit dessen Eintreffen schon ein Dutzendmal mit Anliegen belästigt. »Nun lass mich doch erst einmal gucken, wie es da oben aussieht. Ah, da ist ja …«

Jannik Bartels drückte seine Mutter ganz fest an sich und wandte dem Ferienhaus den Rücken zu. So entging ihm der Anblick des Ferienhausdachs, das sich auftat wie der Schlund eines Vulkans, eine Feuersäule in die Höhe spie und einen Schwall geborstener Dachpfannen auf die Umgebung regnen ließ. Den Explosionsknall freilich hörte er, wenn auch gedämpft, denn halb taub war er ja bereits. Auch die Hitzewoge und die Ziegelbröckchen, die ihn trafen, spürte er natürlich. Aber die konnten ihn nach allem, was er an diesem Tag schon erlebt hatte, nicht mehr sonderlich überraschen.

11.

Müde sieht er aus, dachte Stahnke, als er Kramer zum wiederholten Mal draußen auf dem Gang vorbeihasten sah. Müde und gestresst. Der Hauptkommissar hatte ein schlechtes Gewissen, denn gestern am späten Abend, als er endlich nach Hause gegangen war, hatte Kramer noch an seinem Computer gesessen, und heute früh, als Stahnke halbwegs ausgeruht seinen Dienst wieder antrat, hatte der Oberkommissar bereits wieder dort gehockt. Oder etwa immer noch? Stahnke traute sich nicht zu fragen.

Die viele Arbeit allein hatte Kramers Gesicht bestimmt nicht so staubgrau werden lassen. Schließlich war dies nicht die erste Mordkommission, an der sie beide beteiligt waren, wahrhaftig nicht. Gewaltsame Tötung, das bedeutete immer Ausnahmezustand. Die Normalität des Dienstbetriebs war aufgehoben, der übliche Zeittakt der Ermittlungsarbeit galt nicht mehr. Statt im eingespielten Duo wurde mit zwei Dutzend Kolleginnen und Kollegen zusammengearbeitet, was permanente Abstimmung und Koordination erforderte. Feierabend wurde zum Fremdwort, Schlaf zum Luxus. Innerhalb der ersten ein oder zwei Tage galt es, zum Erfolg oder jedenfalls zu einem Teilerfolg zu kommen, ehe heiße Spuren erkalteten und mögliche Fluchtradien sich bis ins Unüberschaubare erweiterten.

Dass Stahnke nachts überhaupt nach Hause gegangen war, hatte weniger mit seiner Position als vielmehr mit der realistischen Einschätzung seines Durchhaltevermögens zu tun. Vor zwanzig Jahren hätte es dazu noch eines ausdrücklichen dienstlichen Befehls bedurft. Jetzt reichten schon Kriminaldirektor Manningas hochgezogene Augenbrauen: »Powern ohne Pause? Mensch, in unserem Alter können wir das nicht mehr.« Gestern hatte ihm das eingeleuchtet, heute schämte er sich. Was für ein Weichei er doch geworden war!

Kramer war die entscheidenden zehneinhalb Jährchen jünger, der konnte das noch. Nein, nicht die Arbeit und die Hektik hatten ihn jetzt so gezeichnet, sondern der Frust. Vielmehr die Angst vor dem Frust. Die Sorge, Täter und Opfer könnten in keinerlei wie auch immer gearteten Beziehung zueinander stehen. Nichts miteinander zu tun gehabt haben. Sich völlig fremd sein. Dann, tja – dann konnten sie ebenso gut versuchen, einen Pudding an die Wand zu nageln. Dann konnten sie höchstens noch auf die Gunst des Zufalls hoffen. Oder darauf, dass sich mit sehr, sehr viel Arbeit aus dem großen Heuhaufen nicht etwa eine Nadel, sondern das eine, das gesuchte Hälmchen heraussieben ließ.

Unmöglich war das nicht. Sie hatten das schon einmal durchexerziert, war noch gar nicht so lange her. Seinerzeit hatte sich ein Junkie darauf spezialisiert, alten Damen die Handtaschen wegzureißen. Eine Frau hatte er dabei umgerissen, sie stürzte unglücklich und erlag wenig später ihren Verletzungen. Die öffentliche Empörung war ebenso groß wie verständlich, der Druck auf die Polizei gewaltig – und der drohende Frust erdrückend. Es gab keine Verbindung zwischen Täter und Opfer, nicht die geringste. Wo sollten sie ansetzen?

Immerhin hatte sie eine stichhaltige Vermutung gehabt, in welchem Milieu der Raubmörder zu suchen war. Die gesamte Drogenszene hatten sie durchkämmt, jeden

Kontakt genutzt, waren jedem Hinweis nachgegangen. Es hatte sich hingezogen, der Ton der Presse gegenüber der Polizei war schärfer geworden, die kritischen Fragen drängender. Aber dann, irgendwann, hatten sie ihn gehabt. Nach langem, entnervendem Sieben war der Richtige im Sieb hängen geblieben. Und sie, das konnten sie dann überall lesen, hatten alles richtig gemacht.

Vergessen der Frust. Tja, hinterher. Bis dahin war es aus heutiger Sicht noch ein weiter Weg. Und wer konnte wissen, ob sie überhaupt die richtige Richtung eingeschlagen hatten?

Wieder erschien Kramer in der Tür, nur stürmte er diesmal nicht vorbei, sondern herein und warf dem Hauptkommissar einen Zettel auf den Tisch. »Hier. Kannst du mal anrufen, sie herbestellen oder einen Termin ausmachen?«

Stahnke starrte Kramers schmalem Rücken hinterher, auch noch einige Sekunden, nachdem dieser wieder um die Ecke verschwunden war. Dann senkte er den Blick. Alina Thormählen, aha, die Ex-Freundin des Ermordeten, mutmaßliche Komplizin beim Versicherungsbetrug. Und eine Handynummer. Sehr gut. Bisher waren ihre Kontaktversuche erfolglos geblieben; an Frau Thormählens Festnetzanschluss auf Langeoog ging niemand ran. Stahnke setzte sich in Positur, schob sich den Zettel zurecht und begann, die Nummer einzutippen.

Es war ihm klar, dass er hier einer von drei vagen Hypothesen nachging, und zwar nicht unbedingt der fundiertesten. Rivalitäten in der Zeitarbeits-Szene, wo man einander nicht gerade mit Samthandschuhen anfasste, standen derzeit am höchsten im Spekulations-Kurs, knapp gefolgt von der vermuteten Verzweiflungstat eines in die Enge getriebenen Bootsdiebes. Traf eine dieser beiden Thesen zu, konnte man vielleicht mit viel Fleiß zum Erfolg kommen, so wie seinerzeit bei dem beschaffungskriminellen Drogensüchtigen. Dass der

Mord an Wallmann irgendwas mit dem gemeinsam mit seiner damaligen Lebensgefährtin begangenen Versicherungsbetrug zu tun haben könnte, galt als weniger wahrscheinlich. Am ehesten noch erhoffte man sich von Alina Thormählen Hinweise auf den Hehler – und damit auf die möglicherweise organisierten Bootsdiebe. Vielleicht hatte man es ja mit einer Racheaktion eines geprellten Komplizen aus genau diesem Milieu zu tun.

Stahnke aber erhoffte sich von dieser Befragung noch etwas ganz anderes. Nämlich die Gelegenheit, wieder einmal dienstlich nach Langeoog fahren und Sina treffen zu können. Und er wurde nicht einmal rot dabei.

Der Ruf ging raus und wurde sofort angenommen. »Hallo?«

»Mein Name ist Stahnke, Kripo Leer. Frau Thormählen?«

»Ja?« Fragend, aber nicht zögernd. »Was ... wünschen Sie?«

»Können Sie sich das nicht denken?« Eigentlich hasste er solche Spielchen, aber manchmal konnte er einfach nicht anders. Sie schwieg, also schwieg er auch. Was man angefangen hatte, musste man auch durchziehen.

»Waldemar Wallmann«, sagte sie dann. Ihre jugendliche Stimme klang überraschend fest. »Ich habe gehört, dass er tot ist. Und weil ich ja mal ... mit ihm befreundet war, dachte ich mir schon, dass Sie irgendwann auf mich zukommen.«

»Von wem haben Sie das denn gehört?«

»Von einem seiner früheren Mitarbeiter. Unter denen ist es schon rum.« Im Hintergrund war lautes Hupen zu hören; sie sprach für einen Moment lauter. »Stand ja auch schon in der Zeitung. Natürlich ohne Namen, aber wer ihn kannte ...«

Lautes Hupen? Auf Langeoog? »Wo sind Sie gerade?«, fragte Stahnke.

Sie lachte kurz auf. »In Leer. Multi Süd, genauer gesagt.

Auf dem Parkplatz. Wollte eigentlich gerade losfahren, aber weil mein Handy klingelte, bin ich brav stehen geblieben.«

Langeoog-Trip ade, dachte der Hauptkommissar. »Würde es Ihnen dann etwas ausmachen, kurz bei mir in der Polizeiinspektion vorbeizuschauen? Dauert auch nicht lange. Nur ein paar Fragen.«

»Okay, kein Problem. Muss nur noch eben tanken, dauert auch nur ein paar Minuten. Bis gleich dann.« Das Gespräch brach ab.

Eine souveräne Frau, überlegte Stahnke. Fast schon cool. Auf jeden Fall routiniert im Umgang mit Menschen. Und weder erschrocken über den Tod ihres Ex-Lovers noch eingeschüchtert durch den Anruf eines Kriminalpolizisten. Was bedeutete das? Er zuckte die Achseln; das blieb abzuwarten. Der unmittelbare Eindruck war es, der zählte.

Er hatte den Telefonhörer in der Hand behalten. In den wenigen Minuten, bis Alina Thormählen hier sein würde, lohnte es sich nicht, irgendetwas Neues in Angriff zu nehmen. Da konnte er ebenso gut Sina anrufen. Kurz plauschen, Sozialgeräusche absondern, Stimmfühlungslaute aufnehmen. Was alle Verliebten eben so machten. Hauptsache, Kramer belauschte ihn nicht dabei.

Während das Rufzeichen ertönte, kam ihm Marian Godehau in den Sinn. Dass der jetzt auf der Insel arbeitete! Vielleicht konnte man sich bei Gelegenheit ja mal treffen, alte Erinnerungen austauschen, wie zwei alte Kumpel. Obwohl ... so ganz unbelastet war ihrer beider Verhältnis ja nicht. Es gab da ein paar Dinge, an die Stahnke nicht unbedingt erinnert werden wollte. Und es gab, natürlich, Marians Zeit mit Sina. Vorbei, vergangen, von Sina beendet. Aber trotzdem. Bei Licht besehen, wollte er Marian doch eher nicht treffen. Marian Godehau, der sich auf Langeoog umtat, während er hier in Leer hockte und nicht weg konnte.

Er spürte einen Stich. Was war denn das jetzt – Eifersucht? Also wirklich. Wie kindisch konnte er denn noch werden?

Eine Frage, die er sich besser nicht stellen sollte. Dazu kannte er sich zu gut.

Das dauerte aber lange, ehe Sina an ihr Handy ging. Hatte sie es womöglich stumm geschaltet? War sie bei der Arbeit und durfte nicht gestört werden? Na ja, gleich musste sich ja die Mailbox ... nein, jetzt ging doch noch jemand ran. Hoffentlich hatte er sie nicht …

»Hier Godehau, *Inselbote*. Hallo?«

Stahnke knallte den Hörer auf die Gabel und starrte entsetzt geradeaus. Kramer, dessen staubgraues Gesicht gerade im Türrahmen auftauchte, starrte verständnislos zurück.

12.

»Weitergehen.« Lüppo Buss verschränkte die Arme und nahm zufrieden zur Kenntnis, dass seine Unterarmmuskeln hervorquollen wie Schiffstaue. Seine Mundwinkel senkten sich, als wären sie neugierig auf diesen Anblick. »Weitergehen, verdammt!«

Das angeschnauzte Touristenpärchen machte einen synchronen Satz nach hinten und trollte sich, ebenso erschrocken wie verständnislos.

»Mensch, Lüppo, übertreib's nicht«, zischte Insa Ukena ihm zu, ohne die Lippen zu bewegen. »Das hier ist immer noch eine Urlaubsinsel und kein Kriegsschauplatz.«

»Ach ja? Mehr Bomben gehen an einem Tag in Bagdad auch nicht hoch. Jedenfalls meistens.« Er warf seinen Kopf in den Nacken und reckte das Kinn. Inselpolizist

Lüppo Buss bei der Pflichterfüllung, beim weisungsgemäßen Verscheuchen von Schaulustigen. Wieder einmal. Wenn das kein Fotomotiv war! Wo war jetzt dieser Godehau? Immerhin knipsten ein paar Feriengäste. Aus gebührender Entfernung.

»Was meinst du, was los ist, wenn die ihre Handyfilmchen von dir als Kinderschreck direkt an de Beer schicken, verbunden mit einer fetten Dienstaufsichtsbeschwerde?«, warnte Insa Ukena. »So etwas könnte er jetzt am wenigsten brauchen, und das würde er dich auch ganz schön spüren lassen.«

»Dedo de Beer.« Der Inselpolizist spuckte den verhassten Namen förmlich aus, Silbe für Silbe. »Der interessiert sich doch einen Dreck für uns. Vor allem für mich! Guck dir doch an, wie er uns einsetzt. Schon wieder Tatortsicherung! Ist das eine Art? Zeugt das von Respekt? Ganz im Gegenteil, das weißt du doch selber.« Trotzdem ließ Lüppo Buss ein wenig Luft ab und lockerte seine bedrohliche Armschranke. »Sind wir nicht die einzigen Polizeibeamten auf der ganzen Insel, die überhaupt nicht in die Ermittlungen einbezogen werden? Und das, obwohl wir uns hier am besten auskennen? Nach dem zweiten Anschlag in kürzester Zeit steppt hier doch endgültig der Bär. Und de Beer braucht jeden Mann, das heißt, er braucht auch uns! Und was ist? Platzordner dürfen wir spielen. Das sagt doch wohl alles über diesen Mann.«

Insa Ukena fixierte ihren Kollegen und stemmte beide Hände in die Hüften: »In Wahrheit sagt es nur etwas über *dich* aus! Wenn du dich nicht so stieselig anstellen würdest, wenn du nur etwas kooperativer wärst, dann würde man uns vielleicht auch mehr in eines der Teams einbeziehen. Aber so abweisend, wie du dich aufführst, erscheint das doch von vornherein zwecklos! Also lässt man dich lieber außen vor, lässt dich Tätigkeiten verrichten, bei denen du nicht nerven kannst.« Sie schluckte:

»Und mich immer gleich mit. Hast du darüber schon einmal nachgedacht?«

Lüppo Buss öffnete den Mund, aber schloss ihn gleich wieder. Brennende Röte stieg ihm in die Wangen. Hatte seine Kollegin etwa recht? War er, war sein eigenes Benehmen wirklich schuld an seiner momentanen Außenseiter-Situation? Und hatte er in seiner gedankenlosen Ichbezogenheit wirklich übersehen, dass er seine Kollegin mit in die dienstliche Isolation gezogen hatte? War er, knapp zusammengefasst, wirklich der Stinkstiefel, als den sie ihn soeben bezeichnet hatte, durch die Blume natürlich, aber doch unmissverständlich?

Er schaute Insa an. Auch sie war leicht rot im Gesicht, aber ihre Miene war entschieden. Sie meinte, was sie gesagt hatte.

Lüppo Buss dachte an das Gespräch, das er am Mittag mit diesem Marian Godehau geführt hatte. Informationsgrundlage für das versprochene Porträt. Der Journalist hatte sich im *Knurrhahn* mit ihm getroffen und während des Essens – zweimal Kutterscholle, sehr lecker – ein paar Notizen auf seinen Block gekritzelt. Dann hatte er noch zwei Fotos geschossen und sich nach einem Handygespräch eilig verabschiedet. Ohne zu bezahlen, wie der Inselpolizist wenig später vom Wirt erfuhr. Zähneknirschend hatte er die Zeche mit übernommen, aus Sorge, Godehau sonst zu verärgern.

Was für eine Meinung hatte der Journalist wohl von ihm? Und was würde morgen über ihn in der Zeitung stehen?

Lüppo Buss wurde bewusst, dass er Insa Ukena sekundenlang angestarrt hatte, ohne sie zu sehen, geschweige denn auf ihre Worte zu reagieren. Sie wandte sich ab und verschränkte ihrerseits die Arme. Na toll, jetzt war sie endgültig sauer auf ihn.

Die Menge der Schaulustigen war derweil weiter angewachsen und drängte wieder näher heran. Eine füllige

Dame, die in verschiedenen Rottönen leuchtete, stellte sich auf die Zehenspitzen, um nur ja nichts zu verpassen. Lüppo Buss erkannte sie sofort und schaltete wieder um auf grimmig. Die Marmeladen-Tante mit ihrer Vergiftungstheorie und ihrem undichten Gatten! Die hatte ihm gerade noch gefehlt.

Ein vierschrötiger, etwa fünfzigjähriger Mann mit einem Rucksack über der Schulter drängte die Frau rüde beiseite und baute sich mit wichtiger Miene vor dem Inselpolizisten auf. »Moin, Lüppo! Muss ich meinen Ausweis zücken, oder lässt du mich auch so durch?«

Lüppo Buss tippte sich grüßend an den Mützenschirm. »Weder noch«, erwiderte er bedauernd. »Absolut kein Durchgang hier, nicht einmal für die Presse.« Er grinste: »Und für Aushilfsschreiberlinge wie dich schon gar nicht. Was machst du überhaupt hier? Warum kommt denn dein neuer Chef aus der großen Stadt nicht selbst?«

Der Vierschrötige, dessen Dreitagebart mindestens eine Woche alt war, winkte ab. »Lass mal stecken. Mein Chef, der hat gerade ein gaaanz wichtiges Kaffeetrinken, das hätte er nicht einmal abgesagt, wenn die halbe Insel in Flammen stünde. Jedenfalls klang er so. Tja, jetzt bin ich also hier der wichtige Paparazzo. Und muss nicht in der Gegend rumstehen wie ein Hiwi – ganz im Gegensatz zu dir.« Er wandte Lüppo Buss, der an dieser Kröte zu schlucken hatte, den Rücken zu und begrüßte Insa Ukena. »Und? Wie beurteilt ihr Kriminalisten die Lage? Haben wir es hier mit der jüngsten Aktion von Al Kaida zu tun?«

Die Oberkommissarin lachte. »Auch nicht wahrscheinlicher als irische Protestanten oder baskische Katholiken, Keno! Tatsache ist, wir haben noch nicht die leiseste Ahnung, wer hinter den beiden Anschlägen steckt.« Sie senkte die Stimme: »Aber das hast du im Zweifelsfall nicht von mir, klar?«

»Sonnenklar.« Keno Gautier, freier Mitarbeiter des *Inselboten*, zwinkerte der Polizistin verschwörerisch zu.

»Auf jeden Fall sind hier aber Profis am Werk, oder? Ich meine, zwei Sprengungen, meine Fresse! Das erfordert Sachverstand. Und Verbindungen, um an die notwendigen Materialien zu kommen. Das waren doch sicher organisierte Spezialisten.«

Insa Ukena schüttelte lächelnd den Kopf. »Was du dir so vorstellst! Nee, Keno, so hoch hängt das vielleicht gar nicht. Im Hotel heute früh, das waren Propangas und Schwarzpulver, und so etwas ist ziemlich leicht zu besorgen beziehungsweise anzumischen. Und das hier ...« Sie schaute sich um. Alles starrte auf das Ferienhaus, in dessen Dach ein riesiges Loch klaffte, und Lüppo Buss war eindeutig mit sich selbst beschäftigt. »Das war ebenfalls Propangas. Eine ganze Flasche! Jemand hat eine Glühbirne im ersten Stock präpariert, also das Glas entfernt, ohne den Glühfaden zu beschädigen, und dann das Gas ausströmen lassen«, erklärte sie mit gedämpfter Stimme. »Als die Gäste eintrafen und das Licht anknipsen wollten, erfolgte die Explosion. Derselbe Trick kam auch heute früh zur Anwendung. Ganz simpel, oder? Dazu brauchst du keine Russenmafia.«

Keno Gautier guckte richtig enttäuscht. Offenbar hatte er mit einer anderen Auskunft gerechnet. »Aber Know-how brauchst du schon«, erwiderte er. »Gab es denn Opfer?«

»Ein Verletzter«, antwortete die Oberkommissarin. »Der Feriengast, der den Schalter betätigt hat. Mittlere Verbrennungen. Müsste schon per Flieger unterwegs zum Festland sein, ins Krankenhaus.« Natürlich war sie zu solchen Auskünften überhaupt nicht befugt, und das war ihr auch klar. Aber da die Ermittlungsgruppe aus Wittmund so tat, als gehöre sie, Insa Ukena, nicht dazu, hatte sie beschlossen, auch ihrerseits so zu tun. Manchmal, dachte sie, kann ich nämlich auch ganz schön stieselig sein. Wie um das zu bekräftigen, ergänzte sie: »Es handelt sich übrigens um den Vater von Jannik Bartels, unserem neuen Koch.«

»Ach.« Keno Gautier rieb sich das kantige Kinn, dass die Bartstoppeln knisterten. »Dann war die Familie Bartels in beiden Fällen das Ziel der Anschläge! Warum denn das? Weiß man schon einen möglichen Grund?«

»Gar nichts weiß man, das sagte ich doch schon.« Jetzt ärgerte sich Insa Ukena doch über ihre eigene Geschwätzigkeit. Natürlich war auch ihr nicht entgangen, dass die Opfer der beiden Explosionen Vater und Sohn waren. Aber waren sie auch tatsächlich die Ziele gewesen? Dass Jannik Bartels heute früh als Erster den präparierten Kühlschrank öffnen würde, konnte doch niemand wissen. Niemand außer Thormählen, dem Hotelbesitzer, der den kleinen Koch zum Frühdienst eingeteilt hatte. Und wer konnte ahnen, dass Bartels Senior heute anreisen und ausgerechnet hier Quartier nehmen würde?

Hm. Jannik, klar. Und der Vermieter natürlich.

Insa Ukena stupste Lüppo Buss an, der leicht zusammenzuckte. »Wem gehört das Ferienhaus hier eigentlich?«

»Dies hier?« Der Oberkommissar musste sich kurz besinnen. »Einem gewissen Overbeck, Thomas Overbeck. Wohnt irgendwo auf dem Festland. Musste ihn mal anrufen, weil hier eingebrochen worden war, vor zwei oder drei Monaten. Ich glaube, der ist nicht einmal hergekommen. Warum fragst du?«

»Nur so.« Insa Ukena zuckte die Achseln. Der Name sagte ihr nichts.

Keno Gautier entfernte sich seitlich, die Digitalkamera in Vorhalte, auf der Suche nach dem optimalen Winkel zum Motiv, dem Haus mit dem Krater im Dach. Lüppo Buss und Insa Ukena blickten ihm nach. »Was findest du eigentlich an diesem Typ, dass du so angeregt mit ihm plauderst?«, fragte der Inselpolizist abfällig. »Ziemlich abgerissene Erscheinung, wenn du mich fragst. Noch ein Fleck mehr auf dem Hemd, und er könnte als Penner durchgehen.«

»Was willst du? Ist doch ein netter Kerl«, protestierte Insa Ukena. »Und ’ne arme Socke außerdem. Schlägt sich mit allerhand Gelegenheitsarbeiten durch. Dass Marian Godehau ihn für den *Inselboten* schreiben lässt, ist für ihn bestimmt ein Geschenk des Himmels. Und es beweist ja auch, dass Keno ganz schön was auf dem Kasten hat.«

Lüppo Buss schnaubte leise; seine Meinung von journalistischer Intelligenz war nicht sonderlich hoch angesetzt. Er hatte schon seinen Mund zu einer weiteren abfälligen Bemerkung geöffnet, als er plötzlich innehielt. »Siehst du den da?«, fragte er leise.

Insa Ukenas Blick war dem ihres Kollegen gefolgt. Keno Gautier hatte sich gerade an einem alten Mann mit Schiffermütze vorbeigedrängt, der leicht gebückt in der Menge stand, auf einen stabilen Stock gestützt, das kantige Kinn vorgestreckt und den faltigen, zahnlosen Mund zu einem Lächeln verzogen. »Meinst du den Methusalem?«, fragte sie ebenso leise zurück.

»Ja, genau. Das ist doch einer von dieser *Viererbande*, du weißt doch, einer von den vier alten Säcken, die immer am Bahnhof hocken und über die Touristen herziehen. Hat doch gerade erst in der Zeitung gestanden.«

»Stimmt.« Insa Ukena nickte. »Und?«

»Na, guck ihn dir doch an!« Der Inselpolizist musste sich sehr beherrschen, um nicht mit dem Finger auf den alten Mann zu zeigen. »Steht da, glotzt das zerstörte Haus an und grinst.«

»Na und? Die halbe Insel steht hier und glotzt«, sagte Insa Ukena ungerührt. »Von den geschmähten Touristen ganz zu schweigen. Denen wird hier doch mal richtig was geboten.«

»Stimmt«, sagte Lüppo Buss. »Sie stehen und glotzen. Aber grinsen sie etwa?«

Die Oberkommissarin starrte ihren Kollegen einen Moment lang mit zusammengezogenen Augenbrauen an. »Du meinst ...« Dann wandte sie ihren Blick ab, zurück zu dem Punkt, wo der alte Mann gestanden hatte.

Er war verschwunden. Wie vom Erdboden verschluckt.

»Wie macht man den Touristen Langeoog madig?«, murmelte Lüppo Buss. »Eine Explosion in einem Hotel, eine zweite in einem Ferienhaus. So dass man sich nirgends mehr sicher fühlen kann. Wo geht die nächste hoch? Im *Haus der Insel*, während eines Konzerts oder einer Lesung?«

»Da wohl kaum«, erwiderte Insa Ukena nachdenklich, »da hat doch Dedo de Beer sein Hauptquartier aufgeschlagen, mitsamt seinem Gefolge. Dort wimmelt es nur so von Polizei.«

»Na und? Dann fliegt als Nächstes eben eine Pension in die Luft. Oder ein Restaurant. Oder ein paar Strandkörbe gehen in Flammen auf.« Der Inselpolizist redete sich regelrecht in Hitze. »Wenn die vier alten Miesepeter tatsächlich hinter diesen beiden Attentaten stecken, dann lassen sie es damit bestimmt noch nicht gut sein. Läuft doch prächtig für sie!« Er ballte die Fäuste: »Ich möchte nur zu gerne wissen, wo sie beim nächsten Mal zuschlagen.«

»Warum? Um es brühwarm dem Ermittlungsleiter zu erzählen?«, fragte Insa Ukena.

Ihr Kollege verschränkte wieder seine muskulösen Arme. »Noch wissen wir ja gar nichts. Gibt nichts zu berichten. Denk' ja gar nicht dran. Ich mach mich doch nicht lächerlich.«

Wenn er nur wüsste, wie lächerlich er jetzt gerade aussieht, dachte Insa Ukena. Irgendwann sage ich ihm das mal. Aber nicht jetzt. »Weißt du«, sagte sie stattdessen, »es muss ja nicht unbedingt eine Bombe sein.«

»Was? Du meinst, der nächste Anschlag könnte ...«

»Der nächste Anschlag«, unterbrach ihn die Oberkommissarin, »könnte doch bereits geschehen sein.«

Sie schwiegen beide, und sie konnte sehen, wie es in ihm arbeitete.

Dann sagte er: »Du hast recht. Ich sollte diese Marmelade doch einschicken. Zur Laboruntersuchung.«

»Nicht mehr nötig«, sagte sie. »Habe ich schon erledigt.«

13.

Jung sieht sie aus, dachte Stahnke. Siebenundzwanzig war sie laut Melderegister, immerhin neun Jahre jünger als ihr ermordeter Ex-Lover. Aber sie wirkte eher noch jünger. Was sicher auch an ihrer zierlichen Figur und der brünetten, modisch blond gesträhnten Kurzhaarfrisur lag.

Ihr Auftreten jedoch war völlig frei von jugendlicher Befangenheit. Sie bewegte sich selbstsicher, schaute Stahnke offen und direkt in die Augen, erwiderte seinen Händedruck fest und nahm ganz selbstverständlich und leger auf dem angebotenen Bürostuhl Platz, ohne dessen Schäbigkeit auch nur mit einem Seitenblick zu kommentieren. Souverän, fand der Hauptkommissar. Fast schon weltgewandt.

»Was machen Sie denn beruflich?«, leitete er die Befragung ein.

»Ich bin Vertreterin«, antwortete Alina Thormählen. »Espressomaschinen und ähnliches. Zusammen mit meinen Kollegen bereise ich den gesamten Küstenbereich von hier über Schleswig-Holstein bis nach Mecklenburg-Vorpommern.«

»Kollegen?« Stahnke konnte sich Vertreter nur als Einzelkämpfer vorstellen. »Wie funktioniert denn das?«

Sie lächelte spitzbübisch. »Das funktioniert sehr gut. Alles eine Frage der Koordination. Aber die habe ich ja selbst in der Hand.«

»Mit anderen Worten, Sie sind nicht wirklich Vertreterin, sondern vielmehr die Chefin von Vertretern?«

»Gut erkannt.« Sie nickte anerkennend. »Aber tatsächlich bin ich beides. Das Reisen, den direkten Kontakt mit den Kunden, das möchte ich mir nicht nehmen lassen.«

»Ist doch bestimmt anstrengend. Dauernd unterwegs, tausende Kilometer mit dem Auto, ständig im Hotelzimmer übernachten, mit den verschiedenartigsten

Menschen klarkommen und letztlich doch alleine sein – schlaucht Sie das nicht?«

Ihr Gesicht nahm einen überlegenen Ausdruck an. »Ach, wissen Sie, wenn man auf einer Insel aufgewachsen ist, wo es keine Autos gibt, wo man auch mit dem Fahrrad nicht sehr lange geradeaus fahren kann, ohne sich nasse Füße zu holen, wo man andauernd mit fremden Menschen umgehen muss und wo man ziemlich alleine sein kann, wenn man mit den Einheimischen nicht zurechtkommt – dann hört sich das, was Sie da gerade ganz richtig skizziert haben, überhaupt nicht mehr schrecklich an. Sondern verlockend.« Sie lachte hell auf. »Glauben Sie mir, ich genieße jeden Tag, an dem ich dienstlich unterwegs bin. Können Sie das von sich auch behaupten?«

Stahnke ignorierte ihre Frage. »Warum sind Sie denn mit den Insulanern nicht zurechtgekommen?«

»Die Mentalität. Alles so eng. Nur nicht vom gewohnten Pfad abweichen, keine Experimente, verstehen Sie? Und immer dieses Berechnende. Alles zum Wohle der Gäste, das ist die eiserne Regel, der alles untergeordnet wird. Nicht, dass ich etwas gegen das Geldverdienen hätte, keineswegs. In diesem Punkt bin ich ganz Insulanerin. Aber man muss doch zu dem stehen, was man tut. Finde ich wenigstens. Man muss darin nicht nur die Kohle, sondern auch so etwas wie eine Erfüllung sehen. Nur, wie soll das gehen, wenn man das, wofür man lebt und arbeitet, doch eigentlich hasst?«

Interessanter Gedanke, fand Stahnke. Führt aber weg vom Thema. »Wie haben Sie Herrn Wallmann seinerzeit kennengelernt?«, fragte er. »Über Ihren Job? Oder auf Langeoog?«

»Letzteres.« Sie straffte sich ein wenig und setzte eine geschäftsmäßig wirkende Miene auf. »Das heißt, genau genommen über unser gemeinsames Hobby. Bootfahren. Walli kam im Frühjahr nach Langeoog, als ich gerade Urlaub hatte. Bekam als Gastlieger die Box neben meiner. Ich war gerade dabei, meinen Flitzer saisonklar zu machen. Wir kamen ins Gespräch, na ja, wie das so geht.« Die junge Frau schaute dem Hauptkommissar gerade in die Augen: »Ich habe einen Hang zu Männern, die wissen, was sie wollen. Die klare Ziele verfolgen.«

Stahnke räusperte sich. Legte sie es darauf, ihn verlegen zu machen? Fast wäre es ihr gelungen. Aber er dachte überhaupt nicht daran, nachzufragen, was Wallmann denn von ihr gewollt hatte. Das lag schließlich auf der Hand.

»Wie lange hielt denn diese … Handfestigkeit?«, fragte er stattdessen.

Sie schmunzelte. »Zehn Monate. Dann wurde er mir etwas zu handfest, und ich habe die Sache lieber beendet.«

Er blickte sie nur an. Diese Worte bedurften der Erläuterung, das wusste sie ebenso gut wie er. Also tat er ihr auch diesmal nicht den Gefallen, nachzufragen.

»Er fing an zu klammern«, ergänzte sie nach kurzem Zögern. »Wir hatten es locker angehen lassen und fuhren eine Weile sehr gut damit, alle beide. Man kann sagen, wir wussten und schätzten, was wir aneinander hatten, und griffen immer mal wieder darauf zurück. Zur gegenseitigen Zufriedenheit. Aber dann schlug er plötzlich ganz neue Töne an. Machte mir teure Geschenke, sprach von Zusammenziehen, Heirat, Kindern. Das wurde mir zu heiß, und ich habe die Sache beendet.«

»Einfach so?«, fragte Stahnke.

»Klar, einfach so«, erwiderte sie. Ihre Lider sanken herab.

»Und er hat das so einfach akzeptiert? Schwer zu glauben«, bohrte der Hauptkommissar nach. »Wallmann wusste, was er wollte, das haben Sie doch gerade selber gesagt. Und er war gewohnt, dass er das auch bekam. War es nicht so?«

Die langen, leicht getuschten Wimpern schnellten hoch. Alina Thormählens Wangen waren zart gerötet, aber ihre Stimme klang wieder fest. »Da war Walli nicht der

Einzige«, sagte sie eisig. »Natürlich fiel es ihm schwer! Ein Nein von einer Frau, das war er nicht gewohnt, der Macho. Aber damit musste er sich nun einmal abfinden. War ein wichtiger Lernprozess für ihn.« Sie unterbrach sich selbst, ehe sie sich richtig in Rage reden konnte: »Na ja, viel hat er ja nicht mehr davon gehabt.«

»Stimmt.« Stahnke nickte bedächtig. »Er starb jung. Weil er umgebracht wurde.«

»Aber nicht von mir!«, brauste sie auf. »Er hat mich genervt, ja, das stimmt. Er hat mir Schwierigkeiten bereitet, ist mir immer wieder auf die Pelle gerückt, hat sogar meinen neuen Freund bedroht. Aber ich habe ihn mir vom Leib gehalten, ohne ihn gleich zu killen.« Sie verschränkte die Arme: »Zur Tatzeit war ich in Schleswig-Holstein. Also habe ich ein Alibi. Ich war's nicht.«

Interessanter Gedanke, dachte Stahnke. War ich noch gar nicht drauf gekommen. Abermals musterte er sein Gegenüber, die zierliche, aber sportliche Figur, den entschlossenen Blick. Konnte sie es mit einem Trumm wie Wallmann aufnehmen? Nicht ausgeschlossen.

Aber sechsunddreißig Messerstiche? Eher nicht, so beherrscht, wie sie hier rüberkam. Obwohl, wer vermochte zu sagen, wie wütend sie werden konnte?

»Nein«, sagte er kurzentschlossen, »Sie waren's nicht.«

Sie nickte heftig, öffnete und schloss den Mund, als hätte sie noch mehr Argumente auf Lager gehabt, auf die sie jetzt jedoch verzichten konnte.

»Aber die gefälschte Besitzurkunde, die Unterschrift auf dem Versicherungsvertrag, der fingierte Bootsdiebstahl – *das* waren Sie.«

Sie schnappte nach Luft. »Ach, daher weht der Wind«, entfuhr es ihr.

Stahnke lehnte sich zurück und faltete die Hände. »Ich stelle fest, dass Sie eine Tatbeteiligung nicht bestreiten«, sagte er in onkelhaftem Ton. »Dann erzählen Sie doch mal ausführlich. Wessen Idee war das denn?«

Die Röte war ihr bis an die Haarwurzeln gestiegen und ließ die blondierten Fransen unnatürlich hell wirken. »Seine natürlich«, fauchte sie. Alle Souveränität war dahin. »Kein Risiko, kein Problem, großer Profit. So etwas liebte er. Tja, Schiet auch. Verdammt.«

Stahnke wartete in großer Ruhe, als hätte er alle Zeit der Welt. Sah Alina Thormählen wütend werden, dann resignieren, ohne die Haltung zu verlieren.

»Also gut. Natürlich wusste ich, dass das illegal war. Aber mit dem Diebstahl und dem Weiterverkauf des Bootes hatte ich nichts zu tun. Weiß auch nicht, mit wem er da kooperiert hat. Mein Part war die Vertragsunterschrift, na ja, und dann noch die Diebstahlsanzeige. Das war alles. Ich meine, Versicherungen bescheißen – wer tut das nicht?«

»Ich«, sagte der Hauptkommissar. »Nur so als Beispiel. Wallmann hat also Ihnen gegenüber mit offenen Karten gespielt?«

Sie nickte. »Hat er. Für ihn war das sowieso kein Ding, ich meine, kein großes. Er hat alles, was er so unternahm, nur danach eingestuft, wie viele Monate oder Jahre man bekommt, wenn man dabei gepackt wird. Geldstrafen interessierten ihn schon überhaupt nicht. Das lief bei ihm unter Investition.«

»Wissen Sie, was so ein Speedboat kostet?«, fragte Stahnke. »Bei einem Betrug in dieser Höhe ist es mit einer Geldbuße nicht getan.«

»Das wusste er natürlich.« Sie machte eine ungeduldige, wegwerfende Handbewegung. »Aber dieses Risiko war er bereit einzugehen. Mir hat er gesagt, falls man uns draufkäme, sollte ich einfach behaupten, er hätte mich nur vorgeschoben, weil ich einen höheren Schadensfreiheitsrabatt bekäme als er. So könnte ich gut die Unschuldige mimen.«

Stahnke beugte sich vor. »Und warum tun Sie das jetzt nicht? Der Moment wäre gekommen.«

Sie senkte den Blick, zögerte einen Moment. »Besser,

reinen Tisch zu machen«, sagte sie dann leise. »Ich denke heute über manche Dinge ein bisschen anders als noch vor ein, zwei Jahren.«

»Zum Beispiel?«

»Na, Recht und Unrecht. Richtig und falsch. Solche Sachen eben.« Sie schaute sich um, nestelte an ihrer Handtasche: »Darf man hier eigentlich rauchen?«

Der Hauptkommissar schüttelte den Kopf. »Was hat denn zu diesem plötzlichen Schub an Ethik und Moral geführt?«

Wieder zuckte sie die Schultern. »Erwachsen wird man ja nicht an einem Tag, nicht wahr? Das dauert seine Zeit. Von dem, was man zu Hause von den eigenen Eltern eingetrichtert bekommt, löst man sich erst nach und nach. Es gibt genügend Leute, die schaffen das nie.«

»Und was haben Ihre Eltern Ihnen erzählt? Ich meine, über Recht und Unrecht?«

»Mein Vater«, korrigierte sie ihn. »Dass das alles relativ ist. Genau wie Gut und Böse. Standpunktfrage. Jedenfalls für die Starken, die wissen, was gut für sie selbst ist. Das ist dann auch gut für die anderen. Die Schwachen. Die brauchen Anleitung, die brauchen Regeln, Gesetze. Weil sie sonst nicht klarkämen. Aber die anderen, die Starken – wir ... wir machen uns die Regeln selbst.« Sie atmete schwer. »Und wir setzen sie durch. Denn sonst wären wir ja nicht stark genug.«

»Klingt nach Anarchie«, sagte Stahnke. »Oder nach Wildem Westen. Nimm das Recht in die eigene Hand und so.« Überrascht stellte er fest, dass er fröstelte, obwohl es in seinem Büro sommerlich warm war.

»Anarchie?« Die junge Frau starrte ihn an, als sei sie gerade aus einem bösen Traum erwacht. »Anarchisten hat Vater immer gehasst. Respektieren die Grundrechte nicht. Vor allem das Recht auf Besitz. Wenn Besitz nichts mehr gilt, sagt er immer, wenn das, was man sich erworben hat, keinen Schutz mehr genießt, dann geht die

Gesellschaft vor die Hunde.« Sie überlegte kurz, dann fügte sie hinzu: »Aber ich glaube, ich verstehe, was Sie meinen.«

Stahnke vergewisserte sich, dass sie nichts mehr hinzufügen wollte, und sagte dann: »Ihr Vater ist also ein Starker. Ein reicher Mann auch?«

Sie nickte: »Ziemlich.« Ihre Hände waren um ihre Tasche gekrampft. Sie schien eine Zigarette dringend nötig zu haben.

»Sind Sie das auch? Eine Starke? Und reich?«

»Ja, glaub ich schon«, erwiderte sie, und obwohl sie in diesem Moment gar nicht so aussah, war Stahnke geneigt, ihr das abzunehmen. »Ich meine, stark. Reich sicher nicht. Aber ich bin dabei, mir etwas aufzubauen. Meine derzeitige Position ist bestimmt nicht die Endstation.« Sie strich sich mit allen Fingern durch die Haare. »Jedenfalls habe ich nicht vor, bloß auf mein Erbe zu warten«, fügte sie mit gezwungenem Lächeln hinzu.

»Sie waren Ihrem Vater demnach eine gelehrige Schülerin«, stellte Stahnke fest.

»Wie gesagt, heute sehe ich manches anders. Nicht alles, aber vieles. Das hat sicherlich auch mit Jannik zu tun.«

»Wer ist Jannik?«

»Mein – neuer Freund. Also mein Freund nach Walli. Nach Wallmann, meine ich. Jannik Bartels. Inzwischen sind wir aber schon nicht mehr zusammen. Nach all dem Ärger wohl auch kein Wunder.«

Stahnke schaute sie nur an, überließ es seinen wasserblauen Augen, die Details aus ihr herauszusaugen.

»Jannik ist Koch«, erzählte Alina Thormählen. »Gourmetkoch. Noch nicht sehr bekannt, aber ich bin sicher, dass er es draufhat. Für Walli war Jannik natürlich ein Fliegenschiss an der Wand. Fühlte sich persönlich beleidigt, dass so ein kleiner, junger, in seinen Augen völlig unbedeutender Typ seinen Platz bei mir einnehmen konnte. Er hat auf seine übliche Art versucht, ihm ein bisschen Angst einzujagen.

Hat ihm ein paar ukrainische Kleiderschränke auf den Hals gehetzt, die ihm zwar nichts getan haben, aber das sehr bedrohlich und offensichtlich. Dann ein paar Anrufe nach Mitternacht, ein persönliches Gespräch unter Männern, so wie Walli das verstand. Na ja, eben mal zeigen, wer den Längeren hat. Dabei ...« Sie prustete, hielt sich gespielt verlegen die Hand vor den Mund, schlug neckisch die Augen nieder. Erneut zu erröten schaffte sie allerdings nicht.

Wen will sie denn damit über den Tisch ziehen, dachte Stahnke, während er sich verstohlen eine Notiz machte. Jannik Bartels, Koch. Rivale von Wallmann. Eifersucht? Sehr wahrscheinlich war das nicht, immerhin war doch einige Zeit vergangen und die Beziehung mit Alina Thormählen inzwischen beendet. Wäre Bartels das Opfer gewesen, tja, dann vielleicht. Aber so herum? Egal, man konnte ja bei Gelegenheit mal nachhaken.

Jetzt aber erst mal zurück zum Kerngeschäft. »Sie geben also zu, an besagtem Versicherungsbetrug beteiligt gewesen zu sein«, repetierte er, »bestreiten jedoch, Bootsdieb und Hehler zu kennen oder über die Art und Weise des Tathergangs informiert zu sein. Warum soll ich Ihnen das eigentlich glauben?«

»Weil's stimmt?« Sie wirkte wieder vollkommen cool. »Es war ja nicht mein Ding, sondern seins. Er wollte es machen, ich hatte nichts dagegen, weil es mir wurscht war. Heute sehe ich das anders. Jugendsünde, könnte man sagen. Ich hatte nicht einmal etwas davon. Es gab keinen Anteil für mich, nur eine Flasche Champagner. Aber den hat Walli sowieso ständig angeschleppt.«

Wieder so ein Klischee, das sich bewahrheitet, dachte Stahnke. Aber wie auch immer, er glaubte ihr. »Ich entnehme Ihren Worten, dass Wallmann auch andere Betrügereien begangen hat als diese. Bedeutendere. Wie wäre es, wenn Sie mir darüber etwas erzählen würden?«

Sie verschränkte die Arme: »Und warum?«

»Weil«, entgegnete Stahnke streng, »Sie doch jetzt

anders über Recht und Unrecht denken.« Er beugte sich vor, stützte beide Ellbogen auf seine Schreibtischplatte und bettete sein rundes Kinn in die Handflächen. »Und weil Sie einen kleinen Bonus gut gebrauchen können, um als Ersttäterin vielleicht mit einer milden Strafe davonzukommen. Ihr Geständnis war schon mal ein guter erster Schritt. Ein zweiter wäre besser.«

Sie nickte kurz. »Ein Deal, okay. Was ich sicher weiß: Wallmann hat fingierte Jobangebote ins Internet gestellt. Attraktive Jobs. Die Leute, die sich darauf beworben haben, mussten persönliche Daten angeben. Das tun viele heutzutage, trotz des Risikos, teils aus Leichtsinn, teils, weil sie einfach jede Chance wahrnehmen müssen.«

»Und die Jobs gab es gar nicht?«

»Nein. Stattdessen hat Wallmann mit diesen Daten einen schwunghaften Handel betrieben.«

Stahnke pfiff leise durch die Zähne, während sein Kugelschreiber über den Notizblock flitzte. Das war doch endlich einmal etwas Handfestes. Noch war nicht absehbar, wohin diese Spur führen konnte. Vielleicht nur zu ein paar Schmalspurbetrügern, die mit Geldstrafen davonkommen würden. Aber wenigstens hatte der Hauptkommissar das Gefühl, etwas Sinnvolles zur Arbeit seiner Kollegen beitragen zu können.

14.

Verdammt, schon wieder. Und gleich darauf ein weiteres Mal. Die Schläge waren nicht zu ignorieren. Besser, sie unternahm etwas, sonst war das Ding gleich völlig im Eimer, und dann würde sie vielleicht überhaupt nicht mehr nach Hause kommen, jedenfalls nicht, ehe es stockdunkel war.

Ingeborg Salewsky hielt an und stieg von ihrem Fahrrad. Seufzend löste sie die Luftpumpe aus ihrer Halterung. Der Hinterreifen war schon wieder butterweich, und jedesmal, wenn die Felge bis aufs Pflaster durchschlug, bestand die Gefahr, dass der undichte Schlauch noch undichter wurde. Ein Weilchen hielt er immerhin noch den Druck, ausreichend für zwei- oder dreihundert Meter Fahrt. Solch ein Leck nannte man wohl einen *Schleicher*. Ha! Das konnte sich ebenso gut auf das Tempo beziehen, in dem sie vorankam.

Die rote Dame suchte nach dem Ventil. Es war doch schon mächtig dämmerig geworden, und sie hatte nicht den Hauch einer Ahnung, wo sie sich gerade befand. Nur die Richtung, in der sich der Ort befinden musste, war ihr einigermaßen bewusst. Richtung Westen, dort, wo wenigstens noch etwas Helligkeit über den Horizont schwappte. Ausgerechnet heute musste sie ihr Handy in der Ferienwohnung vergessen! Sonst hätte sie längst Hermann herbeordert, um sie abzuholen. Notfalls mit dem Fahrradanhänger.

Da war das Ventil. Natürlich wieder unten. Sie kniete sich hin, sorgsam darauf bedacht, ihren neuen bordeauxroten Rock nicht zu beschmutzen, drückte das Pumpenende auf die Ventilöffnung und begann zu pumpen. Wieder ging die meiste Luft vorbei, das konnte sie inzwischen an dem höhnisch klingenden Zischen erkennen. Trotzdem rann ihr der Schweiß über Stirn und Wangen. Körperertüchtigung schön und gut, aber so hatte sie sich das nicht vorgestellt.

Es dauerte lange, bis sich der Mantel des hinteren Rades wieder einigermaßen prall anfühlte. Ingeborg Salewsky erhob sich ächzend, klemmte die Pumpe zurück an ihren Platz und schickte sich an, sich so schnell wie möglich in den Sattel zu schwingen. Lange würde es nicht dauern, bis die Felge wieder durchschlug, das wusste sie inzwischen.

Trotzdem hielt sie inne. In den wenigen Minuten des Pumpens waren auch die letzten Reste des Sonnenuntergangs erloschen, und das blasse Licht der Sterne, das an die Stelle des goldroten Schimmers getreten war, ließ die Dünenkämme, die Ingeborg Salewsky umgaben, wie eine Bande von Wegelagerern wirken, die sie umzingelt hatten. Die rote Dame war nicht feige, nein, keineswegs; eine wie sie wusste sich durchzuboxen. Das lernte man als Frau im Pott. Aber das hier, das war doch etwas anderes. Sie schluckte laut.

Mit fliegenden Fingern drückte sie den altmodischen Dynamo gegen den Vorderreifen, nahm Schwung und stemmte sich in den Sattel. Der Betonplattenweg war als graues Band vor ihr eben noch erkennbar. Der Dynamo surrte hörbar, aber der Scheinwerfer blieb dunkel. Sie schlug mit der flachen Hand darauf, einmal, zweimal, hoffte auf einen Wackelkontakt. Aber der erhoffte Lichtkegel blieb aus. Auch das noch!

Der Weg machte eine sanfte Biegung nach rechts; sie erkannte es gerade noch rechtzeitig, um nicht in die Büsche zu fahren. Wieder brach ihr der Schweiß aus, diesmal am ganzen Körper. Verbissen trat sie in die Pedale und starrte auf den grauen Beton vor sich, der mehr und mehr verblasste. Dass es hier auf Langeoog außerhalb der Ortschaft auch so wenige Straßenlaternen gab! Stehenbleiben hatte jetzt gar keinen Zweck, sie musste weiterfahren, bis sie auf Häuser stieß und auf Menschen. Dann würde man ihr bestimmt helfen, ein Fahrrad leihen oder wenigstens Flickzeug und sie telefonieren lassen. Den Rest würde Hermann dann erledigen.

Die Schatten am Wegesrand wurden höher und massiger. Waren das besonders hohe Büsche oder etwa Häuser? Wenn ja, dann sahen sie ziemlich unbelebt aus. Was nichts heißen musste, manche Leute gingen ja auch im Urlaub früh zu Bett. Aber gerade die ließen sich dann nicht mehr gerne herausklingeln.

Da. Diesmal war sie sich sicher, das musste ein Haus sein. Die Silhouette war gegen den Sternenhimmel deutlich zu erkennen. Zwar brannte auch hier kein Licht, aber sie konnte doch eine Bewegung ausmachen. Schnaufend brachte sie ihr Rad zum Stehen. Jetzt noch etwas Puste sammeln, dann würde sie rufen, und dann würde man ihr helfen.

Jetzt blitzte doch ein Licht auf. Ein weißes, helles sogar. Sah wie eine Taschenlampe aus. Wieso, hatten die da Stromausfall, und einer suchte nach dem Sicherungskasten? Draußen?

Der Lichtstrahl wurde von einer weiß verputzten Wand reflektiert und erlosch. Ingeborg Salewsky hatte im Widerschein gerade noch eine Gestalt erkennen können, eine untersetzte, kräftig wirkende Gestalt, die die Lampe in der rechten und etwas anderes, größeres in der linken Hand trug. Was konnte das gewesen sein? Ein Eimer?

Da war das Licht wieder, aber matter als zuvor, gedämpft durch die Finger des Mannes, der die Lampe hielt. Himmel, das war ja wie im Krieg, wenn Verdunkelung befohlen war. Jedenfalls kam das immer in diesen Filmen vor, die in dem alternativen Kino liefen, für das sie ein Abo hatte. Warum machte der Mann das? Wollte der etwa nicht gesehen werden? Aber warum, wenn dies doch sein Haus war, oder immerhin das, das er für den Urlaub gemietet hatte?

Und wenn nicht? Wer war dieser Mann dann? Ein Einbrecher?

Das gedämpfte Licht fiel auf einen rötlichen, abgeplatteten Kegel, der an der Wand angebracht war. Die Warnleuchte einer Alarmanlage! So etwas kannte Ingeborg Salewsky gut, das gab es zu Hause in Gelsenkirchen auch. Bisher war noch kein Alarm gegeben worden. War der Typ am Ende doch kein …

Aha, in der linken Hand hielt der Mensch tatsächlich einen Eimer. Den stülpte er nämlich gerade über die Alarmlampe. Warum das denn? Jetzt ging er in die Knie. Soweit die rote Dame erkennen konnte, holte er etwas Längliches aus seiner Jacke und machte sich damit an der Wand zu schaffen. Ein leises Zischen und Blubbern war zu hören.

Ingeborg Salewsky begann am ganzen Körper zu zittern. Nicht nur, weil es seit Einbruch der Dunkelheit empfindlich kühl geworden war und ihre sonnenverbrannten Schultern unbedeckt waren, da sie mit einem derart langen Aufenthalt im Freien nicht gerechnet hatte. Nein, mittlerweile hielt sie es für ausgemacht, dass dieser Mann dort etwas Böses im Sinn hatte. Einbruch mindestens, und wer wusste, was sonst noch alles! Auf dieser Insel passierten schließlich die unheimlichsten Sachen. Die vergiftete Marmelade, die Explosionen im Hotel und in diesem anderen Ferienhaus – das hing doch bestimmt alles zusammen! Warum war sie eigentlich noch hier? Warum hatte sie mitsamt ihrem Hermann nicht schon längst die Flucht ergriffen? Bei Tageslicht war ihr dieser Gedanke auch schon gekommen, aber sie hatte ihn als absurd verworfen. Nun jedoch, im fast vollständigen Dunkel der Nacht, sah das alles ganz anders aus.

»Die wollen uns hier nicht«, wisperte sie zu sich selbst. »Die hassen uns. Die wollen, dass wir verschwinden. So schnell wie möglich.«

Links von ihr knackte ein Zweig.

Ihr Herz setzte einen Schlag lang aus. Irgendetwas war da, unsichtbar, aber eindeutig. Ein Tier? Das konnte sie nur hoffen. Viel wahrscheinlicher aber war, dass dieser Mensch dort hinten, dieser Einbrecher oder Attentäter, nicht allein war. Der hatte bestimmt einen Komplizen dabei, einen, der hier am Weg Schmiere stand. Und dieser Komplize schien sie soeben entdeckt zu haben.

Ein zweites Knacken, wieder links, aber deutlich näher. Und ein leises Quietschen. Fast hätte die rote Dame aufgeschrien. Er kam! Er kam, um sie zu holen! Panisch rannte sie los, die Hände um den Fahrradlenker gekrallt, während die Felge des Hinterrades scheppernd über die Betonplatten des Weges holperte. Der Druck war schon wieder weg, gleich würde der Schlauch ganz hinüber sein. Egal! Sie war auf der Flucht, da konnte man auf sowas keine Rücksicht nehmen.

Behände wie noch nie wuchtete sie ihr ausladendes Hinterteil in den Sattel und begann wie wild zu treten. Sie lenkte, so gut es eben ging angesichts des defekten Lichts und des schwammigen Gefühls, das vom Hinterrad ausging, den blassgrauen Betonstreifen entlang. Nur weg, möglichst weit weg von diesem unheimlichen Mann und seinem Komplizen, der sie beinahe als unfreiwillige Zeugin erwischt hätte. Gott mochte wissen, was der mit ihr gemacht hätte!

Da war das Quietschen wieder. Hinter ihr, so dicht, dass es ihr kalt die Wirbelsäule entlanglief. Jetzt erkannte sie das Geräusch; es kam vom ungenügend geschmierten Tretlager eines Fahrrads. Eine Sekunde lang redete sie sich ein, dass es nur ein Echo war, der Widerhall eines Geräuschs, das sie in Wirklichkeit selbst verursachte, denn auch ihr Rad quietschte ein bisschen unter seiner Last. Aber der Ton war heller und das Tempo, in dem sich der Laut wiederholte, schneller, so dass diese Hoffnung sofort zerstob. Da war wirklich einer hinter ihr her.

Als sie sich ängstlich umdrehte, war da auch ein Licht. Ein kleiner Schlitz aus Licht, wie ein Riss in der Dunkelheit. Eine Fahrradlampe, abgedunkelt, wahrscheinlich mit Klebestreifen. Wieder hatte sie Szenen aus schwarz-weißen Kriegsfilmen vor Augen. Ihre Angst passte verdammt gut dazu.

Sie versuchte schneller zu treten, aber der wabbelige Hinterreifen mit der jetzt ständig durchschlagenden Felge verhinderte ihre Bemühungen. Das Quietschen wurde immer lauter, der Verfolger hatte sie fast erreicht. Und dann hörte sie noch ein anderes, ein neues Geräusch. Es war ein Kichern, ein leises, hohes, irres Kichern.

Jetzt schrie sie wirklich, schrie, so laut sie konnte. Und als sie zu schreien begann, floss plötzlich helles Licht auf den Betonplattenweg, ganz viel gelbes Licht, von hinten, so dass sie ihren eigenen Schatten riesengroß vor sich her schwanken sah, gefolgt von einem zweiten, ganz ähnlichen, der sich mehr und mehr näherte, bis beide Schatten zu einem einzigen zu verschmelzen schienen. Ein betäubendes Krachen ertönte. Im selben Moment schoss ein scharfer Schmerz durch ihren Körper. Ihr gellendes Schreien durchdrang sogar das Nachgrollen der Explosion hinter ihr, während sie Richtung und Balance verlor, ihr Fahrrad erst zu taumeln und dann zu schlingern begann, bis es sie schließlich abwarf, hinein in die Sanddornbüsche am Wegesrand. Sie stürzte, und das Letzte, was sie hörte, war dieses irre Kichern. Dann wurde es wieder dunkel.

15.

Lüppo Buss sog die kühle Morgenluft ein, so tief er nur konnte. Sein Blick schweifte über den Hafen, der zu dieser frühen Stunde noch ruhig und wie verwaist dalag, die Härchen auf seiner Haut vibrierten in der leichten Seebrise, und seine Ohren lauschten den Schreien der Möwen, die genau so klangen wie das SMS-Signal, das Nicole ihm ins Handy programmiert hatte.

Fliegende Kurzmitteilungen – ha! Er gestattete sich ein kurzes Lächeln ob dieses albernen Einfalls. Dann sanken seine Mundwinkel wieder herab.

War das eine Nacht gewesen! Er hatte schon geschlafen, als der Blitz dieser dritten Explosion deutlich sichtbar über den Ort gezuckt war und einen Großalarm aller verfügbaren Kräfte ausgelöst hatte. Das Chaos war furchtbar gewesen, denn natürlich wimmelte die Insel längst von TV-Teams aller Couleurs und Berichterstattern aller möglichen Gazetten, vor allem der sensationslüsternen. Es hatte eine Weile gedauert, bis der Brand unter Kontrolle gebracht war und man sich sicher sein konnte, dass das Ferienhaus unbewohnt gewesen war. Zum Glück, denn diesmal waren sowohl Gas als auch flüssige Brandbeschleuniger zum Einsatz gekommen. Schlafende Bewohner wären diesem Inferno wohl kaum mit heiler Haut entkommen.

Und kaum hatten Hauptkommissar de Beer und sein Stab sich an die Arbeit gemacht, da wurde plötzlich doch noch eine verletzte Person in der Nähe des brennenden Hauses gefunden, besinnungslos und mit einer blutenden Fleischwunde. Da war das Chaos dann zum zweiten Mal ausgebrochen. Lüppo Buss hatte alle Hände voll zu tun gehabt, die rasende Reportermeute im Zaum zu halten, um Doktor Fredermann Erstversorgung und Abtransport des Opfers zu ermöglichen. Alle hatten sich aufgeführt wie irre, selbst dieser Marian Godehau vom *Inselboten*, der immer wieder versucht hatte, die verletzte Frau anzusprechen, kaum dass sie wieder bei Bewusstsein war. Der Inselpolizist hatte sich noch gewundert, warum Godehau überhaupt vor Ort gewesen war, da er die letzten Nächte doch auf dem Festland verbracht hatte. Schnell aber hatten wichtigere Dinge diesen Gedanken beiseite gedrängt.

Lüppo Buss hatte die Frau nämlich wiedererkannt. Das Opfer. Es war die rote Dame, wie er sie bei sich nannte, diese nervige Person, wie hieß sie doch gleich? Schikowski, Schimansky, Sikorsky? Ach nein, Salewsky, genau. Die Frau mit der Marmelade, die sie für vergiftet hielt, weil ihr Hermann davon den flotten Otto bekommen hatte. Der Oberkommissar hatte sie nicht ernst genommen, und jetzt lag sie da, eindeutig das Opfer eines Anschlags. Das war ein Schock gewesen, und sein schlechtes Gewissen hatte ihn übermannt.

Dann hatte er gesehen, wo sie verletzt worden war. Nämlich an ihrem üppigen Gesäß, genau gesagt an der linken Hinterbacke. Das hatte noch etwas ganz anderes in ihm ausgelöst. Hatte etwas geweckt, das tief in ihm geschlummert hatte, in der finstersten Ecke seiner Kindheitserinnerungen, dort, wo gleich nebenan schon die animalischen Ängste des Unterbewusstseins mit ihren Ketten rasselten. Ein Schatten, lange verdrängt, fast vergessen, hatte sich aufs Neue erhoben.

Der *Morspieker* war wieder da!

Lüppo Buss' Großeltern hatten in Norden gelebt, einer Stadt, die – abgesehen vom touristentrubeligen Stadtteil Norddeich – immer noch so viel Beschaulichkeit ausstrahlte, dass der Inselpolizist dort nicht einmal tot über der Friedhofsmauer hängen wollte; jedenfalls hatte er das schon öfter abends am Tresen zum Besten gegeben. Aber so friedlich und beschaulich konnte eine Stadt wohl gar nicht sein, als dass es nicht auch dort etwas gegeben hätte, womit man Kinder erschrecken konnte. Aus erzieherischen Gründen natürlich, nicht etwa aus Sadismus oder elterlicher Bequemlichkeit. Der *Boogieman* hatte es noch nicht bis in deutsche Kinderzimmer geschafft, der *Schwarze Mann* wurde zu leicht mit dem Schornsteinfeger verwechselt, und der *Busabella* war zu abstrakt. Also griff man auf den *Morspieker* zurück, eine boshafte Gestalt, die nur bei Dunkelheit umging und jeden Unbotmäßigen, den sie erwischte, an einer als schmerzempfindlich bekannten Stelle verletzte. Mit Lüppo Buss' Eltern hatte der *Morspieker* auch auf der Insel Langeoog Einzug gehalten, und er hatte auch dort funktioniert, so lange, bis der jugendliche Lüppo beschloss, sich künftig nicht mehr ins Bockshorn jagen zu lassen.

Der wahre Schock aber hatte ihn erst später ereilt, Jahre später, als ihn eine Rechercheübung während seiner Ausbildung ins Archiv der Norder Zeitung geführt hatte, wo er auf etwas Entsetzliches gestoßen war. Nämlich, dass es diesen *Morspieker* offenbar wirklich gegeben hatte. Und dass er niemals gefasst worden war.

Jetzt also war er wieder aufgetaucht. Leibhaftig. Hier auf Langeoog!

Konnte das sein? Die Zeitungsmeldungen datierten aus den späten dreißiger Jahren. Ein Unbekannter, so hieß es darin, hätte des Nachts Frauen aufgelauert, insbesondere Fahrradfahrerinnen, vorzugsweise solchen mit ausladenden Hinterteilen. Im Vorbeifahren habe er ihnen einen Stich in den Allerwertesten, auf Plattdeutsch: Mors, versetzt. Womit, das wusste man nicht genau. Die Verletzungen seien nicht gefährlich, wohl aber schmerzhaft gewesen; vor allem aber hätten sich die Opfer mächtig erschrocken und seien infolgedessen gestürzt. Übereinstimmend wurde berichtet, dass der Täter sich daran ergötzt habe, was man seinem irren Kichern habe entnehmen können.

Lüppo Buss rechnete nach. Angenommen, der Täter wäre damals noch jung gewesen, achtzehn oder zwanzig Jahre. Dann wäre er heute … nun ja, an die neunzig. Nee, also echt. Dann musste er schon ein wirklich rüstiger Greis sein, zudem gewandt im Umgang mit Fahrrad und Stichwaffe, um noch zu derartigen Morspiekereien in der Lage zu sein. Außerdem: Wenn der Täter von irgendwelchen perversen Gelüsten getrieben wurde, die er als *Morspieker* befriedigte, was hatte er dann in all den Jahren getrieben, die zwischen den Taten lagen?

Versonnen blickte der Inselpolizist übers Wasser, einem Motorboot nach, das gerade im Yachthafen abgelegt hatte und als Erstes den glatten Spiegel des Hafenbeckens zerschnitt. Ganz schön früh dran, der Skipper. Vielleicht ein Insulaner, der noch schnell auf dem Festland etwas besorgen wollte. Heute war Samstag, großer Bettenwechsel, da war tagsüber Hektik angesagt. Besser, man war darauf vorbereitet.

Bettenwechsel. Ströme neuer Touristen. Hochbetrieb am Fähranleger und am Bahnhof. Vier alte Männer, die dort hockten und auf die Touristen schimpften. Alte Männer. Wie alt? Lüppo Buss schob sich die Mütze in den Nacken und wühlte mit den Fingern in seinen verschwitzten Haaren. Wie alt waren sie, die Mitglieder der *Viererbande*?

Im Yachthafen gab es erneut eine Bewegung. Lüppo Buss hätte sie wohl übersehen, so klein und geringfügig und weit entfernt war sie, hätte sie sich nicht andauernd wiederholt, und zwar an derselben Stelle. Der Inselpolizist kniff seine Augen zusammen. Eine Möwe war das nicht, auch kein anderer Vogel. Kein loser Tampen und auch kein pendelnder Fender. Das Ding ging immer von links unten nach rechts oben und wieder zurück. Als ob da einer winken würde. Aber wenn das so war, dachte Lüppo Buss, dann müsste der ja auf dem Steg liegen. Und wer tat das schon?

Eine Sekunde später rannte er aus Leibeskräften, in der einen Hand seine Mütze, die andere am Pistolenhalfter. Keine zwei Minuten später hatte er die Stelle auf dem Steg erreicht.

Ein Mann lag dort, aus einer Kopfwunde blutend, und versuchte vergeblich, mit der Hand den Bugkorb der nächstliegenden Yacht zu erreichen, um sich aufzurichten, wieder und wieder. Die Box direkt gegenüber war leer. Tampen hingen ins Wasser, ein Ende, das noch am Poller belegt war, lag auf dem Steg. Abgeschnitten.

Lüppo Buss zückte sein Handy. So langsam wird's unübersichtlich, dachte er.

16.

Na endlich, dachte Stahnke, heute bin ich mal der Erste im Büro. Sogar auf dem ganzen Flur. Kunststück, es war ja Samstag. Aber früh war es dennoch.

Die Wahrheit war, er hatte wieder einmal nicht schlafen können. Jedenfalls nicht lange und tief genug. Hatte sich wieder und wieder herumgewälzt, eine halbe Flasche Mineralwasser gelenzt und sich dann dreingeschickt. So ein früher Sommermorgen war ja auch etwas Feines.

Selbstverständlich war ihm dabei sofort, noch ehe er die Kaffeemaschine zum Laufen gebracht hatte, Langeoog in den Sinn gekommen. Und natürlich Sina. Dieses merkwürdige Handy-Telefonat. Was hatte dieser Marian Godehau an Sinas Handy herumzugrabschen? Vor der Antwort graute ihm. Sex mit dem Ex, davon hörte man ja andauernd, gerne auch am helllichten Tag. Der Sex, nicht nur das Hören.

Entschlossen hatte Stahnke nach dem Telefonhörer gegriffen. Und ihn vorsichtig wieder hingelegt. Hatte stattdessen lieber seine Morgenroutine absolviert, sein Fahrrad genommen und sich auf den Weg ins Büro gemacht. Mit dem üblichen Umweg. Trotzdem war er irgendwann dort gewesen. Und auf dem Schreibtisch hatte wieder ein Telefon auf ihn gewartet.

Erneut griff er entschlossen nach dem Hörer. Diesmal wählte er. Sinas Festnetznummer.

Es dauerte, bis sie dranging, fast hätte er schon wieder aufgelegt. »Ja?« Sie klang ganz matt und verschlafen.

»Ich bin's. Ach ja, dein Nachtdienst.« Er zerbiss einen lautlosen Fluch auf seine Vergesslichkeit. »Wie war es denn?«

»Was glaubst du wohl.« Sie gähnte anhaltend und demonstrativ. »Wir haben ein paar sehr schwierige Patienten im Moment, die brauchen keine Therapeuten, die brauchen Dienstpersonal. Aber letzte Nacht hätte hier sowieso keiner schlafen können.«

»Wieso das denn?«

»Schon wieder zwei neue Anschläge.« Sie brachte ihn knapp auf den neuesten Stand. Ihre Stimme klang jetzt etwas munterer, wurde aber immer wieder von Gähnern unterbrochen.

Stahnke traute seinen Ohren kaum. Schon die dritte Explosion? Außerdem ein tätlicher Angriff mit einer Stichwaffe? Und er hatte gedacht, *er* hätte hier viel um die Ohren, dabei rotierten die Kollegen auf Langeoog mindestens ebenso.

So richtig fesselte ihn Sinas Erzählung aber nicht. Immer wieder rief er sich ihr Bild vor Augen, während er zuhörte. Ihr schlafwarmes, weiches Gesicht, ihre verstrubbelten Haare, ihr dünnes Nachthemd, ihre seidigen Beine, die bestimmt wieder unter der Bettdecke hervorragten oder darum herumgeschlungen waren … Und das Nachbarbett? War es ordentlich gemacht oder frisch zerwühlt? Oder ruhte gar Marian Godehaus bärtige Visage auf dem Kissen und grinste dreist herüber?

Sina schwieg einen Augenblick lang. Stahnke hielt die

Luft an, lauschte. War da ein anderes Atemgeräusch zu hören? Kam dieses Rascheln, das Knistern von Sinas Seite des Bettes oder von der anderen?

»Bist du noch da?« Wieder ein langgezogenes Gähnen.

»Klar.« Stahnke riss sich zusammen. »Ist ja spannend bei euch, unglaublich. Bei uns war auch so allerhand gefällig.«

»Erzähl's mir später, ja? Ich war gerade erst eingeschlafen, als du angerufen hast. Wenn ich mich jetzt gleich wieder umdrehe, schaffe ich es vielleicht noch, wieder in den Schlaf zu kommen. Nicht böse sein, hörst du? Mach's gut.«

»Du auch, mein Schatz. Und ich ...« Aber sie hatte schon aufgelegt.

Sanft ließ er den Hörer zurück in die Halterung gleiten. Er fühlte sich verwirrt. Zweifel nagten an ihm, und er schämte sich dafür.

Draußen auf dem Flur ging Kramer vorbei, auch er lauthals gähnend. Er schaute herein, grüßte überrascht. Stahnke grüßte abwesend und knapp zurück.

Sein Telefon klingelte. Erst nach dem vierten Mal nahm er ab. »Ja?«

»Lüppo Buss hier. Dachte mir schon, dass du bei der Arbeit bist. Zu Hause bei dir ging ja keiner ran.«

»Lüppo.« Eine Frage, eine absolut vorrangige Frage drängte sich auf Stahnkes Zunge, balancierte ganz vorne auf der Spitze. Mit Mühe schluckte er sie wieder herunter. Er würde sich schön hüten, seinen Kollegen über den Lebenswandel seiner Freundin auszuhorchen!

»Ich weiß, du hast zu tun.« Der Inselpolizist deutete Stahnkes Wortkargheit falsch. »Aber glaube mir, mein Anruf ist dienstlich.«

»Ach. Hat Dedo de Beer dich endlich auch mal mit etwas Wichtigem betraut?«

Lüppo Buss lachte bitter. »Er denkt, nein. Aber vielleicht irrt er sich.«

»Na komm, spuck's schon aus.«

»Da muss ich etwas ausholen. Weißt du, bei uns sind Dinge passiert, die …«

»Ich weiß Bescheid«, unterbrach Stahnke. »Drei Explosionen, die letzte erst vergangene Nacht. Außerdem eine Person mit einer Stichverletzung. Das kannst du überspringen. Und?«

Der Inselpolizist pfiff anerkennend durch die Zähne, ließ sich aber nicht aus der Fassung bringen. »Und«, sagte er, »heute früh gab es einen weiteren Schwerverletzten. Große Platzwunde nach Schlag mit einem stumpfen Gegenstand, mittlerer Blutverlust, deftige Gehirnerschütterung. Das Ganze geschah im Yachthafen, praktisch unter meinen Augen.«

»Die Inselpolizei, dein Freund und Beihelfer«, spottete der Hauptkommissar. Aber er hatte sein Stichwort nicht überhört. Yachthafen. »Lass mich raten. Ein Boot ist auch verschwunden?«

»Gut, dass du mir schon immer unheimlich warst«, erwiderte Lüppo Buss. »Sonst wäre ich jetzt vielleicht ein kleines bisschen erschrocken.«

»Was wisst ihr über das Opfer? Und über sein Boot?«

»Gerold Hinrichs, zweiundvierzig Jahre, Abteilungsleiter bei einer Bremer Versicherung. Ist als Tourist auf Langeoog. Kommt seit einigen Jahren regelmäßig her, um hier die Sau rauszulassen.« Lüppo Buss knurrte unvermittelt: »Letztes Jahr musste ich ihn verwarnen, wegen wiederholter Ruhestörung. Habe ihm geraten, doch lieber gleich nach Norderney zu fahren, um da auf die Kacke zu hauen. Der wollte mir ein Disziplinarverfahren anhängen, aber ich hab einfach alles abgestritten.«

»So einer also«, sagte Stahnke. »Dann wüsste ich ja schon einen Hauptverdächtigen. Kannst dich schon mal an die Heizung fesseln, bis die Polizei kommt.«

»Ein Boot besitzt er übrigens nicht«, fuhr der Inselpolizist ungerührt fort. »Da er jedoch mitten im Yachthafen niedergeschlagen wurde und ich genau zum Tatzeitpunkt ein Boot habe wegfahren sehen, tippe ich darauf, dass er mit einem Mietboot hier war, welches ihm geklaut wurde. Dafür sprechen die gekappten Taue. Habe auch gleich eine Fahndung rausgegeben, die aber nichts ergeben hat. Der Wasserschutz war anderweitig im Einsatz und kam etwas zu spät hier an. Jetzt klappern die Kollegen die Yachthäfen an der Küste ab.«

»Lass mich noch einmal raten.« Stahnke schickte Kramer, der wieder im Türrahmen erschienen war, mit einer Kopfbewegung zurück auf den Gang. »Dedo de Beer betrachtet die schwere Körperverletzung als Bestandteil der laufenden Anschlagsserie und bearbeitet sie selbst, beziehungsweise lässt sie von seiner Mordkommission bearbeiten. An das Boot glaubt er nicht, jedenfalls nicht daran, dass es irgendwie wichtig ist. Darum hat er diese Sache dir übertragen. Richtig?«

Lüppo Buss seufzte. »Und wer ist der Täter? Weißt du das vielleicht auch?«

»Noch nicht«, sagte Stahnke. »Aber ich weiß, dass wir uns bald mal zusammensetzen sollten. Rein dienstlich, versteht sich.«

»Versteht sich. Wo soll ich hinkommen?«

»Bleibt einfach, wo du bist«, sagte der Hauptkommissar und beendete das Gespräch. »Kramer!«, rief er dann.

Seine Kollege erschien zum dritten Mal im Türrahmen und schwieg auffordernd.

»Ich muss nach Langeoog«, sagte Stahnke. »Dienstlich.« Und er dachte: endlich.

17.

War ja klar, dachte Marian. Jetzt erinnern die sich an mich. Jetzt bin ich auf einmal wichtig, ach, was sage ich: unverzichtbar. Und außerdem hoch geschätzt. Plötzlich wollen sie wieder was von mir. Vor ein paar Wochen noch war das Einzige, was die von mir wollten, dass ich verschwinde, und zwar so schnell wie möglich. Ab dafür zum Arsch der Welt. Und jetzt auf einmal gibt es nichts Interessanteres auf dem ganzen Planeten als genau diesen ...

Marian unterbrach seinen eigenen Gedankenfluss. Nicht, weil ihm die gewählte Metapher plötzlich ungehörig vorgekommen wäre. Sondern weil er unvermittelt an Sina denken musste. Das wiederum fand er momentan unpassend.

Wenn auch nicht generell.

Andererseits, nahm er den Faden wieder auf, was lag näher für die Redaktionsleitung der *Regionalen Rundschau*, als in dem Augenblick, da die ganze sensationsgeile Öffentlichkeit nach Langeoog blickte, auf einen bewährten Mitarbeiter zurückzugreifen, der sich gerade aus, nun ja, disziplintaktischen Gründen genau am Ort des Geschehens befand? Man mochte ja seine Ansichten nicht mögen, seinen Kommentarstil, vielleicht sogar seine ganze besserwisserische Art. Aber dass er einen vernünftigen Bericht unfallfrei auf die Reihe bekam, konnte wohl niemand bestreiten. Hatte auch noch nie jemand getan. Was ihm letztlich auch nicht geholfen hatte.

Außerdem sparen die Erbsenzähler dabei noch ein paar Euronen, dachte er spöttisch, während er sich im Laufen das Hemd glatt strich und die letzten Knöpfe schloss. So musste man keinem Reporter eine Wochenendzulage zahlen, denn Kollege Godehau war ja ohnehin im Einsatz. Und eine Fahrtkostenerstattung samt Fährticket fiel auch nicht an. Es hätte ihn nicht gewundert, wenn dies das Hauptargument gewesen wäre, ihn und niemand sonst für die überraschend anberaumte Polizei-Pressekonferenz im *Haus der Insel* einzuteilen. Und zwar nicht etwa nur als Autor für den *Inselboten*, sondern für die ganze große *Rundschau*, inklusive sämtlicher Unterausgaben.

Ein paar Minuten Zeit hatte er noch; die kurzen Wege auf der Insel boten klare Vorteile. Schnell betrat er die Bäckerei Ecke Gartenstraße und kaufte sich ein Schinkenbrötchen und einen Milchkaffee im Pappbecher. *Coffee to go* hieß das auch hier. Ach ja, Unsitten verbreiteten sich schnell. Da boten auch Wasserbarrieren keinen Schutz.

Im Gehen verbrannte er sich den Mund und hätte sich fast sein gutes Hemd bekleckert, das einzige vorzeigbare, das in seinem Insel-Notgepäck enthalten war, für den Fall unvorhergesehener Übernachtungen und anschließender dienstlicher Termine. Für den aktuell eingetretenen Fall eben. Tja, es ging doch nichts über jahrelange Berufspraxis.

Der Saal im *Haus der Insel* war bereits gut gefüllt, trotz der Ausweiskontrolle am Eingang. Wie viele Kollegen mochten das sein? Knapp hundert, schätzte Marian. Ob Langeoog schon einmal so viele Pressemenschen auf einmal gesehen hatte? Ausgeschlossen war das nicht, immerhin hielten hier auch Fußball-Bundesligisten ihre Trainingslager ab. Trotzdem, das sah schon nach etwas aus.

Auf dem Podium an der Stirnseite des Saales thronte Hauptkommissar Dedo de Beer vor einem Dickicht von Mikrophonen. Seine Mitarbeiter rechts und links von ihm kramten in Papieren und wussten eindeutig nicht, wohin mit ihren Händen und Blicken. Sie waren nur Staffage, entschied Marian, nichts als der Rahmen, der den großen Chefermittler richtig zur Geltung bringen sollte.

So, wie er dort saß, von kleiner Statur, aber kerzengerade, hager und graugesichtig, mit tief eingekerbten

Falten zwischen Nasenflügeln und Mundwinkeln, die die ungewöhnlich lange Oberlippe vom Rest seines Gesichts abteilten, die Finger der rechten Hand nikotingelb, mit deutlich zur Schau getragenem Selbst- und Machtbewusstsein, erinnerte Dedo de Beer mehr denn je an Helmut Schmidt, fand Marian. Der hatte ganz ähnlich ausgesehen, als er 1977 die Befreiung der Geiseln aus der Lufthansa-Maschine *Landshut* in Mogadischu organisiert hatte. Für den damaligen Bundeskanzler war die Bewältigung dieser Krise einer der größten Erfolge seiner Karriere gewesen. So, wie de Beer guckte, musste er heute eigentlich etwas ganz Ähnliches zu verkünden haben. Was Marian bezweifelte. Gespannt war er trotzdem.

Die Fernsehteams brachten ihre Kameras in Stellung. Scheinwerfer verbreiteten schmerzhaft grelles Licht. Der Ermittlungsleiter zwinkerte nicht einmal. Helmut Schmidt hatte seinerzeit für den Fall eines Misserfolgs bereits seine fertig formulierte Rücktrittserklärung parat gehabt, erinnerte sich Marian. Dedo de Beer auch?

Der Hauptkommissar begann mit einer zusammenfassenden Schilderung der drei Explosionen. »Es wurden zwar jeweils unterschiedliche beziehungsweise unterschiedlich kombinierte Explosivstoffe verwendet, dennoch ergibt sich, bei gemeinsamer Betrachtung, ein klares Bild. Eine eindeutige Handschrift sozusagen. Wir habe es hier mit ein und demselben Täter zu tun.«

Keine Überraschung, aber immerhin eine klare Aussage. Marian sah die Kugelschreiber der Kollegen über die Notizblöcke flitzen, sah die gezückten Diktaphone und die gereckten Mikros, hörte das Schnappen der Fotoapparate. Nur das Surren der TV-Kameras, das hörte er nicht, das bildete er sich bloß ein. Die Zeiten waren vorbei. Moderne Kameras arbeiteten lautlos.

»Während sich das erste Attentat bekanntlich im Hotel *Insulaner* abgespielt hat, betrafen die Attentate Nummer zwei und drei jeweils freistehende Ferienhäuser. Explosion Nummer zwei wurde durch Propangas, entzündet durch eine präparierte Glühbirne, ausgelöst; ein gleichermaßen manipulierter Leuchtkörper kam auch beim Attentat Nummer eins zum Einsatz. Im Fall Nummer drei, also letzte Nacht, war erneut eine Propangasflasche im Spiel, dazu eine größere Menge eines leicht flüchtigen Brandbeschleunigers, dessen genaue Bezeichnung ich hier nicht nennen möchte. Bei Explosion Nummer eins kam außer Schwarzpulver ebenfalls Propangas zum Einsatz. Sie sehen, meine Damen und Herren, hier schließt sich der Kreis.«

Im Saal wurde gemurmelt, teils anerkennend, teils spöttisch. Das war wohl abhängig von der Auflagenhöhe, dachte Marian. Er selbst war unschlüssig. Was de Beer da ausführte, klang nach sauberer und schneller Expertenarbeit. Aber führte das auch irgendwo hin?

»Besitzer des Hotels *Insulaner* ist ein Herr Eduard Thormählen«, fuhr de Beer fort. »Die beiden weitgehend zerstörten Ferienhäuser sind Eigentum eines Herrn Thomas Overbeck. So war es nicht weiter erstaunlich, dass sich in beiden Häusern auch deutliche Spuren, vor allem Fingerabdrücke, von Herrn Overbeck fanden.« Der Hauptkommissar beugte sich vor und zog die Augenbrauen hoch. Jetzt kommt's, dachte Marian.

»Erstaunlich dagegen war, dass wir auch im Hotel *Insulaner* Fingerabdrücke fanden, die eindeutig Herrn Overbeck zugeordnet werden konnten«, sagte de Beer. »Ein klarer Abdruck wurde sogar an der Tür zur Küche, in der der Kühlschrank explodierte, sichergestellt.«

Jetzt raunte der ganze Saal. Das klang vielversprechend.

»Eine Bankauskunft ergab, dass die besagten Ferienhäuser des Herrn Overbeck bis an die Grenze des Zulässigen mit Hypotheken belastet sind«, fuhr de Beer fort, »und sie sind gut versichert. An dieser Stelle vielen Dank an die Kollegen, die diese Auskünfte so schnell beschafft haben.« Er wandte sich kurz nach links und rechts, was allgemeines Nicken auslöste. Anscheinend fühlten sich alle am Podiumstisch Versammelten als empfangsberechtigt für das gönnerhaft erteilte Lob.

»So konnte also eine erste Hypothese erstellt werden. Thomas Overbeck, hoch verschuldet, hat seine beiden Ferienhäuser selbst sabotiert, um die Versicherungssummen zu kassieren. Das erklärt auch, warum wir an seinen beiden Häusern keinerlei Einbruchsspuren entdecken konnten, denn als Besitzer verfügt Herr Overbeck natürlich über alle Schlüssel. Zudem wusste der Attentäter beim letzten Haus, das über eine Alarmanlage verfügt, auffallend genau, wie man diese außer Funktion setzen konnte. Die Explosion im Hotel *Insulaner* hat Herr Overbeck unserer Ansicht nach zum Zwecke der Ablenkung hervorgerufen. Damit lässt sich auch die Reihenfolge der Attentate erklären; der Täter wollte das Hauptaugenmerk zunächst in die falsche Richtung lenken.«

Marian wiegte den Kopf. Klang das logisch? Unmöglich jedenfalls nicht.

Aber de Beer war noch längst nicht fertig. »Herr Overbeck hat seinen Hauptwohnsitz nicht hier auf Langeoog, sondern in Leer. Dort konnte er seit dem zweiten Anschlag, also dem ersten auf eins seiner beiden Häuser, nicht erreicht werden. Anzeichen dafür, dass er zwischenzeitlich auf der Insel gewesen sein könnte, gab es keine – bis auf die Fingerspuren, die sich aber natürlich zeitlich nicht genau zuordnen lassen.« Dedo de Beer schaute in die Runde. Alle Augen waren auf ihn gerichtet. »Es fehlte also ein eindeutiger Beweis. Bis heute früh. Jetzt haben wir ihn.«

Schweigen. Dann ertönte eine Stimme aus der Menge: »Wen haben Sie? Den Attentäter?«

»Den Beweis natürlich«, schnauzte de Beer. »Was glauben Sie denn?« Ärgerlich registrierte er das aufkeimende Gelächter. Sein großer Auftritt war versaut, der Paukenschlag ins Leere gegangen.

»Was denn für einen Beweis?«, rief Marian laut. Den Zwischenrufer hatte er natürlich erkannt; der aufdringliche Mensch von der *Bild*-Zeitung war ihm noch nie so sympathisch gewesen wie in diesem Moment. Trotzdem, jetzt wollte auch er endlich wissen, was hier Sache war.

De Beer nickte dankbar in seine Richtung. »Heute früh wurde im Yachthafen ein Mann niedergeschlagen und erheblich verletzt. Zunächst konnte diese Tat nicht eindeutig mit den anderen in Zusammenhang gebracht werden, obwohl wir natürlich auch diese Möglichkeit erwogen haben. Inzwischen ist das Opfer aber wieder bei Bewusstsein und hat den Täter nicht nur beschreiben können, sondern bereits anhand eines Fotos identifiziert. Es handelt sich eindeutig um Thomas Overbeck.«

Jetzt wurde es richtig laut im Saal. Rufe der Überraschung, erregte Fragen, sogar Beifall war zu hören. Dedo de Beer lächelte. Er war wieder ganz Herr der Lage.

»Overbeck ist mit einem Mietboot, das er dem Niedergeschlagenen entwendete, von der Insel geflüchtet«, sagte de Beer, sobald er sich wieder Gehör verschafft hatte. »Wohin, wissen wir nicht. Die Wasserschutzpolizei war nicht rechtzeitig vor Ort, und der Kollege, der den Auftrag hat, den Verbleib des Bootes zu klären, hatte bislang noch keinen Erfolg.«

Eine sachliche Feststellung, ein unauffälliger Seitenblick. Dort, wo der hinfiel, stand Lüppo Buss. Marian stellte fest, dass der Inselpolizist heftig errötet war. Ach herrjeh, dachte er, der Mann ist bei seinem Vorgesetzten offenbar nicht gut angeschrieben. Eindeutig nicht sein Tag heute. Denn im heutigen *Inselboten* war auch das Porträt erschienen, das Marian ihm zugesagt hatte. War nicht sonderlich schmeichelhaft ausgefallen. Na ja, dachte der Journalist, wenn alles auf einmal kommt, dann hat man es wenigstens hinter sich.

Wieder wurden Fragen durch den Raum gerufen. Die sinnloseste davon – »Bis wann glauben Sie den Täter gefasst zu haben?« – beantwortete de Beer zuerst. »Sie werden verstehen, dass ich weder ermittlungstaktisch wichtige Details vorzeitig preisgeben noch mich als Prophet betätigen möchte«, sagte er maliziös und hatte die Lacher auf seiner Seite. »Aber glauben Sie mir, die Fahndung läuft national wie international. Die Maschen des Netzes sind dicht geknüpft.«

»Was ist mit der Frau?«, bellte der Mann von der *Bild* dazwischen.

»Welche Frau?« Dedo de Beer zwinkerte verwirrt.

»Na, die Frau, auf die eingestochen wurde! Und zwar in den Hintern!« Klar, dachte Marian, dass der sich dieses Detail nicht verkneifen konnte. »Was ist mit der? Wie passt dieser Anschlag in Ihre Theorie hinein?«

»Wir gehen davon aus, dass Thomas Overbeck diese Frau auf seiner Flucht vom Tatort Nummer drei buchstäblich umgerannt hat«, knurrte de Beer ins Mikrophon. »Beziehungsweise umgefahren, denn es kam ja ein Fahrrad zum Einsatz, wie wir nicht nur aus der Aussage der Frau wissen, sondern auch anhand von Spuren ermittelt haben. Die Verletzung dürfte zufällig zugefügt worden sein, vermutlich mit einem Einbruchswerkzeug. Aber wir werden ja demnächst Genaueres wissen, nämlich sobald Herr Overbeck gefasst worden ist.«

Weitere Fragen prasselten auf ihn ein. Hauptkommissar de Beer hob beide Hände. »Ich beschließe hiermit die Pressekonferenz und danke für Ihre Aufmerksamkeit«, sagte er. »Sie haben sicher Verständnis dafür, dass ich zum gegenwärtigen Zeitpunkt keine weiteren Aussagen tätigen kann.«

Dafür hatte natürlich keiner der anwesenden Journalisten Verständnis, aber de Beer, der sich von der Podiumsbesatzung und weiteren Beamten aus dem Saal eskortieren ließ, lächelte nur und schwieg eisern. Jetzt sieht er eher aus wie Nicolas Sarkozy, dachte Marian. So viel geballte Wichtigkeit auf so wenig Körperlänge!

Während er sich wie alle anderen durch den Saalausgang und am Schifffahrtsmuseum vorbei drängte, begann Marian bereits im Kopf seinen Artikel zu formulieren. Es war ein rundes Bild, das sich da ergab, stellte er anerkennend fest. Dedo de Beer und sein Leute schienen gut gearbeitet zu haben. Nur ein paar Kleinigkeiten blieben offen. Warum, zum Beispiel, hatte Thomas Overbeck die Nacht nach dem letzten Anschlag und seiner angeblichen Kollision mit der dabei verletzten Frau auf der Insel verbracht? Und wo, wenn er hier doch keinen Wohnsitz hatte? Wo war das geklaute Boot abgeblieben? Bestimmt wurde an der ganzen Küste fieberhaft danach gesucht, da hätte man doch eigentlich schon darauf stoßen müssen. Und dann dieser Stich in den Hintern. Gegen seinen Willen musste er schmunzeln. Was war das für ein Einbruchswerkzeug, mit dem man solche Stiche anbringen konnte?

Andererseits, unmöglich war gar nichts. Jetzt galt es zunächst einmal, den Artikel zu schreiben, mit allem darin, was er wusste. Mit dem, was er nicht wusste, konnte er sich ja anschließend befassen.

18.

Lüppo Buss beherrschte sich mühsam, bis er die Tür des Polizeibüros An der Kaapdüne hinter sich ins Schloss gezogen hatte. Dann war es vorbei. Mit einem wuchtigen Tritt beförderte er seinen Papierkorb an die gegenüberliegende Wand, dass es schepperte. Sprintete hinterher und trat noch einmal zu. Und noch einmal. Ein viertes Mal erübrigte sich; das große Hartplastikding war bis zur Unkenntlichkeit zersplittert.

Mit hängenden Schultern stand er da, schaute durchs Fenster hinaus aufs sonnenüberflutete Inselidyll, auf die Urlauber, die auf und ab flanierten, in Grüppchen oder Gruppen, angeregt miteinander plaudernd. Es war etwas los auf Langeoog, ein richtiger Böser hatte sein Unwesen getrieben, eine Menge Action veranstaltet, und jetzt, so sah es wenigstens aus, siegte am Ende das Gute. Alle waren happy und zufrieden. Nur einer war der Depp.

Dort, nur einen langen Schritt entfernt, stand Insa Ukenas Schreibtisch. Darunter ihr Papierkorb. Noch nie war er ihm so verlockend vorgekommen. Aber Lüppo Buss beherrschte sich diesmal, holte lieber Schaufel und Besen, kehrte die Reste seines ehemaligen Mülleimers samt Inhalt zusammen und stopfte alles in Insas. So, dachte er, Thema durch.

Ein Blick auf seinen eigenen Schreibtisch aber belehrte ihn eines Besseren. Da lag sie ja immer noch, die erste seiner Blamagen dieses Tages. Der Innenteil des *Inselboten* mit dem, was dieser Sudelsack von einem Schmierfinken »Porträt« nannte. »Insel-Schutzmann Lüppo Buss« – allein diese Überschrift war schon eine Frechheit. Schlimmer noch war das Foto. Lüppo Buss mit hängenden Armen, halb offenem Mund und zwinkernden, ungleich weit zugekniffenen Augen! »Buss sucht auch nach Feierabend gerne die Nähe seiner Schutzbefohlenen« lautete die Bildunterschrift. Himmel noch mal, warum hatte dieser Godehau denn nicht gleich druntergeferkelt: »Lüppo, wie er säuft und kifft«? So sah er da jedenfalls aus.

Aber das war alles nichts gegen den Artikel selbst. Für wie dumm hielt ihn dieser Godehau eigentlich, dass er glaubte, er würde all diese kleinen, nur halbherzig versteckten Gemeinheiten nicht verstehen? Oder glaubte er das gar nicht, sondern es war ihm einfach schietegal? Weil er Lüppo für dermaßen unbedeutend hielt, dass man sich straflos an ihm das Mütchen kühlen konnte. Ja, das musste es sein. »Die lange Leitung des Gesetzes« hatte er ihn genannt, und »Langeoogs Antwort auf Derrick«, wohl in Anspielung auf seine kaum ansatzweise vorhandenen Tränensäcke, die nur durch diesen blöden Schlagschatten auf dem Foto so überbetont wurden. Der Gipfel aber war doch wohl die Behauptung: »Lüppo Buss ist kein Sympathieträger.« Angeblich wollte Godehau damit seine dienstliche Unnachsichtigkeit betonen, jedenfalls stand das so im folgenden Satz. Ein untauglicher Versuch, diese eindeutige Gemeinheit zu kaschieren!

Der Inselpolizist schnappte sich die Zeitung, knüllte sie zu einem festen Ball zusammen, holte weit aus und schmetterte sie wuchtig in den einzigen noch verbliebenen Papierkorb hinein. Volltreffer. Auch wenn der Ball Anstalten machte, sich nach dem Auftreffen wieder zu entfalten und die Peinlichkeit erneut zu enthüllen.

Eine Bewegung vor dem Fenster ließ Lüppo Buss aufblicken. Insa Ukena war im Anmarsch! Was, wenn sie die Zeitung wieder auf dem Eimer herausholte? War ja schließlich ihrer. Und dann las sie den Käse womöglich doch, sogar in seiner Gegenwart!

Sein Blick fiel auf den Teebecher auf seinem Schreibtisch. Der enthielt noch einen ölig schillernden Rest von gestern. Rasch griff Lüppo Buss zu und goss das kalte, fast schwarze Zeug über den Zeitungsball. Und fühlte sich prompt besser.

»Moin!« Insa Ukena betrat das Büro und legte die Post auf den Tisch. Außerdem ein Exemplar des Inselboten. Zahlreiche Knickfalten im Papier bewiesen, dass sie das Blatt schon durchgelesen hatte. Mist, dachte Lüppo Buss.

Der Blick der Oberkommissarin fiel auf ihren Papierkorb. Stirnrunzelnd musterte sie erst den Inhalt, dann ihren Kollegen. »Na, Pech gehabt?«, fragte sie.

»Kann man wohl sagen«, antwortete er.

Sie setzte sich, öffnete eine Schublade, als suchte sie etwas, und ließ die Zeitung unauffällig darin verschwinden. Lüppo Buss war ihr dankbar dafür.

»He!« Mit der anderen Hand hatte Insa Ukena in den Briefen geblättert. »Der hier ist vom LKA.« Sie warf die Schublade zu und riss das Couvert auf.

»LKA?« Es dauerte eine Sekunde, ehe es dem Inselpolizisten wieder einfiel. Na klar, Post vom Labor! Das Marmelade-Gutachten! Wieder stieg ihm das Blut in die Wangen. »Die lange Leitung des Gesetzes«! Trotzdem eine bodenlose Frechheit.

Insa Ukena dunkle Augen flitzten hin und her; sie schien das Schreiben des Landeskriminalamts förmlich zu scannen. Jetzt war sie unten angelangt. Ihr Blick flitzte zurück nach oben, als ob sie alles noch einmal von vorne lesen wollte, und ihre Miene wechselte von konzentriert zu ungläubig. Dann fing sie unvermittelt an, schallend zu lachen.

»Was ist? Falscher Alarm?«, fragte Lüppo Buss gequält. Also noch ein Flopp. Dieser Tag hatte es wirklich in sich.

»Oh nein«, sagte Insa Ukena und wischte sich eine Lachträne ab. »Ganz im Gegenteil. Volltreffer.«

Der Oberkommissar stemmte beide Arme in die Seiten. »Wenn du mich veräppeln willst … ich bin gerade in der richtigen Stimmung.«

»He, nun halt mal an dich.« Wieder prustete sie los, riss sich aber schnell zusammen. »Also, das Labor hat tatsächlich etwas gefunden in der Sanddornmarmelade dieser Frau Salewsky. Nicht direkt Gift, sondern Abführmittel. Handelsübliche Substanz in, Zitat, *großzügiger Dosierung*, Zitat Ende. Na ja, da konnte ich eben nicht anders, als mir diesen Herrn Salewsky vorzustellen, wie er auf der Schüssel hockt und großzügig, na, du weißt schon.«

Diesmal wieherten sie beide los. Lüppo Buss hielt länger durch; für ihn war es nach all den Widrigkeiten dieses Tages eine echte Erleichterung. Als er sich wieder beruhigt hatte, fragte er: »Irgendein Hinweis, wie das Zeug in die Marmelade gekommen ist?«

»Definitiv nein«, antwortete seine Kollegin, die das LKA-Schreiben immer noch in der Hand hielt und nun einen erneuten Blick darauf warf. »Normales Marmeladenglas, keins mit Gummidichtung, durch die man etwas hätte injizieren können ... Deckel unbeschädigt. Tja, kein Hinweis auf den Tathergang.«

»Da bleiben eine Menge Möglichkeiten«, sagte der Oberkommissar. »Dieser Herr Salewsky kann das Zeug selbst untergemischt haben, um seiner Alten eins auszuwischen. Du weißt, gegen Verbaldurchfall hilft Rizinus.«

Er blickte seine Kollegin erwartungsvoll an, aber die winkte nur müde ab. »Das war bei Husten, weil man sich nach Einnahme von Rizinus angeblich nicht mehr zu husten *traut*, und ich fand den Witz schon vor hundert Jahren nicht sehr komisch. Aber im Ernst, glaubst du, der mischt da etwas rein und futtert das Zeug dann selber? Da müsste er ja schon Alzheimer im Endstadium haben. Umgekehrt ist es ähnlich: Frau Salewsky betätigt sich als Nahrungsmittelveredlerin und kommt dann zu uns, Anzeige erstatten? Nee, glaub ich nicht.«

»Natürlich könnte der Täter das Glas einfach geöffnet, das Abführmittel beigemischt und die Marmelade dann zurück ins Regal geschoben haben«, sinnierte Lüppo Buss. »Das wäre möglich, wenn er es nicht auf ein bestimmtes Opfer abgesehen hätte, sondern auf ein zufälliges.« Vor seinem geistigen Auge erschienen ungefragt vier faltige Greisengesichter, und ein irres Kichern hallte tonlos aus den unteren Regionen seines Bewusstseins hervor. »Diese Vermutung müssen die im Labor auch gehabt haben, sonst hätten sie den Deckel ja nicht so genau untersucht.«

»Das geschieht routinemäßig. Denk doch an diese Erpresseraktionen, die es früher gegen Supermarktketten gab«, sagte Insa Ukena. »Aber am Deckel war ja nichts. Und wenn du recht hättest, dann wäre das Glas ja nicht mehr vakuumverschlossen gewesen. Überleg mal, würdest du etwas aus einem gerade gekauften Glas essen, dessen Deckel beim Öffnen nicht knackt?«

Lüppo Buss zuckte die Schultern. Ich vielleicht, dachte

er, ich bin da nicht so. Aber diese Salewsky, die ließe das bestimmt nicht durchgehen.

»Letztlich würde das heißen«, ließ sich seine Kollegin wieder vernehmen, »dass das Medikament schon bei der Produktion hinzugefügt worden ist. Oder kurz danach, jedenfalls vor dem Vakuumverschluss der Gläser.« Sie runzelte die Stirn. »Das könnte bedeuten, dass noch wesentlich mehr Marmeladengläser mit Abführmittel in Umlauf sind. Ach herrjeh! Stell dir das mal vor.«

Der Inselpolizist tat es, und es grauste ihn. »Wir haben aber erst diese eine Anzeige erhalten«, wandte er ein, »das spricht doch eher dagegen.«

»Einer ist immer der Erste«, sagte Insa Ukena ernst. »Vielleicht haben sich ja schon mehrere Leute Dünnpfiff geholt, das aber nicht auf die Marmelade zurückgeführt. Außerdem werden Sanddorn- und andere Inselprodukte gerne als Souvenirs und Mitbringsel gekauft. Das heißt, der Verzehr findet überwiegend erst zeitversetzt statt.« Ihre Augen weiteten sich. »Das wäre ja fast eine Epidemie!«

»Wenn tatsächlich sämtliche Sanddornmarmeladengläser von *Tuitjers Eck* vergiftet sind, dann gute Nacht, da hast du recht«, sagte Lüppo Buss. »Aber noch ist ja nichts erwiesen. Jedenfalls werden wir das sofort mal überprüfen.« Er lächelte Insa Ukena aufmunternd zu: »Wenigstens besteht keine Gefahr, dass du dabei auf meine Hilfe verzichten musst. Glücklicherweise mag ich keine Marmelade.«

»Ich schon«, sagte die Oberkommissar. »Aber nicht Sanddorn. Da finde ich nichts dran. Gott sei Dank!« Sie schaute Lüppo Buss direkt an: »Ich kaufe nämlich auch öfter mal in *Tuitjers Eck*.«

Blass sieht sie aus, fand der Inselpolizist. »Welche Sorte magst du denn?«, fragte er besorgt.

»Brombeer«, sagte Insa Ukena. Das Wort wurde fast von einem unheilverkünden Knurren und Brodeln aus ihrer Bauchregion übertönt. Die Oberkommissarin sprang auf und stürzte zur Toilette.

19.

Er hatte seine Ankunft per SMS avisiert, aber am Kai war Lüppo Buss nirgendwo zu entdecken. Kein Problem, dachte Stahnke, dann wartet er vermutlich am Bahnhof auf mich. Auf dem Weg dorthin konnte er ja kaum verloren gehen. Zu Fuß war es zu weit in den Ort, sofern man kein frischluftverliebter Urlauber war, Fahrrad hatte er keins, also musste er schon die Inselbahn nehmen. Wie alle anderen auch, die heute auf Langeoog eintrafen.

Und das waren nicht eben wenige. Samstag war Bettenwechsel, das galt auch heute noch, obwohl viele Vermieter schon deutlich flexibler geworden waren, was die Mietzeiträume anging. Die meisten Urlauber hatten sich eben angewöhnt, an einem Sonnabend an- und auch wieder abzureisen. So war die Fähre gestopft voll, an Oberdeck war kein Sitzplatz mehr zu bekommen gewesen. Es hatte Stahnke aber überhaupt nichts ausgemacht, eine gute halbe Stunde an der Reling zu stehen und das Treiben auf dem Wasser zu beobachten, die Segler und Motorbootfahrer, die ihre flüchtigen weißlichen Spuren in die sanften Wellen zogen, und die Kanuten, die bei diesem Wetter nicht einmal ihre Spritzdecken aufgezogen hatten. Die meisten Insulaner hassten die Touren mit der Fähre, weil sie nichts als Zeitverlust bedeuteten. Stahnke liebte sie.

Er blieb auch noch an der Reling stehen, als das Schiff längst angelegt hatte, überließ es den anderen, sich die Niedergänge hinab bis zur Gangway und an Land zu drängeln, zu schubsen und zu stoßen. Hier durfte man auch mal Letzter sein. Zu spät kam man auf keinen Fall, denn die Bahn würde bestimmt warten. Vielmehr gewann man Zeit. Zum Beispiel zum Nachdenken.

Das Boot, das heute früh hier auf Langeoog gestohlen worden war, blieb also weiterhin verschwunden. Dessen hatte er sich vorhin erst telefonisch vergewissert. Eine genaue Beschreibung hatte er sich inzwischen auch besorgt. Knapp sieben Meter lang, stark motorisiert, ein hochwertiges Modell. Hm. Es musste dem in Leer entwendeten Boot ziemlich ähnlich sehen. Auch das war bis jetzt nicht wieder aufgetaucht. Hatten diese Gemeinsamkeiten etwas zu bedeuten? Heutzutage wurde so allerhand auf Bestellung geklaut. *You wish it, we dish it*. Praktisch, da gab es keine Probleme mehr mit unsicheren Verstecken und Hehlersuche. Das wurde alles vor der Tat geregelt. Dann der schnelle Zugriff – und ab dafür, über die Grenze, noch ehe das Fahndungsersuchen formuliert war.

»Teuer und trailerbar«, murmelte Stahnke vor sich hin. Viel Wert auf wenigen Metern Länge. Und schnell transportabel. Alles, was sich nur auf dem Wasser bewegen ließ, war auch zu finden, jedenfalls kurz nach der Tat und mit entsprechendem Aufwand. Dieser Aufwand war getrieben worden, zumindest in dem heutigen Fall, dessen war Stahnke sich sicher. Trotzdem blieb das Boot verschwunden.

Apropos verschwunden, dachte der Hauptkommissar, während er die Masse Mensch musterte, die sich über die Gangway und durch die Empfangskontrollen wälzte. Mehrfach hatte er in den letzten anderthalb Stunden versucht, Sina über Festnetz zu erreichen. Jedesmal hatte sich nur die Mailbox gemeldet. Und ihre Handynummer zu wählen – nein, das hatte er sich nicht getraut. Stattdessen hatte er es mit Marians Redaktionsapparat versucht. Aber auch hier lief nur der Anrufbeantworter. Klar, am Samstag wurde ja auch nicht produziert. Trotzdem beschlich Stahnke schon wieder ein eigenartiges Gefühl.

Jetzt nahm der Menschenstrom deutlich ab, erste Lücken zeigten sich. Der Hauptkommissar setzte sich in Bewegung, nahm die Niedergangstreppen elastisch und mit einem Minimum an Krafteinsatz, wie sich das für jemanden gehörte, der schon einmal aktiv zur See gefahren war, grüßte den gestresst wirkenden Uniformierten, der sich weisungsgemäß zur Fahrgästeverabschiedung an der Gangway aufgebaut hatte, und schlenderte in Richtung Bahnsteig. Er machte sich gar nicht die Mühe, in einem der Waggons nach einem freien Sitzplatz Ausschau zu halten, sondern blieb gleich draußen auf der nächstbesten Freiluftplattform stehen. Kaum hatte er die Pforte hinter sich geschlossen, ruckte der Zug auch schon an. Langsam sackte der Inselhafen achteraus.

Seltsam, dachte Stahnke, wie normal und unspektakulär so eine Insel im Inneren aussieht. Grüne Weiden mit Pferden und Kühen, Radfahrer auf schmalen Wegen, hin und wieder ein paar geduckte Dächer, gelegentlich ein Ausflugslokal. Das konnte überall in Ostfriesland sein, nicht nur auf jeder der Inseln, sondern auch auf dem Festland. Nicht einmal der Flugplatz, obschon inseltypisch, gehörte eindeutig hierher. So richtig Insel waren die Inseln nur am Hafen und am Strand, fand Stahnke. Aber damit glichen sie dann auch alles andere aus.

Nach wenigen Minuten war die Strecke absolviert, der Inselbahnhof erreicht. Während für die Urlauber die Schlacht ums Gepäck begann, ging Stahnke gleich nach rechts, am Bahnhofsgebäude vorbei in Richtung Hauptstraße, an deren seeseitigem Ende der markante Wasserturm grüßte. Wieder blickte er sich suchend um. Wo war Lüppo Buss? Doch nicht etwa verhindert? Dann hätte er doch bestimmt eine Nachricht geschickt.

»Guten Tag, Herr Kollege.«

Eine eisige, irgendwie grau klingende Stimme. Stahnke senkte den Blick. Vor ihm stand Dedo de Beer, klein, aufrecht und abweisend wie immer. Ungewohnt war nur der Ausdruck unendlicher Selbstzufriedenheit auf de Beers staubig wirkenden Zügen. Nein, Stahnke hatte diesen Kollegen noch nie gemocht, und er fühlte sich in seiner Haltung wieder einmal bestätigt.

»Moin«, sagte er. »Na, auch hier?«

De Beer lachte rasselnd. »Was für eine Frage! Mensch, Stahnke, immer noch so arrogant wie früher, was? Langeoog ist *mein* Territorium, schon vergessen? Die Insel gehört zu Wittmund und nicht zu Leer. Kaufen Sie sich mal einen Atlas. Oder gucken Sie ins Internet, das kann auch schon helfen.«

Stahnke hakte den Blick seiner wasserblauen Augen in den von de Beers blassgrauen. So so, arrogant war er also. Und das aus dem Mund dieses Blödmanns! Er entschied sich, ganz ruhig zu bleiben. »Was spielt das für eine Rolle?«, erwiderte er. »Wenn ich in meinem eigenen Fall ermittle, dann kann ich das tun, wo immer ich will. Oder habe ich etwa eine neue Dienstanweisung verpasst?«

»Nee, bloß die gute Kinderstube«, gab de Beer grinsend zurück. »Man meldet sich an, wenn man in einen anderen Dienstbereich wechselt. Damit man nicht versehentlich den Kollegen dort in die Quere kommt. Jedenfalls tun das normale Ermittler. Für so besondere Genies wie einen Herrn Stahnke aber gilt das wahrscheinlich nicht. Bitte um Verzeihung, wenn ich das übersehen haben sollte.« Seine Stimme troff geradezu vor Häme. »Aber zum Glück sind ja nicht alle Leeraner Kollegen so abgehoben. Ihr Kramer, der weiß, was sich gehört, und hat Sie bei mir angemeldet.«

Deshalb also! Stahnke kochte innerlich. Weil Kramer solch ein hundertprozentig Korrekter war, wurde er hier von de Beer abgefangen und geschulmeistert statt von Lüppo Buss begrüßt. Na, Kramer konnte sich auf etwas gefasst machen.

»Seien Sie unbesorgt«, sagte er, so ruhig es eben ging. »Ich bin über Ihren Fall informiert und werde Ihnen nicht in die Quere kommen. Alles, weswegen ich hier bin, ist der Bootsdiebstahl.«

De Beers Grinsen wurde noch hämischer. »Aber sicher, davon bin ich überzeugt! Nur kennen Sie offenbar leider die neueste Entwicklung nicht. Der sogenannte Bootsdiebstahl wurde inzwischen neu bewertet, nämlich als spontan inszenierte Flucht unseres Insel-Bombers, wie er hier neckischerweise bezeichnet wird. Der Mann ist praktisch überführt, seine Festnahme dürfte nur noch eine Frage der Zeit sein. Damit gäbe es dann hier also nichts mehr, womit Sie sich befassen könnten, ohne uns in die Quere zu kommen. Schätze, das Fährticket hätten Sie sich sparen können. Vielmehr dem Steuerzahler.«

Stahnke war ehrlich überrascht. »Wurde das Boot denn inzwischen gefunden?«, fragte er.

»Nein, wurde es nicht. Wieso?« De Beer stemmte die Arme in die schmalen Hüften und blinzelte misstrauisch von unten hoch. »Ändert doch nichts an der Sachlage. Irgendwann taucht das Ding schon wieder auf.«

Stahnke sah das anders. Dass jemand, der von einer Insel flüchtet, ein Boot benutzt, ist logisch, dachte er. Logisch ist aber auch, dass er so schnell wie möglich ans Festland zu kommen versucht. Erstens kann er sich an Land erheblich schneller bewegen als auf dem Wasser, und zweitens fällt er dort viel weniger auf. Kann leichter untertauchen, sich zwischen Massen anderer Menschen bewegen wie – na, wie das im Wasser eben nur ein Fisch vermag.

Ein Flüchtender würde also den nächstbesten Hafen oder eine geeignete Anlegestelle anlaufen und sich dann ein Auto oder eine Bahnfahrkarte besorgen. Das Boot würde er zurücklassen, und man würde es finden, und zwar zeitnah. Wenn dies nicht geschah, dann bedeutete das zwingend, dass hinter dem Diebstahl etwas anderes steckte als eine Fluchtaktion.

All dies dachte Stahnke. Aber er sagte es nicht. Nur nicht einmischen, man wollte ja nicht arrogant erscheinen!

Inzwischen hatte die meisten Touristen ihre Gepäckstücke ergattert und machten sich auf den Marsch zu ihren Quartieren, begleitet vom vielstimmigen Quietschen und Knarren der Rollkofferrädchen. »Da sich der Grund

Ihres Hierseins erledigt hat, steht Ihrer baldigen Abreise ja nichts mehr im Wege«, schnarrte de Beer. »Schauen Sie, der Zug steht sogar noch da. Wenn Sie sich beeilen, kriegen Sie ihn vielleicht noch. Dann können Sie mit derselben Fähre zurückfahren, mit der Sie gekommen sind.«

Würde dir so passen, dachte Stahnke. »Vielen Dank für Ihr fürsorgliches Mitdenken«, sagte er. »Aber wenn ich schon einmal hier bin, werde ich die Gelegenheit nutzen, einen Besuch zu machen.«

»Nicht, dass Sie glauben, Sie könnten sich jetzt hinter Lüppo Buss klemmen!« Für einen Moment war de Beers Maske selbstzufriedener Häme verrutscht. Was darunter zum Vorschein kam, sah erschreckend nach Hass aus. »Buss gehört zu meinen Leuten, vergessen Sie das gefälligst nicht! Auch wenn ich ihn momentan, äh, eher peripher eingesetzt habe, so ändert das doch nichts an den Tatsachen. Verstanden?«

»Keine Sorge«, sagte Stahnke, »mein Besuch ist rein privater Natur.« Mit diesen Worten ließ er Dedo de Beer stehen. Kopfschüttelnd stapfte er in Richtung Wasserturm.

Wovor hat der solche Angst, überlegte er, dass er mich so schnell loswerden will? Dass ich ihm seinen Ruhm stehlen könnte? Aber wie sollte ich das anstellen, selbst wenn ich wollte? So wie de Beer klingt, hat er den Fall doch schon geknackt. Oder war er sich seiner Sache etwa doch nicht so sicher, wie er behauptete? War er besorgt, Stahnke könnte Details ausfindig machen, die seine Tätervermutung ins Wanken brächten? Aber das wäre doch kindisch.

Andererseits – so kindisch auch wieder nicht. Denn genau das würde ich tun, wenn sich die Chance dazu ergäbe, musste Stahnke zugeben.

Aber eigentlich hatte er das gar nicht vor. Was er jetzt zu erledigen gedachte, war tatsächlich privater Natur. Hatte natürlich mit Sina zu tun. Und mit der Gestaltung des kommenden Abends. Denn wenn er schon hier war, dann konnte er auch versuchen, einen Platz in der *Weißen Düne* zu bekommen, diesem mit so viel Vorschusslorbeer bedachten Restaurant, das heute eröffnet werden sollte. Natürlich waren alle Tische längst gebucht, aber er wusste ja, wie das lief. Irgendeiner sagte immer ab, und die Nachrückergruppen hatten nicht immer die passende Größe. Ein einzelner Platz blieb da leicht übrig. Und den konnte man sich sichern, wenn man über die richtigen Kontakte verfügte. Die hatte Stahnke zwar nicht, aber wozu war er Polizist? Das würde er schon irgendwie hinbekommen.

Dann verbrachte er immerhin den Abend im selben Raum mit Sina, wenn schon nicht am selben Tisch. Mal schauen, wer sonst noch so alles da sein würde. Das konnte aufschlussreich sein.

20.

Mit Tränen hatte er gerechnet, mit verzweifeltem Gejammer oder vielleicht mit dem Ausstoßen spitzer Schreie. Die Inhaberin von *Tuitjers Eck* aber tat nichts dergleichen – sie schimpfte vielmehr wie ein Bierkutscher. So deftig, dass Lüppo Buss, abgebrüht wie er war, die Augenbrauen hochzog.

»Genau, Abführmittel«, wiederholte er. »Eindeutig nachgewiesen in einem der bei Ihnen verkauften Produkte. Sanddornmarmelade. Vermutlich ist das Zeug auch in der Sorte Brombeer enthalten. Sie werden verstehen ...«

»Agnieszka!«, brüllte die kleine, schmale Frau quer durch den Raum. Die junge Verkäuferin, die die gleiche blaue Tracht mit weißer Schürze und weißem Spitzenkragen trug wie ihre Chefin, ließ ihre Kundin stehen und kam angerannt, die Augen vor Schreck geweitet: »Ja biete?«

»Der ganze Kram hier muss weg.« Jetzt zischte die Stimme der kleinen Frau nur noch, kaum hörbar, aber mit befehlsgewohnter Schärfe. »Alles, was wir von der alten Reershemius bekommen haben. Ab damit ins Lager, und dass mir nicht ein Stück mehr verkauft wird! Los, beeil dich. Aber kein unnötiges Aufsehen. Die anderen Läden rufe ich selbst an.«

Die junge Polin nickte hastig, ohne nach Gründen zu fragen, und wandte sich der Auslage zu. Der Inselpolizist hatte die Marmeladengläser der bewussten Marke schon entdeckt: *Langeooger Lieblingssorte*. Eins der drei großen Schaufenster war damit dekoriert, und im Verkaufsraum war ein langes Regal mit diesen offenbar bewusst altmodisch aufgemachten Konfitüren vollgestellt, bequem in Griffhöhe. Zwei verschiedene Marmeladensorten konnte Lüppo Buss ausmachen, tatsächlich Sanddorn und Brombeer. Dazu Honig. Ihm fiel auf, dass die junge Verkäuferin den Honig stehen ließ. Trotz identischer Marke und gleichermaßen verschnörkelter Etiketten wurde der anscheinend aus anderer Quelle bezogen.

Die Chefin ließ den Oberkommissar stehen, beruhigte die allein gelassene Kundin, zeigte ihr die Ständer mit Bernsteinschmuck und griff dann nach dem Telefon. Lüppo Buss hatte gar nicht gewusst, dass Siglinde Tuitjer mehr als einen Laden besaß. Vom Namen her waren die jedenfalls nicht als Kette erkennbar. Vermutlich Absicht, dachte er. Individualität lag im Trend.

Unauffällig beobachtete er die geschäftig hin- und hereilende Verkäuferin. Hübsch, wirklich hübsch, fand er, obwohl er doch eigentlich auf Blonde stand. Aber dieses madonnenhafte Gesicht mit der hellen Haut, den dunklen Augen und den schwarzen, straff zurückgebundenen Haaren hatte etwas, keine Frage. Von den langen Beinen und den sonstigen figürlichen Vorzügen ganz zu schweigen. Er hatte die junge Frau wissentlich noch nie zuvor gesehen. Jedes Jahr kamen eine Menge Saisonkräfte auf die Insel, überwiegend aus dem Osten, worunter sowohl Ostdeutschland als auch Osteuropa zu verstehen waren. Diese hier aber war eine ganz besonders aparte. Agnieszka also, aha.

Der Inselpolizist dachte an Nicole und musste schmunzeln. Er war fest gebunden, seit zwei Jahren schon, und war glücklich darüber. Nicht einmal der Gedanke, seinen Schatz zu hintergehen, war ihm seither gekommen. Auch nicht in diesem Moment. Was ihm gerade durch den Kopf ging, war nur den alten, jahrelang wohltrainierten Jägerreflexen geschuldet. Früher hatte er zu den Männern gehört, die nichts anbrennen ließen. Jetzt war das anders. Jetzt konnte er sich an der Schönheit eines Mädchens erfreuen, ohne sich gleich zum Handeln verpflichtet zu fühlen.

Wurde er etwa alt?

Der Inselpolizist spannte seine Muskeln, straffte die Schultern und wippte elastisch auf der Stelle. Was hieß hier schon alt? Zu alt für dieses junge Ding, na klar, in mehr als einer Hinsicht. Aber ansonsten war doch alles im grünen Bereich.

Nervös wirkte sie, überlegte er weiter, während er so tat, als mustere er interessiert das Regal mit den muschelbeklebten Kästchen und der *Original Langeooger Bierseife*. Regelrecht gehetzt. Nicht erst, seit Frau Tuitjer ihr den neuen Auftrag erteilt hatte. So, als ob sie etwas zu befürchten hätte. Sich besonders vorsehen müsste. Vielleicht war sie noch in der Probezeit. Aber gab es so etwas für Saisonkräfte überhaupt?

Lüppo Buss schnippte mit den Fingern. Eine Zeitarbeitskraft! Eine, die sich vermitteln ließ, für einen begrenzten Zeitraum, die sich einer Art Arbeitsmakler anvertraute, der sie und den vorübergehenden Arbeitgeber zusammenbrachte. Und dafür einen gehörigen Anteil des Arbeitslohns kassierte. Nannte man das heute Manager? Für den Inselpolizisten klang es eher nach Zuhälter. Und das ganze Gewerbe … unsolide.

Unversehens stand die Chefin wieder neben ihm. »So, erledigt. Die *Lieblingssorte* wird in allen drei Läden aus dem Verkaufsbereich entfernt. Schnellstmöglich.« Sie schickte der hübschen Polin, die mit dem Wegräumen noch nicht ganz fertig war, einen strengen Blick hinüber, begleitet von einem Aufwärtsruck des Kopfes. Die junge Frau ließ beinahe eines der Gläser fallen. Trotzdem beschleunigte sie ihren Schritt.

»Wie viele Fälle sind es denn bisher?«, fragte die Ladeninhaberin.

»Zwei, die uns bekannt sind«, sagte Lüppo Buss. »Zuerst glaubten wir an einen Zufall, aber im Labor wurde das Medikament in der Sanddornmarmelade nachgewiesen. Und dass auch die Sorte Brombeer Abführmittel enthält, wissen wir seit heute früh.«

»Meinen Sie, die ganze Charge ist betroffen?«

»Das können wir derzeit noch unmöglich sagen. Aber wir müssen zunächst einmal vom Schlimmsten ausgehen.« Sie nimmt das alles sehr cool und sachlich, dachte der Inselpolizist. Respekt. Eine echte Geschäftsfrau eben. »Was genau meinten Sie mit ›Charge‹?«, fragte er.

»Na, die letzte Lieferung.« Sie tippte mit dem Finger auf das Etikett des Marmeladenglases, das Ingeborg Salewsky im Polizeibüro abgegeben hatte und das Lüppo Buss jetzt in der Hand hielt, eingehüllt in einen Plastikbeutel. »Das stammt aus der letzten Woche. Man kann es an der kleinen Kennziffer sehen, hier unten. Wenn man es weiß, jedenfalls. Die Nummer ist extra so in das schmückende Ornament einbezogen, dass sie kaum auffällt. Für den Kunden soll ja alles so handgemacht wie möglich aussehen.«

Der Inselpolizist nickte. »Verstehe. Dabei kommt die Marmelade vermutlich aus einer Fabrik im Ausland. Ebenso wie die kleinen Kuttermodelle aus Korea sind und die Leuchttürme aus China. Und die Krabben, die man hier aufs Brötchen bekommt, stammen vielleicht aus der Nordsee, aber zum Pulen waren sie schon in Marokko.« Er lachte: »Ach ja, die Touristen. Mit denen kann man's ja machen.«

Die Ladenbesitzerin lachte nicht mit. »Vorsicht, mein Lieber!«, zischte sie ihn an. »Hier steht *Inselprodukt – hergestellt auf Langeoog*. Und genauso ist es auch. Was Sie mir da unterstellen, ist Betrug. Glauben Sie nicht, dass ich mir das bieten lasse!«

»Entschuldigung, so war das doch nicht gemeint.« Lüppo Buss war richtig erschrocken. »Ich dachte ja nur … weil, was ist hier schon echt auf unserer schönen ostfriesischen Insel?« Er lächelte gezwungen. »Die Kellner aus Berlin, die Köche aus Russland, die Verkäuferinnen aus Polen, nehme ich mal an. Und vom Shantychor stammt auch die Hälfte aus dem Ruhrpott, oder irre ich mich? Na wenn schon! Hauptsache, es klingt und schmeckt und sieht so aus, wie es die Leute erwarten, nicht wahr?«

Sein Versuch, den Fuß schadlos aus dem Fettnapf herauszuziehen, ging voll daneben. »*Ich* bin jedenfalls echt«, fauchte die Ladeninhaberin ihn an, womöglich noch leiser und schärfer als zuvor. »Ich bin nicht nur Ostfriesin, ich bin auch Langeoogerin. Wenn ich kleine Kutter aus Korea verkaufe, dann nur, weil ich preislich sonst nicht konkurrenzfähig wäre. Ich würde aber niemals etwas Falsches draufschreiben! Wenn bei mir etwas als original ostfriesisch ausgewiesen ist, dann können Sie Gift drauf nehmen, dass das auch stimmt.«

Sie stutzte, nahm sich etwas zurück. Wegen ihrer eigenen, gemessen an der Situation reichlich verunglückten Metapher vermutlich, nicht etwa aus Rücksicht seiner Person und Position gegenüber, das war Lüppo Buss klar.

Einen Polizisten zu maßregeln, schien dieser Frau nichts auszumachen, die Erwähnung gesundheitsschädlicher Nahrungszusätze hingegen sehr wohl.

»Woher beziehen Sie denn Ihre Marmelade?«, fragte der Inselpolizist, froh, wieder auf dem sicheren Boden seiner Amtsgeschäfte zu stehen. »Und Ihren Honig?«

»Von Frau Reershemius. Gertrud Reershemius. Tante Trudi, vielleicht haben Sie schon von ihr gehört.« Missbilligend registrierte sie, dass der Oberkommissar die Schultern zuckte. »Jedenfalls die Marmelade. Beide Sorten. Den Honig besorgt uns Bienenvater Wilms. Aber mit dem ist doch alles in Ordnung, oder?« Sie schaute den Oberkommissar weniger besorgt als anklagend an. So kooperativ sie sich auch gab, so empfand sie seine Anwesenheit doch offensichtlich vor allem als geschäftsschädigend.

Was Lüppo Buss ärgerte. »Kann man nicht wissen«, sagte er streng. »Am besten, Sie räumen auch den Honig vorerst weg. Ich nehme ein Glas zur Probe mit. Schicken Sie mir auch Proben aus Ihren anderen Läden. Wir werden das alles prüfen.«

Sie funkelte ihn böse an, musste jedoch einsehen, dass Widerstand zwecklos war. Schweigend gab sie ihrer Mitarbeiterin einen weiteren Wink. Die hatte mitgehört und machte sich nun auch über die Honiggläser her, noch zappeliger und gehetzter als vorher.

»Besteht Ihrer Ansicht nach die Möglichkeit, dass jemand hier im Laden die Substanz in eins oder mehrere der Gläser gefüllt hat?«, fragte Lüppo Buss die Inhaberin. »So im Sichtschutz der Regale?«

»Ausgeschlossen.« Die Antwort kam wie aus der Pistole geschossen. »Erstens haben wir hier Videoüberwachung, was nebenbei auch draußen an der Tür steht, damit erst gar keiner auf dumme Gedanken kommt, und zweitens wird an der Kasse jedes Glas kontrolliert. Wir würden nie eins verkaufen, das nicht vakuumverschlossen ist. Wäre viel zu riskant.«

»Und wie kontrollieren Sie das?«, fragte Lüppo Buss. »Ich meine, wenn Sie jedesmal am Deckel drehen, das wäre ja kontraproduktiv, oder?«

Die Frau schnaubte verächtlich. »Männer! Also wirklich. Bei einem intakten Vakuum ist der Deckel leicht nach innen gewölbt. Einmal kurz ins Licht halten, dann sieht man das sofort. Ich selbst mache das so und meine Verkäuferinnen auch. Da habe ich klare Anweisung gegeben.« Das klang nach Dogma. In ihrer Welt schien es für Fehler keinen Raum zu geben.

»Ist Ihnen in letzter Zeit irgendetwas Ungewöhnliches aufgefallen?«, fragte der Inselpolizist weiter. »Gab es vielleicht Anrufe, E-Mails oder Briefe, die man als Warnung oder Bedrohung auslegen könnte? Oder als Erpressung?«

»Das vermuten Sie also.« Sie schaute ihn interessiert an, ohne ein Zeichen des Erschreckens oder der Sorge. »Verstehe. Tja, wenn das rauskäme, das könnte sich ganz schön geschäftsschädigend auswirken. Mein Umsatz würde sinken, und die Konkurrenz würde entsprechend mehr verdienen.« Sie verzog den Mund: »Aber Geld verdienen alleine ist ja kein Beweis, nicht wahr? Und auch nicht strafbar.« Sie schüttelte den Kopf: »Nein, bisher war nichts dergleichen. Aber wenn, dann lasse ich es Sie sofort wissen.«

»Exakt darum wollte ich bitten. Und um die genaue Anschrift Ihrer Lieferantin Gertrud Reershemius. Oh, danke.« Nickend nahm er das Kärtchen entgegen, das ihm die Geschäftsfrau mit zwei Fingern entgegenhielt. »Das wäre es dann zunächst einmal. Wenn mir noch etwas einfällt, melde ich mich. Fürs Erste vielen Dank, Frau Tuitjer.«

»Thormählen.«

Lüppo Buss war verwirrt, schaute sich um, konnte aber niemanden hinter sich entdecken. »Äh, wie bitte?«

Sie lachte spöttisch. »Mein Name ist Thormählen. Tuitjer ist mein Geburtsname. Weil ich diesen Laden von meinen Eltern geerbt habe und der Name gut eingeführt ist, habe ich ihn belassen. Genau wie ich meine beiden anderen Läden wiederum nicht in *Tuitjer's Eck* Nummer zwei und drei umbenannt habe. Viele Leute hier glauben, dass ich immer noch Tuitjer heiße. Ist aber auch ganz gut so, dass ich geschäftlich nicht immer mit meinem Mann in einen Topf geworfen werde, sonst heißt es ja doch nur wieder, auf der Insel stecken alle unter einer Decke.«

Lüppos Handy klingelte und enthob ihn einer Antwort. Er tippte sich grüßend an die Stirn und wandte sich ab. »Buss, ja?«

»Hallo Lüppo, ich bin's, Insa.« Ihre Stimme klang ein wenig kraftlos, aber fest. »Hast du schon etwas herausgekriegt?«

Er gab ihr einen kurzen Bericht. »Als Nächstes gucke ich mich bei dieser Frau Reershemius um«, sagte er dann. »Wer weiß, was das für eine Kräuterhexe ist und wie hygienisch es bei der zugeht. Und was da sonst noch so alles in die Marmeladenpampe fallen kann.«

»Wenn das ein Versuch sein sollte, mich aufzuheitern, dann lass dir sagen, das war wohl nichts«, sagte Insa Ukena. »Ansonsten kann ich dir nur raten, alles, was du unternimmst, mit de Beer abzustimmen. Keine Alleingänge, hörst du?«

»Ich werde nichts unternehmen, was dem großen Meister in die Parade fahren könnte«, antwortete der Inselpolizist. »Kannst beruhigt sein.«

»Die Tante Trudi kenne ich übrigens«, sagte Insa Ukena. »Sieht wirklich ein bisschen wie eine Kräuterhexe aus. Keine Ahnung, wie alt die ist, aber wundere dich nicht, wenn die noch von Kaiser Wilhelm schwärmt! Ich habe sie hin und wieder mal getroffen. Meistens am Bahnhof, wenn sie ihrem Klaas die Pfeife oder das Stullenpaket gebracht hat. Der ist wohl schon etwas tüdeliger als sie.«

»Ach. Und dann arbeitet ihr Mann noch beim Bahnhof? Oder redest du etwa von ihrem Vater?«

Insa Ukena lachte nun doch, wie ihr Kollege erfreut

feststellte. »Nein, ich rede tatsächlich von ihrem Mann«, erklärte sie, »aber der arbeitet nicht am Bahnhof, der sitzt da nur rum. Zusammen mit seinen drei Kumpels, du weißt doch.«

»Sag bloß, der ist einer von dieser *Viererbande*?«

»Genau.« Sie hüstelte. »So, ich glaube, ich mach mal wieder Schluss. Viel Erfolg. Und denk an meine Worte.«

»Alles klar. Bessere dich.« Er beendete das Gespräch und verließ das Geschäft, sein Handy immer noch in der Hand. Dedo de Beers Nummer war eingespeichert. Ein Knopfdruck, und alle waren zufrieden.

Alle außer ihm. »Was soll's«, murmelte er vor sich hin und steckte das Handy ein. »De Beer hat seinen großen Fall ja schon gelöst. Durchfallmarmelade und *Viererbande* passen in diese Lösung gar nicht hinein. Also können sie mit de Beers Fall auch nichts zu tun haben.« Er schritt länger aus und pfiff zufrieden und schräg vor sich hin.

21.

Jannik Bartels pfiff vor sich hin, laut und beinahe kunstvoll, eine verschlungene, irgendwie strahlende Melodie, die er irgendwann einmal gehört und abgespeichert haben musste, ohne es zu bemerken. Im Augenblick hätte er beinahe gar nicht bemerkt, dass er überhaupt pfiff, so beschäftigt war er. Erst, als es ihn zu stören begann, dass sich die Haut auf seiner Oberlippe merkwürdig spannte, fiel es ihm auf. Er tastete, fühlte Bartstoppeln und dazwischen ein Heftpflaster. Ach ja, eines der Andenken an den Feuerball aus dem Kühlschrank. Fast schon Geschichte. Nachlässig riss er das Pflaster ab und warf es in den Müll.

Heute war sein großer Tag, heute Abend seine große

Stunde, endlich. Alles, was nicht unmittelbar damit zu tun hatte, blendete er aus, so gut es ging. Jannik Bartels war gut im Ausblenden. Geübt. Wer Höchstleistungen bringen wollte, musste sich konzentrieren können, voll konzentrieren. Und das hieß Abschotten, Fokussieren, alles andere ignorieren.

Dass ihm ausgerechnet jetzt Alina einfallen musste, erschien ihm wie der reine Hohn. Der pure Widerspruch zu dem soeben Gedachten! Aber auch daran zu denken, hätte er sich verkneifen müssen. Das hatte alles nichts mit der Vorbereitung auf heute Abend zu tun. Mit dem Menü, von dem ganz Langeoog noch lange sprechen sollte, und zwar in den höchsten Tönen.

Alina war auch so eine. Eine, die wusste, was sie wollte. Wenn die mal ein Ziel ins Auge gefasst hatte, dann hielt sie unbeirrbar darauf zu. Fast schon unerbittlich. Tja, sie beide hatten schon ziemlich gut zueinander gepasst, in mehr als einer Hinsicht. Schade, dass trotzdem nichts Dauerhaftes daraus geworden war.

Wieso eigentlich nicht?

Jannik Bartels schüttelte den Kopf. Was sollte denn das? War er nicht gerade dabei gewesen, die Seeteufelfilets zu mustern und zu zählen? Jetzt konnte er noch einmal von vorne anfangen. »Mensch, Junge, konzentrier dich!«, knurrte er vor sich hin.

Fisch sollte eines der Themen des Abends werden, natürlich, schließlich war man hier am Wasser, fast schon im Wasser, da verstand sich das fast von selbst. Die Seeteufelfilets würden raffiniert gebraten und noch raffinierter angerichtet werden. Zuerst hatte er an etwas ganz Extravagantes gedacht, Seeteufel an Schokoladensauce etwa oder Seeteufel mit Ingwer-Möhrchen. Aber davor war er dann doch zurückgeschreckt. Er hatte zwar nicht vor, sich den Regeln der ostfriesischen Regionalküche zu unterwerfen, weiß Gott nicht, aber die hiesigen Essgewohnheiten gleich vollständig und mit Schwung über den Haufen zu werfen, war vielleicht doch etwas riskant. So hatte er sich dann für gebratenen Seeteufel auf Oliven-Graupen-Risotto entschieden. Außergewöhnlich genug und doch mit dem Normalgaumen kompatibel.

Außerdem sollte es Thunfisch geben, in Sesam gewälzt, an Asia-Gemüse und Basmati-Reis. Hier galt das gleiche Prinzip: Der Kenner würde das Besondere, den Pfiff seiner Komposition zu schätzen wissen, und der Normalo würde keinen Schreck bekommen. So etwas nannte sich wohl Ausgewogenheit. Der kleine Koch hasste es zwar, derartige Rücksichten nehmen zu müssen, aber er war Realist genug, um zu wissen, wo er sich hier befand. Im exklusivsten Gourmet-Tempel der gesamten Urlaubsregion zwar – so lautete zumindest der Anspruch, den Thormählen postuliert und dem Jannik Bartels begeistert beigepflichtet hatte. Aber eben immer noch in einer Urlaubsregion. Also galt es, eine gewisse Bandbreite abzudecken.

Als er mit dem Fisch fertig war und sein Blick auf die Wachteln fiel, brach sein Pfeifen erneut ab, nämlich weil sich sein Mund zu einem begeisterten Grinsen verzogen hatte. Getrüffelte Wachtelbrust! Die Gäste würden begeistert sein, ebenso begeistert wie er. Dazu würde es gebackene Süßkartoffeln geben und ein Chutney. Vorgesehen war eigentlich Aprikosen-Chutney, aber ihm war eine bessere Idee gekommen. Eine, die so inseltypisch war, dass keiner ihm vorwerfen konnte, die lukullischen Schätze Langeoogs nicht erkannt und gehoben zu haben. Na ja, was man so Schätze nannte. Aber er, Jannik Bartels, konnte jede beliebige Substanz zu Gold machen. Jedenfalls am Herd.

Auch das Dessert würde diesen lokalen Touch haben, und bei Aperitifs gedachte er ebenfalls ein entsprechendes Angebot zu machen. Aber in diesem Punkt galt es natürlich wieder, die verschiedenen Geschmäcker und Gewohnheit zu berücksichtigen. Ein Menü, eine verbindliche Speisenfolge für eine große, zufällig und willkürlich zusammengewürfelte Abendgesellschaft war ohnehin schon eine riesige Herausforderung, und der Anspruch, es allen recht zu machen, entsprach der Quadratur des Kreises. Diese Aufgabe musste er sich ja nicht noch unnötig erschweren.

Süß würde der Nachtisch sein, geradezu hemmungslos süß, ohne Rücksicht auf Kalorien. Jannik Bartels schloss genussvoll die Augen. Und sah schon wieder Alina Thormählen vor sich. Was zum …

Süß sah sie aus. Klar, er hatte sich von ihren äußeren Reizen angezogen gefühlt, zunächst jedenfalls, wie das fast immer so ging. Hübsche Menschen hatten einfach mehr Kontakte mit dem anderen Geschlecht, oder auch mit dem gleichen, je nach Präferenz, das war erwiesen. Was nicht unbedingt bedeutete, dass sie leichter ihr Glück fanden, denn das hing bekanntlich nicht ausschließlich von häufigem Sex ab, nicht einmal in erster Linie. Aber Alina – Jannik Bartels hatte schon gedacht, jetzt hätte er das große Los gezogen. Und eine Weile sah es ja auch ganz danach aus.

Bis sich dieser Kerl zwischen sie zu drängen versuchte, dieser grobe Klotz, dieser neureiche Pinkel. Hochgekommener Armleuchter. Personifizierte Russenmafia. Alinas Ex. Hatte wohl gedacht, mit einem kleinen Koch hätte er leichtes Spiel. Klar, er beurteilte Menschen ja auch mit Metermaß und Waage und natürlich nach dem Kontostand. Aber so nicht, nicht mit einem Jannik Bartels. Der wusste sich zu wehren, war bereit, diesem Weißkragenkriminellen eine Lektion zu erteilen, die der nicht vergaß. Und das hätte er auch gemacht, wenn Alina ihm das nicht ausgeredet hätte. Genau genommen verboten.

Wieso eigentlich?

Jannik Bartels kannte sich inzwischen einigermaßen. Er ging auf Ende zwanzig zu, da blieb das nicht aus. Eigentlich war er ein ganz umgänglicher Typ, das sagten alle.

Aber wehe, wenn er wütend wurde. Dann kannte er sich manchmal selbst nicht mehr. Vielleicht lag es daran, dass er so klein war, klein jedenfalls für einen Mann. Solche wurden gerne unterschätzt, nicht für voll genommen, beiseite gedrängt. Manche ließen sich das bieten, ein Leben lang. Andere entwickelten eine Gegenstrategie. Humor, Ironie, Sarkasmus. Auch Jannik Bartels hatte seine Strategie entwickelt. Und die war einfach: Wut. Wenn er wütend wurde, dann ließ er das raus. Wer ihm dumm kam, erhielt postwendend die Quittung. Und weil ihm das kaum einer zutraute, war die Überraschung sein größter Verbündeter.

Schade nur, dass seine Wut sich so schlecht kontrollieren ließ. Das war ja gerade das Prinzip seiner Strategie. So hatte auch Alina ihren Teil abbekommen. Mehr sogar, als ihr zustand, musste Jannik Bartels rückblickend zugeben. Natürlich war er ihr gegenüber nicht gewalttätig geworden, aber Worte konnten mindestens ebenso verletzen wie Schläge. Wie sie sich jemals mit solch einem Primitivling hatte abgeben können? Ob sie vielleicht Gelüste hätte, die sie ihm, Jannik Bartels, verschwieg? Ob sie die asozialen Ansichten ihres Ex etwa teilte? Seine kriminellen Handlungen vielleicht sogar unterstützt hätte?

Ja, er hatte ihr zugesetzt. Und dabei den Bogen überspannt. Natürlich hatte er es zu spät gemerkt, erst, als sich der rote Schleier vor seinen Augen wieder aufzulösen begann. Da war es zu spät gewesen. Das zwischen Alina und ihm – er hatte es so gründlich beschädigt, dass es sich nicht mehr kitten ließ. Sie hatte ihn noch am selben Abend verlassen.

Es hatte gedauert, bis er sich wieder auf seine Arbeit fokussieren konnte. Arbeit, das war seine Therapie gewesen. Keine weitere Beziehung seither, nicht mal etwas Oberflächliches, nichts. Das hatte geholfen, er hatte sich einigermaßen bekrabbelt. Und dann kam dieses Angebot. Ein Traumjob, genau das Richtige für einen ersten großen Karrieresprung. Darauf hatte er gehofft, und es war klar, dass er zugriff. Obwohl es ihn durchzuckt hatte wie ein elektrischer Schlag, als er die Ausschreibung bis zu Ende gelesen hatte. Musste es ausgerechnet Langeoog sein? Musste es ausgerechnet Eduard Thormählen sein, Alinas Vater, der hier das neue Luxusrestaurant eröffnete? Und hatte er bei dem denn überhaupt eine Chance, nach allem, was zwischen Alina und ihm gewesen war?

Natürlich hatte er sich trotzdem beworben. Und festgestellt, dass die letztgenannte die geringste seiner Sorgen war. Thormählens Verwandtschaftsverhältnisse waren ein höchst eigenwilliges Konstrukt. Keine Familie im herkömmlichen Sinne, sondern mehr wie ein Konzern aufgebaut. Nicht, dass ihn das weiter interessiert hätte, es ging ihn ja nichts an. Aber dass sein früheres Zusammensein mit Alina bei den Vorstellungsgesprächen ebenso wenig eine Rolle spielte wie sein Streit mit ihr, das hatte ihn doch beruhigt. Wenn auch etwas befremdet. Denn beides schien Thormählen senior nicht im Geringsten zu interessieren. Genau genommen traf das wohl auf seine Tochter insgesamt zu.

Er richtete sich auf, bog seinen Rücken durch, streckte die Arme, strich sich die Locken aus der Stirn. Heute Abend musste er fit sein, aber in dieser Hinsicht hatte er die geringsten Bedenken. Hauptsache, seine Crew funktionierte. Ein bunt zusammengewürfelter Haufen, überhaupt nicht eingespielt, kein Wunder. Aber wenigstens verstand sich jeder Einzelne auf seinen Job, darauf hatte er geachtet. Alle hatten schon mehr als einmal in der Restauration gearbeitet, einige sogar in angesehenen Häusern. Viele waren nicht zum ersten Mal auf Langeoog im Einsatz. Wurden immer wieder angefordert, über die Zeitarbeitsfirmen, bei denen sie unter Vertrag standen. Arme Schweine. Vermutlich hatten sie darauf gehofft, auf diese Weise an eine Festanstellung zu kommen. Aber hier war Saisongeschäft angesagt, ganz egal, wie viel Mühe sich einer gab. Wenn es gut lief, wurde man im kommenden Jahr wieder genommen. Mehr gab es nicht zu hoffen.

Zeitarbeit! Kleine Leute um einen Teil ihres sauer verdienten Lohns bringen! Genau das richtige Betätigungsfeld für einen wie Wallmann. Der hatte Hornhaut auf der Seele, dem machten Schicksale nichts aus. Höchstens sein eigenes.

Jannik Bartels prüfte noch schnell die Schärfe der diversen Messer, ehe er sich frischmachen ging. Heute Abend konnte alles passieren. Natürlich würde manches schiefgehen, das war nun einmal so bei Premieren, darauf war er vorbereitet. Aber wenigstens würde ihm Wallmann nicht in die Quere kommen. Nie mehr. Dieses Problem immerhin war aus der Welt geschafft.

Wieder erwischte er sich dabei, dass er lauthals vor sich hin pfiff. Diesmal erkannte er die Melodie sofort. Ein Thema aus einem Tarantino-Film. Wie hieß der noch … ach ja. *Kill Bill*.

22.

Heiß war es, Dampfschwaden wallten durch den Raum, und es roch so intensiv nach Fruchtaromen und Gewürzen, dass es Lüppo Buss für einen Moment den Atem verschlug. Fast kam es ihm so vor, als wäre er tatsächlich in eine Hexenküche geraten. Allerdings gab es gravierende Unterschiede zu den Vorstellungen, die er von seiner Kindermärchenzeit her im Kopf hatte. Zum einen war es hier nicht etwa dunkel, muffig und dreckig, sondern hell und geradezu klinisch sauber. Und zum anderen waren die betäubenden Gerüche ziemlich angenehm. Was auch immer hier gekocht wurde, Krötenschleim war es nicht.

Tante Trudi selbst entsprach dem Hexenbild schon eher. Klapperdürr, mit einer Gesichtshaut wie aus faltigem Waschleder, einer beeindruckenden Hakennase, der nur noch die haarige Warze zum Klischee fehlte, leicht gebeugter Haltung und schriller Stimme hätte sie ebenso gut als Kinderschreck getaugt wie seinerzeit der *Morspieker*, wären da nicht ihre kobaltblauen, lustig blinzelnden Augen gewesen, die die ganze Horrorwirkung im Nu wieder zunichte machten. Wenn Gertrud Reershemius eine Kräuterhexe war, entschied Lüppo Buss, dann war sie eine von den guten.

»Mach mir hier ja nichts dreckig, mien Jung«, schrillte die Alte ihn an, mit erhobener Stimme, um das Brodeln und Zischen der diversen Töpfe auf ihrem überdimensionalen Herd zu übertönen. »Sonst krieg ich noch Ärger mit der Polizei.« Sie zwinkerte ihm zu: »Mit der Gesundheitspolizei, verstehst du? Auf die muss man aufpassen. Mit der anderen Polizei hab ich noch nie was zu tun gehabt.« Eine klare Aufforderung, endlich damit herauszurücken, was der Inselpolizist eigentlich von ihr wollte.

Lüppo Buss tat es und behielt die Frau, die er auf achtzig Jahre schätzte, dabei im Auge. Nicht, dass sie ihm vor Schreck umkippte. Aber Tante Trudi blieb erstaunlich ruhig. Nur das lustige Zwinkern ihrer blauen Augen war plötzlich wie ausgeschaltet.

»Das ist nicht gut.« Gertrud Reershemius wischte sich ihre altersfleckigen, aber erstaunlichen kräftigen Hände an ihrer geblümten Kittelschürze ab. »Gar nicht gut. Stell dir mal vor, es wäre etwas Schlimmeres gewesen als Abführmittel!« Sie blickte dem Inselpolizisten ernst und offen in die Augen. Unschuldig, entschied der im selben Augenblick. Die war es nicht.

»Wer hat denn Zugang zu Ihrer ... Küche?« Lüppo Buss musterte den großen, bis an die Decke gekachelten Raum mit den blitzenden Arbeitsflächen und der strahlend sauberen Doppelspüle. Hier gab es weder Tisch noch normale Stühle, lediglich zwei klappbare, ergonomisch ausgetüftelte Hocker, die auf Stehhöhe eingestellt waren. Nichts, was sich für eine Ostfriesland-Postkarte geeignet hätte.

»In meine Küche darf jeder«, sagte Gertrud Reershemius. »Aber die ist vorne im Haus. Das hier ist meine Firma.« Ein bisschen von dem lustigen Funkeln kehrte in ihre Augen zurück, gepaart mit Stolz. »Und hier kommt nur dann jemand rein, wenn ich dabei bin. Lieferanten vor allem, oder mal ’n Handwerker, wenn was kaputt ist. Manchmal auch Kunden. Obwohl, die rufen meistens an.« Sie zeigte zur Wand, wo ein altmodischer Apparat mit Wählscheibe hing. »Oder sie schicken ein Fax. Das Gerät steht allerdings nicht hier, sondern draußen im Flur. Ist zu feucht hier, musst du wissen.«

Von wegen Kräuterhexe, dachte Lüppo Buss. Eine ostfriesische Unternehmerin. Mit scharfem Verstand und, wie es aussieht, auch scharfen Augen. Da könnte sich manch ein schlapper junger Sesselpuper ein Beispiel dran nehmen. »Wer sind denn so Ihre Kunden?«, fragte er.

»Na, vor allem Frau Thormählen«, erwiderte Tante Trudi. »Sie nimmt immer ganze Partien ab. Die anderen Läden hier, die Andenken und Mitbringsel führen, haben meist andere Hersteller, die sie beliefern. Ich bin ja nicht die Einzige hier, die Marmelade kocht. Aber die Hotels und Pensionen, die bestellen immer mal wieder bei mir. Nicht so viel auf einmal natürlich. So einiges schicke ich auch aufs Festland. Da sind ein paar Läden, die auf mich schwören. Und dann gibt es noch Einzelkunden, frühere Feriengäste, die meine Marmelade so gerne mögen, dass sie die auch zu Hause essen wollen. Das macht dann immer viel Arbeit, alles einzeln verpacken und verschicken und so. Aber was tut man nicht alles, damit die Leute zufrieden sind, nich?«

Ein Küchenwecker erwachte schnarrend zum Leben. »So, jetzt muss ich eben was tun«, verkündete Gertrud

Reershemius und schob ihre Ärmel hoch. »Sonst verkocht mir hier was. Kannst ja zugucken, wenn du willst.«

Lüppo Buss zuckte die Achseln; was blieb ihm anderes übrig? Gertrud Reershemius hatte nicht gefragt, sondern verkündet. Die Firma ging vor, ganz offenkundig.

Sie hob den Deckel von einem großen Topf ab, in dem eine Masse aus Sanddornmus, Gelierzucker und etwas Wasser vor sich hin blubberte. Sie prüfte Konsistenz und Geschmack, fügte noch weiteren Zucker und einige Teelöffel Zimt hinzu. Anschließend auch noch andere Gewürze, allerdings in deutlich geringerer Dosierung. Dem Aussehen und Geruch nach gemahlener Ingwer und Kardamom, dachte Lüppo Buss, der selbst einigen Spaß am Kochen und Backen hatte.

Tante Trudi rührte kräftig durch, klopfte den Holzlöffel ab, setzte den Deckel zurück auf den Topf, griff nach der Küchenuhr und zog sie auf. »So, noch einmal aufkochen«, sagte sie und wandte sich einem anderen, noch größeren Topf zu, in dem orangefarbene Sanddornbeeren kochten. Zufrieden stellte sie fest, dass die Beeren geplatzt waren, trug den Topf zur Spüle, wobei sie ihre Kittelschürze als Topflappen benutzte, und kippte den Inhalt in ein bereitstehendes Sieb. Dann begann sie, die weichen Beeren durch das Sieb in eine Emailleschüssel hinein zu passieren. Als der Küchenwecker erneut schnarrte, unterbrach sie diese Tätigkeit, schnappte sich den Topf mit der fertigen Marmelade, füllte dessen Inhalt mit einer großen Kelle in passende Gläser, die sauber und ordentlich aufgereiht bereitstanden, ohne auch nur einen Klecks zu verschütten, verschloss dann die Gläser mit Metalldeckeln und stellte sie verkehrt herum auf ein großes Holzbrett.

Der Inselpolizist staunte. Wie flink und behände diese Frau noch war! Und kräftig war sie auch, denn das Brett mit den vollen Gläsern, das sie jetzt zum Abkühlen auf eine der Arbeitsflächen an der Wand wuchtete, hatte bestimmt ein ordentliches Gewicht.

Er wartete noch ab, bis Gertrud Reershemius die gekochten Beeren zu Ende passiert und, mit Gelierzucker und etwas Wasser vermengt, in den Kochtopf gefüllt und auf den Herd gestellt hatte. Dann brachte er sich und das mitgebrachte Marmeladenglas der Frau Salewsky in Erinnerung. »Diese Partie, um die es geht« – er wies auf die Kennziffer auf dem Etikett, auf die ihn Frau Thormählen aufmerksam gemacht hatte – »wer hat denn davon etwas erhalten? Können Sie das noch feststellen?«

»Natürlich kann ich das! Meine Bücher sind in Ordnung.« Die alte Frau wischte sich den Schweiß von der ledrigen Stirn. »Aber ich glaube, das weiß ich auch so. Großbestellung von *Tuitjers Eck*, natürlich für die beiden anderen Läden gleich mit, auch bei mir gibt es schließlich Mengenrabatt. Frau Thormählen wollte sich für die anstehende Saison gleich richtig versorgen. Wenn ich mich nicht irre, hat sie die ganze Partie abgenommen, sowohl Sanddorn als auch Brombeer. Kann ich aber auch nachgucken, wenn du darauf bestehst.« Sie guckte den Inselpolizisten herausfordernd an.

Der winkte ab. »Schon in Ordnung. Das erleichtert uns die Arbeit. Jedenfalls hoffe ich das, denn genau wissen wir ja nicht, ob wirklich nur eine Partie, äh, verunreinigt worden ist.« Das schlimme Wort »vergiftet« vermied er lieber.

Keine glückliche Entscheidung, denn Gertrud Reershemius schien sich von seiner Wortwahl noch härter getroffen zu fühlen. »Bei mir ist noch nie etwas verunreinigt gewesen«, verkündete sie drohend. »Wer so etwas sagt, der lügt!« Sie stockte, besann sich darauf, was der Inselpolizist gemeint hatte und was wohl nicht zu bestreiten war. »Das hier hat ja nichts mit Unsauberkeit zu tun«, fuhr sie etwas milder fort. »Das war Sabotage. Ganz gemeine, hinterhältige Sabotage.«

»Und wer könnte dahinterstecken, Ihrer Meinung nach?«

Sie blickte ihn an, fest wie zuvor, aber ungleich finsterer. »Ich schwärze keinen an«, sagte sie. »Und ich selbst war's ganz bestimmt nicht!«

Lüppo Buss winkte beruhigend ab. »Sagt ja auch keiner. Aber überlegen Sie doch mal. Wer hat denn in letzter Zeit diesen Raum betreten, außer Ihnen? Vor allem so in dem Zeitraum, als hier die Partie hergestellt wurde, die ... Sie wissen schon.«

Hilflos zuckte sie die Schultern. »Harm und Meta Uffken, das sind die, die mir die meisten Beeren liefern. Die kommen wohl mal öfter hier rein«, sagte sie. »Die Beeren werden dann gewaschen und meistens erstmal eingefroren.« Sie deutete auf zwei große Gefriertruhen. »So hab ich immer Vorrat und kann gleichmäßig produzieren, so wie Bedarf ist. Tja, aber wann genau die Uffkens zuletzt hier waren ... die Mengen werden zwar notiert, für die Abrechnung. Aber die Hefte, wo das drinsteht, die hat mein Mann. Und ob der immer das Datum dazuschreibt? Muss ihn mal fragen.«

»Ihr Mann ist also auch öfter mal hier drin?«

»Na klar«, bestätigte Tante Trudi. »Jeden Tag. Wieso?«

»Nur so«, sagte Lüppo Buss. Am liebsten hätte er sich die Hände gerieben.

23.

Marian schwang sich aus dem Sattel, blieb aber noch mit dem linken Fuß auf dem Pedal stehen und ließ sein Fahrrad ausrollen. Zu dumm, dass auf der Höhenpromenade das Fahrradfahren verboten war! Na ja, nicht wirklich dumm, hier sollte man ja gefahrlos spazieren gehen können, und die Promenade war einfach zu unübersichtlich und stellenweise zu schmal, um sich gegenseitig sicher aus dem Weg gehen zu können. Und außerdem zum bequemen Radeln auch nicht eben genug. Aber um Bequemlichkeit ging es Marian Godehau momentan auch gar nicht. Sondern darum, dass er es eilig hatte und vor lauter Terminen nicht wusste, wo ihm der Kopf stand.

Natürlich war seine dringende Bitte um Verstärkung angesichts der ungewöhnlichen Lage auf taube Ohren gestoßen. »Wieso, die Polizei hat die Sache doch schon im Griff, was soll da noch großartig kommen«, hatte es aus der Zentrale geheißen, und: »Sie schaffen das schon.« Ja, am Appel! Als ob man solches Zutrauen auch dann zu ihm gehabt hätte, wenn der ganze Aufruhr in oder um Oldenburg passiert wäre. Am besten noch mitten in der Woche. Dann hätten ihn die blasierten Herren Reporter längst mit spitzen Ellbogen beiseite gedrängt. Wenn nicht gar die noch höheren Herren aus der Chefredaktion selbst, dann mit je einem Reporter im Gefolge, denn irgendwer musste ja auch die Arbeit machen. Aber hier, auf der Insel, noch dazu am Wochenende ... da hieß es plötzlich: »Sie schaffen das schon.«

Wenigstens hatte man ihm signalisiert, dass man es im laufenden Quartal mit der Prüfung seines Honoraretats nicht ganz so genau nehmen würde. Das hieß, dass er seine freien Mitarbeiter großzügiger einsetzen durfte, um sich selbst mehr Luft zu verschaffen. Na prima! Und woher nehmen, diese freien Mitarbeiter? Die meisten

»Freien«, die für den *Inselboten* schrieben, waren in Wirklichkeit Schriftführer diverser Vereine, die nur deren Sitzungen und Veranstaltungen besuchten und dafür, dass sie ihre satzungsgemäße Pflicht erfüllten, noch ein paar Euro kassierten, indem sie ihre Elaborate an die Presse weitergaben. Nichts dagegen einzuwenden. Nur waren solche Mitarbeiter eben nicht flexibel einsetzbar. Außerdem, so fand Marian, mussten die meisten ihrer Texte vor dem Abdruck erst noch ins Deutsche übersetzt werden.

Die besseren »Freien«, die diesen Namen auch verdienten, konnte Marian an einer Hand abzählen. Zwei davon waren ausgerechnet dieses Wochenende beruflich verhindert. Das ging natürlich vor, denn von den jämmerlichen Honoraren, die der *Inselbote* seinen freien Mitarbeitern zahlte, konnte niemand leben. Zwei weitere waren bereits langfristig eingeteilt. Blieb nur noch Keno Gautier. Dieser Mann war für Marian Godehau wirklich ein Geschenk des Himmels. Zum einen, weil er praktisch jeden Termin annahm, da er offenbar jeden Cent brauchte, den er damit verdienen konnte. Zum zweiten, weil er sich auf der Insel sehr gut auskannte und Marian schon manchen wichtigen Rat gegeben hatte, obwohl er gar kein gebürtiger Langeooger war. Und zum dritten, weil er einigermaßen schreiben konnte. Er wusste, was an den Anfang eines Artikels gehörte und was an den Schluss, er hatte ein Gefühl dafür, wann eine Metapher angemessen war und wann schief, und er konnte die Konjunktion *dass* vom Pronomen *das* unterscheiden. Womit er allen anderen »Freien« des *Inselboten* meilenweit voraus war.

Nur konnte sich auch ein Keno Gautier nicht zweiteilen, leider. Daher musste Marian sich jetzt abhetzen, um noch rechtzeitig zu dieser Vernissage zu kommen, ein paar Fotos zu machen, den anwesenden Künstler zu interviewen und anschließend neunzig Zeilen Text abzusondern. Denn das wollte er unbedingt erledigt haben, ehe heute Abend die Eröffnung der *Weißen Düne* begann. Ein Termin, den er um keinen Preis abgegeben hätte. Nicht nur des hoffentlich guten Essens wegen.

Ihm wurde bewusst, dass er immer noch auf dem linken Pedal stand; es ging kurvig abwärts, und sein Rad rollte ganz von alleine. Er griff nach der Handbremse. Im selben Augenblick tauchte knapp vor ihm eine Fußgängerin auf. Gerade noch rechtzeitig stoppte er, sprang aufs Klinkerpflaster und spürte, wie ihm das Blut in die Wangen schoss. Vor ihm stand Sina Gersema.

»Na«, sagte sie und lächelte ihn an. Genau das hatte er befürchtet.

»Selber na.« Seine Erwiderung fiel nicht einfallsreicher aus, sein Lächeln matt und gezwungen. Wenn es ein Symbol für die Vergeblichkeit seiner Bemühungen, für die Enttäuschung seiner Hoffnungen gab, dann war das Sina. Weil er die Zeit, die er mit ihr verbracht hatte, immer noch als die schönste seines Lebens ansah, egal von welcher Seite betrachtet. Auch wenn diese Zeit schon Jahre zurücklag. Ein Armutszeugnis erster Klasse, ausgestellt auf ihn, nicht etwa auf sie. Dass es ihn nicht weiterbringen würde, sich nach dieser Zeit zurückzusehnen, war ihm klar. Vielmehr seinem Verstand. Sein Bauch sprach da eine ganz andere Sprache.

»Viel zu tun?« Sie war bei ihm stehen geblieben, ihr Lächeln strahlte weiter, ihr rötlichbrauner Pferdeschwanz wippte hoch am Hinterkopf wie die Heckflagge einer Piratenpinasse, die über die Wellen tanzte. Marian dachte an seine Armbanduhr, blickte aber nicht drauf. Egal jetzt, sollte dieser Künstler doch warten. Für den Moment genoss er den schönen Schmerz, den Sinas Gegenwart ihm bereitete.

Ein Handy klingelte gedämpft. Synchron griffen sie nach ihren Hosentaschen, lachten laut auf. Während Sina noch in ihrer Tasche suchte, zog Marian bereits ein Mobiltelefon hervor. Das Klingeln wurde lauter. »Komisch«, sagte Sina, die immer noch suchte, »ich dachte, es wäre meins.«

Marian nahm das Gespräch an. »Godehau, *Inselbote*, hallo?« Er wartete einen Moment, zog dann seine Stirn in Falten. »Aufgelegt. Schon wieder.« Er schaute sich das Gerät in seiner Hand näher an, und die Falten vertieften sich. »Also, irgendwie ...« Dass ihm sein neues Diensthandy, das ihm die *Rundschau* gestellt hatte, noch nicht richtig vertraut vorkam, fand er normal, denn er hatte es ja noch nicht so lange. Aber dieses hier war doch sehr unvertraut.

»He!«, rief Sina. »Das ist ja wirklich meins!« Sie schnappte es ihm aus der Hand. »Ich hatte es noch gar nicht vermisst. Wie kommst du denn da dran?«

Marian kramte erneut in den Tiefen seiner ausgebeulten Hosentasche. Und tatsächlich, da fand sich noch ein Handy. Sein Diensthandy. Erstaunlich, wie flach die Dinger heutzutage waren! Kein Wunder, dass eins mehr davon in der Tasche nicht weiter auffiel. »Das muss passiert sein, als wir zusammen Kaffee trinken waren«, sagte er. »Ich musste dringend los – na ja, wie immer eben. Da hab ich wohl alles zusammengerafft, was auf dem Tisch lag.«

»Gierschlund.« Sina steckte ihr Handy ein. »Bloß gut, dass mein Portemonnaie nicht auch da gelegen hat.«

»Nee, wie denn auch? Hast mich ja wieder mal bezahlen lassen.«

»Und? So gehört sich das ja wohl für eine Dame.« Sie parodierte aus dem Stegreif. Marian hätte heulen können, so sehr bewunderte und verehrte er sie. Und doch, das fiel ihm plötzlich auf, ganz so wie früher empfand er nicht. Ein klein wenig mehr Distanz glaubte er doch zu spüren. Natürlich, wenn sie nur mit dem kleinen Finger gewinkt hätte, dann ... Aber das tat sie nicht. Und so bestand vielleicht doch noch eine gewisse Hoffnung für ihn.

»So, ich muss weiter.« Sie nickte ihm zu. »War ja ein lohnendes Treffen. Man sieht sich.«

»Ja, bestimmt.« Marian grinste. »Nächstes Mal zahlst du den Deckel, einverstanden?«

»Ist recht.« Sie trabte davon.

Marian lachte in sich hinein, voller Vorfreude auf den Gag, den er heute Abend zünden würde. Natürlich würde er Sina für das Menü in der *Weißen Düne* nicht blechen lassen. Aber auf ihr verblüfftes Gesicht freute er sich schon.

Ach ja, vielleicht bestand ja wirklich noch Hoffnung für ihn.

Er brachte sein Fahrrad in Schwung und stieg in den Sattel. Erst dann kam ihm das Radfahrverbot auf der Höhenpromenade wieder in den Sinn. Aber was sollte er machen, die verlorene Zeit musste er irgendwie aufholen. Außerdem war er ja nicht er Einzige, der hier gegen die Regeln verstieß. Der massige Typ da oben auf dem Dünenkamm zum Beispiel, dessen Gesicht nicht zu erkennen war, weil er genau in der Sonne stand. Der durfte da auch nicht sein. Das Betreten der Randdünen war verboten, das wusste doch jeder, trotzdem hielten sich viele nicht daran. Weswegen also sollte er ein schlechtes Gewissen haben?

Marian trat kräftiger, schaltete herunter; hier ging es wieder aufwärts und damit langsamer. Gut so, denn plötzlich huschte ein junger Mann vor ihm über den Weg, so unvermutet, dass er ihn fast gerammt hätte. Der Mann sprang über den niedrigen Begrenzungszaun und verschwand ebenfalls in den Dünen. Dabei stand doch genau hier sogar ein Verbotsschild!

»Blödmann!«, rief Marian ihm hinterher und nahm die nächste scharfe Kurve. Dann machte er eine Vollbremsung, die ihn fast über den Lenker hob. Die Stollen seines Vorderradprofils kamen keine fünf Zentimeter vor zwei messerscharf gebügelten schwarzen Hosenbeinen zum Stehen. Die Beine, die darin steckten, gehörten Inselpolizist Lüppo Buss.

»So«, sagte der spitz. »Blödmann, was?«

»Ja«, sagte Marian. »Aber doch nicht Sie. Der da hinten, der mich fast … der da in die Dünen gerannt ist.«

»Ich sehe niemanden«, sagte der Inselpolizist eisig. »Niemand außer Ihnen.« Er zückte einen Schreibblock. »Sie wissen, dass das Fahrradfahren hier verboten ist?«

»Ja sicher. Das tue ich sonst ja auch nicht. Nur bin ich jetzt so schrecklich in Eile.«

»In Eile. Aha.« Lüppo Buss schlug den Block auf und begann zu blättern, ganz langsam, Seite für Seite. »Wenn man in Eile ist, sollte man eigentlich alles vermeiden, was einen aufhalten könnte, finden Sie nicht?«

»Klar, da haben Sie recht.« Ungläubig verfolgte Marian, wie der Inselpolizist umständlich einen Stift zückte und Zahlen aufs Papier zu malen begann. »Aber, verstehen Sie doch. Ich bitte Sie!«

»Nein«, sagte Lüppo Buss, immer noch mit eisiger Ruhe. »*Ich* bitte *Sie*! Nämlich um fünfzehn Euro. Das heißt, falls Sie mit einer gebührenpflichtigen Verwarnung einverstanden sind.« Er hob die Augenbrauen und blickte sein Gegenüber fragend an: »Sind Sie das?«

Marian Godehau nickte und nestelte seine Geldbörse aus der Gesäßtasche. Für den Moment fehlten ihm die Worte.

»Gut.« Der Inselpolizist malte weiter auf seinem Formular herum. Er behielt seinen stoischen Gesichtsausdruck bei, schien sich aber das Lachen nur mühsam verkneifen zu können.

Den jungen Mann, der bäuchlings im Dünensand lag und sie durch den Strandhafer hindurch beobachtete, bemerkten sie beide nicht.

24.

Nach der unerfreulichen Begegnung mit de Beer würde ihm ein beruhigender Blick über Dünen, Strand und Meer gut tun, hatte Stahnke gedacht und sich gleich auf den Weg gemacht. Was er jenseits des Wasserturms allerdings außerdem noch zu sehen bekam, war seiner Ruhe alles andere als förderlich.

Er wartete, bis nach Sina auch Marian außer Sicht war. Dem Impuls, einem der beiden zu folgen, widerstand er. Er würde schon noch herausfinden, was hinter diesem konspirativ wirkenden Treffen steckte. Aber nicht jetzt. Stattdessen passte er Lüppo Buss am Warmbadweg ab. Mit Begrüßungsformalitäten hielt er sich nicht lange auf. »Moin. Warum hast du meine SMS nicht beantwortet?«

Der Inselpolizist verzog das Gesicht. »Weil de Beer mir über die Schulter guckte, als ich sie gelesen hab. Unmittelbar vorher hatte er einen Anruf von deinem Kramer bekommen. Hat mir ausdrücklich verboten, dich vorzuwarnen, verstehst du? Dienstlicher Befehl! Ich sage dir, der knallt noch mal völlig durch.«

Stahnke, der sich nicht sicher war, ob sein Wittmunder Kollege dieses Stadium nicht längst erreicht hatte, knurrte: »Ach, und dann kneifst du einfach zusammen, oder was? Ich dachte, du bist hier der große Widerborstige.«

»Hast du was an den Ohren?« Lüppo Buss reagierte angefasst. »Dienstlicher Befehl, hallo …? Soll ich vielleicht stempeln gehen, nur weil ich dich besser abkann als Dedo de Beer? Ist auch bald nicht mehr der Fall, wenn du weiter so daherredest.«

Stahnke verdrehte die Augen, ballte die Faust und knuffte Lüppo Buss in die Schulter. »Kein Humor mehr, oder was?«

»Wird knapp.« Der Inselpolizist knuffte zurück. Danach

hakte er beide Daumen in die Hosentaschen, wie ein Westernheld, der seine Schießeisen nach einem Duell zurück ins Holster steckt.

Männer sind doch große Kinder, dachte Stahnke. Sagte Sina das nicht auch immer?

Seite an Seite schlenderten sie zum nächsten Aussichtspunkt und ließen sich auf eine freie Bank fallen. »Wo wir gerade von de Beer plaudern«, sagte Stahnke. »Er hat jetzt eine neue Einschätzung der Bootsdiebstahlgeschichte. Schon gehört?«

»Hab ich.« Der Inselpolizist wandte sich ab und spuckte aus. Ein wolliger Modepudel, der gerade interessiert an der Bank geschnüffelt hatte, brachte sich auf flinken Spielzeugbeinchen in Sicherheit. »Ist alles Käse.«

»Aus Prinzip?«

»Nee.« Lüppo Buss streckte seine Beine weit von sich; wieder musste der Pudel flüchten. »Weil er falsch liegt. Weil das geklaute Boot immer noch nicht gefunden wurde. Weil der Diebstahl also keine spontane Aktion gewesen sein kann. Und weil es eben nicht nur *ein* Diebstahl war.«

Stahnke nickte: »Richtig. Unserer in Bingum kommt noch dazu.«

»Nicht nur der. Es gab ja noch einen dritten. Drüben in Bensersiel.« Der Inselpolizist berichtete, was dem kleinen Koch bei seinem nächtlichen Disko-Trip widerfahren war. »Das sieht doch sehr nach System aus«, schloss er. »Jemand klaut teure Motorboote einer bestimmten Größe, und dann sind sie weg. Spurlos. Vermutlich ins Ausland verschoben. Wahrscheinlich immer von denselben Leuten. Glaub mir, alle drei Diebstähle hängen zusammen. Sind ein Fall. Und wie der wiederum mit den Anschlägen hier auf der Insel zusammenhängen soll, kann ich nicht erkennen.« Er lachte bitter auf. »De Beer kann's. Darum wird der wohl auch höher besoldet als ich.«

»Werde ich auch«, erwiderte Stahnke. »Mal sehen,

ob ich's auch kann. Für ihn heißt der Zusammenhang Overbeck, richtig? Thomas Overbeck. Soll seine eigenen Ferienhäuser warm abgebrochen haben, wegen Überschuldung. Um sich durch die Versicherung zu sanieren. Der Anschlag im Hotel? Ablenkung, sagt Dedo de Beer. Bootsdiebstahl? Spontan, um zu fliehen. Verletzung des Eigners – ein Kollateralschaden. Passt das zusammen? Für ihn ja. Offenbar stört es ihn nicht, dass ein paar Puzzleteile übrig bleiben.«

»Mehr als du denkst«, warf Lüppo Buss ein. »Nicht nur die beiden anderen geklauten Boote. Und natürlich euer Mordopfer von Bingum. Sondern außerdem die vergiftete Marmelade und der *Morspieker*.«

Stahnke zuckte zusammen. »Die – was? Und der – wer?« Unwillkürlich richtete er sich auf und zog dabei die Beine unter die Bank. Der kleine Pudel, der sich diesmal von hinten angeschlichen hatte, musste erneut flüchten und entschied sich, sein Geschäft doch lieber an einem ruhigeren Plätzchen zu verrichten.

Der Inselpolizist schmunzelte. »Du kommst mal eben her, willst hier ermitteln, und hast kein bisschen Ahnung, was hier läuft. Also wirklich, wie ein Anfänger. Na, dann pass mal auf.« Man merkte ihm an, wie er es genoss, endlich einmal selbst der mit dem überlegenen Wissen zu sein.

Ein bisschen sehr deutlich merkte man ihm das an, fand Stahnke; für ihn klang der Vortrag überheblich. Irgendwann würde er Lüppo Buss mal sagen müssen, dass er mit diesem Stil niemals ein Sympathieträger werden würde. Aber nicht jetzt, dafür fand er das Berichtete viel zu spannend. Vor allem ein bestimmtes Detail. »Dieser Typ, der sich das Boot hat stehlen lassen – nebenbei in derselben Nacht, in der der Mord in Bingum verübt wurde – der heißt also Jannik Bartels?«, vergewisserte er sich.

Der Inselpolizist nickte bestätigend.

»Und die Leute, die er in dem Ferienhaus einquartiert

hatte, in dem dann das Gas explodierte, sind seine Eltern?«

»Ja.« Lüppo Buss horchte auf.

»Der Mann, der verletzt wurde, ist sein Vater, mit dem er nach allgemeinem Eindruck in Dauerfehde liegt?«

»So sieht es aus.«

»Als Koch kennt Bartels sich gut mit Lebensmitteln aus. Kann auch bei Produzenten aufkreuzen, ohne Verdacht zu erregen; das erwartet man geradezu von ihm. Und davon, dass er Fahrrad fahren kann, gehe ich mal aus.«

»Na hör mal. Jannik Bartels soll der Attentäter sein? Jetzt gehen aber die Pferde mit dir durch.« Ob der Inselpolizist über die Schlussfolgerungen so empört war, die Stahnke aus seinen Mitteilungen zog, oder eher darüber, sie nicht selbst gezogen zu haben, war nicht erkennbar.

»Hast du gewusst, dass Jannik Bartels der Ex-Freund von Alina Thormählen ist, Tochter des Hoteliers Eduard Thormählen, wohnhaft allhier auf der schönen Insel Langeoog, gleichzeitig Bartels' neuer Arbeitgeber?«

»Nee.« Lüppo Buss war erstaunt, aber nicht beeindruckt: »Und was beweist das jetzt?«

»Nichts natürlich.« Stahnke lehnte sich zurück. »Namen beweisen sowieso nichts. Aber manchmal machen sie neugierig.«

25.

»Moin, Klaas!«

»Moin mitnanner.« Ächzend stützte sich der alte Mann auf seinen Stock und ließ sich auf die Metallgitterbank sinken. »Harrijasses, dat fallt mi ook alltied sturer.«

»Wat kummst du so laat? Het dien Ollsche di weer nich eher weglaten?« Harm Bengen, dessen graue Augen von flaschenbodendicken Brillengläsern unnatürlich vergrößert wurden, lachte ein zahnloses Lachen.

»Tja, kannst mal sehen, wo begehrt ick noch bün. Van di wullen de Fronslüd ja nix mehr van aff.« Klaas Rershemius blieb nichts schuldig. Die drei anderen schmunzelten, einschließlich Harm Bengen, der den Konter locker wegsteckte.

»Nix bringt ’nen Mann schneller ins Grab als ’n altes Haus oder ’ne junge Frau«, gab Bodo Schmidt seinen Senf dazu. Beifälliges Lachen gab es keins, denn Glatzenträger Schmidt, der einzige Hochdeutsche der *Viererbande*, hatte dieses Spruch bestimmt schon ein paar Dutzend Mal zum Besten gegeben.

»Von jungen Frauen hat Klaas ja auch nicht gesprochen«, ertönte die ewig heisere Stimme von Ocko Onken, der mit seiner beuligen Elbseglermütze und dem schlohweißen Vollbart aussah wie direkt einer *Fisherman’s-Friend*-Werbung entsprungen. »Sondern von seiner.«

»Oho! Hoho!« Anerkennendes Gejohle; der Spruch war neu und ziemlich verletzend. So liebten es die vier alten Männer vom Bahnhof, sogar wenn sie selber die Zielscheibe waren.

»Lass man«, erwiderte Klaas Reershemius. »Meine Trudi ist wie ’n guter Rum. Die wird mit den Jahren nicht älter, sondern edler!« Auch er fiel jetzt ins Hochdeutsche. Keineswegs aus Rücksicht auf Bodo Schmidt;

diese Wechsel zwischen den Sprachen passierten ihnen einfach hin und wieder. Rücksichtnahme hätten alle vier weit von sich gewiesen, sie waren ja keine Weicheier.

»Tja, so 'n edler Rum, der haut dich um! Kein Wunder, dass deine Olle stärker ist als du.« Noch ein Treffer von Ocko Onken. Diesmal johlten nur drei der vier alten Männer.

»Und, was gab's hier heute so?«, fragte Reershemius. »Neues buntes Viehzeug eingetroffen?«

»Jo«, bestätigte Bengen, »da kannste von ausgehen. Herdenweise Trampeltiere, mit reichlich Kalbsköppen im Schlepptau. Bei den kleineren sind welche dabei, die solche Glotzaugen machen, als könnten sie's gar nicht erwarten, wieder unter Dach und vor die nächste Idiotenlampe zu kommen.«

»Die legen sich wohl lieber ins Internetz als in 'ne Hängematte!«

»Das sollten die mal alle machen, dann bräuchten sie gar nicht erst herzukommen und unser Langeoog unsicher zu machen.«

»Genau! Alle bloß wegbleiben.«

»Gegen Fremde haben wir ja nix, aber das sind alles Fremde, die nicht von hier sind.«

Altmännerstimmen schnatterten wild durcheinander. Die *Viererbande* war eindeutig bei ihrem Thema Nummer eins angelangt.

»Eine war dabei ...!« Bodo Schmidt holte mit beiden Armen aus, deutete enorme Rundungen in Brusthöhe an: »Solche Euter, ihr glaubt es nicht. Wie die hier langgeschoben ist, ich denk noch, der ihr eigenes Gewubbel haut die gleich aus der Bahn.« Beifälliges Gekicher spornte den Erzähler an. »Und hintenrum, ich kann euch sagen! Für so einen Torkus musste die bestimmt auf der Fähre zwei Karten lösen.«

»Klar, das lässt sich die *Frisia* bestimmt nicht entgehen, so wie die hinterm Geld her sind«, sekundierte Onken.

Bengen beugte sich vor. »Was hatte die Dicke denn an?«, erkundigte er sich. »Bestimmt so 'ne Hottepants oder wie das heißt. Und bauchfrei, wa'?«

Das Lachen wurde schmieriger. Schmidt wuchs förmlich in seine Geschichte hinein. »Hot Pants nicht, das war wohl mehr so 'n Zweimannzelt. Oder vielmehr zwei, eins für oben und eins für unten!« Längst war es wurscht, was die Touristin wirklich getragen hatte. Die Viererbande lästerte sich in eine heitere Pogromstimmung hinein. »Kinder hatte die auch dabei. Wetten, der ihr Mann ist Bergsteiger?«

»Nee, Artist! Hochseilartist!« Bengen musste seine Brille abnehmen, um sich die Lachtränen aus den Augen zu wischen. »Oder Höhlenforscher!«

»Die Fettärsche werden sowieso immer mehr.« Schmidt biss sich regelrecht daran fest. »Auch bei den Jüngeren. Liegt bestimmt am vielen Glotzen, Fernsehen und Computer, ihr wisst schon, wegen der sitzenden Lebensweise. Surfst du nur im Internet, wird dir bald der Hintern fett!«

»Nanu, in dir steckt ja ein Dichter!«, staunte Reershemius. »Wie kommt der da bloß rein? Hast ihn gefressen, was?«

»Nee, das hat er alles auf seiner eigenen Festplatte!« Onken tätschelte Schmidts spiegelnde Glatze, die in der Sonne glänzte. Jede seiner Kopfbewegungen rief tanzende Lichtreflexe hervor.

Ein kompakter Schatten beendete die Glanznummer. Schmidt blickte auf. »He, Sheriff! Geh mir aus der Sonne!«

Was für ein Begrüßungskomitee, dachte der Inselpolizist. Die meisten Touristen glaubten ja sowieso, dass die Ostfriesenwitze alle wahr seien. Aber wenn sie diese Typen hier sahen und hörten, merkten sie erst, dass alles noch viel schlimmer war.

Bodo Schmidt, der mit der Glatze und dem Kugelbauch,

schien der jüngste der *Viererbande* zu sein, aber die siebzig hatte er auf jeden Fall schon hinter sich. Er hätte halbwegs seriös gewirkt, wären da nicht dieses lüsterne Funkeln in seinen Augen und der hämisch-hinterhältige Zug um seinen Mund gewesen. Harm Bengen, ein halbblindes Klappergestell im ewig fleckigen, ewig hellblauen, säuerlich riechenden Oberhemd, wirkte dagegen, als käme er direkt aus der Heilanstalt, und zwar ohne Ausgangserlaubnis. Ocko Onken war eher etwas für den Fernsehzoo, Abteilung Lebende Ostfriesland-Klischees – bitte nicht füttern! Wenn man wusste, dass dieser Mann früher einmal Buchhalter gewesen war, wirkte seine Aufmachung noch absurder. Er ging hart auf die achtzig zu, ebenso wie Bengen, der eher älter aussah, als er war.

Klaas Reershemius aber war die Krönung. Was für ein Hutzelmännchen, dachte Lüppo Buss, irgendwo zwischen fünfundachtzig und scheintot. Dieser faltige, zahnlose Mund, dieses vorstehende, knochige Kinn, das, wenn der alte Mann seine blassen Lippen zusammenkniff, beinahe die lange, gen Erdboden zeigende Nase berührte! Auch Reershemius trug eine zerknautscht aussehende Schiffermütze, dazu eine ausgeblichene, vormals dunkelblaue Arbeitsjacke und eine ausgebeulte Cordhose von unbestimmter Farbe. Neugierig vorgebeugt, stützte er sich auf seinen Spazierstock.

»Was liegt denn an, Sheriff?«, tönte Schmidt. »Mors am Poller? Oder haben sich 'n paar von den Touris über uns beschwert?«

Wieder dieses kollektive selbstgefällige Lachen, teils kollernd, teils heiser krächzend, teils grunzend.

»Hätten die denn Grund?«, fragte Lüppo Buss sondierend.

Das Lachen verstummte, die Mienen der vier Alten wechselten ins Verkniffene, wie es sonst nur die Handpuppen in der Sesamstraße vermochten.

»Wat, wieso Grund?«, fragte Bengen.

»Wer soll hier einen haben?«, knarzte Onken.

»Wir haben doch immer noch die Meinungsfreiheit, oder habe ich was verpasst?«, rief Schmidt.

»›Moin‹ heet dat erst mal«, maulte Reershemius.

»Ja. Moin zusammen.« Lüppo Buss stemmte die Fäuste in die Seiten, machte sich noch breiter angesichts der Übermacht. »Was Sie hier treiben, meine Herren, das steht ja sogar schon in der Zeitung. Rufschädigendes Verhalten nenne ich das. Grenzt an üble Nachrede. Und wie es scheint, sind Sie auch noch stolz darauf!«

Einen Moment lang herrschte Stille. Onkens Mund formte ein stummes »O«, Schmidt stülpte seine Unterlippe vor, Reershemius' dünne Lippen verschwanden ganz. Bengen brach das Schweigen. »Und seit wann bist du nu' unser Erziehungsberechtigter, mien Jung?« Die kurze Spannung löste sich in brüllender Häme.

Einer gegen vier, so wird das nichts, dachte der Inselpolizist. Er wandte sich dem Ältesten zu. »Herr Reershemius, ich müsste Sie mal sprechen.«

Wieder Stille. Bedrohliche Stille. Die vier Alten wechselten undefinierbare Blicke unter hochgezogenen Augenbrauen.

»Nur zu«, sagte Reeshemius dann. »Vor meinen Freunden habe ich keine Geheimnisse.« Die drei anderen nickten. Harm Bengens Kopf schien gar nicht mehr zur Ruhe kommen zu wollen.

»Ich kann Sie auch vorladen«, drohte der Inselpolizist. »Ganz offiziell.«

»Was du nicht alles kannst.« Reershemius blieb nicht nur unbeeindruckt, er wurde richtig frech. »Bist 'n ganz Bedeutender, was? Bloß schade, dass du gerade gar nicht so viel zu sagen hast, jetzt, wo dein großer Chef hier ist.«

Lüppo Buss spürte, dass er schon wieder rot wurde. Was für eine Bande, dachte er. Die sind nicht halb so dumm, wie sie tun. Wissen ganz genau, wer wo seinen schwachen Punkt hat. Und haben keine Bedenken, genau da draufzuhauen. Völlig skrupellos. Wovor sollen die sich auch noch fürchten? Die haben es doch alle schon fast hinter sich.

Und was war diesen vier alten Knackern noch alles zuzutrauen? Der Inselpolizist vermochte es sich nicht auszumalen.

Dafür kam ihm etwas anderes in den Sinn. Schwacher Punkt, dachte er. Draufhauen. Ha! Wie du mir, so ich dir. »Herr Reershemius«, sagte er betont ruhig, »vielleicht überlegen Sie sich das doch noch. Es geht nämlich um Ihre Frau.«

»Meine Frau?« Der dünne alte Mann richtete sich auf, so gut es eben ging. »Wieso? Ist was mit Trudi?«

Lüppo Buss verschränkte die Arme. »Wenn Sie mir bitte folgen wollen.«

Noch ein Blickwechsel zwischen den Bankdrückern. Dann erhob sich Klaas Reershemius und schlurfte, auf seinen Stock gestützt, hinter dem Oberkommissar her.

Der Inselpolizist kam nicht so recht dazu, seinen kleinen Sieg in diesem Kräftemessen der Sturköpfe zu genießen, denn er hatte keine Ahnung, wie er eigentlich weiter vorgehen sollte. Das Geplänkel mit den vier Greisen hatte ihn viel zu sehr abgelenkt. Er hoffte auf eine taktische Eingebung, aber die ließ auf sich warten.

»Was ist denn nun mit meiner Frau?«, rief Reershemius, kaum dass sie außer Hörweite der Bahnhofsbank waren.

Lüppo Buss ging schweigend weiter, immer einen Schritt vor Reershemius her, dessen Stock heftig aufs Pflaster schlug; der alte Mann hatte Mühe, mit ihm Schritt zu halten. Gut so, dachte der Oberkommissar mitleidlos.

Sie hatten das Bahnhofsgelände verlassen und die Hauptstraße erreicht. Lüppo Buss schlug die Richtung zur Ortsmitte ein, immer noch um eine gute Einstiegsfrage ringend. Weit vor ihnen ragte der Wasserturm auf. Dort ganz in der Nähe lag auch sein Polizeirevier. Noch dichter am Turm lag die Buchhandlung Krebs, in der sich Nicole so gerne mit Lesestoff versorgte. Und zwei, drei Häuser davor lag …

Der Inselpolizist drehte sich auf dem Absatz herum, so abrupt, dass Reershemius erschrocken zusammenzuckte. »Das Abführmittel, das Sie sich in der Apotheke gekauft haben – für wen war das?«, fragte Lüppo Buss.

Der alte Mann schaute ihn erstaunt an. Seine zahnlosen Kiefer mahlten. Dann sagte er: »Na ja, was meinen Sie wohl?«

Er hat aufgehört, mich zu duzen, registrierte Lüppo Buss; sein Schuss ins Blaue hatte gesessen. Er setzte nach: »Keine Ausflüchte, bitte. Für wen also?«

»Für mich natürlich! Was glauben Sie denn.« Die alte Widerborstigkeit war noch da, klang aber deutlich defensiver als zuvor. »Ich bin manchmal eben etwas hartleibig. Muss ja nicht gleich jeder wissen. Oder muss man das Schietern jetzt auch schon polizeilich genehmigen lassen?« Sein zahnloses Nuscheln war schwer zu verstehen.

»Welcher Arzt hat Ihnen denn das Medikament verschrieben?«

Der Alte zuckte die Achseln: »Wieso Arzt? Das Zeug ist doch rezeptfrei. Kann sich jeder einfach so holen, hat der Apotheker gesagt.«

»Das schon. Aber gleich so viel?« Noch so ein Versuchsballon. Lüppo Buss machte sich auf scharfes Flakfeuer gefasst.

Aber das kam nicht. Stattdessen blieb Reershemius stehen, schwer auf seinen Stock gestützt, und schaute den Oberkommissar verwundert an. »Woher …?« Er brach ab, schnaufte schwer.

Ich habe ihn, dachte Lüppo Buss, ich habe ihn! Nicht zu fassen, wie einfach das war. Jetzt musste er den Sack nur noch zumachen. »Woher ich das weiß, hat Sie nicht zu interessieren. Tatsache ist, dass ich es weiß. Außerdem, die Fragen stelle ich hier, klar? Sie sollten mal langsam kleinere Brötchen backen, Sie und Ihre Spießgesellen. Was haben Sie sich eigentlich dabei gedacht?«

Reershemius antwortete nicht, war nur erneut zusammengezuckt. Wieso denn, dachte Lüppo Buss, bei welchem meiner Worte? Brötchen backen? Himmel, läuft da vielleicht noch so eine Vergiftungsaktion, von der ich noch keinen blassen Dunst habe?

Der alte Mann griff in seine ausgebeulte Hosentasche und zog etwas hervor. Der Inselpolizist beobachtete ihn genau. Was hatte er vor? Der Greis wollte doch nicht etwa Dummheiten machen? Reershemius hielt ein Knäuel in der Hand, ein Bündelchen, irgendetwas, das in ein Stofftaschentuch eingeschlagen war. Nach einer Waffe sah es nicht aus. Aber wer konnte das wissen? Was, wenn in Wahrheit nun doch dieses Wrack und seine Komplizen hinter all den Anschlägen steckten, die ganz Langeoog seit Tagen in Atem hielten? Wenn dieser Overbeck nur versehentlich in Verdacht und in de Beers Visier geraten war? Bomben konnten auch sehr klein sein.

Klaas Reershemius begann das Bündel auszuwickeln. Es blitzte weiß und scharfzackig. Lüppo Buss griff nun doch nach seiner Dienstwaffe.

Der Alte steckte das leere Taschentuch wieder ein, hob den ausgewickelten Gegenstand hoch bis vors Gesicht, als wollte er zielen. Der Inselpolizist zog seine Automatik und entsicherte.

Der alte Mann stutzte. Dann öffnete er seinen Mund, schob die Zahnprothese hinein und machte ein paar Kaubewegungen, bis sie richtig saß. »Spinnst du jetzt vollkommen?« Er sprach viel deutlicher als zuvor, dafür zischten die S-Laute jetzt ein wenig.

Schnell schob Lüppo Buss den Sicherungshebel wieder zurück und steckte seine Dienstwaffe zurück ins Holster. Verschämt blickte er sich um; Büsche und Hecken gaben seitlich gute Deckung, und auf der Hauptstraße waren glücklicherweise gerade nicht viele Menschen unterwegs.

Die abreisenden Touristen waren längst weg, die frisch angekommenen verteilten sich gerade auf die Hotels, Pensionen, Häuser und Zimmer, und die, die schon am Vormittag oder über Mittag angereist waren, lagen längst am Strand oder saßen in den Cafés, Eisdielen und Freiluftgaststätten. Und die Insulaner selbst hatten allesamt viel zu viel mit ihren Gästen zu tun, um sich für einen alten Mann und einen schreckhaften Inselpolizisten zu interessieren.

Ach ja, die Phantasie … ab einem gewissen Punkt hatte sie die Führung übernommen. Ab einem vielversprechenden Punkt. Richtig: Der alte Mann hatte zugegeben, eine große Menge Abführmittel in der Apotheke gekauft zu haben. Und dann war da noch etwas gewesen. Eine schuldbewusste Reaktion. Da war was im Busch, eine weitere Aktion entweder von Reershemius oder von der ganzen *Viererbande*. Etwas mit Brötchen? Vielleicht diesmal mit stärkerem Gift? Da musste er unbedingt nachhaken.

Er wandte sich wieder dem alten Mann mit dem Handstock zu. Öffnete seinen Mund, hob den Finger. Und erstarrte mitten in der Bewegung, denn Klaas Reershemius war verschwunden.

Über die Hauptstraße konnte er nicht geflüchtet sein. Lüppo Buss hechtete sich also förmlich zwischen die Büsche. Landete in weicher Komposterde, bekam feuchte Zweige ins Gesicht geklatscht, die sich stachelig anfühlten, rutschte auf glitschigen Einfriedungen aus, stolperte über Blumendrähte. Als er begriff, dass hier mit planloser Hast nichts zu erreichen war, war es zu spät. Klaas Reershemius kannte die Insel wie seine Westentasche; das behauptete der Oberkommissar zwar auch von sich, aber der alte Fuchs war ihm ein paar Jahrzehnte voraus. Leise fluchend gab er seine Bemühungen auf. Für den Moment.

»Dann knöpfe ich mir eben die drei anderen vor«, knurrte er vor sich hin, als er zurück zum Bahnhof lief.

»Einen nach dem anderen. Die sollen mich kennenlernen.«

Dass er die Bank am Bahnhof leer vorfand, überraschte ihn nicht mehr sonderlich.

26.

»Psst! Nicht umdrehen!«

Jannik Bartels spürte, wie sich die feinen Härchen im Nacken und auf seinen Unterarmen aufrichteten. Der kleine Koch erstarrte in der Bewegung, den Blick starr auf den Fährhafen gerichtet, wo wieder einmal ein Schiff voller neuer Inselurlauber festmachte. Vielleicht die letzte reguläre Fähre des Tages, aber sicher war er sich da nicht, hatte den Fahrplan noch nicht so sicher im Kopf wie die gebürtigen oder wenigstens langjährig gelernten Langeooger. Es konnte also durchaus noch mehr kommen.

Wer da hinter ihm stand und ihm Anweisungen gab, wusste er ebenfalls nicht. Und was von dort noch kommen konnte. Er hatte sich den Elektrokarren des Restaurants geschnappt und war zum Hafen gefahren, einfach weil nach dem Duschen noch Zeit gewesen war und sein Verlangen nach frischer Salzluft gestillt werden wollte, ehe die heißen, hektischen Stunden in der Küche begannen. Die Nervosität abarbeiten, eine kühle Brise auf der dauererhitzten Haut spüren. Jetzt war ihm, als spürte er einen eisigen Hauch.

Hinter ihm war die große Halle des Langeooger Yachthafens. Vermutlich durfte er sich auf dem Gelände hier überhaupt nicht aufhalten, aber Thormählen hatte ihm gesagt, das sei überhaupt kein Problem, er könnte sich jederzeit auf ihn berufen. Das war zwar gewesen, ehe er sich blöderweise das Boot seines Chefs hatte stehlen lassen. Aber Jannik hatte entschieden, diese Aussage als dauerhaft gültig zu betrachten.

Aber darum ging es jetzt ja auch wohl nicht. Der da hinter ihm klang nicht wie ein strenger Hafen- oder Platzmeister. Sondern irgendwie – anders. Erkannt hatte er die Flüsterstimme allerdings nicht.

Eine Metalltür quietschte, eine Hand krallte sich von hinten in sein Hemd und zog. Ehe er es verhindern konnte, taumelte er ein paar Schritte rückwärts. Die Metalltür wurde zugeschlagen, der Griff löste sich. Jannik Bartels wirbelte um die eigene Achse. Aha, dachte er völlig unmotiviert, so sieht eine Bootshalle also von innen aus. Dann hatte er sich endlich wieder gefangen.

»Thomas?!«

Vor ihm stand Thomas Overbeck, etwa genauso alt und kaum größer als er, kräftig, drahtig, aber blass und erschöpft aussehend. Overbeck, der Mann, der angeblich für all die Anschläge auf Langeoog verantwortlich war, glaubte man Dedo de Beer, dem Leitenden Ermittler aus Wittmund, dessen Theorien sich längst durch sämtliche Medien und damit auch über die ganze Insel verbreitet hatten. Der Mann, nach dem bundesweit mit Hochdruck gefahndet wurde. Dessen Ergreifung angeblich nur noch eine Frage von Stunden war. Und der sich angeblich überall befinden konnte, nur nicht hier.

Derselbe Mann, der Jannik Bartels bereitwillig sein Ferienhaus überlassen hatte, als er dringend eine Unterkunft für seine Eltern benötigte.

»Hallo, Jannik«, sagte Overbeck leise und eindringlich. »Ich brauche deine Hilfe.«

»Kann ich mir denken.« Der kleine Koch spürte, dass er am ganzen Körper zitterte; der Schreck begann sich mit Verspätung auszuwirken. Er verschränkte die Arme, um seine Hände ruhigzustellen. Dass diese Geste Distanz, wenn nicht sogar Ablehnung signalisierte, war ihm recht. Noch war er sich gar nicht sicher, ob er Thomas Overbeck wirklich helfen sollte. Ob das klug war.

Aber wie unklug war das Gegenteil? Dass Thomas ihn nicht mit einer Waffe bedrohte, sprach ja zunächst einmal für ihn. Aber das konnte sich schnell ändern. Vielleicht.

Offenbar waren Jannik Bartels' Gedanken an seiner Stirn abzulesen, denn Thomas Overbeck hob seine leeren Hände. »Mensch, hör mal, ich war's nicht! Glaub mir. Von wegen, meine eigenen Häuser abfackeln! Das sind doch meine einzigen Sicherheiten. Die Bullen sind auf dem Holzweg. Ich bin unschuldig!«

»Und warum bist du dann abgehauen?« Diese Frage kam dem kleinen Koch ganz automatisch über die Lippen. Die Arme blieben verschränkt. Ob ich einem Brandstifter helfe, dachte er, das müsste ich mir noch gut überlegen. Aber einem Lügner helfe ich auf keinen Fall.

»Wollte ich doch gar nicht!« Overbeck legte seine Handflächen zu einer beschwörenden Geste zusammen. »Am liebsten hätte ich mich gar nicht von hier weggerührt. Ich war doch ...« Er wand sich, starrte Jannik Bartels flehentlich an, als suche er in dessen Augen einen Ausweg. Dicke Schweißperlen sprossen auf seiner Stirn.

Der kleine Koch starrte ungerührt zurück. »Was warst du?«

»Untergetaucht.« Overbecks Finger fuhren durch seine dunklen Haare, die viel zu kurz waren, um sie zu raufen. »Ich hab Schulden, verstehst du? Hohe Schulden. Mehr, als ich von der Versicherung für meine Häuser zu erwarten habe. Viel mehr sogar, denn das meiste geht ja sowieso an die Bank, und wann der Rest kommt, steht auch in den Sternen. Solange ich als Brandstifter gelte, kriege ich bestimmt keinen Cent. Aber ich war's nicht!« Seine panisch erhobene Stimme hallte durch den hohen, fast leeren Raum.

Was für eine wüste Story, dachte Jannik Bartels. Für

wie dumm hältst du mich? »Was sollen das für Schulden sein?«, fragte er. »Und bei wem?«

»Du glaubst mir nicht.« Overbeck sackte zusammen wie ein luftleerer Fender. »Aber wenn es doch die Wahrheit ist! Was soll ich denn machen, damit du mir glaubst!« Er vergrub das Gesicht in seinen Handflächen, drehte sich um, begann, sich mit winzigen Schritten im Kreis zu bewegen. Dreimal, viermal. Dann blieb er ruckartig stehen, richtete sich auf und starrte Jannik Bartels an, weiß wie ein Laken. »Eine Immobiliensache«, stieß er hervor. »Es gibt da jemanden, der kauft alte Wohnhäuser. Auf Sylt. Gammelige Blocks und so, mit denen nicht viel zu verdienen ist. Die Wohnblocks werden entmietet, also die Bewohner fliegen raus, die Wohnungen verkommen, irgendwann wird abgerissen. Und dann kommen da Hotels hin, richtig teure, schicke Dinger, die gut Kohle bringen. Verstehst du?«

Der kleine Koch ließ seine Arme sinken. Das klang jetzt endlich glaubwürdig. Wenn auch nicht gerade sympathisch.

»Dieser Jemand«, fuhr Overbeck fort, »hat mich beteiligt. Über einen Mittelsmann. Weil, bei sowas braucht man einiges an Kapital, das dann für eine Weile still liegt, also erst mal nichts einbringt. Aber dann umso mehr. Ich hab also die beiden Ferienhäuser beliehen, so hoch es ging. Du würdest staunen, wie hoch! Und Hypothekenkredite sind billig. Hab mir genau ausgerechnet, wie lange ich die Belastungen schultern kann. Kam alles gut hin.« Wieder dieser flehende Blick. Jannik Bartels aber schüttelte den Kopf: »Weiter. Was dann?«

»Dann«, fuhr Overbeck resigniert fort, »dann kam die Finanzkrise.« Er seufzte, als sei damit alles gesagt.

»Okay«, sagte der kleine Koch. »Die kam ja wohl für uns alle. Und?«

»Und? Alles hat sich verzögert! Die Bewohner auf Sylt haben sich plötzlich noch verbissener an ihre billigen alten Wohnungen geklammert, weil es ihnen nun noch schwerer fiel, höhere Mieten zu bezahlen. So dauerte das Entmieten viel länger als gedacht, und meine Zinsen liefen immer lustig weiter. Als die Bauplätze dann nach und nach frei wurden, haben sich die Hotelbauten ebenfalls verzögert, weil der Bauträger plötzlich keine Bankkredite mehr bekam, die er natürlich zusätzlich zu unseren Einlagen brauchte. Einige Projekte wurden auf unbestimmte Zeit aufgeschoben, weil man nicht wusste, wie sich die wirtschaftliche Lage in Deutschland überhaupt entwickeln würde. Der Hauptinvestor und die meisten seiner Finanzierungspartner kamen damit klar. Solche Leute haben ja immer irgendwo ihre Reserven. Aber ich nicht!« Jetzt brüllte er, dass seine Stimme überschnappte: »Die laufenden Kosten haben mich fertiggemacht!«

Er sammelte sich einen Moment, fuhr dann mit halbwegs normaler Stimme fort: »Als ich bei meiner Hausbank noch eine weitere Hypothek haben wollte, da hieß es: ›Sonst ja gerne, Herr Overbeck. Aber in diesen Zeiten, tut uns leid. Da müssen wir eher überlegen, ob wir nicht eine Ihrer Hypotheken kündigen sollten.‹ Glatte Erpressung! Und als ich versucht habe, aus dem ganzen Projekt auszusteigen, da habe ich vielleicht erst was zu hören gekriegt!«

»Der Investor?«, fragte Jannik Bartels. »Ein harter Hund?«

»Oh ja«, antwortete Overbeck. »Aber der kennt mich gar nicht. Ich hatte mich ja über einen Mittelsmann beteiligt. Das haben wohl mehrere gemacht, weil der Typ versprochen hat, unsere Gewinne an der Steuer vorbeizuschleusen. Jedenfalls, der Mann hat mir zu verstehen gegeben, dass ich meine Einlagen auf keinen Fall abziehen könnte, ehe alle vereinbarten Projekte realisiert sind.« Der junge Mann schluckte, als kämpfte er mit den Tränen. »Dass dafür keine Termine festgeschrieben waren, ist mir leider zu spät aufgefallen.«

Was für ein Trottel, dachte Jannik Bartels. Verträge studierte man doch gründlich! Zumal, wenn man ohnehin ein Glücksritter war, der immer auf den schnellen Erfolg aus war und von daher jederzeit auf Risiken gefasst sein musste. Jedenfalls war das der Eindruck, den er von Thomas Overbeck hatte. Lange kannten sie sich ja noch nicht, erst Alina hatte sie einander vorgestellt; aber dennoch war im Verlauf einiger bierseliger Abende eine gewisse Vertraulichkeit zwischen ihnen aufgekommen. Trotz aller Gegensätze. Der kleine Koch erinnerte sich noch gut, wie Overbeck gelacht hatte, als er von seinen Karriereplänen erzählt hatte. »Ich habe in meinem Leben noch niemals ein festes Arbeitsverhältnis gehabt, war noch nirgendwo angestellt«, hatte er sich gebrüstet, um dann strahlend zu verkünden: »Das Geld kommt immer zu mir.« Genau darin lag wohl der Grund für seinen sträflichen Leichtsinn.

Overbeck hatte sich inzwischen wieder gefangen. »Als mein Girokonto dann so tief in den roten Zahlen war, dass der Geldautomat meine Karte einbehielt, hat mir dieser Mittelsmann einen Vorschlag gemacht. Wie ich meine ›Liquiditätskrise‹ in den Griff bekommen könnte. Das sagte der wörtlich! Mann, du machst dir kein Bild davon, in was für einer Welt diese Typen leben.«

Lenk nicht ab, dachte Jannik Bartels. »Was war es denn?«, fragte er. »Sicher nichts auf Steuerkarte.« Er überlegte, was Overbeck denn eigentlich gelernt hatte, und musste sich eingestehen, dass er das gar nicht wusste.

»Natürlich nicht. Aber wenigstens war es nichts wirklich Kriminelles; damit hatte ich, um ehrlich zu sein, eigentlich gerechnet. Aber dann musste ich nur Auto fahren. Ziemlich weit und meistens nachts, aber das ging ganz gut.«

»Chauffeur?« Eine interessante Betätigung für einen, der auf einer autofreien Insel groß geworden ist, dachte der kleine Koch.

Overbeck lachte, aber die obere Gesichtshälfte lachte nicht mit. »Nicht mit Mütze und Livree, wenn du das meinst. Ich habe meistens Kleinbusse gefahren, Sprinter, solche Dinger, die auch Leute über Land zum Flughafen bringen. Bin ganz schön rumgekommen. Polen, Rumänien, Ungarn, auch Portugal. Bloß gesehen habe ich nicht viel davon, bis auf Autobahnen und Parkplätze. Hab Arbeiter abgeholt, ganze Kolonnen. Zeitarbeiter, aber die von der ganz günstigen Sorte. Schlachter, Fleischhauer, Pflücker, Maurer. Aus dem Ausland oder ins Ausland zurück, manchmal auch von einer deutschen Firma oder Baustelle zur anderen. Je mehr Wechsel, desto geringer die Chance, dass jemand nach Arbeitsvertrag, Versicherung oder Lohnsteuerkarte gefragt wird, heißt es. Übrigens war ich natürlich nicht der einzige Fahrer. Du glaubst ja gar nicht, wer da alles in Deutschland unterwegs ist und wer alles damit einen Haufen Geld verdient.«

»Bestimmt nicht dieselben«, knurrte Jannik Bartels. »Wer hierzulande illegal schuftet, der hat zum Geldverdienen doch gar keine Zeit.« Von wegen nicht kriminell, dachte er. Wer selber abhängig beschäftigt war, der sah das völlig anders.

»Hä?« Thomas Overbeck schüttelte nur verständnislos den Kopf. Dann fuhr er fort: »Problematisch wurde es erst, als ich einen Trupp junger Frauen gefahren hab, die sich als Prostituierte entpuppten. Natürlich bin ich genau auf dieser Tour in eine Kontrolle geraten. War ja klar! Hab aber gleich gespannt, was los war, und dem Bullen erst mal nur die Fahrzeugpapiere in die Hand gedrückt. Ausweis und Führerschein wären hinten im Wagen, in meinem Rucksack, hab ich gesagt, ich geh sie gleich mal holen. Der Bulle hat sich nichts dabei gedacht. Na, ich ganz lässig am Wagen entlang getapert und außer Sicht – und dann geflitzt. Mann, hat mir die Zunge aus dem Hals gehangen! Aber es hat geklappt. Handy hatte ich noch, hab sofort meinen Kontaktmann angerufen. Der hat gesagt, ich soll mal schön cool bleiben, läuft alles auf 'nen falschen Namen, bloß ein paar Tage die Füße stillhalten. Von den Miezen wusste auch noch keine, wer ich war. Hatte mich bis dahin bei denen zurückgehalten. Ein Glück!« Wieder lachte er wie über ein gelungenes Spiel.

»Dann bist du zurück auf die Insel? Ganz normal mit der Fähre?«

»Logo! Hier will ja keiner deinen Ausweis sehen, nur das Ticket. Und dann bin ich bei, äh, einer Frau untergekommen.«

»Und warum gehst du jetzt nicht wieder hin zu der?«, fragte Jannik Bartels.

»Weil die auch Zeitung liest!« Overbeck jammerte. »Die hält mich jetzt doch für einen gesuchten Verbrecher, genau wie alle anderen. Am Telefon könnte ich der das bestimmt nicht ausreden, nur persönlich. Um aber zu ihr hinzukommen, müsste ich durch den halben Ort. Hab's vorhin schon probiert, bin aber bei den Randdünen wieder umgedreht und hierher zurück. Eine Menge Leute sind unterwegs, auch Polizei, das ist viel zu riskant.«

»Das heißt also, ich kam dir gerade recht«, sagte der kleine Koch. »Wirklich sehr schmeichelhaft.«

Thomas Overbeck breitete nur die Arme aus und sah ihn fragend an.

Irgendwie ist er ja ein verwöhnter kleiner Bengel, dachte Jannik Bartels. Einer, der nach seinem goldenen Löffel greint, weil er glaubt, er hat ein Recht darauf. Aber andererseits ist er auch eine arme Sau. Und die Sache mit Sylt, die hat er sich bestimmt nicht ausgedacht. Überhaupt ist die ganze Geschichte viel zu verwickelt, als dass er sie sich aus den Fingern gesogen haben könnte. Und sie klingt so skrupellos, dass sie vermutlich stimmt. Ich fürchte also, er hat mich. Jedenfalls fast. Eine Antwort muss er mir noch geben.

»Warum hast du im Yachthafen diesen Mann niedergeschlagen?«, fragte er. »Und warum hast du sein Boot geklaut?«

»Ein Missverständnis.« Overbeck behielt Haltung und Tonfall bei. »Ich wusste ja inzwischen, dass ich auf der Insel gesucht wurde, darum bin ich früh morgens los. Wollte mit dem Boot rüber, aber mit meinem eigenen, dem kleinen Angelboot da vorne an der Innenseite des Stegs; du kannst es dir gerne angucken, ich erkläre dir genau, wo es liegt! Außerdem hatte mein Kontaktmann angerufen, auf dem Festland hätte sich alles beruhigt, ich könnte wieder Touren fahren. Das hatte ich zwar nicht vor, kannst du dir denken, aber ich hatte noch Kohle zu kriegen. Als ich nun im Yachthafen bin, läuft mir dieser Typ über den Weg. Guckt mich groß an, und ich denke natürlich, der hat mich erkannt. Was sollte ich machen? Unschuldig in den Knast? Nee! Also hab ich ihm eine verpasst, nicht schlimm, gerade so hart, dass er schlafen ging. Na ja ... und dann lag da dieses Motorboot, fahrbereit ... es musste jetzt ja auch schnell gehen.«

»Wo ist das Boot jetzt?«, fragte der kleine Koch. Ungute Erinnerungen an seine eigene nächtliche Bootspartie stiegen in ihm hoch.

»Keine Ahnung. Hab's in Bensersiel einfach liegen lassen.«

»Und als du dann auf deiner Flucht gehört oder gelesen hast, dass man dich inzwischen gar nicht mehr auf der Insel sucht, sondern auf dem gesamten Festland, da hast du einfach kehrtgemacht und bist hierher zurück. Richtig?«

Overbeck nickte eifrig. »In etwa so. Genau.«

»Und wie?« Jannik Bartels rammte seinem Gegenüber den Zeigefinger in die Rippen. Jetzt wollte er aber eine plausible Antwort hören. »Wie bist du zurück auf die Insel gekommen?«

»Zu Fuß«, sagte Overbeck. »Nein, wirklich! Das geht! Ist nicht einfach, viel Schlick unterwegs, es sind zehn

Kilometer, man muss sich echt gut auskennen und körperlich fit sein. Aber glaub mir, es geht.«

Der ist doch völlig vom Padd ab, dachte der kleine Koch. Dem muss mal einer erzählen, wo's lang geht. Aber erst einmal muss ich eine Entscheidung treffen.

»Gut«, sagte er. »Ich helf dir. Warte hier, bis ich den Elektrokarren geholt habe. Kann einen Moment dauern. Ich halte dann direkt vor dieser Tür. Das Ding hat eine Ladefläche mit Plane, da kriechst du drunter. Du kannst erst mal in meiner Bude unterkommen, ich habe zwei Zimmer, das Haus liegt am Ortsrand, und es gibt einen Hintereingang durch den Keller. Da müsstest du ungesehen reinkommen. Aber bleib da gefälligst drinnen und lass dich nicht blicken, verstanden? Nicht einmal die Nasenspitze! Ich kann keinen Stress gebrauchen. Heute ist nämlich nicht gerade mein freier Tag.«

Thomas Overbeck strahlte ihn an. »Das vergesse ich dir nie«, sagte er.

27.

»Lüttje Jan gung na sein Vader hen und frog: Vader, kannst du mi verklaren, wat *relativ* is?«

Stahnke wand sich in seinem Stuhl. War das nicht unerträglich? War das nicht unerträglich peinlich? Was hatte er nicht alles unternommen, um an diesen Platz zu kommen – und jetzt wäre er am liebsten geflüchtet.

»Jo, mien Jung, see de Vader, dat kann ick moken. Pass good up.«

Konnte man sich die Ohren zuhalten, so mitten im Lokal? Am liebsten hätte er es getan. Aber der Hauptkommissar machte sich nach dem Essen auch am liebsten den Hosenbund auf, und das tat man in einem Restaurant auch nicht. Also dann, Augen stur geradeaus und durchhalten.

»Wenn du dien Nös in mien Mors steken deihst ...«

Der ganze Saal wieherte. Stahnke konnte es nicht fassen. Damen in edler Abendgarderobe krümmten sich mit weit aufgerissenen Mündern und zusammengekniffenen Augen über feinster Tischwäsche, männliche Angehörige der FDP-Klientel schlugen sich schallend auf die Armani-umhüllten Oberschenkel. Ha, der da vorne hatte ein unanständiges Wort gesagt! Wer vor Lachen noch konnte, griff nach seinem Glas. Der scharfe Fahrtwind des sinkenden Niveaus schien Durst zu machen.

»... dann hebben wie beide 'n Nös in' Mors ...«

Ein weiterer Lachsturm brauste durch den Raum, wohlkalkuliert und gnadenlos ausgelöst und ausgekostet. Die ersten tiefroten Gesichter kündeten von bedenklichem Luftmangel.

»... aber ick bün relativ beter dran as du!«

Der Applaus donnerte los wie auf schriftlich leuchtenden Befehl im Fernsehstudio. Der Vortragskünstler breitete strahlend und fordernd die Arme aus, verneigte sich, um sein Gesicht dann erneut dem prasselnden Beifall entgegenzurecken wie einer belebenden Dusche. Stahnke tupfte sich den Schweiß mit dem Taschentuch ab. Der brach ihm sofort aufs Neue aus, als er feststellte, dass die Gäste tatsächlich eine Zugabe verlangten und dass sich der alte Mann im Kapitäns-Outfit anschickte, diesem Wunsch nachzukommen.

Warum haben Menschen eigentlich keine Ohrenlider, überlegte Stahnke, während der Possenreißer erneut loslegte. Die Augen konnte man doch auch zuklappen, die sichtbare Außenwelt ausblenden. Warum nicht auch unerwünschte Geräusche? Klar, das war mit der Entwicklung der Menschheit zu erklären. Stets wachsam sein, reagieren können, denn jederzeit ging es um fressen oder gefressen werden. Mit verschlossenen Ohren wäre man da nicht konkurrenzfähig gewesen. Heute war das anders. Stahnke war sich sicher, in bestimmten Situationen auch lärmgeschützt klarkommen zu können. Zum Beispiel jetzt und hier.

Es hatte eine Weile gedauert, bis er an diesen Platz gekommen war. Und dann war es doch ganz einfach gewesen. Nachdem ihm die Kurverwaltung nicht hatte helfen können, er bei Thormählen selbst auf Granit gebissen und Lüppo Buss nur die Achseln gezuckt hatte, war ein Anruf bei Insa Ukena die Lösung gewesen. Eigentlich hatte er ihr nur gute Besserung wünschen wollen. »Geht schon wieder«, hatte sie gesagt, »jedenfalls halbwegs. Aber den Restaurantbesuch heute Abend kann ich mir abschminken.« Die Nachfrage hatte sich ganz von selbst ergeben: »Welches Restaurant denn?« Und die Antwort hatte wie Musik geklungen.

Der Hauptkommissar hatte sich nicht groß gewundert, dass es für diesen Abend richtige Eintrittskarten gab, die sogar ein paar Euro extra kosteten, zuzüglich zum Verzehr selbstverständlich. Um den erwarteten Ansturm zu kanalisieren, hatte er gedacht. Tatsächlich aber waren die Karten für das Rahmenprogramm gewesen. Stand auch drauf. Tja, wer lesen konnte, war eben deutlich im Vorteil.

Wieder rauschte Applaus durch den Saal wie eine Brandungswoge bei Windstärke sechs. Wenigstens verebbte er diesmal nach angemessener Zeit. War die vorgetragene Anekdote etwa nicht ferkelig genug gewesen? Stahnke hatte überhaupt nichts mitbekommen, nur ein fernes Plätschern ohne jede Bedeutung. Es gab die Lider also doch, stellte er fest. Nur waren die nicht an den Ohren.

»Vielen Dank unserem Ocke Onken für diesen erneuten launigen Vortrag!« Aha, Thormählen selbst hatte sich wieder des Mikrophons bemächtigt. Der Hausherr führte als Conférencier durch den Abend und sonnte sich hörbar in dem Erfolg, den die Premiere seines neuesten Projekts ganz offensichtlich erzielt hatte. Auch Stahnke musste zugeben, dass die Einrichtung der *Weißen Düne* absolut gelungen war, weder zu überdreht noch zu spießig, durchdacht bis in die Details wie etwa den Polsterstühlen mit elastischem Stahlrohrgestell. So bequem hatte er in einem Restaurant noch nie gesessen.

Und das Menü war bisher ein Gedicht gewesen. Die durch den hohen Preis, den der Hauptkommissar kopfschüttelnd zur Kenntnis genommen hatte, geschürte Erwartung wollte eingelöst sein, und das war dem Koch bisher tadellos gelungen. Auch wenn Stahnke mit Wachteln nicht viel anfangen konnte; der hatte sich darauf beschränkt, etwas von der Kruste des winzigen Vögelchens abzuknabbern. Aber auch das war gut gewesen. Vorspeise und Fisch hatte er wirklich genossen, ebenso den hervorragenden Wein, der dazu ausgeschenkt wurde. Und als Nächstes, als Höhepunkt der Höhepunkte sozusagen, sollte es den Fleischgang geben. Stahnke griff nach der liebevoll gestalteten Menükarte. Aha, Deichlamm. Das klang vielversprechend. Anschließend Dessert. Gut so, denn entgegen gängiger Vorurteile gegen Feinschmeckerlokale fühlte er sich doch schon ziemlich gut gesättigt.

Der Vierertisch, an dem er saß, stand dicht an der Wand, gegenüber der breiten Fensterfront, zwischen Küchen- und Klotüren. Sicher keiner der bevorzugten Plätze; zu sehr am Rand, abseits des trubeligen Zentrums, wo man sicher sein konnte, auch wirklich gesehen zu werden. Aber ein guter Platz für Beobachter. Stahnke hatte dafür gesorgt, dass er den Stuhl mit dem Rücken zur Wand bekam. Seine Tischgenossen waren allesamt Mitglieder des Museumsvereins, zwei Männer und eine Frau, alle mittleren Alters, die Insa Ukenas Fehlen zwar sehr bedauerten, den Hauptkommissar aber freundlich in ihr lockeres, unaufdringliches Tischgespräch einbezogen. Er hätte es wirklich schlechter treffen können, dachte Stahnke, während er wieder einmal dem aktuellen Wortführer zulächelte und bestätigend nickte, ohne so recht zu wissen, wozu.

Sein Hauptaugenmerk galt einem der größeren Tische im Zentrum des Saals. Dort ging es lebhaft zu, dort wurde viel gelacht, auch ohne dass dieser Pseudo-Seebär schlüpfrige Anlässe dazu gab. Vielleicht gerade deshalb. Gerade schüttelte sich die junge Frau, die ihm ihren tief dekolletierten Rücken zuwandte, wieder einmal vor Heiterkeit, und ein rötlichbrauner Haarfächer wedelte zwischen ihren Schulterblättern hin und her. Ein Anblick, der Stahnke wohlige Schauer über die Haut jagte, denn natürlich handelte es sich um Sina.

Sie hatte ihn noch nicht bemerkt, rechnete schließlich auch nicht mit ihm. Dem Hauptkommissar war es recht. Schon nach wenigen Minuten war ihm klar geworden, dass dort eine lustige Runde von Kollegen, die einander mochten, beisammen saß, nicht mehr und nicht weniger. Kein Anlass zur Eifersucht also – höchstens zum Neid. Warum nur war es ihm noch nie gelungen, ein derart inniges Verhältnis zu seinen Mitarbeitern aufzubauen? Klar, die Zusammenarbeit funktionierte, meistens jedenfalls, und es gab auch selten Stress. Solche Kumpelhaftigkeit aber, wie sie dort drüben zu beobachten war, kam niemals auf. Nicht einmal zu Kramer, mit dem er sich inzwischen wenigstens duzte. Hatte etliche Jahre gedauert, bis es so weit war. Hm.

Natürlich wusste Stahnke, was hinter seinem Rücken über ihn geredet wurde. De Beer hatte es ihm heute sogar ins Gesicht gesagt. Arrogant sei er. Abgehoben. Das trauten sich die anderen nicht. Aber wer würde widersprechen?

Stimmte das womöglich sogar?

Er schob den Gedanken beiseite, ließ seinen Blick durch den weiten Raum schweifen. Thormählen hatte seine weitschweifige Ankündigung des Deichlamms beendet und das faszinierende Ballett der Kellner und Servierhilfen in Gang gesetzt. Mit Präzision und elegantem Hüftschwung bediente jeweils eine Crew einen Tisch gleichzeitig, um sofort zur Küche zurückzueilen und den nächsten Schub dampfender Teller abzuholen. Bei jedem Gang hielten sie die gleiche Reihenfolge ein, so dass man sich ausrechnen konnte, wann man an der Reihe war. Das Warten beschränkte sich jedoch auf wenige Minuten und war daher zu vernachlässigen. Stahnke zog innerlich den Hut.

Thormählen selbst gehörte zu den Ersten, die ihr Lamm bekamen. Sein Platz befand sich an einer Tafel, die der Hauptkommissar bei sich »Funktionärstisch« nannte. Dort saßen nicht nur der Kurdirektor und der grinsende Humorist Ocke Onken, auch die Redakteure beider Inselzeitungen hatten dort Platz genommen. Marian Godehau wandte Stahnke sein Profil zu; die Sorge, er könnte zufällig einmal herüberschauen und ihn erkennen, erwies sich als unbegründet, denn Godehau blickte stur geradeaus. Dorthin, wo Sinas Tisch stand.

Neben Marian Godehau hockte ein weiterer alter Bekannter: Dedo de Beer. Dass der ihn bemerkte, ließ sich nicht verhindern. Bis auf ein kurzes Hochziehen der Augenbrauen schien er sich zu seiner Entdeckung aber nicht geäußert zu haben. Warum auch? Er weiß ja nicht, dass er mich damit ärgern könnte, dachte Stahnke.

Eine der beiden Frauen an diesem Tisch hatte zunächst sein Erstaunen erregt. Alina Thormählen hier? Natürlich war sie die Tochter des Hausherrn, so gesehen wäre eher ihr Fehlen zu solch einem Anlass erstaunlich gewesen. Aber hatte sie nicht von einem distanzierten Verhältnis zu ihrem Vater berichtet? Womöglich durfte man ihre Worte nicht für bare Münze nehmen. Tatsächlich sprach sie nicht viel mit dem Gastgeber, dafür umso mehr mit der anderen, etwas älteren Dame an ihrer Seite. Und sie richtete das Wort immer mal wieder an Marian Godehau, der aber ein wenig geistesabwesend wirkte.

Raschelnd erschien eine kleinere Abordnung des Servierballetts an Stahnkes Vierertisch. Die strahlenden Boten göttlicher Genüsse platzierten nahezu synchron ihre duftende Fracht, die den Hauptkommissar augenblicklich vergessen ließ, dass er ja eigentlich gar keinen Hunger mehr hatte. Die Zeit, seinen Nachbarn zuzunicken und ein lüstern klingendes »Wohl bekomm's« zuzuraunen, nahm er sich gerade noch. Dann brachte er Messer und Gabel in Anschlag und ging mit angemessener Hingabe ans Werk. Dieser Duft! Diese Würze! Dieses zarte Fleisch, das man beinahe mit der Zunge am Gaumen zerdrücken konnte, ohne die Zähne zum Einsatz zu bringen! Nicht einmal der kurz aufzuckende Gedanke, dass er hier Teile eines süßen kleinen Tierbabys vertilgte, konnte ihn in seinem Genuss irritieren. Trotzdem schickte er einen Kontrollblick zu Sina. Auch sie mampfte völlig bedenkenlos.

Genau wie alle anderen auch. Minutenlang herrschte gierige Andacht, unterbrochen nur vom Klappern des Bestecks, dem Klirren der nachgefüllten und geleerten Gläser und gelegentlich gemurmelten, vom Lamm halb geknebelten Kommentaren, die schon eher Huldigungen waren. Kein Zweifel, in der Küche der *Weißen Düne* waren Meister ihres Fachs am Werk.

Zufrieden schob Stahnke seinen Teller von sich und tupfte sich den Mund mit der Serviette ab. Ein wundervoller Abend, entschied er, ungeachtet der Störungen durch diesen platten Possenreißer. Wundervoll bis jetzt, und er hoffte, dass da noch etwas mehr folgte. Bald, nach dem Nachtisch, würde er sich Sina zu erkennen geben. Als zusätzliche Überraschung sozusagen. Vielleicht würde sie ihn einladen, mit ihr und ihren Kollegen noch einen kleinen Absacker trinken zu gehen. Vielleicht aber würde sie darauf auch verzichten ... Wie auch immer, ihm war beides recht.

Das Kellnerballett hatte bereits wieder zu tanzen begonnen, räumte Teller und Besteck in Windeseile ab, schuf Platz für einen neuen, den letzten Gang des Abends. Eines langen Abends; draußen begann es bereits dunkel zu werden. Stahnke befingerte unauffällig seine Vorderfront. Süße Nachspeisen waren nicht sein Fall. Er beendete ein gutes Mahl gerne mit dem herzhaften Geschmack des Hauptgangs im Mund. Auch die Gewohnheit, anstelle des süßen Nachtischs Käse zu nehmen, um Gaumen und Magen auf den nachfolgenden Wein vorzubereiten, hatte er nie wirklich angenommen. Vielleicht sollte er ganz einfach auf die Nachspeise verzichten.

Er griff erneut nach der Karte; wenn schon verzichten, dann wollte er gerne wissen, worauf. Da stand es: Schokoladenmousse mit Minze im Sanddornbett. Ach herrjeh. Nein, das klang nicht so, als könnte er sich dafür begeistern. Dann doch lieber auf ein paar unnötige Kalorien verzichten.

Was stand da außerdem noch? »Und eine große Überraschung.« Hm. Die konnten es richtig spannend machen, dachte er. Wer verzichtete schon blind?

Ocke Onkens heiseres Organ schallte schon wieder durch den Raum. Darauf hätte ich nun wirklich gerne verzichtet, dachte Stahnke. Blind. Oder besser taub, von wegen der Ohrenlider. Aber vor den Lautsprechern, die fachkundig platziert worden waren, gab es kein Entrinnen. Es sei denn …

Natürlich! Stahnke erhob sich, nickte eine Entschuldigung in die Tischrunde und verdrückte sich in Richtung Toilette. Erste Lachsalven trieben ihn förmlich durch die Tür. Wenig später rauschte hinter ihm wieder der Beifall, angenehm gedämpft, und das Rauschen vor ihm war nicht weniger angenehm.

Er wusch sich ausgiebig die Hände, inspizierte seine eigene Erscheinung in einem opulenten Spiegel, fuhr sich ordnend durch die Stoppelhaare, an denen es absolut nichts zu ordnen gab, und schnippte sich einen Krümel vom Revers, wild entschlossen, erst ins Restaurant zurückzukehren, wenn die heisere Stimme, die selbst hier vernehmlich, aber nicht verständlich war, im Schlussapplaus untergegangen war. Auch die leisen Geräusche, die aus einer der Kabinen drangen und ihm signalisierten, dass er hier nicht ganz alleine war, änderten daran nichts.

Endlich, etliche Lachsalven später, schien es so weit zu sein. Eingedenk der Zugabe von vorhin wartete Stahnke aber noch, bis er das volle Organ Thormählens vernahm. Erst dann hielt er das Risiko für vertretbar, seine sichere Bastion aufzugeben.

Tatsächlich, Ocke Onken saß bereits wieder am Funktionärstisch, die Nase tief ins Bierglas getaucht. Am Mikro aber war Thormählen dennoch nicht alleine; neben ihm stand eine kleine, weiß gekleidete Gestalt mit gegelten Haaren, deren rotblonde Farbe gegen das tiefe, leuchtende Rot seiner abstehenden Ohren verblasste. Ganz offensichtlich der Koch, der für das phantastische Menü verantwortlich zeichnete und den sein Chef soeben gebührend dafür gelobt hatte. Stahnke verließ seine Deckung ganz und stimmte lauthals in die aufbrandenden »Bravo!«-Rufe ein.

Hinter den beiden am Mikro hatten bereits wieder die Kellner Aufstellung genommen, und Stahnke beeilte sich, zurück an seinen Platz zu kommen, denn das Servieren der Nachtischtellerchen ging noch schneller als das der anderen Gänge. Jetzt wollte er doch wenigstens probieren, worauf er immer noch zu verzichten bereit war. Jedenfalls im Prinzip. Außerdem, sollte es nicht noch eine große Überraschung geben?

Bald hatte jeder sein Tellerchen vor sich stehen, und die Löffel klapperten bereits wieder im Akkord. Stahnke zögerte noch, denn vor der Schwingtür zur Küche tat sich erneut etwas. Sechs große, runde Tabletts mit silberfarbenen Schutzglocken wurden auf sechs kleinen

Servierwägelchen herangerollt, jeder eskortiert von einer männlichen und einer weiblichen Bedienung. Tellerstapel standen auf den unteren Flächen der Wägelchen bereit. Offenbar sollte sich jeder Gast individuell vorlegen lassen, ganz nach Geschmack und Fassungsvermögen. Was mochte sich unter den Glocken verbergen? Stahnke legte seinen Löffel wieder hin. Lieber auf die Überraschung warten, dachte er.

Während die anderen Gäste noch die Reste ihrer Desserts von den Tellerchen schabten, wurden die Servierwagen gleichmäßig über den Raum verteilt. Wieder trat Thormählen ans Mikrophon, diesmal alleine. »Achtung«, sagte er gedehnt. »Fertig. Uuuund …«

Alle reckten den Hals, als die sechs silberfarbenen Abdeckungen gleichzeitig angehoben wurden, auch Stahnke. Was er zu erblicken hoffte, konnte er nicht sagen. Was er tatsächlich sah, auch nicht. Zwei starke Blitze blendeten ihn, ein Doppelknall betäubte seine Ohren. Irgendetwas prasselte auf ihn ein, er registrierte klatschende Einschläge rechts und links, auf seiner Brust, seinen Armen und in seinem Gesicht. Im selben Augenblick wurde es dunkel.

Ich bin getroffen, dachte er. Meine Augen. Ich sehe nichts mehr, ich bin blind. Er wartete auf den Schmerz und ein bisschen auch auf den Tod.

Was er fühlte, ging jedoch nicht über die Auswirkungen einer saftigen Ohrfeige hinaus, und was ihm da dickflüssig übers Gesicht rann, schien kein Blut zu sein. Auch seine Ohren begannen wieder zu funktionieren. Nur, um von einem allgemeinen Entsetzensgekreisch gleich wieder betäubt zu werden.

Stahnke fuhr sich mit dem Zeigefinger übers Gesicht und steckte ihn in den Mund. Schmeckte Sahne, süßen Teig, säuerliches Sanddornaroma. Schöne Überraschung, dachte er. Dass er noch immer nicht richtig sehen konnte, beunruhigte ihn nicht sehr. Offenbar hatte derjenige, der die süße Überraschung des kleinen Kochs zu einer »Bombe Surprise« umfunktioniert hatte, auch dafür gesorgt, dass die Beleuchtung des Restaurants lahmgelegt wurde. Vermutlich via Sicherung. Der Mensch hat einen Sinn für große Effekte, dachte der Hauptkommissar.

Gerade wollte er sich erheben, um für Ruhe zu sorgen, Hilfe für eventuelle Verletzte zu rufen, die Leute halbwegs gesittet ins Freie geleiten zu lassen und mit der Tatortsicherung zu beginnen, da erklang eine vertraute Stimme, verstärkt durch das Mikrophon, das erstaunlicherweise noch funktionierte. Hauptkommissar Dedo de Beer hatte die Initiative ergriffen und spulte genau das Programm ab, das Stahnke sich soeben zurechtgelegt hatte. Auch gut, dachte der. Ist schließlich sein Beritt. Hat er mir das nicht vor ein paar Stunden erst unter die Nase gerieben?

Natürlich würde er seinen Kollegen unterstützen, zumindest seine Unterstützung anbieten. Zunächst aber würde er sich ein wenig von dem Tortenschmadder reinigen, der überall an ihm haftete, das klebrige Zeug abschaben, so gut es eben ging. Seine Augen hatten sich inzwischen an das Halbdunkel gewöhnt; durch die Fenster fiel gerade noch genügend Dämmerlicht herein, dass er sich orientieren konnte. Und da die meisten Gäste tatsächlich auf ihren Plätzen blieben oder dorthin zurückkehrten, wie de Beer es verlangt hatte, fiel es Stahnke leicht, sich zur Toilette durchzuschlängeln. Wo die sich befand, wusste er schließlich genau. Notfalls auch blind.

Das Erste, was ihm auffiel, nachdem er die Klotür gefunden und geöffnet hatte, war, dass drinnen Licht brannte. Das Zweite war die frische Luft, die sich angenehm von dem warmen, verbrauchten Brodem im Lokal unterschied. Die dritte Beobachtung hing mit der zweiten ursächlich zusammen. Das große Milchglasfenster zwischen den beiden Reihen der Klokabinen stand offen.

Guck an, dachte Stahnke. Aber rennen mit vollem

Bauch? Ebenso ungesund wie zwecklos. Alles zu seiner Zeit.

Er zog sein Jackett aus und begann sich zu waschen.

28.

Es war dunkel, ihr war kalt, trotzdem schwitzte sie. Ihre Beine waren schwer wie Blei, und obwohl sie kaum Alkohol getrunken hatte, schwankte sie von einer Seite des Weges zur anderen. Ihr Magen schmerzte. Aus ihren Därmen gluckerte es unheilverkündend wie aus einer defekten Kanalisation. Ingeborg Salewsky blieb stehen. Ihr Atem ging keuchend.

Ich schaffe es nicht, dachte sie.

Bisher war ihr die Insel stets überschaubar vorgekommen. Ein Grund, warum sie sich entschieden hatte, hier Urlaub zu machen. »Hermann«, hatte sie gesagt, nachdem sie zum ersten Mal diesen Entschluss gefasst hatte, »Hermann, wir müssen mal zur Ruhe kommen. Stress abbauen. Reizüberflutung abstellen. Wir gehen dorthin, wo es überschaubar ist. Wo sich alles in Grenzen hält, verstehst du? Das Wasser, das Meer, das ist eine Grenze, die man nicht ignorieren kann. An die hält man sich, und die hält alles von einem fern, was man im Urlaub nicht haben will. Hermann, wir fahren nach Langeoog.«

Hermann hatte komisch geguckt, das wusste sie noch. Offenbar fühlte er sich vom Leben in der Großstadt nicht wirklich gestresst. Der hatte gut reden, der ging ja auch jeden Tag in die Firma, da hatte er seine Ruhe. Aber sie? Was war mit ihr? Sie musste sich dem wahren Leben stellen. Kind, Familie, Nachbarschaft, Einkauf. Stress pur! Sie wusste, was sie im Urlaub brauchte. Da gab es kein Vertun.

Hermann hatte noch irgendwas gemosert von wegen Watt und Ebbe und dass man die Grenze dann ganz locker überschreiten könnte. Dummes Zeug. Rückzugsgefechte – sie kannte ihren Hermann. Schließlich hatte er eingesehen, was gut für ihn war. Und es schien ihm hier auch gut zu gefallen. Trotz der Panik, als ihre kleine Tochter am Strand von diesem Sittlichkeitsverbrecher angesprochen worden war, damals vor zwei Jahren. Wenn Ingeborg Salewsky nur daran dachte, brach ihr der Schweiß noch stärker aus als ohnehin schon. Wenn sie nicht gewesen wäre, wenn sie die Polizei nicht alarmiert hätte, nicht auszudenken! Aber wer hatte ihr diesen Einsatz gedankt? Nicht einmal Hermann.

Diesmal hatte sich ihr Mann einen Durchfall zugezogen. Weil diese Sanddornmarmelade verdorben gewesen war oder vergiftet oder was nicht alles. Wieder war sie es gewesen, Ingeborg Salewsky, die zur Polizei gegangen war und Alarm geschlagen hatte. Wieder einmal war alles, aber auch alles an ihr hängen geblieben. Hermann hatte seelenruhig in der Ferienwohnung auf der Schüssel gehockt und nur gemeint: »Lass man, das wird schon wieder.« Also wirklich, ein Gemüt hatte der manchmal! Und natürlich wieder kein Wort des Dankes.

Der Gipfel war natürlich dieser Überfall gewesen, diese Untat eines Perversen, den die unfähige Inselpolizei natürlich immer noch nicht gefasst hatte. Eine Verletzung immerhin, die mit zwei Stichen hatte genäht werden müssen und die sie den ganzen Abend unter dem Pflaster gespürt hatte, trotz der wirklich bequemen Stühle in diesem teuren Restaurant. Aber dass ihr da jemand ans Leben gewollt hatte, glaubte sie nach reiflicher Überlegung nicht. Das war wohl eher eine verschrobene Art der unsittlichen Annäherung gewesen. Vielleicht die ostfriesische Variante des Stalkings. Vielleicht hatte sie ja einer – markieren wollen. Weil er sie heimlich verehrte. Ein Gedanke, an dem sie zu einem anderen Zeitpunkt vielleicht sogar Gefallen gefunden hätte.

Sie stand aber immer noch mitten auf dem dunklen Spazierweg zwischen den Dünen, immer noch keuchend. Ich hätte längst wieder zu Atem kommen müssen, dachte sie. Was ist bloß los? Was ist bloß los mit mir?

»Nach diesem Schreck und all dem guten Essen sollten wir unbedingt noch einen Spaziergang machen«, hatte sie Hermann vorgeschlagen, nachdem die Polizei endlich ihre Personalien aufgenommen und sie aus diesem verwüsteten Restaurant nach Hause entlassen hatte. »Damit wir wieder zur Ruhe kommen. Den Stress abbauen. Und ein bisschen was für die Verdauung tun.«

Aber Hermann hatte nur abgewinkt. »Guck mal auf die Uhr, ist doch schon nach Mitternacht«, hatte er gebrummelt und nach der Weinbrandflasche gegriffen. »Zur Ruhe komme ich sowieso besser im Fernsehsessel. Und für meine Verdauung habe ich in letzter Zeit wirklich genug getan.« Nach dem Einschenken hatte er sie merkwürdig angeschaut, so von unten herauf: »Willst du wirklich schon wieder bei Dunkelheit raus?«

Oh ja, und ob sie das wollte! Wäre ja noch schöner, diesem hässlichen Erlebnis nach- und ihm damit die Chance zu geben, sich als Trauma festzufressen, am besten noch für den Rest ihres Lebens! Von wegen. Sie kannte sich aus in angewandter Psychologie. Wer stürzt, muss sofort wieder springen; wer scheitert, muss es gleich noch einmal versuchen. So etwas wiederholte sich nicht, das passierte einem nur einmal im Leben. Höchstens. Und um sich selbst davon zu überzeugen, musste sie sich das beweisen. Am besten auf der Stelle.

Also hatte sie sich allein auf den Weg gemacht. Mit Wut und einem merkwürdigen Gefühl im Bauch, das wohl von dem üppigen Menü herrührte. Nicht zuletzt nach dem doppelten Dessert, das sie sich zum Abschluss zugemutet hatte, denn Hermann hatte dankend abgewinkt. Kein Wunder, dass ihr Magen angesichts solcher Anforderungen ein wenig zwickte. Hatte sie jedenfalls gedacht.

Jetzt stand sie hier, mitten in Dunkelheit und Einöde, schwankend und kraftlos, und spürte, wie sich das Zentrum ihres Unwohlseins zügig nach unten verlagerte. Entsetzen machte sich in ihr breit. Konnte es sein, dass sich Hermann doch keine Vergiftung, sondern ein Virus eingefangen hatte? Und sie hatte sich das bei ihm geholt? »Sch… Schande«, stöhnte sie und taumelte zum Wegesrand, stolperte durch Gestrüpp und weichen Sand, bis sie sich halbwegs blickgeschützt fühlte, was bei der Finsternis schwer zu beurteilen war, zerrte sich Jogginghose und Schlüpfer herunter und hockte sich hin.

Keine Sekunde zu früh. Bestürzt lauschte sie dem Katarakt, der da aus ihr hervorbrach, als wären Dämme gebrochen. Ihre Leibesmitte krampfte sich ein ums andere Mal zusammen, und sie hatte beide Hände voll zu tun, ihre Kleidung in Sicherheit zu bringen. Die Tränen stiegen ihr in die Augen, nicht nur wegen des dumpfen Schmerzes, sondern vor allem wegen der entwürdigenden Situation. Nur gut, dass niemand sie hier sehen konnte.

Als sie schon dachte, das Schlimmste sei überstanden, und nach ihren Papiertaschentüchern tastete, hörte sie ein Geräusch. Ein neues, das sich vom fernen Grollen der Brandung und dem Rascheln der Büsche im gelegentlich aufbrausenden Wind deutlich abhob. Genau genommen verschiedene Geräusche: ein Knacken, ein Knirschen, ein dumpfes Brechen. Zusammengenommen der Klang von Schritten über kieseligen Sand, durch widerspenstiges Gebüsch und auf trockenen Zweigen. Langsame, verstohlene Schritte, die näher kamen.

Ein erschrockenes Schluchzen entrang sich ihrem verzerrten Mund, gefolgt von einem peinlichen Laut, hervorgerufen durch die plötzliche Anspannung ihres Körpers. Eine gnädige Böe kaschierte beides.

Sie wagte nicht, sich zu bewegen. War er es wieder? Hatte er sie verfolgt, ihr aufgelauert? Wollte er noch einmal versuchen, sie zu – markieren? Diesmal auf der anderen Seite? Ihr Körper erbebte, und sie hatte Mühe, ihre Peristaltik unter Kontrolle zu halten.

Dann verstummte das Knacken, Knirschen und Brechen. Dafür war ein anderes Geräusch zu hören, schwerer, regelmäßiger, dumpfer. Jemand ging auf dem Betonweg, in der gleichen Richtung wie sie vorhin, und kam näher. Nahte da Hilfe? Sollte sie rufen? Sie besann sich auf ihre Situation, ihre Position, und darauf, dass sie noch keine Gelegenheit gehabt hatte, die Papiertaschentücher zu benutzen. Wollte sie wirklich, dass jemand sie in dieser hochnotpeinlichen Lage hörte, sah und, nicht auszudenken – roch? Konnte sie sich das leisten?

Aber konnte sie es sich leisten, nicht zu rufen und womöglich ein weiteres Mal … markiert zu werden? Oder doch Schlimmeres zu erleiden?

Schon hatte sie Luft geholt, hielt aber inne. Vielleicht war das ja gar kein potentieller Helfer, der sich da näherte. Näherstampfte, musste man wohl sagen, denn die Schritte knallten aufs Pflaster wie Riesenstempel. Vielleicht war es ja ein Komplize, einer, der sie schon längere Zeit beobachtet und seinen Mittäter über ihre Route informiert hatte. Und der sie ihm jetzt in die Arme treiben wollte. Er konnte ja nicht ahnen, dass sie den Weg so plötzlich verlassen würde. War das etwa Glück im Unglück gewesen?

Auf jeden Fall blieb sie still, vermied jede Bewegung und jeden Laut. Daher hörte sie auch die verstohlenen Schritte des anderen wieder, immer noch langsam und mit größter Vorsicht gesetzt. Ein anderes Geräusch hatte sich dazu gesellt, das sich wiederum aus verschiedenen Lauten zusammensetze. Ein leises Quietschen, Klappern und Knarren. Keine Frage, da schob einer sein Fahrrad durch den Dünenbewuchs.

Die schweren Schritte waren jetzt fast auf ihrer Höhe. Zwischen den Dünenausläufern hindurch, hinter denen sie Sichtschutz gesucht hatte, konnte sie in der schütteren Dunkelheit vage den Schattenriss einer massigen Gestalt ausmachen, die eilig dahinstempelte, ein wenig breitbeinig und ohne die Füße abzurollen. Eine Frau, entschied Ingeborg Salewsky aufgrund der Kegelform des Schattens. Na, die musste aber einen Hintern haben! Sie fand es gut, dass es Frauen gab, neben denen sie rank und schlank wirkte.

Kaum war die Frau vorbei, brach der Fahrradfahrer durchs Gebüsch und schwang sich behände in den Sattel, was Ingeborg Salewsky zwar nicht sehen, sich angesichts der schnellen Abfolge der Begleitgeräusche aber lebhaft vorstellen konnte. Die dicke Frau schrie erschrocken auf und fing an zu rennen. Das Knarren und Quietschen des Rades wurde lauter, setzte den Stempelschritten nach. Dann ein entsetztes Kreischen. Und wieder dieses irre Kichern, das Ingeborg Salewsky schon einmal gehört hatte.

Sie sprang auf, fuhr herum, begann wegzurennen, rutschte aus und strauchelte, zerrte ihre Jogginghose hoch, so gut es ging, und taumelte weiter, einfach nur weg von diesem Weg, diesem Perversen und seinem irren Lachen. An die dicke Frau, die da gekreischt hatte, verschwendete sie keinen Gedanken. Es reicht, dachte sie, während sie durch den weichen Sand schlingerte, der unter ihren Füßen zu Wasser zu werden schien und den Großteil ihrer Anstrengungen zunichtemachte. Es reicht. Die vergiften uns hier, die werfen Bomben nach uns, die zünden die Häuser an, in denen wir wohnen, und dann gehen die auch noch mit dem Messer auf uns los. Es reicht wirklich. Die wollen uns hier einfach nicht haben.

»Jetzt haben sie's geschafft«, keuchte sie mit der letzten Luft, die ihr noch geblieben war. »Die erste Fähre morgen früh ist unsere. Dann sind wir weg. Dann haben die ihren Willen.«

29.

Der Schraubstock war riesig, seine Backen bestanden aus rostigem, schartigem Eisen, und irgendwer zog ihn zu. Jemand mit Bärenkräften und ohne jede Rücksicht darauf, dass da ein Kopf zwischen den Kiefern dieses zahnlosen Riesenmauls steckte, der mit jeder Drehung ein bisschen mehr gequetscht und zermalmt wurde. Das Resultat waren Schmerzen. Grausam, unvorstellbar grausam. Jannik Bartels litt Höllenqualen, die auch dann nicht aufhörten, als sein Schädel schließlich dem unmenschlichen Druck nachgab und mit lautem Knall zerplatzte. Entsetzt spürte er, wie ihm die Reste seines zermanschten Gehirns über Wangen, Mund und Kinn sickerten und tropften. Ein heiseres Krächzen entrang sich seinen Lippen, während er mit tauben Armen und zitternden Händen versuchte, die schleimige Masse wieder an ihren angestammten Platz zu schieben. Was ihm nicht gelang. Irgendetwas war im Weg, und das war nicht etwa der gierige Schraubstock. Vielmehr stießen seine Finger auf federnden Widerstand, verfingen sich in einer weichen, wolligen Masse, unter der eine geschwollene Halbkugel rhythmisch zu pulsieren schien wie eine Glocke unter wuchtigen Hammerschlägen. Was war das? Besaß er etwa plötzlich mehr als einen Kopf? Es wunderte ihn nur mäßig, denn die Schmerzen reichten allemal für zwei.

Irgendwem schien das jedoch noch nicht zu genügen, denn zu den wuchtigen Schlägen und dem Schraubstock, der nun auch nach seinem zweiten Kopf zu schnappen schien, gesellten sich jetzt auch noch die Stiche einer rotglühenden Fleischgabel. Verdammt, wer machte sich denn da an seinen Küchenutensilien zu schaffen? Er versuchte sie zu greifen, ohne Rücksicht auf Brandwunden. Was scherten einen, der nur noch einen von zwei Köpfen besaß, ein paar Blasen? Aber so sehr er auch mit den Händen fuchtelte, er griff ins Leere, das Pieken ging weiter, scharf und hell und durchdringend wie der grässliche Ton eines –

Endlich hatte er etwas erwischt. Das penetrant piekende Piepen brach mit einem lauten Poltern ab.

Jannik Bartels schlug die Augen auf. Und bereute es sofort. Flammend helles Sonnenlicht drohte seine Wimpern zu versengen, seine Augäpfel verschrumpeln zu lassen und sein Hirn, das sich glücklicherweise nach wie vor am einzig passenden Platz befand, auszudörren. Der kleine Koch kniff die Lider zusammen. Wie spät mochte es sein, dass die Sonne schon derart vom Himmel brannte? Er spähte nach seinem Wecker. Auf dem Nachttischchen schien er nicht zu stehen. Genau genommen war das ganze Nachttischchen fort. Wer, bitteschön, stieg denn in Ferienwohnungen ein und klaute Nachttischchen? Und elektrische Reisewecker?

Es dauerte eine ganze Weile, bis er merkte, dass das Tischchen durchaus noch da war, allerdings umgestürzt und einen Meter vom Bett entfernt. Auf halber Strecke lag seine Wasserflasche, die er in seinem bewegten Traum offenbar als Erstes heruntergefegt hatte. Gleich daneben der Wecker, Zifferblatt nach oben. Halb sechs. Wie, etwa morgens? Wieso war es dann schon so hell? Und warum hatte der Wecker überhaupt um diese Uhrzeit bereits gepiept?

Abermals brauchte es einige Zeit, bis dem kleinen Koch einfiel, dass der Wecker ja noch auf Frühstückvorbereitungsaufstehzeit eingestellt war, noch vom vorvorigen Tag her; am Samstag hatte er ihn ja gar nicht gebraucht. Warum hatte er den Weckton letzte Nacht überhaupt eingeschaltet? Er wusste es nicht mehr.

Wie er nach und nach feststellte, wusste er manches nicht mehr, was die vergangene Nacht betraf. Anderes war gerade dabei, ihm wieder ins Gedächtnis zu sickern, Partikel für Partikel, immer schön unter dem hämmernden Schmerz hindurch, über ihn hinweg oder daran vorbei. Ach du liebe Schande!

Gesoffen hatten sie, gesoffen wie die Kriegerwitwen am Heldengedenktag. Vier Pullen Schampus hatte er auf Eis gelegt, um mit seinen Kollegen den großen Erfolg zu feiern, auf den er gehofft und für den er so lange geschuftet hatte. Und der ihm eigentlich schon sicher gewesen war. Der Abend war super gelaufen, keine echte Panne passiert; der kurze Ausfall der brandneuen Entlüftung zählte nicht, mit sowas musste man rechnen, und für Service war ja gesorgt, die Reparatur ging schnell, nach wenigen Minuten lief alles wieder. Keiner hatte etwas gemerkt, alle waren des Lobes voll gewesen. Dass Thormählen ihn vor dem großen Finale ins Restaurant geholt und beweihräuchert hatte, war natürlich vorher abgesprochen gewesen, und Applaus hätte es wohl auf jeden Fall gegeben; wer sich solch ein Menü leisten konnte, der wusste auch, was sich gehörte. Aber Beifall war eben nicht gleich Beifall, und dieser hatte ihm Schauer des Glücks über den Rücken gejagt. Ja, er hatte sie überzeugt! Endlich war er am Ziel.

Und dann das. Schon wieder Bomben, diesmal in zwei seiner herrlichen Torten. Der Teufel mochte wissen, wer die da hineinpraktiziert hatte! Gut, die Torten waren vorproduziert worden und hatten im Kühlraum gestanden, servierfertig und abgedeckt. Aber welcher Unbefugte kam denn dort hinein?

Wie auch immer, irgendwer hatte es geschafft. Was für eine Riesenschweinerei! Was als unvergesslicher Genuss für den Gaumen gedacht war, hing den Leuten plötzlich als ekliger Schmadder an den Klamotten. Bestimmt ebenfalls unvergesslich. Genau wie der Dünnpfiff, den die meisten Gäste wenig später bekamen. Die Marmelade! Auch daran hatte jemand herumgepfuscht. Und an wem blieb das letztlich alles hängen? Am Restaurant, an der *Weißen Düne* – und an deren Chefkoch. Beide waren nach diesem Debakel so gut wie erledigt. Wobei Thormählen seinen Schuppen immer noch umbenennen und mit verändertem Konzept klammheimlich neu eröffnen konnte. Aber was konnte ein Jannik Bartels tun?

An diesem Punkt seiner Überlegungen hatte der kleine Koch den Schampus Schampus sein lassen und sich dem Aquavit zugewandt. Seine Kollegen hatten zunächst mitgetrunken, einige vor Schreck, andere aus Frust, die meisten sicher aus Mitleid. Nach den ersten beiden Runden aber war einer nach dem anderen ausgestiegen. Die meisten waren nach ihrer Befragung durch die Polizei gar nicht erst in den Personalraum zurückgekehrt, wo Jannik Bartels am Ende alleine die Stellung hielt. Sofern man die leeren Schnapsflaschen nicht als Gesellschaft zählte.

Ein paar Risse blieben im Erinnerungsfilm, zum Glück keine sehr großen. Irgendwann hatte er sich auf den Heimweg gemacht, schwankend, aber zielstrebig; die frische Nachtluft und eine raue Ziegelmauer, an der er entlanggeschrammt war, hatten sein Bewusstsein wieder an die Oberfläche geholt. So wusste er noch, dass er sein Apartment erreicht und aufgeschlossen hatte, ohne allzu viel zu randalieren. Und dass er sich sofort ins Bett gepackt hatte und in einen betäubungsähnlichen Schlaf gefallen war.

Jetzt war er wieder wach. Und das würde er auch bleiben, denn sein Kopfschmerz war grausam. Unbeschreiblich grausam. Kein Gedanke daran, sich noch einmal umzudrehen und auf eine weitere Runde Traumlosigkeit zu hoffen. Dafür kannte er sich zu gut. Aufstehen, kaltes Wasser über den Kopf, drei Aspirin, Kaffee schwarz, das war das einzig aussichtsreiche Rezept. Je eher, desto besser.

Er rollte sich zur Bettkante, quälte sich in die Sitzposition, stemmte sich auf die Füße, schlurfte zum Korridor, nur mit T-Shirt und Unterhose bekleidet. Jede Bewegung ließ den eisernen Schraubstock um seinen Kopf eine gefühlte Umdrehung enger zupacken. Jannik Bartels taumelte, stützte sich an der Wand ab, verhedderte sich in der Flurgarderobe. Sandkörner auf dem glatten Bodenbelag piekten ihm in die Fußsohlen. Wo kamen die denn her? War er gestern etwa mit besoffenem Kopf noch am Strand gewesen?

Er stieß sich die Zehen an sandigen Schuhen. Seine waren das nicht. Auch die Jacke, die da unordentlich am Garderobenknauf hing und in deren Innenfutter sich seine tastenden Hände verfangen hatten, kam ihm unbekannt vor. Was zum ... war er etwa im falschen Apartment gelandet? Beim Gedanken an die Peinlichkeit, in die ihn das bringen würde, durchzuckte es ihn heiß.

Dann aber fiel es ihm wieder ein. Klar, Thomas Overbeck! Dem hatte er ja Unterschlupf gewährt, hatte ihn sogar persönlich hergebracht. Der schlief auf der Couch im Wohnzimmer, dessen Tür zum Glück geschlossen war. Warum der sich wohl die Füße nicht abgetreten hatte? Keine Kinderstube, der Mann, dachte der kleine Koch und setzte seine Expedition zur Küche fort.

Mit geübten Griffen seiner leicht zitternden Hände brachte er die Espressomaschine in Gang, lauschte auf die Arbeitsgeräusche der sündhaft teuren Vollautomatik, bis das Rasseln des Mahlwerks und das Zischen des heißen Wassers endlich vom Gurgeln der fertigen Koffeindroge abgelöst wurden. Noch ehe er an der ersten Tasse genippt hatte, startete er die Produktion der zweiten. Auf einem Bein konnte er heute auf keinen Fall stehen.

Er setzte sich an den kleinen Tisch am Fenster, beide Hände um das winzige Tässchen gewölbt, lauschte auf sein eigenes Schlürfen und das Sprudeln der Aspirintabletten im Wasserglas und versuchte einen klaren Gedanken zu fassen. Wie ging es jetzt weiter? Die Entscheidung, ob die *Weiße Düne* in der geplanten Form nach diesem Debakel überhaupt noch eine Chance hatte, musste Thormählen alleine treffen; Jannik Bartels war dankbar dafür. Für ihn hieß es abwarten. Allenfalls konnte er eine Entscheidungshilfe anbieten, zum Beispiel, indem er sich ins Restaurant begab, sobald er sich dazu in der Lage fühlte, und damit begann, das gestern Abend entstandene Chaos zu beseitigen, so, als wäre weiter nichts passiert. Wobei unklar war, ob die Polizei das überhaupt zulassen würde. Und ob er selbst das überhaupt noch wollte. Denn diese Erinnerung würde er bestimmt nie wieder los.

Immerhin, dachte er weiter, während er das Aspiringlas leerte und das zweite Espressotässchen zu sich heranzog, könnte er den Teil der Unordnung beseitigen, den er selbst verursacht hatte. Leere Flaschen entsorgen und so. Und falls es da noch mehr aufzuklaren gab, wollte er wenigstens der Erste sein, der das sah. Am besten auch der Einzige.

Er spülte das Glas unter fließendem Wasser ab, stellte dabei fest, dass der Abfluss der Spüle immer noch nicht richtig funktionierte, und setzte sich wieder hin. Nur nicht zu viel Aktion auf einmal, das vertrugen Kopf und Körper noch nicht. Gemeldet hatte er den Mangel ja, alles andere war Sache der Hausverwaltung.

Mit einiger Verspätung fiel ihm auf, dass sein Schlürfen nicht der einzige Laut war, der die Morgenstille durchbrach. Von der Straße her drangen die Geräusche trappelnder Füße, rumpelnder Rädchen und unzureichend gedämpfter Stimmen zu ihm herauf. Ungewöhnlich für diese frühe Stunde, zumal an einem Sonntag. Der kleine Koch beugte sich vor und schob die Halbgardine beiseite. Da unten lief ein Trüppchen Urlauber, je vier Erwachsene und Kinder; statt Bollerwagen mit Strandspielzeug zogen sie gepackte Rollkoffer hinter sich her. Die Kleinen quengelten, die Eltern drängelten. Wer reiste denn an einem Sonntag ab? Das passte doch gar nicht zum üblichen Rhythmus des samstäglichen Bettenwechsels. Und dann auch noch mit der frühestmöglichen Fähre?

Er ließ die Gardine los und öffnete das Küchenfenster. Schlagartig wurde es laut. Die Schritte klangen hart und hektisch, die Stimmen besorgt, fast panisch. Vor allem waren beide Geräuschtypen weit zahlreicher als vermutet. Da unten waren nicht etwa ein oder zwei abreisende Touristentrupps unterwegs, sondern gleich fünf, sechs oder noch mehr. Er beugte sich vorsichtig vor, um seinem angeschlagenen Gleichgewichtssinn nicht gleich zu viel zuzumuten, staunte dabei, dass sein dicker Schädel überhaupt schon wieder durch das Fenster passte. Schaute nach rechts, schaute nach links. Und klammerte sich am Rahmen fest. Das dort unten waren schon keine Trupps mehr, sondern eher Karawanen. Dort war ein regelrechter Exodus im Gange. Eine bunte Massenflucht.

Wer da flüchtete, war klar. Und wovor? Auch keine Frage, nach all dem, was in den letzten Tagen passiert war. Schon gar kein Wunder. Erstaunlich war wohl eher, dass die Touristen das, was sich da anbahnte, bislang ignoriert hatten. Gestern Abend jedoch musste das Fass übergelaufen sein. Klar, nach den beiden Explosionen im Restaurant. Oder war etwa noch etwas anderes passiert? Jedenfalls schien sich die Ansicht verbreitet zu haben, dass man sich als Urlauber auf Langeoog nicht mehr sicher fühlen konnte. Offenbar breitete sie sich immer noch weiter aus, und zwar wie ein Lauffeuer.

Der kleine Koch schloss das Fenster wieder. Er fühlte sich plötzlich ernüchtert, aber auf unangenehme Weise. So, wie es aussah, gab es für ihn wirklich keine Zukunft in der *Weißen Düne*. Weil es nämlich für dieses Restaurant keine Zukunft gab. Ebenso wenig wie für die ganze Insel Langeoog. Was war denn dieses idyllische Eiland ohne die Einnahmen aus dem Tourismus? Nichts als eine größenwahnsinnige Sandbank. Ein Paradies für Möwen, Robben und Sanddorngestrüpp. Vielleicht auch noch für ein paar Menschen, aber nur noch für solche, die Ruhe und Einsamkeit suchten und sich das auch leisten konnten. Leben, also wirtschaftlich existieren, eine Familie ernähren – das würde man hier künftig wohl nicht mehr können. Nicht ohne das Geschäft mit den Urlaubern. Dem Exodus der vertriebenen Touristen würde bald der der bankrotten Insulaner folgen.

Und wer war daran schuld?

Der, der im Wohnzimmer auf dem Sofa lag, war es nicht. Behauptete er jedenfalls. Gestern Nachmittag hatte Jannik Bartels beschlossen, ihm zu glauben. Zumindest vorläufig. Da waren diese kumpelhafte Verbundenheit, der Dank für das kurzfristig überlassene Ferienhaus – auch wenn es sich umgehend in eine Brandruine verwandelt hatte – und der Mangel an erdrückenden Beweisen gegen Overbeck gewesen. Dazu einige Aspekte seiner Geschichte, die dem kleinen Koch recht einleuchtend vorgekommen waren. Und natürlich der Zeitdruck angesichts der näher rückenden Restauranteröffnung. So hatte er sich im Zweifel für den Angeklagten, vielmehr den von der Polizei Gesuchten entschieden. Mit der festen Absicht, sich das Ganze später in Ruhe noch einmal durch den Kopf gehen zu lassen.

Na ja, inzwischen hatten sich die Bedenken ja wohl erledigt, dachte Jannik Bartels. Es war mindestens ein weiterer Anschlag geschehen, während Thomas Overbeck hier in seiner Wohnung gewesen war. Weitab vom Schuss. Womit seine Unschuld erwiesen sein dürfte.

Der kleine Koch nickte sich selbst bestätigend zu, winkelte sein rechtes Bein an und rieb sich den Sand von der nackten Fußsohle. Feuchter, salzhaltiger Sand klebte hartnäckig, stellte er wieder einmal fest.

Jannik Bartels erstarrte. Feuchter, salzhaltiger Sand. Der musste von der Seeseite stammen, von dort, wo der Strand regelmäßig von Brandungswellen überspült wurde. Der Langeooger Hafen lag an der Wattseite. Dort war er gestern auf Thomas Overbeck getroffen. Und da hatte der keinen klebrigen Sand an den Schuhen gehabt, jedenfalls nicht in diesen Mengen, da war er sich sicher. Was folgte daraus? Dass Overbeck gestern Abend die Wohnung noch einmal verlassen haben musste, entgegen seinem Versprechen.

Also war er einer, dem man nicht glauben konnte.

Jannik Bartels erhob sich und schlich auf nackten Sohlen zurück in den Flur, zur Garderobe, wo Overbecks Jacke hing. Besondere Situationen erforderten eben besondere Maßnahmen. Der Weg vom Apartment zum Restaurant führte natürlich nicht über den Strand, aber das musste nichts heißen. Dass Thomas Overbeck ein Lügner war, wog schwerer. Da durfte er sich nicht wundern, wenn sein Gastgeber und Retter in der Not eine Inspektion seiner Taschen vornahm. Natürlich war das eine schwerwiegende Verletzung seiner Privatsphäre, und Jannik Bartels konnte seinen Juristenvater förmlich die Zunge schnalzen hören. Aber hier war Gefahr im Verzug. Gefahr für die Zukunft der gesamten Insel.

Overbecks Jackentaschen waren ausgebeult und schwer. Als Erstes förderte der kleine Koch eine Taschenlampe zu Tage. Seine eigene! Mit grimmiger Befriedigung stellte er fest, dass aufsteigende Wut seine letzten Skrupel fortschwemmte. Er tastete weiter. Ein paar glatte, feste Dinger aus kühlem Metall. Aha, Ersatzbatterien für die Lampe. Oder? Hatten die Polizisten im Restaurant nicht von einer Fernbedienung gesprochen, mit der die Explosionen ausgelöst worden waren? Er kannte sich im Modellbau nicht aus, aber solche Dinger wurden doch bestimmt mit Batterien betrieben.

Mehr war nicht in der linken Seitentasche, abgesehen von weiteren Sandkörnern. Der kleine Koch steckte die Batterien zurück, stellte die Taschenlampe zurück auf die Flurkommode, wo sie immer stand, und wandte sich der rechten Jackentasche zu. Als Erstes ertastete er ein Stückchen Pappe – eine Visitenkarte. *Tuitjer's Eck* stand darauf in altmodisch verschnörkelten Lettern. Jannik

Bartels musste grinsen. Das also war die geheimnisvolle Dame, bei der Overbeck übernachtet hatte! Er kramte weiter. Schlüsselbund und Feuerzeug. Rauchte Overbeck denn? An seiner Jacke war kein Rauchgeruch festzustellen, dafür hatte Jannik Bartels ein feines Näschen. Und was war das? Er zog ein schwarzes Etui hervor und öffnete vorsichtig den Reißverschluss. Den Inhalt kannte er vom Fernsehen. Dies hier war ein Satz Dietriche, ziemlich klein, bestimmt für Sicherheitsschlösser. Dem kleinen Koch wurde erneut schwindelig. Der Typ dort hinten auf seinem Sofa war ein Einbrecher. Mindestens. Vielleicht sogar …

Nur keine vorschnellen Schlüsse, dachte Jannik Bartels. Keine Vorverurteilung. Dass Thomas Overbeck wirklich der Insel-Attentäter ist, wie die Polizei behauptet, ist damit noch nicht bewiesen. Jedenfalls nicht endgültig. Also weitersuchen. Er schob seine Hand erneut in die rechte Jackentasche. Schloss sie um einen schweren, kalten Gegenstand. Zog sie wieder heraus. Öffnete sie und betrachtete das Objekt. Okay, dachte er. Das dürfte dann wohl reichen.

Es war ein Butterfly-Messer. Eins von der langen Sorte mit massiven Griffhälften, keins von denen mit hölzernen Griffschalen, die mit Intarsien aus Messing geschmückt waren. Diese hier waren aus verchromtem Vanadiumstahl, und sie bargen zwischen sich eine Klinge, die so spitz und scharf und kräftig war, dass sie es mit Jannik Bartels' besten Küchenmessern aufnehmen konnte, und das wollte etwas heißen. Kein Spielzeug, auch kein Werkzeug, sondern eine Waffe. War nicht diese rotschillernde Frau im Dunkeln angegriffen und gestochen worden?

Beinahe ehrfürchtig klappte der kleine Koch die Griffhälften zurück, bis die Klinge wieder sicher verwahrt war, und schloss die Verriegelung. Wohin jetzt mit dem Ding? Er wollte es einstecken, aber das Gefühl kalten Stahls auf seiner Haut erinnerte ihn daran, dass er immer noch nichts als ein T-Shirt und ein Paar Boxershorts am Leib trug. Also ließ er das Butterflymesser in die oberste Kommodenschublade gleiten.

Blieb noch die Innentasche der Jacke. Statt der erwarteten Ausweise enthielt sie nur einen Brief. Ein gefaltetes, graues DIN-A4-Blatt in einem nicht adressierten, aufgeschnittenen Umschlag. Jannik Bartels zog das Blatt heraus; es fühlte sich merkwürdig an. So – buckelig auf der Rückseite. Dabei war es gar nicht mit der Hand beschrieben. Es dauerte einige Sekunden, bis ihm ein Licht aufging. Die Buckel stammten von einer alten mechanischen Schreibmaschine! Von einer, bei der die Typenhebel per Tastendruck aufs Papier geknallt wurden und dabei, dank eines Farbbandes, Druckbuchstaben hinterließen. Außerdem Vertiefungen im Papier, recht ungleichmäßige, je nachdem, wie hart die Tasten angeschlagen worden waren. Wer benutzte im Zeitalter der Computer und Drucker denn noch sowas?

Er faltete das Blatt auseinander und las. *Die letzte Warnung. Deine letzte Chance. Danach geht es ans Eingemachte! Zahle oder trage die Konsequenzen. Mit den Samthandschuhen ist es dann vorbei. Rechne nicht mit Nachsicht. Die hast du auch nicht gekannt. Ich wiederhole: Keine Polizei! Denk an den Beweis deiner Schuld.*

Dem kleinen Koch wurden die Knie weich. Ein Erpresserbrief, wie er im Buche stand. War Erpressung der wahre Grund für all das, was sich in den letzten Tagen auf Langeoog ereignet hatte und was gerade die Urlauber in Scharen in die Flucht trieb? Aber wer wurde erpresst? Thomas Overbeck? Womit sollte der denn zahlen? Nein, Overbeck musste selbst der Erpresser sein. Andererseits, warum hatte er den Brief dann bei sich? Um ihn erst noch zuzustellen? Und wieso hatte er dann das Couvert geöffnet?

Jannik Bartels Kopf schwirrte. Der Schraubstock war wieder da, der brüllende Schmerz in seinem Schädel nahm wieder zu. Vielleicht bemerkte er das Geräusch hinter sich deshalb so spät.

Jemand schlug eine Glocke an, die zu dröhnen begann und sich über ihn stülpte. Dass es um ihn herum wieder dunkel wurde, empfand er geradezu als Erleichterung.

30.

Der Saal im *Haus der Insel* fasste über einhundert Personen. So viele Polizisten waren es wohl nicht, die am frühen Sonntagmorgen dort ein- und ausgingen, saßen und standen, sich unterhielten, debattierten und mit unterdrückten Stimmen stritten, geschäftig mit Papieren hantierten oder einfach nur erschöpft in ihren Stühlen hingen. Aber fast, dachte Stahnke, als er sich einen Stuhl in der hintersten Reihe suchte. Der Personalaufwand, der hier getrieben wurde, war enorm. Und er schien absolut berechtigt zu sein.

Stahnke fühlte sich unwohl, wie immer, wenn er morgens nicht geduscht hatte. Vergangene Nacht war er noch längere Zeit in der *Weißen Düne* geblieben, nachdem er seine Aussage zu Protokoll gegeben hatte, und hatte versucht, sich irgendwie nützlich zu machen. Es hatte etwas gedauert, bis ihm klar wurde, dass nicht nur Dedo de Beer ihn ins Leere laufen ließ; bei sämtlichen Wittmunder Ermittlern blitzte er ab, selbst bei denen, die er noch nie zuvor gesehen hatte. Als er das endlich eingesehen hatte, war Sina natürlich längst verschwunden gewesen. Und obwohl der Schlüssel zu ihrem Apartment in seiner Tasche klimperte, hatte er sich nicht dazu durchringen können, mitten in der Nacht dort aufzukreuzen. Er wollte sie nicht stören. Weder beim Schlafen noch bei anderen Dingen, die er sich gar nicht vorstellen mochte.

Also war er direkt ins *Haus der Insel* gegangen, zu den Künstlerunterkünften im ersten Stock, die genau wie der große Saal von der Polizei belegt waren. Die Mehrbettzimmer wurden umschichtig genutzt, und tatsächlich war eine der Kojen frei, wie vermutet. Er hatte gar nicht so schlecht geschlafen, eingelullt vom Schnarchkonzert und Sockendunst der Kollegen. Und er hatte heute früh prompt verpennt.

Die weißen Tische standen der Länge nach mitten im Saal. Längst nicht alle anwesenden Beamten fanden daran Platz, als Hauptkommissar Dedo de Beer, noch grauer im Gesicht als sonst, die Besprechung eröffnete. Also wurden die Stühle so lange zurechtgeschoben und die Hälse gereckt, bis jeder einigermaßen Sicht auf den Ermittlungsleiter hatte.

Knapp und sachlich fasste de Beer noch einmal zusammen, was sich am Abend zuvor in der *Weißen Düne* ereignet hatte. »Die These, dass sich die Person, die wir als Täter ermittelt haben, nicht mehr auf der Insel befindet, kann unter diesen Umständen nicht mehr aufrechterhalten werden«, sagte er dann, den Blick über alle Köpfe hinweg gerichtet. »Möglicherweise war der Überfall im Yachthafen nur ein Ablenkungsmanöver, und Overbeck hatte nie die Absicht, von Langeoog zu fliehen. Oder aber er hat die Insel zwar verlassen, ist aber wenig später auf anderem, uns vorläufig noch unbekanntem Wege zurückgekehrt. Die Fahndung nach ihm auf dem Festland läuft weiter, aber wir werden verstärkt auch hier vor Ort Ausschau nach ihm halten.«

De Beer schwieg ein paar Sekunden, blickte sich suchend um und fuhr erst fort, nachdem er sich vergewissert hatte, dass eine bestimmte Person anwesend war. Wer? Ich jedenfalls nicht, dachte Stahnke. Wer da wohl seine Hausaufgaben nicht gemacht hatte?

»Außerdem müssen wir ab sofort die Möglichkeit in Betracht ziehen, dass wir bisher in eine ganz falsche

Richtung gedacht und ermittelt haben«, sagte de Beer mit vorsorglich erhobener Stimme, um das Geraune zu übertönen, das prompt einsetzte. »Es haben sich vergangene Nacht nämlich noch weitere Dinge ereignet, die durchaus mit unserem Fall in Verbindung stehen könnten. Dazu gibt es auch eine Vorgeschichte. Die hätte uns vielleicht weiterhelfen können, wenn gewisse Kollegen es für nötig befunden hätten, uns pflichtgemäß in Kenntnis zu setzen.«

Jetzt konnte Stahnke sehen, nach wem de Beer vorhin Ausschau gehalten hatte, denn von dem Platz des Betreffenden schien eine Wellenbewegung auszugehen. Köpfe schwankten wie die Wipfel eines Tannenwaldes in einer kräftigen Böe. Auf einer plötzlich entstandenen Lichtung saß, isoliert wie ein Aussätziger, mit rot leuchtenden Ohren Lüppo Buss.

Der Stuhl neben Stahnke, einer der letzten leeren im Raum, wurde gerückt. Insa Ukena nahm auf der vorderen Kante Platz, nickte dem Hauptkommissar kurz zu und richtete ihre volle Aufmerksamkeit auf Dedo de Beer. Sie sah blass aus, vor allem aber angespannt wie eine Mutter, deren Sohn gerade eine Prüfung absolvieren musste, auf die er nicht richtig vorbereitet war.

»Wir haben es hier mit einem Fall heimtückischer Lebensmittelvergiftung zu tun«, fuhr Dedo de Beer fort. »Über das Motiv des Täters wissen wir noch nichts. Sein Vorgehen aber zeugt von viel krimineller Energie und großer Skrupellosigkeit.« Er skizzierte knapp, was Lüppo Buss und seine Kollegin bisher über die mit Abführmittel verfeinerte Sanddorn- und Brombeermarmelade herausgefunden hatten. Die Ansätze von Erheiterung, die hier und da hörbar wurden, brachte er mit erhobenen Augenbrauen zum Verstummen. »Was einige lustig zu finden scheinen, ist für mich eine deutliche Parallele zwischen den Taten, die für mich eindeutig auf einen Zusammenhang hindeuten«, sagte er scharf und pointiert. »Noch nämlich scheint der Täter nicht gewillt, Menschenleben gezielt zu vernichten. Wohl aber ist er bereit, die Gesundheit und damit letztlich auch das Leben Unbeteiligter in Gefahr zu bringen. Darin schwingt ganz klar eine Drohung mit. Nämlich die der baldigen Eskalation.«

Stahnke wiegte bedächtig sein blondstoppeliges Haupt. Zwingendes oder gar Klarheit konnte er in dem von de Beer Geschilderten nicht erkennen; eher erinnerte ihn das Ganze an die wild schäumenden Spekulationen, die er selbst gelegentlich anstellte und die ihn entweder zum Erfolg führten oder zu einer fürchterlichen Blamage. Immerhin, als Vermutung mochte das angehen, und das war ja wenigstens etwas.

De Beer ging noch einmal auf die Explosion vom vorangegangenen Abend ein. »Die beiden Sprengkörper, die in zwei der Sanddorntorten versteckt waren, wurden inzwischen analysiert«, berichtete er. »Es handelt sich um ganz normales Schwarzpulver, wie es zum Beispiel für Silvesterknaller, die sogenannten Chinaböller, verwendet wird. Im Prinzip der gleiche Stoff also, der schon beim ersten Anschlag im Hotel *Insulaner* zum Einsatz kam. Verwendet wurde jeweils die Ladung einer ganzen Reihe solcher Böller, fachkundig verdämmt und mit Elektrozündern versehen, die ganz offenkundig über Funk ausgelöst wurden. Trotz dieser Abweichung im Vergleich zu den ersten drei Attentaten sehe ich auch hier eine klare Parallele, nämlich das technische Geschick, mit dem der Täter jeweils vorgegangen ist.«

»Für mich besteht die Parallele vor allem darin, dass der Täter offenbar überall ungehindert Zugang hatte«, flüsterte Stahnke seiner Nachbarin zu. Insa Ukena nickte.

Aus der Menge der lauschenden Beamten reckte sich ein Arm. »Wie ist denn der nahezu gleichzeitige Stromausfall im Restaurant zu erklären?«, fragte ein Kleiderschrank, den Stahnke nicht kannte.

»Ebenfalls durch eine ferngezündete Sprengladung«, antwortete de Beer. »Sie war im Sicherungskasten angebracht.« Der Ermittlungsleiter griff unter den Tisch und holte einen schwarzen Kasten mit zahlreichen Knöpfen und Reglern und einer Teleskop-Antenne hervor. »Für die Zündung aller drei Ladungen wurde vermutlich eine solche handelsübliche Funkfernsteuerung verwendet, wie sie gewöhnlich für Schiffs- oder Flugzeugmodelle gebraucht wird. Wie wir durch eine Zeugenaussage wissen, verbarg sich der Täter aller Wahrscheinlichkeit nach in der Herrentoilette, von wo aus er das Geschehen im Saal akustisch verfolgen konnte. Nach der Tat floh er durch ein Toilettenfenster. Spuren wurden gesichert, leider noch keine aussagekräftigen. Ebenfalls bedauerlich ist, dass kein entschlossener Beamter zur Stelle war, um dem Täter nachzusetzen. Das hätte uns eine Menge Mühe erspart.«

Jetzt war es an Stahnke, rote Ohren zu bekommen. So, dachte er, dann bin ich also nur noch ein Zeuge. Und ich bin kein entschlossener Beamter. Mann Gottes! Ohne mich wüsste der Blödmann doch nicht einmal, dass da einer aus dem Klo getürmt ist! Aber als ich das bemerkte, war der doch längst über alle Berge. Verfolgung war völlig zwecklos, Spurensicherung dafür angebracht. Also, was will der Kerl denn?

»Was uns die Arbeit auch nicht eben erleichtert hat, ist die Tatsache, dass auch diejenigen Personen, die gestern Abend in der *Weißen Düne* gespeist haben, einige Zeit später an heftigem Durchfall litten«, fuhr de Beer fort. »Einige mehr, andere kaum, aber letztlich waren doch alle betroffen. Unser Verdacht fiel natürlich sofort auf die Sanddornmarmelade, die für die Nachspeise verwendet wurde. Die in der Küche noch vorhandenen Restbestände wurden umgehend beschlagnahmt, eine Probe ans LKA geschickt. Obwohl das Resultat der Analyse noch aussteht, gehe ich davon aus, dass auch diese Marmelade mit Abführmittel versetzt war.« Wieder fiel der Blick des Ermittlungsleiters auf Lüppo Buss – in erkennbar vernichtender Absicht. Die Miene des Inselpolizisten blieb unbewegt.

Fünf Cent für seine Gedanken, dachte Stahnke, der für de Beers grauen Teint plötzlich eine andere Erklärung wusste als Überarbeitung. Bestimmt hatte sein Kollege den Nachtisch nicht verschmäht. Wetten, Lüppo Buss lachte sich innerlich gerade scheckig? Man konnte es ihm nicht einmal übel nehmen; Stahnke tat es schließlich auch.

»Es wird noch intern zu klären sein, wie es möglich war, dass kontaminierte Marmelade zum Einsatz kam, obwohl mir versichert wurde, die betroffene Partie dieses Produkts sei nur an eine bestimmte Ladenkette geliefert und inzwischen sichergestellt worden«, ergänzte de Beer mit schneidender Stimme. Dabei senkte er den Blick in seine Unterlagen; mehr wollte er im Moment zu diesem Thema offensichtlich weder sagen noch hören.

»Ist doch völlig klar, wie das angehen konnte«, murmelte Insa Ukena Stahnke ins Ohr. »Kleine Transaktion innerhalb der Familie. Ging wahrscheinlich nicht durch die Bücher.«

»Wieso Familie?«, raunte Stahnke zurück. »Was hat Thormählen mit *Tuitjers Eck* zu tun?«

»Er hat die Besitzerin geheiratet«, flüsterte Insa Ukena. »In zweiter Ehe. Die frühere Siglinde Tuitjer heißt jetzt Thormählen. Im Laden lässt sie sich aber weiterhin mit Tuitjer anreden. Wahrscheinlich aus Tradition, oder weil sie glaubt, das wäre besser fürs Geschäft.«

»Aha. Ganz schöne Vernetzung«, kommentierte Stahnke, während de Beer immer noch kramte. Viele Kollegen nutzten die Pause zum leisen Meinungsaustausch, da fiel ihr Geflüster nicht weiter auf. »Fast schon eine Verstrickung! Bloß gut, dass ich gestern die Finger vom Nachtisch gelassen habe.« Der Hauptkommissar bemerkte, dass seine Kollegin sein Grinsen nicht erwiderte, und erinnerte sich daran, dass ja auch sie der durchschlagenden Marmelade zum Opfer gefallen war. Schnell versuchte er das Thema zu wechseln. »Zweite Ehe? Für wen ist es denn die zweite?«

»Für beide«, antwortete die Oberkommissarin. Dann knuffte sie Stahnke in die Seite, denn de Beer machte inzwischen Anstalten fortzufahren.

»Ebenfalls möglicherweise bisher falsch bewertet worden ist ein Fall von Körperverletzung, zu dem vergangene Nacht ein weiterer, nahezu vollkommen gleichartiger hinzugekommen ist. Wir müssen also von einer Serie und der Möglichkeit weiterer Taten dieser Art in nächster Zeit ausgehen.« De Beer schaffte es, die beiden Aktionen des *Morspiekers* so zu schildern, dass weder die Taten noch die Opfer der Lächerlichkeit preisgegeben wurden. Hut ab dafür, dachte Stahnke, der sich dennoch das Grinsen kaum verbeißen konnte.

»Bei einem der beiden Opfer, einer Frau Salewsky, ergibt sich eine mehrfache Übereinstimmung«, ergänzte de Beer. »Sowohl sie als auch ihr Mann sind von den Folgen des Verzehrs der kontaminierten Marmelade betroffen, zudem war Frau Salewsky das Opfer des ersten dieser nächtlichen Überfälle und später Zeugin des zweiten. Ihrer eigenen Vermutung, dass auch dieser zweite Überfall eigentlich ihr gegolten habe, gehen wir natürlich nach; sie ist nicht automatisch von der Hand zu weisen. Es sind uns allerdings bisher auch keine Indizien bekannt, die zwingend darauf hindeuten. Von ihrer Spezifik her sind die beschriebenen Taten eher auf Zufallsopfer ausgerichtet. Beziehungsweise auf Opfer aus einer bestimmten Gruppe. Und unter diesem Gesichtspunkt ergibt die ganze Sache dann doch ein anderes Bild.«

Die Spannung im Raum war plötzlich mit Händen zu greifen. Auch Stahnke konnte sich ihr nicht entziehen. Er ahnte, worauf de Beer hinauswollte, und starrte unwillkürlich auf Lüppo Buss, der kerzengerade auf seinem Stuhl saß.

»Touristen.« Jetzt war es heraus. »Im Fokus des oder der Täter scheint die große Gruppe der Inselurlauber insgesamt zu stehen. Wenn es eine augenfällige Übereinstimmung gibt, dann ist es diese. Alle Taten, seien es die Bomben- und Brandanschläge, die Medikamentenvergiftungen oder die Körperverletzungen, richten sich letztlich gegen Menschen, die hier auf Langeoog ihre Ferien verbringen. Und zwar nicht etwa gegen ganz bestimmte Menschen, da bin ich mir inzwischen sicher, auch wenn zum Beispiel die Familien Salewsky und Bartels jeweils mehrfach betroffen sind – sondern ganz allgemein gegen die Gruppe, der diese und viele andere Menschen angehören. Breit gestreut sozusagen. Unser Täter hat es ganz einfach auf die Touristen abgesehen.« Dramatische Pause, Blick in die Runde: »Oder vielleicht auch unsere Täter. Plural.«

Lautes Gemurmel rauschte auf wie Brandungswellen, aufgepeitscht von Überraschung und zugleich gedämpft von gelindem Entsetzen. Was für Serientäter konnten das sein, die die Haupteinnahmequelle dieser Insel aufs Korn nahmen? Die Unruhe hielt sich hartnäckig und verebbte nur zögernd, auch dann, als wieder ein Arm gereckt wurde und de Beer dem Fragesteller das Wort erteilt hatte. Wieder der Schrank von vorhin, konstatierte Stahnke. Trieben die beiden ein von de Beer initiiertes Frage-und-Antwort-Spiel? Zuzutrauen war es ihm.

»Meinen Sie eine Tätergruppe als Alternative zur bisherigen Tätervermutung Overbeck, Thomas? Oder gehen Sie davon aus, dass Overbeck Mittäter hatte?«

»Letzteres«, antwortete de Beer. »An einer Tatbeteiligung Overbecks besteht kein Zweifel. Siehe die gefundenen Spuren, die hohe Verschuldung, die bestehenden Versicherungsverträge für die beiden Ferienhäuser und vor allem natürlich die Aussage des Opfers im Yachthafen, das ihn eindeutig identifiziert hat. Alles in den Akten nachzulesen. Ich gehe von der Existenz einer Tätergruppe aus, der Overbeck angehört. Ob es da eine Hierarchie gibt und an welcher Stelle Thomas Overbeck womöglich steht, ist noch völlig offen. Klar aber scheint mir zu sein, dass der Mann die Ziele dieser Gruppe mit seinen eigenen, höchst persönlichen verknüpft hat. Zwei Fliegen mit einer Klappe. Die Brandanschläge trafen den Tourismus auf Langeoog und hätten Overbeck gleichzeitig finanziell saniert. Na ja, Konjunktiv; daraus wird ja jetzt wohl nichts mehr.«

Wieder meldete sich der Schrank. Aha, dachte Stahnke.

»Gibt es schon Hinweise auf weitere Angehörige dieser Tätergruppe?«

»In der Tat.« De Beers Blick schweifte, verharrte kurz auf Lüppo Buss, wurde abgewandt, während zwei verächtlich gesenkte Mundwinkel in grauer Gesichtshaut tiefe Falten schlugen. »Leider erreichten auch diese Hinweise mich und meinen Ermittlerstab mit einiger Verspätung. Schätze, hier müssen mal ganz dringend die Kommunikationswege revidiert werden.«

Du und dein Ermittlerstab, dachte Stahnke, während er beobachtete, wie Lüppo Buss' Ohrmuscheln eine Rötungsintensität erreichten, die er sonst nur von Feuerwehrfahrzeugen her kannte. So einen Stab, den findest du geil, was, de Beer? Willst wohl unbedingt den größten haben. Als ob es auf die Größe ankäme. Mann, du hast aber auch von nichts eine Ahnung.

»Besagte Hinweise deuten auf eine Gruppe von vier Männern, allesamt im vorgerückten Alter, die aus ihrer Abneigung gegen jeden, der auf dieser Insel fremd ist, keinen Hehl machen. Auch öffentlich, das ist aktenkundig. Mindestens einer davon, so haben Vorermittlungen ergeben, dürfte an der Vergiftung der Marmelade beteiligt gewesen sein. Leider ist – aufgrund der bereits angesprochenen verzögerten Kommunikation – genau dieser Tatverdächtige flüchtig. Wir sind aber zuversichtlich, dass er nicht weit kommt, da ja die Fähren und alle anderen Verkehrsmittel zwischen Insel und Festland seit geraumer Zeit penibel kontrolliert werden. Ein anderer aus dieser Gruppe war gestern Abend in der *Weißen Düne* anwesend; möglicherweise hat er dabei unterstützend für den eigentlichen Täter gewirkt. Er und die beiden anderen wurden inzwischen in Gewahrsam genommen und werden zur Stunde verhört.«

Stahnke schnappte nach Luft. Etwa die vier Alten, von denen er im *Inselboten* gelesen hatte? Die Gichtknochen aus dieser *Viererbande*, die sich alle Tage wieder die Mäuler über die Touristen zerrissen? War Dedo de Beer denn wirklich übergeschnappt?

Oder war er womöglich ein Genie – weil er genau das sah, was keiner sonst bemerkte, weil es so offensichtlich war? Ein Gedanke, der immerhin zu erwägen war, dachte Stahnke. Aber keiner, den er mochte, so viel stand fest.

»So weit die allgemeine Lage.« Hauptkommissar de Beer richtete sich auf. »Die weitere Abstimmung der nächsten konkreten Schritte findet in den bereits eingeteilten Gruppen statt. Bitte sich zwangslos zusammenzusetzen, der Raum ist groß genug. Wer seine Aufgabe schon hat: Abmarsch. Die Kaffeebecher bitte auf dem Tisch neben der großen Glastür abstellen. Vielen Dank.« Er schaltete das Mikro aus und legte es vor sich auf den Tisch. Die Lagebesprechung war beendet.

Stahnkes Blick traf den von Insa Ukena. »Niemals«, sagte die Oberkommissarin leise. »Der ist doch auf dem völlig falschen Dampfer.«

Der Hauptkommissar aus Leer wusste, dass Lüppo Buss anders dachte, und der hatte seine Gründe. Aber er wusste auch, dass seine Kollegin auf Langeoog aufgewachsen war. Trotz jahrelanger berufsbedingter Abwesenheit von der Insel wusste sie mehr über das komplizierte Geflecht der Beziehungen der Insulaner untereinander als jeder Außenstehende. Er nahm ihre Meinung daher sehr ernst. Und er fragte sich, warum Dedo de Beer das nicht tat.

»Die vier Alten?«, fragte er. »Unschuldig?«

Sie lächelte. »Giftzähne allesamt. Haben es faustdick hinter den Ohren. Kleine Gemeinheiten traue ich denen jederzeit zu. Aber so ein großes Ding, so eins mit Planung, Organisation, technischen Feinheiten, nicht zu vergessen das Risiko – also wirklich, nein. Auf gar keinen Fall. Und außerdem, so blöd sind die ja nun nicht, dass sie nicht wüssten, dass letztlich die ganze Insel am Tropf des Tourismus hängt.« Insa Ukena schüttelte den Kopf. »Ich glaube schon, dass sie meinen, was sie sagen. Aber ich glaube nicht, dass sie auch das tun, was sie meinen. Weil das nämlich sie und ihre Familien viel zu teuer käme.«

»Aber irgendjemand tut es«, sagte Stahnke.

»Stimmt«, sagte Insa Ukena. »Ich frage mich nur: Wer hat eigentlich etwas davon?«

»Das«, erwiderte Stahnke, »ist doch endlich mal eine gute Frage.«

31.

»Entschuldigen Sie, dürfte ich Sie kurz ...«

»Kein Kommentar.«

Marian Godehau ballte die Faust in der Tasche vor ohnmächtiger Wut. Scharenweise strömten Polizisten aus dem *Haus der Insel*, jeder einzelne eine wandelnde Informationsquelle, und jeder einzelne, den er ansprach, zeigte ihm die kalte Schulter. Klar, während laufender Ermittlungen hatte man die Presse nicht zu informieren, sondern an die Leitung beziehungsweise den Pressesprecher zu verweisen. So waren die Vorschriften. Aber seit wann, bitteschön, hielten sich Polizeibeamte denn so strikt daran, und zwar ohne Ausnahme? Er konnte sich nicht erinnern, das schon einmal so krass erlebt zu haben. Das war doch – direkt unmenschlich!

Da, ein bekanntes Gesicht. Rund und von weißblondem, stoppelig geschnittenem Haar gekrönt. Stahnke! Heute waren auch seine Wangen stoppelig; überhaupt machte er einen leicht derangierten Eindruck. Bestimmt hatte er die Nacht wieder bei Sina verbracht und bis zur letzten Minute ausgekostet. Der Impuls, ihm den Rücken zuzudrehen, war spürbar. Aber längst nicht mehr so stark wie früher, stellte Marian fest. Ein anderer war weitaus stärker. Der Angriffsimpuls des Informationsjägers.

Ein Blick aus Stahnkes wasserblauen Augen nagelte ihn auf der Stelle fest. Der Hauptkommissar fixierte den Journalisten misstrauisch und ablehnend, während er sich grußlos an ihm vorbeischob. Marian Godehau starrte seinen breiten Schultern nach, die sich im Rhythmus zügiger Schritte schwankend entfernten, und schloss seinen Mund mit erheblicher Verspätung. Nicht einmal für einen Gruß hatte es gereicht. Was hatte Stahnke denn plötzlich gegen ihn?

»Moin. Na, auch schon wieder aktiv?«

Marian Godehau fuhr herum. Alina Thormählen stand vor ihm, und sie zeigte ihm weder die kalte Schulter noch ihren Rücken, sondern ein freundliches Lächeln.

»Tja, muss ja«, antwortete er und musste über seine eigenen Worte lachen. Ostfriesland begann bereits auf ihn abzufärben. »Und Sie? Kleiner Sonntagsspaziergang?«

»Warum so förmlich? Gestern Abend waren wir doch schon per du.« Sie stemmte eine Hand in die Hüfte, eine Geste der Entrüstung zart andeutend. Das wirkte weder affektiert noch aufdringlich kokett, vielmehr leicht ironisch und absolut souverän, und obwohl sie deutlich kleiner war als er, schaffte sie es doch, den Eindruck von

Augenhöhe zu vermitteln. Diese Frau war auf keinen Fall zu unterschätzen.

Er war fasziniert, das musste er sich eingestehen. »Wie konnte ich das vergessen …! Aber, na ja, bei dieser Bombenstimmung, da hatten wir ja allerhand um die Ohren …« Sie lachten gemeinsam. Ein gutes Zeichen, dachte er und wunderte sich über sich selbst.

Im nächsten Moment war ihr Lachen wie ausgeknipst, während er noch grinste wie ein Honigkuchenpferd, und er wäre sich ziemlich dumm vorgekommen, wenn sie nicht an ihm vorbei ins Leere geblickt hätte. »Eigentlich mache ich mir große Sorgen«, sagte sie leise. »Deshalb bin ich auch hergekommen. Um hier vielleicht etwas zu erfahren. Aber anscheinend läuft gerade alles auseinander, das ist wohl nicht der rechte Moment. Außerdem …« Sie stockte, seufzte, setzte neu an: »Es geht um meine Familie, und ich will nicht noch mehr Schaden anrichten. Nur weiß ich absolut nicht, was jetzt das Richtige ist und was das Schädliche.«

Wie klein sie ist, dachte Marian. Wie zierlich und zart. Sein Beschützerinstinkt sprach an, und er musste sich beherrschen, um sie nicht in den Arm zu nehmen. Denn seine Lebenserfahrung sagte ihm unmissverständlich, dass das wohl nicht gut ankäme. Schließlich war er kein romantischer Ritter in glänzender Rüstung und diese kleine Frau kein hilfloses Burgfräulein. Gewiss hielt sie gerne selbst die Zügel in der Hand. Nur war sie sich gerade über die Richtung, in die es gehen sollte, im Unklaren.

Er nickte. Verständnis und Bestätigung zu signalisieren, war immer gut, das öffnete Barrieren und weichte Widerstände auf. Dann kamen Redeströme ins Fließen und schwemmten gute Geschichten direkt in den Notizblock. He, fragte er sich, woher kam denn das jetzt? Na klar, da sprach die journalistische Professionalität. Was hatte die sich denn hier einzumischen? Andererseits war der Beruf längst zum Teil seiner Persönlichkeit geworden. Und die Frau wusste ja, mit wem sie sprach.

»Verstehe«, sagte er. »Dein Vater und deine Mutter gehören ja zu denen, die von den Anschlägen direkt betroffen sind. Und indirekt ebenfalls, denn beide sind geschäftlich vom Tourismus abhängig. Da würde sich wohl jeder Sorgen machen.«

Sie schaute ihm ins Gesicht. Das Lächeln war wieder da, hatte jetzt allerdings einen bitteren Zug. »Nett von dir«, sagte sie. »Allerdings kennst du nur einen Teil der Wahrheit. Wie alle hier. Und wenn ich bedenke, womit du dein Geld verdienst, ist das sicher auch besser so.« Ihre Worte klangen ebenso professionell-routiniert wie seine eigenen, und doch war er sich sicher, dass sie vor Ironie nur so troffen. Er aber verspürte weder Ärger noch Scham, sondern nur Respekt.

»Ich bin Journalist, da hast du recht«, erwiderte er. »Deswegen halte ich mich auch an die Regeln. Wenn mir jemand etwas mitteilt, das nicht zum Schreiben gedacht ist, dann wird das auch nicht geschrieben. Sofern ich das vorher zugesagt habe. Was ich hiermit tue.« Für ihn hörte sich das weder steif noch wichtigtuerisch an, aber das lag wohl daran, dass er daran glaubte.

Sie fixierte ihn abschätzig, ganz offen. Dann nickte sie. »Du bist eine ehrliche Haut, nicht wahr?«, fragte sie. »Einer mit Überzeugungen. Ist nicht immer bequem. Tut auch manchmal weh. Ehrliche Häute sind so dünn.«

Jetzt war es an Marian, Alina Thormählen misstrauisch zu mustern. Gleichzeitig durchströmte es ihn warm.

»Wie auch immer.« Die junge Frau wandte sich ab und begann in Richtung Dünengürtel zu schlendern. Marian schaute ihr unschlüssig nach, bis sie sich nach ihm umdrehte: »Was ist?« Er nickte und folgte ihr eilig.

»Dass mein Vater und meine Stiefmutter verheiratet sind, wissen viele Leute gar nicht«, begann sie, als er an ihrer Seite angelangt war. »Sie führt ihren Mädchennamen, wegen des Ladens. Du weißt ja, *Tuitjers Eck*. Das ist nicht gerade üblich, aber die meisten unserer Bekannten sind selbst Kaufleute, die akzeptieren alles, was gut ist fürs Geschäft.« Wieder dieses bittere Lächeln, an den blauen Himmel gerichtet. »Was aber praktisch keiner weiß, ist, dass Siglinde Tuitjer-Thormählen vorher schon einmal verheiratet war. Sie war damals noch ziemlich jung, ihr Mann lebte auf dem Festland und hatte auch nie die Absicht, auf die Insel zu ziehen. Also zog sie zu ihm. Von Langeoog war sie weg, ehe sie als Erwachsene richtig wahrgenommen worden war. Sie heiratete, und wenig später war sie schwanger. Das Kind war ein Junge.«

Marian nickte und schwieg. Eine probate journalistische Taktik, die dem Gesprächspartner nicht nur Interesse signalisierte, sondern auch, dass das bisher Gesagte noch nicht ausreichte und weitere Informationen nötig waren, um richtig verstanden zu werden. Auf diese Weise sog man die Details heraus, die einer Story erst Saft und Kraft gaben. Aber Marian ging überhaupt nicht taktisch vor; erstens wollte er ja gar nicht über das schreiben, was er da hörte, und zweitens hatte er noch überhaupt keinen blassen Schimmer, worauf Alina Thormählen eigentlich hinauswollte.

»Sie nannten den Jungen Thomas«, fuhr sie fort. »Thomas Overbeck.«

Marian hatte das Gefühl, als sei plötzlich ein Puzzleteil aufgetaucht, das genau in eine seit langer Zeit unschließbare Lücke passte. Nur dass ihm das Bild, welches dadurch entstanden war, überhaupt nichts sagte.

Alina Thormählen musterte ihn, schien auf seine Reaktion zu warten. »Demnach ist Overbeck dein … Halbbruder«, sagte er, um überhaupt etwas zu sagen.

»Stiefbruder«, korrigierte sie ihn. »Ich stamme aus der ersten Ehe meines Vaters. Thomas' Vater starb wenige Monate nach der Geburt seines Sohnes. Seine Mutter hat ihn alleine aufgezogen. In Oldenburg als Verkäuferin gearbeitet, während das Kind erst in einer Krippe, dann im Kindergarten war. Auf die Insel zurückzukehren, dazu war sie zu stolz. Dabei hätten ihre Eltern sie bestimmt aufgenommen. Ihr Sohn war ehelich geboren, also hätten die Nachbarn auch nichts gehabt, um sich die Mäuler zu zerreißen. Aber sie wollte nicht. Sie wollte es allein schaffen, wollte beweisen, dass sie auf eigenen Füßen stehen konnte. Das ist so etwas wie ihr Lebensmotto.«

Inzwischen hatten sie die Höhenpromenade erklommen und wandten sich nach rechts. Marian beobachtete seine Begleiterin verstohlen; das bittere Lächeln war wieder da.

»Vermutlich hat sie sich deshalb auf Anhieb mit meinem Vater verstanden«, fuhr Alina Thormählen fort. »Der hat die gleiche Einstellung. Stark sein, erfolgreich sein, den eigenen Weg gehen ohne Rücksicht auf Verluste. So in der Art jedenfalls. Er drückt das natürlich ein bisschen anders aus.«

Marian nickte bedächtig. »Immerhin ist er auf diese Weise ja ganz schön weit gekommen. Wenn man bedenkt, was er so alles besitzt …«

Alina Thormählen lachte hell auf. »Du meinst, hier auf der Insel? Ich bitte dich! Das sind doch Peanuts. Eine Art Hobby für den Vorruhestand. Mein Vater ist reicher, als es den Anschein hat. Viel reicher. Das meiste von seinem Geld hat er aber nicht hier auf Langeoog investiert. Und er hat es auch nicht hier erworben.«

»Ist er kein Insulaner?«

»Doch, schon. Aber er hat Langeoog früh verlassen und ist erst spät zurückgekehrt.«

»Und womit, wenn ich fragen darf, äh … in welcher Branche ist er so reich geworden?«

Sie machte eine vage Handbewegung. »Das lässt sich schwer eingrenzen. In letzter Zeit spekuliert er gerne mit Immobilien. Aber den Grundstock seines Vermögens hat er mit Zeitarbeit gelegt. Du weißt schon, Arbeitskräfte vermitteln an Firmen, die Festanstellungen scheuen. Aus welchen Beweggründen auch immer. Es gibt da durchaus seriöse Gründe. Und natürlich auch andere.«

Marian traute sich nicht nachzuhaken, aber das musste er auch nicht. Allem Anschein nach verstand Alina Thormählen gut in seinem Gesicht zu lesen. »Mein Vater ist wirklich sehr, sehr reich geworden«, sagte sie leise.

Marian musste an all die armen Teufel denken, die truppweise durchs Land gekarrt wurden, um bei Wind und Wetter auf dem Bau zu malochen, in klirrender Kälte geschlachtete Rinder und Schweine zu zerlegen, für Hungerlöhne protzige Paläste zu putzen, während andere durch ihre Arbeit reich und immer reicher wurden. Selbst wer sich im Rahmen der Gesetze hielt, konnte in dieser Branche als Unternehmer gute Profite machen. Wer das aber nicht tat, wer Löhne drückte, Tarifverträge unterlief, Schutzvorschriften ignorierte und auf die deutsche Arbeitszeitordnung pfiff, verdiente sich dumm und dämlich. Die sprichwörtliche goldene Nase war längst keine angemessene Metapher mehr. Redakteur Marian Godehau hatte solche Leute schon in Kommentaren gegeißelt, ebenso wie die Gesetzgebung, die zu derartiger Ausbeutung geradezu anstiftete, und die Parteien, die gegen ein paar Millionen Euro Spenden für jede Gewissenlosigkeit zu haben waren. Und er hatte erfahren müssen, dass über solche Schelte nur gelacht wurde. Moral war schon lange keine gültige Kategorie mehr. Irgendwas musste er da verpasst haben.

Aber darum ging es jetzt ja gar nicht. »Was könnte deinen Stiefbruder denn bewogen haben, derart aggressiv gegen deinen Vater vorzugehen?«, fragte er. »Und ja auch gegen seine eigene Mutter?«

»Du hältst ihn also auch für schuldig.« Sie seufzte leise.

Marian zuckte die Achseln. Dies war die offizielle Version der Polizei, jedenfalls soweit er wusste. Den jüngsten Parolen, die von einer größeren Tätergruppe munkelten, der es darum ging, möglichst alle Touristen von der Insel zu vertreiben, hatte er weiter keine Beachtung geschenkt. Aber auch die gingen davon aus, dass Thomas Overbeck einer dieser Täter war. Sah Alina das anders? Verständlich, dachte Marian, auch ein Stiefbruder war eine Art Bruder, und den nahm man eben unwillkürlich in Schutz, auch wider besseres Wissen. Das bewies gar nichts.

Andererseits ...

Da war dieses Bild, das plötzlich Kontur gewann, ergänzt und vervollständigt durch das bislang fehlende Puzzleteil. Da war das Ehepaar Thormählen, Eduard und Siglinde. Da war Alina, Tochter aus Eduard Thormählens erster Ehe. Und da war Thomas Overbeck, Sohn von Siglinde Thormählen. Sie alle waren eine Familie, auch wenn das nicht auf den ersten Blick deutlich wurde. Sie waren die Familie, die, alles in allem betrachtet, unter den jüngsten Anschlägen mit Abstand am meisten zu leiden hatte.

Thomas Overbeck – Opfer statt Täter?

Marian war stehen geblieben, ohne es zu merken, den Blick über Dünen und Strand hinaus aufs Meer gerichtet. Als er ihn wieder senkte, stand Alina direkt vor ihm. »Und?«, fragte sie nur.

»Ich glaube, ich verstehe, was du meinst mit ›Sorgen um die Familie‹«, sagte er. »Du denkst, die Anschläge gelten allesamt euch. Das Hotel deines Vaters und sein Restaurant. Die Läden deiner Mutter Stichwort ›Durchfall-Marmelade‹. Und die brennenden Ferienhäuser deines Bruders. Nur diese nächtliche Messerstecherei passt nicht ins Bild, aber das kann ja auch ein zufälliges Zusammentreffen sein. Richtig?«

Sie nickte. Falls sie froh war, jemanden von ihrer Theorie überzeugt zu haben, sah man ihr das nicht an. Vielleicht, weil ihr eigener Name in dieser Aufzählung nicht vorkam. Weil sie Angst hatte, die Nächste zu sein.

»Und wer, glaubst du, hat es auf euch abgesehen?«

Sie zuckte die Achseln. »Keine Ahnung. Aber auf jeden Fall der, der meinem Vater diese Briefe geschrieben hat.« Sie zog etwas aus ihrer Jackentasche. »Hier, das ist einer davon. Habe ich in Vaters Arbeitszimmer gefunden, hinten in einer Schreibtischschublade, zusammen mit mehreren anderen. Offenbar geht das schon eine ganze Weile.«

In einem nicht adressierten, aufgeschnittenen Umschlag steckte ein gefaltetes, graues DIN-A4-Blatt. Mit spitzen Fingern zog Marian es heraus. Schreibmaschine, registrierte er sofort, als er die bucklige Rückseite des Blattes berührte. Während des Studiums und zu Beginn seiner Journalistenausbildung hatte er selbst noch in mechanische und elektrische Tasten gehackt, ehe sich die PCs durchsetzten und die Schreibmaschinen verdrängten. Dieser Brief hier war auf einer mechanischen Maschine geschrieben, und zwar auf einer alten; die Lettern waren unterschiedlich hart aufs Papier getroffen, und das Schriftbild wirkte leicht schwammig, weil einige Typen offenbar verschmutzt oder leicht beschädigt waren. Wer benutzte so etwas heute noch?

Keine Anrede, keine Orts- und Datumszeile. Und auch kein Absender, aber davon war er bereits ausgegangen. *Du schweigst*, stand da. *Sitzt du immer noch auf deinem hohen Ross? Dann werde ich dich da runterbomben. Die Polizei kann dir nicht helfen, wie du weißt – der Beweis deiner Blutschuld liegt abholbereit! Jetzt bist du dran, jetzt wirst du bluten. Und sei froh, wenn du dich herauskaufen kannst.*

Marian starrte auf die Zeilen, schüttelte leicht den Kopf. Dieser Text musste sich auf frühere Schreiben beziehen, war für sich alleine kaum verständlich. Klar war jedoch, dass hier eine Erpressung ablief. Und zwar eine doppelte. Was für eine Schuld hatte Thormählen auf sich geladen? Offenbar keine Kleinigkeit, denn er hatte die Polizei bis jetzt tatsächlich nicht informiert, wie der Fund der Erpresserbriefe durch Alina bewies. Der Behauptung des Erpressers, einen schlagkräftigen Beweis gegen ihn zu besitzen, schien Thormählen Glauben zu schenken. Reichte das denn nicht? Warum machte sich der Erpresser dann überhaupt noch die Mühe mit den Anschlägen?

Die Antwort lag auf der Hand. Weil Thormählen bisher nicht gezahlt hatte. Wie seine Tochter ihn beschrieb, war er ein harter Hund. Der musste erst weichgeklopft werden.

»Vater hat auf viele Füße getreten«, sagte Alina Thormählen, die Marians Gedanken erneut zu lesen schien. »Er hat sich viele Feinde gemacht. Vor allem früher, als er noch in seiner alten Branche war. Aber auch heute macht er das noch. Ich glaube, das macht ihm Spaß.«

»Ein großer Kreis möglicher Täter also«, sagte Marian. »Jedenfalls, was das Motiv angeht.«

»Wir können ihn eingrenzen«, erwiderte Alina Thormählen. »Hier, schau mal.« Sie drehte das Couvert in ihrer Hand, zeigte ihm abwechselnd Vorder- und Rückseite, bis er begriff. »Keine Anschrift, keine Marke, kein Stempel. Die Briefe wurden persönlich eingeworfen, und zwar alle. Der Täter muss also hier auf Langeoog sein.«

32.

Diesmal lag er auf dem Grund des Meeres, und die Atemluft wurde ihm knapp. Bis zur Oberfläche war es nicht weit, er konnte sogar einen Schimmer Tageslicht erkennen. Einmal kräftig mit den Beinen abstoßen, zwei, drei Schwimmzüge, und er wäre oben, könnte seinen Kopf durch den sanft gewellten Wasserspiegel stoßen und sich die Lungen voll pumpen, voll bis zum Bersten, bis er satt war an Sauerstoff. Aber es ging nicht. Seine Beine waren wie gelähmt, seine Arme ließen sich nicht abspreizen, nicht einmal das kleinste bisschen. Regungslos lag er da, hilflos wie ein Delphin, der sich in einem Fischernetz verheddert hatte und dem sicheren Erstickungstod entgegenblickte.

Er quälte sich, er litt, aber nach einiger Zeit stellte er fest, dass er noch immer nicht gestorben war. Tatsächlich bekam er von irgendwo her Luft. Mühsam zwar und nicht so viel, wie sein Körper dringend verlangte, aber immerhin genug, um am Leben zu bleiben. Dann konnte er auch kein Delphin sein, entschied er, sondern höchstens ein Taucher, dessen Pressluftvorrat zur Neige ging. Da er jedoch noch von niemandem gehört hatte, der vom Delphin zum Taucher mutiert wäre, konnte dies hier nicht real sein, sondern nur ein Traum. Gott sei Dank.

Er öffnete die Augen, und wirklich, er konnte sehen. Bewegen aber konnte er sich immer noch nicht. Und das Atmen fiel ihm weiterhin furchtbar schwer. Was aber nicht am Wasser lag, denn hier war es trocken. Staubtrocken. Dies war auf jeden Fall nicht der Meeresboden, auch wenn hier einiges an salzhaltigem Sand herumlag. Dies hier war sein eigener Flur. Vielmehr der seiner Dienstwohnung, denn das Haus, in dem er wohnte, gehörte Thormählen, und die Miete wurde ihm vom Gehalt abgezogen. Wenn er denn jemals welches bekam, nach dem Debakel, das da passiert war …

Der kleine Koch merkte, wie schwer es ihm fiel, seine Gedanken beisammen zu halten. Sein Kopf tat immer noch höllisch weh, wenn auch auf andere Weise als zuvor, seine Nasenschleimhäute schienen angeschwollen, und die Mühe, die es ihm bereitete, Atemluft anzusaugen, ließ seine Brust schmerzen. Dafür hatte er diesmal keine Probleme mit dem Gedächtnis. Thomas, diese Ratte! Direkt gesehen hatte er ihn nicht, aber niemand anders als Thomas konnte es gewesen sein, der sich vom Wohnzimmer aus angeschlichen und ihn von hinten niedergeschlagen hatte. Drecksau, erpresserische! So dankte ihm der Kerl also, was er für ihn getan hatte!

Na gut, Thomas hatte ihn dabei überrascht, wie er seine Jacke durchsuchte. Aber hatte er dazu nicht jedes Recht, nachdem Thomas sein Wort gebrochen und heimlich seinen Unterschlupf verlassen hatte? Und wenn das stimmte, wonach es jetzt aussah, dass Thomas Overbeck nämlich doch für all diese Anschläge verantwortlich war, ja dann … dann würde er ihn … dann sollte ihn doch …

Jannik Bartels fühlte sein Herz schneller pochen. Sein Sauerstoffbedarf stieg, die Beklemmung und die Schmerzen in seiner Brust nahmen zu. Todesangst ergriff ihn. Wieder und wieder versuchte er seinen Mund zu öffnen, aber das ging einfach nicht. Seine Lippen waren wie versiegelt.

Falsch. Seine Lippen *waren* versiegelt. Mit einem breiten Streifen Klebeband. Er erkannte das Zeug an seinem penetranten Geruch, den er mit jedem einzelnen seiner qualvollen Atemzüge einsaugen musste; es war sein eigenes silbergraues Panzertape, das er im Werkzeugkasten unter der Therme aufbewahrt hatte. Dieses Tape klebte nicht nur auf seinem Mund, sondern war auch in mehreren Lagen um seine Hand- und Fußgelenke gewickelt worden. Und um seine Knie. Außerdem in Höhe der Ellbogen rund um Arme und Leib. Da hatte einer ganze Arbeit geleistet. Steif und unbeweglich wie eine silbergraue Leberwurst lag er da, vollkommen hilflos, nicht einmal dazu in der Lage, sich irgendwie bemerkbar zu machen. Es sei denn, er trommelte auf den Boden, in der Hoffnung, die unter ihm Wohnenden zu alarmieren. Womit? Am besten mit dem Kopf, sagte er sich wütend. Dann war der wenigstens zu irgendwas gut.

Aber wohnte da unten überhaupt noch jemand? Was, wenn seine Nachbarn, Feriengäste allesamt, auch der grassierenden Panik erlegen waren und die Insel fluchtartig verlassen hatten? Dann konnte er trommeln, bis ihm der Schädel in Stücke ging.

Oder bis Thomas Overbeck zurückkam.

Jannik Bartels' Herzschlag steigerte sich ins Stakkato. Was, wenn er wirklich wiederkam, um ihn endgültig zum Schweigen zu bringen? Grund genug hatte er, denn sein Gastgeber wusste eindeutig zu viel. Andererseits – warum hatte Overbeck sich die Mühe gemacht, ihn derart versandfertig einzuwickeln, wenn er ihn letztlich doch umbringen wollte? Das ergab keinen Sinn. Wenigstens ein Fünkchen Hoffnung, dachte der kleine Koch.

Oder lag es an dem Messer? Dem Butterflymesser, das er in Overbecks Jacke gefunden und in die Kommodenschublade gelegt hatte? Vielleicht hatte Thomas es nicht gefunden, und mit einem simplen Küchenmesser hatte er keine Bluttat begehen können oder mögen. Dann wäre er jetzt unterwegs, sich eine neue Waffe zu besorgen. Und konnte jeden Augenblick zurück sein.

Augenblick. Einen kleinen Augenblick. Jannik Bartels presste seinen Atem durch die immer mehr zuschwellenden Öffnungen seiner Nase. War er etwa allergisch gegen den Staub hier? Bisher hatte er damit nie Probleme gehabt, aber so etwas konnte ja ganz plötzlich kommen, von heute auf morgen, durch Anreicherung. Ein paar Moleküle zu viel eingeatmet, und zack! Plötzlich hatte man eine Allergie, einfach so. War jetzt etwa dieser Moment? Dann war er so gut wie tot.

Vielleicht war das ja Overbecks Plan. Ihn einfach hier liegen zu lassen und zu warten, bis er an Sauerstoffmangel krepierte. Dann konnte Thomas, falls er erwischt wurde, sogar noch behaupten, das hätte er überhaupt nicht vorgehabt. Dann kam er womöglich billig davon, Körperverletzung mit Todesfolge, ein paar Jährchen, wenn er Glück hatte. Aber vermutlich wurde er ja gar nicht erwischt. Weil sein jüngstes Opfer, Jannik Bartels, hier hilflos herumlag wie eine silbergraue Leberwurst und es ewig dauern konnte, bis es entdeckt wurde.

Stopp – da war der Gedanke wieder, der ihm vorhin entglitten war. Wenn Thomas Overbeck wirklich auf Langeoog unterwegs war, und zwar bei Tageslicht, das durch einen Türspalt selbst bis in den fensterlosen Flur vordrang, dann ging er doch das Risiko ein, jeden Augenblick erkannt und verhaftet zu werden. Schließlich wurde doch nach ihm gefahndet, und wenn ihn auch keiner auf der Insel vermutete, so würde doch bestimmt irgendjemand auf ihn aufmerksam werden. Was hieß das? Dass Overbeck eher nicht zurückkommen würde. Dass er längst über alle Dünen war und seinen Gastgeber mit Absicht hier zurückgelassen hatte. Zum Sterben.

Oder aber er vertraute darauf, dass in der allgemeinen Panik- und Fluchtstimmung schon niemand auf ihn achten würde, besorgte sich tatsächlich eine Waffe und kam doch zurück. Dann war es mit Jannik Bartels erst recht vorbei. Wie er es auch drehte und wendete, am Ende grinste ihn stets der Tod an.

Und wenn er nicht bald mehr Luft bekam, dann ging das mit dem Sterben verdammt schnell. Viel fehlte nicht mehr, und seine Nase war komplett dicht. Verzweifelt warf sich der kleine Koch hin und her, drehte und wand sich, so weit das eben ging, reckte den Hals und bog den Nacken, immer in der Hoffnung, eine Körperhaltung zu finden, die die Kanäle seiner Nase ein bisschen weitete, auf welche Weise auch immer. Vor seinen Augen tanzten rote Punkte. Nicht mehr lange …

Ein Geräusch ließ ihn innehalten. Ein schmatzendes, ratschendes Geräusch. So, als hätte die Klebeseite eines Stückchens Tape versehentlich irgendwo Kontakt bekommen, wäre aber gleich wieder losgerissen worden. Er drehte den Kopf erneut nach beiden Seiten, diesmal aber langsamer. Nichts. Hatte er sich getäuscht? Er versuchte es wieder, drehte den Kopf nach rechts, so weit es ging, hob die linke Schulter an, bis er seine Wange ganz an den Boden schmiegen konnte. Und drehte den Kopf zurück.

Ratsch.

Jannik Bartels schnaufte aus Leibeskräften. Jetzt durchhalten, bloß nicht das Bewusstsein verlieren! Der Klebestreifen auf seinem Mund war nicht richtig angedrückt worden. Eine Ecke war umgeknickt, ein Stückchen der Klebefläche wies nach außen. Wenn er es schaffte, dieses Eckchen fest auf den Boden zu drücken, sich dann vorsichtig auf den Bauch zu wälzen, seine Wange in die richtige Richtung zu schieben, mit genau bemessenem Druck, dann konnte es vielleicht gelingen, das Tape ein wenig von seinem Mund zu lösen. Dann konnte er endlich wieder vernünftig atmen.

Und wenn er dabei einen Fehler machte? Dann würde er Overbecks Schlamperei vielleicht bereinigen. Und dessen Werk damit vollenden. Aber was hatte er zu verlieren? Wenn er gar nichts tat, starb er ebenfalls. So einfach war das.

Er krümmte seinen Körper, zog die Füße nach hinten, brachte sich in die Seitenlage. Nur nicht zu früh nach vorne kippen! Jetzt die Wange an den Boden. Ein kleiner Test – ja, das Eckchen haftete. Jetzt galt es. Schweiß brannte in seinen Augen, als er begann, seine Wange über den Boden zu rubbeln. Seine Ohrmuschel klappte um; das tat weh, und fast hätte er seinen Kopf herumgerissen. Scheiß-Segelohr! Er biss die Zähne zusammen, schob und ruckelte weiter. Schmerzhaftes Ziehen auf seiner Wangenhaut signalisierte ihm, dass er auf dem richtigen Weg war. Nur nicht zu hastig vorgehen, dachte er. Erst das gelöste Stückchen Tape auf den Boden drücken, bis es klebte. Das erhöhte die Chancen. Und dann weiter. Sachte, ganz sachte.

Das Ziehen wurde stärker und schmerzhafter, und es erreichte seinen Mundwinkel. Gut, dass er keinen stärkeren Bartwuchs hatte! Noch einmal drückte er das Tape am Boden fest, wagte die nächste Etappe. Jetzt begannen Ober- und Unterlippe zu brennen. Vor Schmerz zischte er auf. Laut hörbar stieß er Atemluft aus. Staunte, als er merkte, dass er das durch den Mundwinkel tat. Und dann …

Dann sog er Luft ein, frische, unverbrauchte Luft, so herrlich kühl, erfrischender als alles, was er jemals zu sich genommen hatte. Mehr davon! Ohne nachzudenken, bog er den Kopf nach hinten und riss seine Lippen auseinander. Erschrak im selben Moment. Was, wenn er das Klebeband damit erneut fest angedrückt hatte?

Aber das Gegenteil war der Fall. Ein Ratsch, ein scharfer Schmerz in der schütteren Bartregion, und das Tape war ab. Jannik Bartels kniff die Augen zusammen, als könnte er damit mehr Platz zum Mundaufreißen schaffen. Gierig atmete er sich satt.

Und schon trat Sorge Nummer zwei in den Vordergrund. Riskant oder nicht, es war nicht auszuschließen, dass Thomas Overbeck zurückkehrte, um einen unliebsamen Zeugen endgültig zu beseitigen. Und das jeden Moment. Der kleine Koch musste unbedingt aus seiner reißfesten Wurstpelle heraus. Da ihm das Kunststück mit der umgeklappten Klebeecke bestimmt kein zweites Mal gelingen würde, weil alle seine Fesseln, soweit er das beurteilen konnte, in mehreren Schichten gewickelt und geklebt waren, benötigte er etwas zum Schneiden. Er brauchte ein Messer.

Und er wusste auch, wo eins war.

Die Küchentür war geschlossen, der Türdrücker unerreichbar. Weder in seinem Schlaf- noch in seinem Wohnzimmer gab es eine geeignete Klinge, das wusste er genau. Also blieb nur die Flurkommode. Um mit dem Mund an die Türklinke zu kommen, hätte er zumindest knien müssen; daran war nicht zu denken, zumal sich seine Arme und Beine ziemlich taub anfühlten. Für den Schubladenknauf aber reichte es, zu sitzen. Das erschien machbar. Er wälzte sich so lange hin und her, bis sein Rücken vom Hals bis zum Steiß parallel zum Kommodensockel lag. Die zusammengeklebten Beine knickte er in der Hüfte annähernd rechtwinklig ab. So. Jetzt musste er sich nur noch in eine sitzende Position bringen.

Eindeutig leichter gesagt als getan. Ohne eine Möglichkeit, sich irgendwie hochzustemmen, abzustoßen oder festzuhalten, stattdessen mit durch das Klebeband fast unbeweglichen Knien und mit den gefesselten Armen als störendem Fremdkörper auf dem verkrampften Rücken, schien die Schwerkraft übermächtig zu sein. Wieder begannen seine Augen zu brennen, und auch der Rest seines Körpers war in Schweiß gebadet. Himmel nochmal, es musste doch wohl möglich sein, sich vor diesem billigen Baumarktteil ohne Einsatz der Hände auf den eigenen Arsch zu hieven!

Eine billige Kommode war es in der Tat, aus hellem Nadelholz, weich und wacklig in den Verbänden und mit zahlreichen Gebrauchsspuren auf der unlackierten Oberfläche. Einer rauen Oberfläche, fand Jannik Bartels. Dort, wo sie nicht durch den Kontakt mit zahllosen Mieterfingern geglättet war, standen einzelne Holzfasern leicht hervor. An minderwertigen Möbeln dieser Art konnte man sich leicht einen Splitter einziehen. Wenn man nicht aufpasste, blieb man sogar mit dem Stoff eines T-Shirts daran hängen.

Erneut stemmte der kleine Koch seine Schultern gegen das Möbelstück, das unter diesem Druck zu wackeln begann, gegen die Wand rumpelte, zurückbockte und ihn abschüttelte. Sein Hemd haftete noch einen Moment länger an dem faserigen Holz, ehe es sich mit einem knisternden Geräusch löste.

Es dauerte noch einen Moment, aber dann hatte er kapiert.

Wieder stemmte er seine Schultern gegen die Kommode, aber nicht ruckartig, sondern vorsichtig und fest. Dann spannte er seine Schultermuskeln abwechselnd an, drückte erst das rechte Schulterblatt heraus, dann das linke. Und wieder von vorne. Als ob eine Schildkröte zu laufen versuchte, obwohl sie im Inneren einer Boa Constrictor steckte – ohne echte Hoffnung, aber von Verzweiflung getrieben. Und tatsächlich, es ging! Sein Oberkörper begann in der Schlacht gegen die Schwerkraft die Oberhand zu gewinnen. Weil sich die winzigen

Maschen seines T-Shirts in den kleinen Holzfasern der Kommode verhakten und seinem Körper Halt boten, während er molluskengleich Millimeter um Millimeter aufwärts waberte. Unglaublich, dachte der kleine Koch. Das kann ich später keinem erzählen, ohne für irre erklärt zu werden.

Als er den Knauf der obersten Schublade endlich zwischen den Zähnen hielt, musste er eine Pause einlegen, so sehr schnaufte er. Dann aber schloss er seine Zähne um das speckig glänzende Holz und stieß sich leicht mit der Schulter ab.

Die Schublade klemmte.

Der kleine Koch fluchte. Jetzt schmerzten auch seine Kiefer, und der Gedanke daran, wer diesen Griff, den er gerade im Mund hielt, schon alles berührt hatte, drohte seinen Magen revoltieren zu lassen. Was, wenn er sich jetzt übergab und womöglich an seinem eigenen Erbrochenen erstickte?

Und was, wenn er die Schublade nicht aufbekam, ehe Overbeck zurück war?

Jannik Bartels holte tief Luft, stülpte seine Zähne erneut über das harzig schmeckende Stück Holz, rüttelte die Lade hin und her und zog dann kräftig. Die Schublade schoss ihm förmlich entgegen. Er kippte hintenüber; die Vorderkante der Lade landete auf seiner Nase, die damit auch auf die lange Liste seiner lädierten Körperteile gehörte. Alles, was sich in dem Behältnis befunden hatte, prasselte auf sein Gesicht und darum herum auf den Boden. Der kleine Koch widerstand dem Reflex, seine Augen zu schließen. Da war das Butterfly-Messer! Jannik Bartels' adrenalingeschärfte Sinne zeigten ihm zeitlupengleich, wie das metallene Klappmesser durch die Luft segelte, wie es mit dem unteren Ende zuerst auf dem Boden aufkam, ließen ihn überdeutlich hören, wie der Verschluss durch den harten Aufprall aufsprang, wie die schützenden Griffhälften die scharfe Klinge freigaben, wie das ganze Ding über den glatten Fußboden schlitterte und schließlich dicht neben der Fußleiste zur Ruhe kam.

Jannik Bartels, dachte Jannik Bartels, während er ein Papiertaschentuch ausspuckte, das lose in der Lade gelegen haben musste, Jannik Bartels, du hast wirklich mehr Glück als Verstand.

Er robbte dem Messer nach, eine Bewegung, die ihm schon recht routiniert gelang, nahm Maß, wälzte sich herum. Trotz der Taubheit seiner Hände konnte er die Kälte des Stahls an seiner Haut spüren. So, fast geschafft. Ein kräftiger Einschnitt am Rand des Tapes würde reichen, dann verlor es schnell seine Stabilität und ließ sich zerreißen. Sicher erforderte das noch ein paar Versuche, aber jetzt hatte er schon so vieles geschafft, da würde ihm auch das gelingen.

Hinter ihm wurde ein Schlüssel in ein Türschloss gesteckt und gedreht. Die Wohnungstür wurde geöffnet. Jemand betrat den Flur.

Verdammt, dachte der kleine Koch, verdammt, warum jetzt? Ich war doch schon so dicht dran.

Der Eintretende blieb abrupt stehen. Schien in seiner Tasche zu kramen. Der nächste Laut war eindeutig: Ein Messer schnappte auf.

Jannik Bartels, dachte Jannik Bartels, du hast aber auch nichts als Pech.

33.

Fast Sonntagmittag. Höchste Zeit, mit der Produktion anzufangen. Oldenburg wollte bestimmt wieder einen Aufmacher für die Regionalseite von ihm, nach all dem, was gestern Abend wieder vorgefallen war. Außerdem galt es natürlich, sein eigentliches Produkt zu füllen, die aktuellen Seiten des *Inselboten*. Bloß gut, dass er schon ein wenig vorgearbeitet hatte; die hinteren Seiten waren längst umbrochen, die Texte redigiert. Was vorne drauf kam, war eh klar – eine detaillierte Version des Artikels für die *Regionale Rundschau*. Den Rest würde er mit Fotos und Texten seiner freien Mitarbeiter füllen. Immerhin war Keno Gautier im Einsatz gewesen, der lieferte stets saubere Arbeit ab, das würde einiges an Zeit sparen.

Während Marian Godehau in Richtung Redaktionsbüro trabte, formulierte und verwarf er im Kopf bereits Einstiegsvarianten, während er zugleich aufmerksam um sich blickte, um nur keine mögliche Inspiration für künftige Artikel zu verpassen. Diese Art des Multitaskings, angeblich eine typisch weibliche Eigenschaft, war ihm längst in Fleisch und Blut übergegangen. So sehr, dass er nun sogar noch gedankliche Kapazitäten frei hatte, um die neuesten Informationen zu ventilieren. Erpressung also! Im Zentrum die Familie von Alina Thormählen, die leiden musste, weil ihr Vater, sozusagen der Clan-Chef der Thormählens, Dreck am Stecken hatte. So viel Dreck sogar, dass er sich scheute, die Polizei einzuschalten, damit dieser Dreck nicht ans Tageslicht kam. Andererseits aber war er auch nicht bereit, auf die Forderung des Erpressers einzugehen. Warum? Aus reiner Sturheit? Das würde zu der Persönlichkeit passen, die Alina ihm geschildert hatte, dachte Marian. Vielleicht aber war die Forderung auch einfach nur zu hoch. So hoch, dass Eduard Thormählen lieber seine Familie weiterhin der Gefahr aussetzte, als zu zahlen.

Marian schauderte bei diesem Gedanken. Konnte es wirklich sein, dass jemand so dachte – über seine eigene Frau und deren Sohn, ja sogar über sein leibliches Kind? Für Alina schien dieser Gedanke jedenfalls nicht sehr weit hergeholt zu sein. Schließlich hatte sie ihn selbst geäußert. »Das lässt sich ja feststellen«, hatte sie außerdem gesagt. »In einem der Briefe muss schließlich stehen, wie viel der Erpresser will. Ich weiß ja jetzt, wo sie liegen. Also schaue ich einfach nach.«

So waren sie auseinandergegangen. Und jetzt vermisste er sie bereits.

Die hölzerne Treppe, die hoch zu den Redaktionsräumen führte, war steil, und die ausgetretenen Stufen waren so schmal, dass Marians Füße nicht annähernd drauf passten. Der ehemals gelbliche Lack ließ sich nur noch erahnen. Glücklich oben angekommen, empfingen ihn dämmeriges Licht, das sich im gebohnerten Linoleum spiegelte, und der bereits vertraute Muffgeruch alten Papiers, das zentnerweise in Schränken, Regalen und auf den Flächen der überzähligen hölzernen Schreibtische lagerte. Haufen alter Fotos warteten nur darauf, bei jeder Berührung ins Rutschen zu geraten und über die Tischkanten auf den Boden zu fluten. Einzig der moderne PC und dessen beide weniger hochgerüstete Ahnen schienen vom allgegenwärtigen Chaos unberührt. Marian schaltete sie ein, alle drei. Das mehrstimmige Summen gab ihm das Gefühl, im bevorstehenden Kampf um die nächste Ausgabe nicht allein zu sein.

Vor dem modernen PC lag ein Zettel, halb unter die Tastatur geklemmt. *Mein Jockel hat den Dienst quittiert, aber ich habe meine Texte auf Papier hergebracht und schon ins System eingetickert. Bilder sind unter heutigem Datum abgespeichert. Viel Spaß beim Layouten!* Gezeichnet *KG*. Keno Gautier war also schon hier gewesen, zuverlässig trotz Ausfalls seines privaten Computers. Schön; so konnte Marian gleich mit dem Bearbeiten und

Einpassen beginnen. Aber auch schade, denn jetzt hatte er niemanden zum Quatschen. Seufzend wartete er darauf, dass sein PC endlich hochgefahren war.

Anscheinend hatte Gautier einige Zeit hier verbracht, denn neben der Tastatur stand sein Lieblingsteebecher, ein angeschlagenes Kitschteil mit Leuchtturm, Möwe, Seestern und dem Schriftzug *Sylt* drauf. Und das auf Langeoog! Vielmehr klebte der Becher dort; anscheinend war der alte Schreibtisch beim eifrigen Tippen in Schwingungen geraten und etwas aufgewühlter Tee dadurch über die Ufer getreten. Ganz ausgetrunken hatte Gautier auch nicht. Leicht angeekelt löste Marian das klebrige Ding von der Schreibtischoberfläche, kippte den Teerest in den Papierkorb und stellte den Becher auf den Rollschrank neben die verkrustete Kaffemaschine. Er verzog die Mundwinkel. Wie mochte es wohl bei Gautier zu Hause aussehen? Wo immer das war. Bislang hatte er ihn noch nicht besucht, aber irgendwann war das ja mal fällig.

Der Bildschirm erstrahlte dunkelblau, die Begrüßungsfanfare ertönte. Marian setzte sich und startete das Redaktionsprogramm. Schnell überflog er Gautiers Texte, nickte anerkennend. Tadellos wieder einmal. Der Mann war keine Edelfeder, aber er schrieb stets grundsolide, manchmal sogar pfiffig. Freie Mitarbeiter, die das konnten, waren gewöhnlich jung und verschwanden relativ bald zum Studium. Bei Keno Gautier war das sicher nicht zu befürchten. Von dem hatte er noch lange etwas.

Fast hätte er die leichten Schritte überhört. Sonntags war die Geschäftsstelle unten nicht besetzt, da war es üblich, Besucher nach oben durchzulassen. Jede Redaktion war schließlich auf Informationen angewiesen, die an sie herangetragen wurden, daher gab man sich grundsätzlich offen und kontaktfreudig. Je höher jedoch der Produktionsdruck wurde, desto lieber waren Redakteure ungestört. Jetzt gerade befand sich Marian in einer Art

Zwischenstadium; noch nicht genügend Stress, um Besucher abzuwimmeln, aber wenn er sich zu lange aufhalten ließ, kam der Stress unweigerlich. Seufzend ließ er seinen Drehstuhl herumschwingen.

Es war Sina. »Hallo. Na?« Ihr Begrüßungslächeln fiel verlegen aus. Suchend blickte sie sich um.

»Selber hallo, na. Was kann ich für dich tun?« Marian erschrak vor sich selbst. Hatte er wirklich so abweisend geklungen? Und das, wo er vor kaum mehr als vierundzwanzig Stunden noch eine Menge für einen Besuch von Sina gegeben hätte. Hatte sich seither so viel für ihn geändert? Aufschlussreich. Trotzdem fand er sich reichlich undankbar.

Sina schien nichts davon zu bemerken; jedenfalls waren in ihrem Gesicht weder Erstaunen noch Ärger zu lesen. Nur Anspannung und eine leichte Sorge. »Ach.« Jetzt kam Enttäuschung dazu. »Ich hatte gedacht, er ... wäre vielleicht hier.«

»Er? Was willst du denn von dem?« Hier und jetzt fiel Marian niemand anderer ein als Keno Gautier, sein verdienstvoller Mitarbeiter. »Der war hier, vor 'ner ganzen Weile. Ist aber schon wieder weg.«

»Tatsächlich? Merkwürdig.« Eine wohlvertraute steile Falte erschien über Sinas Nasenwurzel. »Beim *Haus der Insel* haben sie mir erzählt, ich hätte ihn nur knapp verpasst. Außerdem« – sie registrierte seine Worte mit leichter Verspätung – »was sollte das denn heißen: ›Was willst du denn von dem?‹« Sie äffte seinen Tonfall gekonnt nach, stemmte dabei die Hände in die Seiten. »Hast du schon wieder einen Rückfall erlitten? Machst hier einen auf kleiner Dickkopf, Augen zu und Zunge raus? Mensch, gestern dachte ich, du hättest endlich Vernunft angenommen!«

Marian erhob beide Arme, streckte ihr seine Handflächen entgegen. »He, hallo, stopp, weiße Flagge! Du verstehst mich absolut miss, Miss. Nichts da mit Rückfall, im Gegenteil. Die Frage war ganz ehrlich gemeint.

Woher soll ich denn wissen, wieso du nach Keno Gautier suchst?«

»Nach wem?« Die Frage ertönte gedehnt und verständnislos. Und zweistimmig. Sina schaute mit offenem Mund zur Tür, Marian tat es ihr gleich. Dort stand Stahnke. Er sah grimmig aus.

»Keno Gautier.« Marian breitete die Arme aus. »Freier Mitarbeiter von mir. Ich dachte ...«

»Und was willst du von diesem Keno?«, unterbrach ihn Stahnke, seine wasserblauen Augen auf Sina gerichtet.

»Nichts!« Sina schüttelte fassungslos den Kopf. Ihre Ohrhänger klimperten leise. »Dich habe ich gesucht, Stahnke! Wo hast du gesteckt? Warum rufst du nicht an? Nach dieser Sache im Restaurant gestern Abend habe ich gehört, du wärst auch dagewesen. Warum hast du denn nicht Bescheid gesagt? Warum kommst du nicht vorbei? Wo hast du überhaupt gepennt letzte Nacht? Was ist los mit dir?«

Stahnke setzte zur Erwiderung an, ohne einen Ton über die auf- und zuklappenden Lippen zu bringen. Gleichzeitig stieg ihm die Röte ins Gesicht, flutete die vollen Wangen und konzentrierte sich in den Ohrmuscheln. Marian auf seinem Zuschauerstuhl fühlte sich an einen Karpfen und einen garenden Hummer zugleich erinnert. Mit unbefangener Neugier verfolgte er die Auseinandersetzung. Dass er nicht im Geringsten verstand, worum es eigentlich ging, ließ ihn völlig kalt.

Jetzt hatte der Hauptkommissar seine Sprache wiedergefunden. »Er war an deinem Handy«, murmelte er. »Zweimal.«

Marian stellte fest, dass Stahnkes dicker Daumen dabei auf ihn zeigte. Langsam dämmerte ihm doch etwas.

»Dann wart ihr in den Dünen«, fuhr Stahnke stockend fort. »Und da dachte ich ... vielmehr machte ich mir Sorgen ... na ja, hätte ja sein können. Stopp, das heißt natürlich nicht, dass ich das glaube. Aber, weißt du –

wenn du nicht da bist, sieht alles irgendwie anders aus.« Er breitete die Arme aus.

Was für eine Geste, dachte Marian. Um Entschuldigung bittend, zugleich einladend, allumfassend. Respekt, das muss ihm der Neid lassen – so plump wie er ist, er hat es doch drauf.

Sina zögerte nur eine Sekunde lang. Dann lachte sie, wie man über ein süßes, tapsiges Kleinkind lacht, das sich das Gesicht mit Speiseeis und Sand paniert hat, leicht pikiert, aber doch amüsiert und vor allem verzeihend, und warf sich in Stahnkes Arme hinein. »Eifersüchtig auf Hirngespinste«, rief sie aus, vom eigenen Lachen und Stahnkes Umarmung halb erstickt. »Statt einfach mal nachzufragen. Mann, Mann, du bist mir einer. Und zwar ein typischer.« Dann küsste sie ihn ausgiebig.

Marian fand, dass er den Anblick dieser neuen Innigkeit bewundernswert lange ertrug. Mehrere Sekunden sogar. Dann registrierte er doch ein mulmiges Gefühl und entschied, dass es jetzt reichte. Er räusperte sich. »Meine Herrschaften, darf ich Sie daran erinnern, wo Sie sich hier befinden?«

Die beiden wandten ihm ihre Gesichter zu, ohne ihre Umarmung zu lösen. »Du sei mal schön still«, knurrte Stahnke ihn an. »Du bist doch überhaupt an allem schuld. Du Handygrabscher!«

»Ja, aber …«

»Dünenspaziergänger!«

»Was soll denn das jetzt …«

»Und überhaupt, unschuldige junge Damen ins Café einzuladen! Frechheit!« Das war Sina. Jetzt war es an Marian, stummer Karpfen und köchelnder Hummer zu spielen. Warum ließ er sich von diesen beiden aber auch immer wieder zum Narren halten!

»Unschuldige junge Damen?« Stahnke guckte Sina mit runden, wasserblauen Augen an. »Hat der Kerl etwa noch jemanden auf dem Kieker? Außer dir?«

Statt einer Antwort leckte ihm Sina blitzschnell über die Nasenspitze.

Marian rollte die Augen zur Decke. »Okay, okay. Ich würde euch ja gerne ein Zimmer anbieten – leider aber gibt es hier keine abschließbaren Türen. Also, liebe Leute, warum seid ihr hier? Um mich zu vernatzen? Mich von der Arbeit abzuhalten? Oder mich mit eurem schamlos zur Schau getragenen Glück in den Eifersuchtswahn zu treiben? Ist mir alles recht. Aber bitte, kommt auf den Punkt, damit es ein Ende hat, ja?«

»Nun guck ihn dir an.« Sina löste ihre Arme nun doch von Stahnkes imposantem Brustkorb und verschränkte sie vor ihrer eigenen Brust, die Marian nach wie vor weit ansehnlicher fand. »Arbeit schützt er vor! Dabei ist er doch Journalist. Bisschen mit den Tasten klimpern, paar Leutchen um den Bart gehen, paar anderen auf den Schlips treten, schon ist wieder Feierabend. Und morgen füllt er das Blatt mit Gefälligkeitsanzeigen und wütenden Leserbriefen. Dann muss er endgültig gar nichts mehr tun.«

»Hört, hört«, pflichtete Stahnke ihr grinsend bei. »Da spricht die Fachfrau, und die wird's ja wissen. Warst ja früher selbst mal eine von den größten Klimperern.«

Sina piekte ihn mit dem Zeigefinger in die Seite. »He, verdirb's dir nicht gleich wieder mit mir! Obwohl, vermutlich hat Marian ja schon keinen Blick mehr für mich. Hat bereits wieder was Neues am Köcheln.« Sie schickte Marian einen mitfreudigen Blick.

»Tatsächlich? Das muss aber wirklich ganz neu sein.« Stahnke spreizte sich sichtlich in seiner frisch erneuerten Gewissheit, um seinen Platz in Sinas Herz und Bett keine Sorge haben zu müssen. War es nicht erst Minuten her, dass er in Marian einen als Rivalen erfolgreichen Ex zu erkennen glaubte? Dann stutzte er. »Sag mal, du meinst doch nicht etwa …« Er legte seine Stirn in Falten und rekapitulierte Marians Beuteschema. Das war leicht, denn es ähnelte seinem eigenen: Klein, zierlich, brünett, vor allem aber selbstbewusst, intelligent und humorvoll. Sein Blick packte nach Marian, der erschrocken zusammenzuckte. »Etwa Alina? Alina Thormählen?«

»He, was jetzt?«, entrüstete sich Marian. »Bin ich etwa unter Beobachtung?«

»Ach, wozu denn noch?«, rief Sina. »Du bist durchschaut.« Ihr Lachen aber wurde durch einen Blick auf Stahnkes Miene im Ansatz erstickt. »Ist gegen diese Alina etwas einzuwenden?«

»Das Problem heißt wohl nicht Alina«, erwiderte Stahnke ernst. »Sondern eher Thormählen. Deswegen bin ich hier. Um im Zeitungsarchiv ein paar Dinge zu überprüfen.« Zweifelnd blickte er sich um. »Falls man in diesen Müllhaufen hier überhaupt etwas finden kann.«

»Hier gibt es auch Aktenschränke, darin stehen Ordner, und die führen ihren Namen zu Recht«, sagte Marian spitz. Zu dieser Redaktion begann er die gleiche Einstellung zu entwickeln wie die Engländer zu ihrem Wetter: Grässlich – aber wehe, ein Fremder meckerte darüber! »Übrigens, wo ist denn dein Durchsuchungsbeschluss?«

»Ich dachte, eine höfliche Bitte reicht«, sagte Stahnke. »Aber schön, ich kann auch anders. Einen Beschluss kann ich kürzester Zeit besorgen.«

»Kannst du nicht«, erwiderte Marian kühl. »Wetten? So, wie dein Draht zu de Beer und damit zum Staatsanwalt derzeit kurzgeschlossen ist! Da würde ich es an deiner Stelle doch eher mit der höflichen Bitte versuchen.« Er verschränkte die Arme und lehnte sich zurück.

Stahnke brauchte einen Moment, ehe er begriff, warum das Grinsen seines Gegenübers immer breiter wurde. »Ach so«, murmelte er dann. »Ja also, äh, dürfte ich bitte …?«

»Keine Frage! Aber nur unter einer Bedingung. Ich will wissen, was du suchst. Und warum der Name Thormählen plötzlich ein Problem sein soll.«

Stahnke zuckte die Achseln: »Warum nicht?«

Marian deutete auf den Besucherstuhl auf der anderen Seite seines Schreibtischs. Sina bot er seinen eigenen Stuhl an, während er sich selbst auf die Tischkante hockte. Seine Gedanken waren schon wieder bei Alina. Er hatte ein mulmiges Gefühl. Wo mochte sie jetzt sein?

34.

Alina betätigte die Türklingel, obwohl es ihr eigener Name war, der daneben stand. Thormählen. Erst, als nach zweimaligem Läuten niemand öffnete, benutzte sie ihren Hausschlüssel. So hatte Vater es ihr eingeschärft. Bestimmte Regeln waren eben von dauernder Gültigkeit. Auch das stammte von ihm.

Das Hausinnere strömte einen leichten Geruch aus, der ihr anzeigte, dass sie hier schon längere Zeit nicht mehr richtig zu Hause war. Ein neuer Teppich, eine andere Putzmittelmarke, Elektrogeräte der nächsten Generation – Kleinigkeiten reichten, schon fühlte man sich fremd. Alina war das nur recht.

Langsam und unbewusst leise schritt sie durch Vorflur und Halle. Vaters Haus war größer und gediegener, als es von außen den Anschein hatte. Alle Räume des Hauptgeschosses waren groß, repräsentativ und für größere Gesellschaften geeignet. Die Küche erreichte Profi-Standard, und mehr als ein Profikoch hatte hier schon gewirkt, wenn Vater mal wieder Geschäftspartnern etwas bieten wollte. Vater war immer auf Wirkung aus gewesen, und Privates war grundsätzlich auf Geschäftliches abgestimmt. Hintergedanken? Nein. Eduard Thormählen steuerte seine Ziele ganz offen an.

Meistens jedenfalls.

Vaters Büro befand sich an der Rückseite des Hauses. Alina klopfte und wartete. Sicher war sicher. Aber es antwortete niemand, und es war auch keine telefonierende Stimme zu hören. Also schob Alina die Tür auf und betrat das Allerheiligste. Mit klopfendem Herzen.

In der Schule, Deutschkurs, Oberstufe, hatten sie Texte von Thomas Mann gelesen. *Buddenbrooks* und *Felix Krull*. Jemand hatte ein Referat über die Biographie des Autors gehalten. Dass ihn niemand bei der Arbeit hatte stören dürfen. Dass im ganzen Haus nicht gerannt oder getobt werden durfte, wenn der Meister an seinen Werken schrieb. Selbst laute Gespräche waren unstatthaft. Dass die Kinder ihren Vater als unnahbare Autorität erlebten, der sie große Verehrung entgegenzubringen hatten, was sie auch taten. Von dem sie aber keine Liebe erwarten durften. Dieses Referat war aufgenommen worden wie ein Augenzeugenbericht aus einem Kuriositätenkabinett. Wie konnte man nur! Alle hatten geächzt, gejohlt und sich an den Kopf gegriffen.

Alle bis auf Alina. Ihr war all das wohlvertraut gewesen.

Natürlich sah Vaters Arbeitszimmer längst nicht mehr so aus wie damals. Nicht nur, weil dies ein anderes, größeres Haus war und Eduard Thormählen sich nicht gerade den kleinsten Raum als »Zentrale« ausgesucht hatte. Ja, so drückte er sich aus, und das nicht ohne Grund. Vor allem war dieses Büro viel moderner als das frühere, ausgestattet mit Möbeln aus Leder, Chrom und Glas und natürlich mit Computer- und Kommunikationstechnik vom Feinsten. Bücher gab es hier kaum, nur ein paar schmale Regale mit Nachschlagewerken, deren digitalisierte Versionen längst auf den diversen Festplatten abgelegt waren, und eins mit Bildbänden, protzigen Gelegenheitsgeschenken, die Vater aus taktischen Gründen griffbereit hielt. Viel mehr Raum nahmen Bilder ein, ebenfalls andere als früher, bunte Großformate in teuren, aber dezenten Rahmen, hinter denen sich ausgeklügelte Alarmanlagen verbargen. Kunst war für Eduard Thormählen eine Geldanlage. Eine von vielen. »Gold«, pflegte er zu sagen, »Gold ist etwas für Angsthasen. Kunst erfordert Risikobereitschaft. Bis hin zur Tollkühnheit. Aber dafür schaut auch was dabei heraus, wenn man es richtig anpackt.« Worte, denen er regelmäßig Beweise folgen ließ. Solche mit vielen Nullen.

Darum hingen in seinem Haus auch immer wieder andere Bilder. Genauso, wie stets andere Aktien in seinen Depots lagen.

Ja, Äußerlichkeiten änderten sich, die wesentlichen Dinge aber blieben. So wie die Stimmung in diesem so völlig anderen Raum. Sie ließ den Eintretenden schrumpfen im Angesicht von – tja, was? Macht, Einfluss, Reichtum? Klar, natürlich, darum ging es ja letztlich. Darum ging es Vater Thormählen. Was dieser Raum aber tatsächlich ausstrahlte, geradezu ausdampfte, weil er damit gesättigt war, das war der Wille dazu. Der Wille, erfolgreich zu sein. Der Wille zum Sieg.

Eigentlich müsste ich dagegen immun sein, dachte Alina, so oft, wie ich damit geimpft worden bin. Trotzdem zitterten ihr die Finger, als sie die schimmernden Stäbe des Schiffsbodenparketts betrat. Zielstrebig huschte sie auf den blanken Rollcontainer rechts unter dem ausladenden Rauchglasschreibtisch zu. Dort hatte sie gestern nach ihrer Geburtsurkunde gesucht, weil sie eine neue Krankenversicherung abschließen wollte. Dort war sie auf die Erpresserbriefe gestoßen. Ganz hinten in der obersten Schublade lagen sie ordentlich aufgestapelt, Kanten auf Stoß. Aufgeschlitzte Kuverts ohne Adresse und Absender. Hatte sie das so neugierig gemacht? Trotzdem hätte sie sich früher nie getraut, an Vaters Sachen zu gehen, Neugierde hin oder her. Es musste wohl ein Akt der Auflehnung gewesen sein, ein bewusster Verstoß gegen Vaters Regeln und Verbote.

Was, wenn sie gewusst hätte, was sie finden würde? Hätte sie sich dann auch getraut?

Müßiger Gedanke. Sie hatte es getan, und sie war zurückgekommen, um es wieder zu tun. Der Sache auf den Grund zu gehen. Sie bückte sich, griff entschlossen nach dem Schubladenknauf und zog.

Die Lade war verschlossen.

Heißer Schrecken durchzuckte sie. War er etwa doch zu Hause? Seit gestern früh hatte sie ihn nicht mehr gesehen, war davon ausgegangen, dass er auf dem Festland war, vermutlich geschäftlich. Weshalb sonst? Siglinde, ihre Stiefmutter, hatte nur die Achseln gezuckt. Eduard Thormählen hielt auch sie nur selten über seine Pläne und Aktionen auf dem Laufenden. Ein Zustand, an den sie sich hatte gewöhnen müssen, denn ändern konnte sie ihn nicht. Ebenso wenig wie alles andere an ihrem Ehemann.

Aber nein, er konnte nicht im Haus sein. Nicht etwa, weil er nicht auf ihr Klingeln reagiert hatte; das passierte öfter, je nach Laune. Aber es fehlten die üblichen Spuren seiner Anwesenheit. Die Kaffeenote im Hausgeruch zum Beispiel, denn Vater trank immer und überall Kaffee. Oder Musik. Ihr Vater hörte gerne Jazz, fast immer lief irgendwo eine Scheibe, entweder im Wohnzimmer oder in seinem Büro. Freejazz, chaotisch wirkender, fast atonaler, quäkender, jaulender Jazz. Wenn Alina sich als Kind die Ohren zugehalten hatte, dann hatte er nur gelächelt und mit dem Zeigefinger gewackelt: »Das sind alles Variationen ein und derselben Struktur. Wenn du die heraushörst, kannst du jedes scheinbare Chaos enträtseln. Kannst die tiefe innere Ordnung darin sehen.« Natürlich hatte sie nichts verstanden, aber sie hatte tapfer zurückgelächelt und genickt. Vater zuliebe. Vater war Gott.

Wütend trat sie gegen den verschlossenen Container, dass es krachte und Alina über sich selbst erschrak. Klingt billiger, als er aussieht, dachte sie dann. Nach Plastik. Sie kniete sich hin, musterte das Schloss. Ein schwerer Schlosszylinder, eingebettet in nachgiebigen Kunststoff. So etwas sah Vater überhaupt nicht ähnlich. Sie erhob sich wieder, musterte die Schreibutensilien auf dem Tisch, leerte die flache Stiftschale. Sie war aus Metall, der Rand stand weit genug über. Er passte genau in die Fuge oberhalb der Lade. Ein Druck, und die Lade glitt auf ihren Teleskopschienen heraus.

Die Briefe lagen immer noch am selben Platz. Ein flaches Häufchen, akkurat auf Stoß geschichtet. Sie nahm die Kuverts heraus und zog das unterste hervor. Spreizte die Öffnung, entnahm den Brief, faltete das Blatt auseinander.

Ein Foto fiel heraus, segelte zu Boden, blieb mit der Bildseite nach oben liegen. Ein Schwarzweißfoto, glänzend und mit ungleichmäßigem weißem Rand. Sie erkannte nicht gleich, was es zeigte; alles war ziemlich dunkel, wohl nachts aufgenommen. Es schien ein Gebäude zu sein, die Front eines Bürohauses oder eines Wohnblocks, mit lauter gleich geschnittenen Fenstern. Davor ein gepflasterter Fußweg, ganz im Vordergrund ein Stück Straße. Zwei Menschen waren zu sehen, von hinten und schemenhaft, die sich der Haustür näherten. Männer vermutlich. Beide trugen dunkle Kapuzenjacken. Der eine hielt den rechten Arm deutend ausgestreckt, der andere hatte etwas in der Hand. Vielmehr in beiden Händen. Sah aus wie Dosen oder Flaschen. Anders als befürchtet, schien keiner der beiden Männer ihr Vater zu sein. Aber so einfach lag die Sache wohl nicht.

Das Bild schien von der gegenüberliegenden Straßenseite aufgenommen worden zu sein. Vielleicht aus einem Fenster im Erdgeschoss heraus. Heimlich. Aber wo? Wen zeigte es, und wobei?

Sie griff nach dem beiliegenden Brief. Er glich genau dem Schreiben, das sie schon kannte. Schreibmaschine, kein Datum, keine Anrede. *Du kennst mich nicht, aber ich kenne dich. Ich weiß, was du getan hast. Dafür wirst du büßen. Du weißt, was ich will. Noch lachst du über mich. Aber ich sorge dafür, dass dir das Lachen vergeht. Und ehe du dann die Polizei rufst, schau genau hin! Ich habe noch mehr Beweise. Du weißt, was das bedeutet.*

Alina ließ den Brief sinken. Was sollte Vater nur getan haben? Der Erpresser erging sich in Rätseln. Hoffentlich waren die weiteren Briefe etwas deutlicher. Sie warf noch einen Blick auf das Foto. Nein, keine der beiden Gestalten war ihr Vater. Die eine war deutlich kleiner als er, die andere, die mit dem ausgestreckten Arm, kam von der Größe her zwar etwa hin, war aber insgesamt breiter gebaut und schien auch deutlich jünger zu sein. Irgendwie kam ihr dieser Mann bekannt vor, aber sie konnte ihn nicht einordnen. Nein, das Foto brachte sie nicht weiter. Sie griff erneut nach dem Briefstapel.

Die Bürotür schwang auf. Eine hochgewachsene, gerade aufgerichtete Gestalt betrat den Raum. Ein finsterer Blick traf sie unter gesträubten und gerunzelten Brauen hervor. »Du schnüffelst in meinen Sachen?«, fragte Eduard Thormählen drohend.

35.

Jannik Bartels lag da wie erstarrt, unfähig, auch nur Luft zu holen. Lauschte ohnmächtig auf das Atemgeräusch hinter sich, das näher kam, bis er einen warmen Lufthauch im Nacken spürte. Eine Hand fasste seine Schulter, drückte sie nach vorn, so dass er flach auf dem Bauch lag. Kalte Schauer liefen ihm über den ganzen Körper, und er kniff seine Augen fest zusammen. War es das jetzt? Wie würde es sich anfühlen? Würde er sich in die Boxershorts pinkeln vor Angst, und was würden die Leute sagen, wenn sie nachher seine eingenässte Leiche sahen? Noch war es nicht so weit, und auch die Todesangst ließ auf sich warten. Dann wurde ihm klar, warum.

Dies war nicht Thomas Overbeck. Dieser Mann atmete anders, roch anders, hatte einen anderen Griff. Fester, härter, so als sei er das Arbeiten gewohnt. Das war Thomas nicht.

Eine kalte Klinge berührte die nackte Haut seines Arms. Noch einmal zog sich alles in und an ihm zusammen. Dann signalisierten ihm die gesträubten Härchen, dass die Klinge seinen Arm entlangfuhr, hinab zu den Handgelenken. Ein schneller Schnitt, ein Ratschen, ein scharfer Schmerz auf der Haut. Seine Arme waren wieder frei. Weitere Schnitte lösten auch die Fesseln an seinen Beinen. Jannik Bartels stöhnte auf, vor Erleichterung und weil seine erstarrten Gliedmaßen umgehend zu schmerzen anfingen, sobald das abgeschnürte Blut wieder ungehindert zu fließen begann.

Wieder wurde er gepackt und herumgedreht, fest, aber vorsichtig. Als er die Augen aufschlug, blickte er in ein wetterbraunes, rissiges Gesicht mit kantigem Kinn und dunklem Stoppelbart. Braune Augen musterten ihn aufmerksam und besorgt. »Was ist denn mit dir passiert, Junge?«, fragte der Mann mit rauer Stimme. »Ausgeraubt worden?«

Der kleine Koch schüttelte den Kopf, räusperte sich. »Danke«, sagte er. »Vielen Dank. Ein Glück, dass Sie …« Er brach ab, verbarg sein Verstummen in erneutem Räuspern. Warum war dieser Mann, der ihm vage bekannt vorkam, hier vorbeigekommen? Warum hatte er die Wohnung betreten? Woher hatte er den Schlüssel? Die große Erleichterung, die Jannik Bartels zusammen mit dem gestauten Blut durchströmt hatte, begann sich gleich wieder zu verflüchtigen.

Sein Blick fiel auf das Messer, das der Mann immer noch in der Hand hielt. Eins von diesen martialisch aussehenden Klappmessern, dessen kräftige Klinge aussah wie ein Bowie-Knife im Kleinformat. Einmal ausgeklappt, rastete solch eine Klinge ein und musste vor dem Wegklappen erst entriegelt werden. Mit solch einem

Messer konnte man nicht nur schneiden, sondern auch zustechen, da war sich der kleine Koch sicher.

Der Mann bemerkte seinen Blick. Er hob das Messer leicht an, dann seine Augenbrauen. Mit einer schnellen Bewegung seines schwieligen Daumens löste er die Klinge, klappte sie weg, einhändig und routiniert, ließ das Messer in seiner Hosentasche verschwinden. »Keine Angst«, knurrte er. »Ist nur eins von meinen Allzweck-Werkzeugen. Praktisch, nicht? Wenn man mal jemanden losschneiden muss.« Er lachte und reichte Jannik Bartels eine hornige Pranke: »So, nun komm mal hoch. Und zieh dir lieber was an. Draußen ist es zwar warm, aber auf dem blanken Boden kann man sich trotzdem was wegholen.«

Der kleine Koch ließ sich auf die wackligen Beine helfen. Tatsächlich fühlte sich seine Haut eiskalt an. Er schlurfte zu seinem Bett, zerrte sich die Reste des Klebebands herunter und streifte sich den alten Jogginganzug über, den er nur noch zu Hause trug. Der Mann beobachtete ihn von der Tür aus, die Arme verschränkt, eine Schulter an den Rahmen gelehnt. An die fünfzig Jahre mochte er alt sein, breit und kräftig, dachte Jannik Bartels, der sich bemühte, ihn nicht direkt anzustarren, wie ein großes Tier, über dessen Gefährlichkeit er sich nicht im Klaren war. Nicht ausgeschlossen, dass der Mann ein Vertrauter von Thomas Overbeck war. Wer sonst sollte ihm den Wohnungsschlüssel gegeben haben? Okay, er hatte Jannik losgeschnitten, das ergab also eigentlich keinen Sinn. Aber was hieß das schon in diesem Verwirrspiel, in das er geraten war? Besser, er blieb auf der Hut.

Der Mann im Türrahmen lächelte. »An deiner Stelle wäre ich auch misstrauisch«, sagte er leise. »Vielleicht hättest du das schon vorher sein sollen. Aber besser spät als nie.«

Der kleine Koch konnte seine Verblüffung nicht verbergen. »Was würden Sie denn sagen, an meiner Stelle?«, fragte er.

»Fragen, wie ich hier reingekommen bin, natürlich.« Der Mann zückte ein dickes Schlüsselbund. »Hier, guck mal! Hab ich von deinem Chef. Lauter Hauptschlüssel.«

Fast hätte Jannik Bartels den Namen Thormählen ausgesprochen. Stattdessen aber fragte er: »Sie kennen meinen Chef?«

Das Grinsen des Mannes wurde breiter. »Ich kenne sogar dich! Hab doch gestern in deiner Superküche direkt neben dir gestanden und die Dunstabzugshaube repariert. Weißt du nicht mehr, was? Hattest ja auch alle Hände voll zu tun.« Er stieß sich leicht vom Türrahmen ab, schaute sich um, nahm den einzigen Stuhl, der im Schlafzimmer stand, wischte beiläufig ein paar Wäschestücke auf den Boden und setzte sich. »Keno Gautier, mein Name. Ich bin eine Art fliegender Hausmeister. Nicht nur für Thormählen, auch für ein paar andere. Schaue nach dem Rechten, repariere alle Kleinigkeiten, die so anfallen. In Elektrik und Klempnerei bin ich ziemlich gut. Man schlägt sich halt so durch.«

Wie peinlich, dachte Jannik Bartels, wie hochnotpeinlich. Er hasste Leute, die alles, was unter ihnen stand, ignorierten – solche wie seinen Vater. Selber legte er größten Wert darauf, jede Spülhilfe mit Namen anreden zu können. Jeder war wichtig, auch wenn er das kleinste Rädchen im Getriebe war. Müllmänner taten mehr für unsere Gesundheit als viele Ärzte; war das nicht einer seiner ständigen Sprüche? Und jetzt war es ihm doch passiert. Klar, dies hier war der Mann, der mit Zange und Schraubenzieher kleine Wunder vollbringen konnte. Und nicht nur das. Keno Gautier, diesen Namen kannte er doch auch aus der Zeitung. Offenbar arbeitete der nebenbei noch als Berichterstatter. Der Mann verstand es wirklich, sich über Wasser zu halten.

»Freut mich«, sagte Jannik Bartels. »Freut mich wirklich sehr. Das können Sie mir glauben. Und – tut mir leid, dass ich Sie nicht gleich erkannt habe.«

Gautier winkte ab: »Bin ich gewohnt. Kleine Leute übersieht man eben leicht. Aber jetzt erzähl mir mal lieber, was dir eigentlich passiert ist.«

Jannik Bartels seufzte. »Schätze, das ist alles meine eigene Schuld. Von wegen nicht misstrauisch genug und so.« Er berichtete, wie Thomas Overbeck ihn am Hafen angesprochen und von seiner weitgehenden Unschuld überzeugt, wie er ihn daraufhin heimlich mitgenommen und in seiner Wohnung versteckt hatte. Wie er dann am Morgen schwer verkatert aufgewacht war, Verdacht geschöpft und Overbecks Jacke durchsucht hatte. »Er erpresst jemanden«, schlussfolgerte er. »Letzte Nacht war er wieder unterwegs, so viel ist klar. Ich weiß bloß nicht, wen er auf dem Kieker hat. Auf dem Erpresserbrief stand ja kein Name. Na, jedenfalls weiß er jetzt, dass ich ihm draufgekommen bin. Deshalb hat er mich niedergeschlagen und gefesselt. Viel hat nicht gefehlt, und ich hätte den Löffel abgegeben.«

Gautier lauschte aufmerksam, den Oberkörper vorgebeugt, die Arme über den Oberschenkeln verschränkt, die Augen geweitet und die Gesichtszüge angespannt. »Weißt du noch, was in diesem Brief stand?«, fragte er.

»So ziemlich«, sagte der kleine Koch. »Es fing an mit ›letzte Warnung‹ und ›letzte Chance‹. Dann hieß es, es gehe jetzt ans ›Eingemachte‹. Keine Ahnung, was das bedeuten soll. Dann etwas mit ›keine Rücksicht, keine Nachsicht‹. Und natürlich ›keine Polizei‹. Ich glaube, das schreiben diese Leute immer mit rein.«

Gautier nickte. »Stimmt. Und deshalb solltest du genau das Gegenteil tun, nämlich zur Polizei gehen. Die müssen unbedingt wissen, dass dieser Overbeck wieder auf der Insel ist. Und dass er wirklich hinter all diesen Anschlägen steckt. Inzwischen hört man nämlich, dass die Bullen ganz neue Ideen entwickelt haben. Touristenfeinde, die die Urlauber von der Insel vertreiben wollen, sollen auf einmal die Täter sein. Viele scheinen das tatsächlich zu glauben. Draußen ist der Bär los, die Inselbahn ist überlastet, die Leute machen sich schon zu Fuß auf in Richtung Hafen, mit Kind und Kegel und Rollkoffern. Die reinsten Flüchtlingstrecks! Die Fähren können gar nicht so schnell pendeln, wie die Leute von der Insel runter wollen. Die Lufttaxis machen das Geschäft ihres Lebens. Wenn das so weitergeht, geht ganz Langeoog wirtschaftlich den Bach runter. Also komm, mach dich landfein, und dann nichts wie zur Polizei. Wenn Thomas Overbeck erst im Knast sitzt, hört dieser Spuk hoffentlich bald wieder auf.«

Jannik Bartels nickte, griff nach seiner Jeans, zögerte. Der Gedanke, der ihm zugesetzt hatte, seit er aus seiner Ohnmacht erwacht war, kehrte zurück. Wenn Overbeck nun da draußen auf ihn wartete, um sein Werk zu vollenden und einen unliebsamen Zeugen endgültig aus dem Weg zu schaffen?

Keno Gautier schien ihn erneut zu durchschauen. »Keine Sorge«, brummte er, »ich geb dir Geleitschutz. An mich traut sich dieser Overbeck schon nicht ran, dafür fehlt ihm das Format.«

»Sie kennen ihn?«

Gautier hob die Schultern. »Klar. Durch meine Jobs kenne ich hier alles und jeden. Obwohl ich gar nicht von hier bin. So, aber jetzt beeil dich. Schnell noch ’ne Pütz Wasser ins Gesicht und dann los!«

Während der kleine Koch noch im Flur seine Schuhe zuband, ging Keno Gautier vor ins Treppenhaus. »Alles klar hier«, rief er halblaut. »Kannst kommen.«

Jannik Bartels warf einen letzten Blick auf die billige Flurkommode, die zerschnittenen Klebebandreste, das Chaos rund um die herausgerissene Schublade. All das kam ihm vor wie eine Szene aus einem Film, der ihn überhaupt nichts anging. Unglaublich, wie schnell die Verdrängung einsetzte! Kopfschüttelnd wollte er sich schon aufrichten, als er das Butterflymesser entdeckte.

Ein Andenken wäre vielleicht nicht schlecht, dachte er und griff zu. Falls das mit der Verdrängung in diesem Tempo weiterging. Dann eilte er Keno Gautier hinterher.

36.

Schwitzend hackte Marian auf seine Tastatur ein. Viel zu lange hatte er sich damit aufgehalten, Stahnke und Sina zu zeigen, wo sich das alte Stichwortarchiv und die archivierten Zeitungsbände befanden. Und dann hatte er noch einmal viel Zeit verloren, als die beiden feststellten, dass Informationen der letzten sechs Jahre gar nicht auf Papier vorlagen. Also hatte er auch auf einem der beiden anderen PCs das Redaktionsprogramm gestartet und sich so lange durch die passwortgeschützten Dateien geklickt, bis er selbst halbwegs durchblickte, wie das elektronische Archiv aufgebaut war. Seitdem versuchte er, den Zeitrückstand aufzuholen, um die vorgegebene Schlusszeit halbwegs einhalten zu können. Nicht, dass er solche Hektik nicht gewohnt war; seine Volontärsphase in der Sportredaktion der *Rundschau* hatte ihn in dieser Hinsicht abgehärtet, denn was dort sonntags während der Saison los war, stellte alles in den Schatten. Trotzdem musste er sich ranhalten, zumal er ja auch noch den bestellten Artikel für die Regionalseite abliefern und sich immer mal wieder online und per Radio vergewissern musste, dass inzwischen keine neue Entwicklung eingetreten war.

Dass Sina und Stahnke nebenan herumfuhrwerkten und sich dabei ungeniert unterhielten, obwohl die Räume miteinander verbunden waren und es nicht einmal eine Zwischentür gab, machte es ihm nicht leichter. Auch nicht, dass Stahnke irgendwann diesen Lüppo Buss herbeitelefoniert hatte, der hereingestiefelt gekommen war und ihm einen schrägen Blick zugeworfen hatte, ohne zu grüßen, und seitdem nebenan mitmischte, als gäbe es einen Redakteur Godehau und dessen Bedürfnis nach ein wenig Ruhe bei der Arbeit überhaupt nicht. All das allerdings, musste Marian zugeben, reichte in puncto Störfaktor an die Gewohnheit des früheren *Rundschau*-Sportchefs Jocha, mitten im größten Stress klassische Musik in brüllender Lautstärke einzuschalten und grinsend mitzudirigieren, nicht annähernd heran.

So, wieder eine Seite fertig gebaut, alle Texte eingekürzt und redigiert, die Fotos eingepasst, Überschriften und Bildtexte noch einmal extra Korrektur gelesen. Erledigt – und abgeschickt! Schon befand sich das mächtige Datenkonvolut in der Übertragungsleitung. Jetzt waren nur noch die Seite eins des *Inselboten* und die letzte Fassung seines Artikels für die *Rundschau* offen. Und schlagartig lag er wieder gut in der Zeit. Tja, unter Druck funktionierte er wirklich am besten, da hatte sein früherer Chef ganz recht gehabt. Leider, wenn Marian daran dachte, wie der das ausgenutzt hatte. Aber Schwamm drüber. Erst einmal schauen, wie der Stand nebenan war.

»Eduard Thormählen ist ganz schön aktiv gewesen in den letzten Jahren«, berichtete Stahnke bereitwillig, den Blick wie gebannt auf den Bildschirm gerichtet, über den er einen längeren Text wandern ließ. »Hat zunächst relativ offen auf Langeoog nach Investitionsobjekten Ausschau gehalten. Dabei ergab sich jedoch eine Konkurrenzsituation zum alten Stapelfeld, der seinerzeit darauf aus war, seinen Immobilienbesitz zu vergrößern. Außerdem trat Reeder Venema bei jeder Gelegenheit als Interessent auf. Das trieb natürlich die Preise in den Himmel. Daraufhin hat Thormählen seine Taktik geändert. Er setzte Strohmänner ein. Und er ließ diese das Erworbene auch nicht gleich an sich selbst weiterreichen, sondern zunächst an seine Frau.«

»Siglinde Thormählen, besser bekannt unter ihrem Mädchennamen Tuitjer«, bestätigte Lüppo Buss. »So verschwand der Name Thormählen für eine Weile aus dem Geschäft, und die Preise normalisierten sich wieder.«

»Irgendwann kam das natürlich doch raus«, ergänzte Sina. »Aber dann fiel Stapelfeld als Konkurrent aus, stattdessen kamen Teile des Stapelfeld-Besitzes ihrerseits als Angebote auf den Markt. Venema hält sich seit einiger Zeit mit Zukäufen auf dieser Insel zurück. Beides wirkte sich dämpfend auf die Immobilienpreise aus. Insgesamt also gegensätzliche Einflüsse, die einander annähernd neutralisierten.«

»Jedenfalls für eine Weile.« Stahnke hatte den Artikel zu Ende studiert und wandte sich Marian zu. »In letzter Zeit stiegen die Preise wieder. Ganz Langeoog weiß inzwischen, wie viele Objekte Thormählen in Wahrheit schon besitzt, dass seine Frau und andere ihm zuarbeiten und dass er sich weiter vergrößern möchte. Klar, dass jeder dabei das Beste für sich herausschlagen will. Aus war's mit den Schnäppchen, und Thormählen, der offenbar immer noch eine Menge Geld zu investieren hatte, verlagerte seine Aktivitäten in andere Küstenregionen. Ohne dabei allerdings Langeoog aus den Augen zu verlieren.«

Er schaute Marian erwartungsvoll an. Der glotzte verständnislos zurück – bis es ihm langsam zu dämmern begann. »Ach so. Ihr meint, Thormählen selbst hat den ganzen Zinnober hier arrangiert, all die Anschläge der letzten Zeit, um den Insulanern das Geschäft zu versauen? Damit möglichst viele Vermieter, Restaurant- und Ladenbesitzer die Panik kriegen und die Flucht ergreifen, ganz egal, wie billig sie ihre Immobilien abstoßen müssen?«

Sina nickte eifrig wie eine Lehrerin, die einem begriffsstutzigen Schüler endlich das kleine Einmaleins beigebogen hatte. Lüppo Buss nickte weit bedächtiger. Und Stahnke zog die Augenbrauen hoch. »Unsere Kollegin Insa Ukena hat mich auf diesen Gedanken gebracht«, erklärte er. »Mit einer simplen Frage: Wer hat etwas davon, dass Langeoog den Touristen madig gemacht wird? Ein Klassiker. ›Who profits‹, das lernt doch jeder Krimileser.«

Ganz einig schienen sich die drei in der Bewertung ihrer neuen These trotzdem nicht zu sein. Aber je länger er darüber nachdachte, desto mehr spürte Marian seine anfängliche Skepsis schwinden. Ein paar Haken gab es allerdings noch. »Wenn das so ist, warum hat Thormählen dann überwiegend gegen sich selbst gebombt? Oder bomben lassen?«, fragte er. »Auch die Marmeladenvergiftungsaktion ging ja vor allem zu Lasten seiner Ehefrau. Warum hat er sich keine anderen Opfer ausgesucht?«

»Weil es so einfacher durchzuführen war«, antwortete Sina. »Und weil er als Geschädigter ziemlich sicher sein kann, nicht in Verdacht zu geraten. Außerdem, ein paar andere Opfer gab es ja. Die Marmeladenesser zum Beispiel, und die beiden Frauen, denen Stichverletzungen beigebracht wurden. Nicht zu vergessen dieser Thomas Overbeck, der lange als Haupttäter galt. Es waren doch dessen Ferienhäuser, die durch Brandanschläge schwer beschädigt wurden.«

Marian zuckte die Achseln. »Und? Overbeck ist doch Thormählens Stiefsohn. Also gehört er auch zur Familie des Hauptgeschädigten.«

Dann lachte Marian laut auf. Der Anblick von drei sperrangelweit offenen Mündern war aber auch zu köstlich.

In diesem Moment klingelte Stahnkes Handy. Der Hauptkommissar holte es hervor, ohne Marian aus den Augen zu lassen, als stellte der eine unerklärliche Bedrohung dar. »Ja?« Er lauschte einen Moment, dann formten seine Lippen lautlos das Wort »Kramer«, und sein Gesicht nahm einen schuldbewussten Ausdruck an. Wortlos hörte er weiter zu, bestätigte das Gehörte nur mit einem gelegentlichen Grunzen. Schließlich sagte er: »Ist gut, ich kümmere mich drum.« Damit war das Gespräch beendet.

»Das war ja wie früher in der Waschmittelwerbung«, spottete Lüppo Buss. »Das schlechte Gewissen meldet sich und macht die Hausfrau runter. Na, welchen Weichmacher hattest du vergessen? Oder war's der Weißmacher?«

Stahnke widmete dem Inselpolizisten einen vernichtenden Blick. »Was sollte ich denn machen, wenn de Beer den Bootsdiebstahl vom Langeooger Yachthafen plötzlich doch als seine Angelegenheit reklamiert?«, verteidigte er sich.

Sofort zurückkehren und den eigenen Kollegen helfen, dachte Marian. Aber er hielt es für opportun, diese Ansicht für sich zu behalten.

»Jedenfalls gibt es in dieser Sache etwas Neues«, fuhr Stahnke fort. »Das Boot, das Thomas Overbeck hier auf Langeoog geklaut hat, ist wieder aufgetaucht. Ihr wisst schon, das gecharterte Speedboat, dessen Skipper im Yachthafen niedergeschlagen wurde. Overbeck ist damit vermutlich direkt zum Festland rüber. Seitdem war das Teil verschollen.«

»Und?«, fragte Lüppo Buss. »Seetriftig geborgen? Oder wurde es irgendwo am Strand gefunden?«

»Weder noch«, sagte Stahnke. »Sondern auf der Autobahn, kurz vor der tschechischen Grenze.«

Sekundenlang herrschte Schweigen. Alle Anwesenden hatten genügend Erfahrung mit Sportbooten, um zu wissen, dass die Verladung eines sechs oder sieben Meter langen Bootes auf einen Trailer kein großes Problem darstellte, vorausgesetzt, man verfügte über einen passenden oder zumindest verstellbaren Trailer, eine Slipanlage und ein ausreichend motorisiertes Auto mit Hängerkupplung. Das Fahren an sich war dann auch nicht anspruchsvoller als mit einem Wohnwagen im Schlepp. Alles kein Problem. Wichtig war nur eins: gute Planung.

»Was für ein unglaublicher Zufall«, sagte Marian in die Stille hinein.
Stahnke nickte: »Das kann man wohl sagen.«

37.

So lange Alina sich zurückerinnern konnte, hatte ihr Vater sie eingeschüchtert. Früher hatte sie gedacht, das wäre normal. Natürlich hatte sie mitbekommen, dass andere Kinder anders mit ihren Vätern umgingen, dass die mit ihnen spielten, tobten, Spaß hatten. Ihr Vater war anders. Mit ihm zusammen zu sein, war eine andauernde Prüfungssituation, die stets damit endete, dass Alina die eigenen Grenzen aufgezeigt bekam, ihre Defizite aufgedeckt wurden. Besser werden, hieß es jedesmal, du musst besser werden! Besser als du jetzt bist, besser vor allem als die anderen. Kraft aufbauen, Stärke zeigen, Willen beweisen! Sie hatte sich diesem Ritual unterworfen, weil Vater das so wollte und weil sie ihren Vater liebte, so wie alle kleinen Kinder ihren Vater lieben, ganz selbstverständlich und mit größtem Urvertrauen. Selbst während der Pubertät, wenn alle Kinder beginnen, bisher selbstverständlich Hingenommenes in Frage zu stellen, hatte sich an ihrer Bewunderung, ihrer Hingabe ihrem Vater gegenüber wenig geändert. Zwar hatte sie das Quälende, Erniedrigende ihrer freiwilligen Unterordnung nun stärker gespürt als zuvor. Aber sie hatte es für notwendig gehalten. Wie ein Sportler hartes, qualvolles Training braucht, um später Spitzenleistungen zu bringen und alle anderen zu überflügeln. Aus der emotionalen Bindung an ihren Vater war eine rationale geworden, und die war womöglich noch stärker und enger gewesen.

Bis sie dann plötzlich riss. Weil sich die Perspektive verändert hatte und aus neuem Blickwinkel auf einmal alles anders ausgesehen hatte. Alina hatte das Gefühl gehabt, aus einem unendlich langen Alptraum zu erwachen. Liebe, Vertrauen, der Glaube an Vaters Lehre von Stärke und Willen waren wie weggewischt. Alles, was blieb, war das Gefühl der Einschüchterung, das sie in seiner Gegenwart empfand. Und der Grund dafür hieß nicht Respekt.

Sondern Angst.

Sie atmete tief ein, richtete sich gerade auf. Vater kam auf sie zu, ragte turmhoch vor und über ihr auf. Alina war, als hätte sie ihn immer nur so gesehen, ihr ganzes Leben lang. Eine Perspektive, in die sie hineingewachsen war. Heraus kam sie nur, wenn sie jetzt endlich das entwickelte, was Vater so hoch schätzte: den Willen dazu.

Der Augenblick schien denkbar ungünstig. Wie sie dastand, das Briefpäckchen in der rechten Hand, das Foto in der linken! Dazu der aufgebrochene Rollcontainer, und die Stiftschale, die sie als Brecheisen missbraucht hatte, lag auch noch auf dem Parkett. Auf frischerer Tat ertappt ging nicht. Da war jeder Versuch zur Verteidigung sinnlos.

Also gut, dachte Alina. Dann eben Angriff. »Wieso hast du uns nichts hiervon erzählt?«, fragte sie anklagend und hielt ihrem Vater die Fundstücke entgegen. »Das geht uns doch alle an!«

»Was hast du an meinen Sachen zu suchen? Du weißt ganz genau, dass du diesen Raum nicht einmal betreten darfst, wenn ich nicht hier bin.« Eduard Thormählen war einen Schritt vor seiner Tochter stehen geblieben. Er sprach drohend; Alinas Taktik schien ihn nicht zu beeindrucken. »Und was tust du? Dringst hier ein, brichst Schränke auf! Das wird Konsequenzen haben.« Fordernd streckte er die rechte Hand aus: »Her mit meinem Eigentum!«

»Du hast mir ja keine andere Wahl gelassen.« Alina blieb bei der einmal eingeschlagenen Marschroute der

Offensivverteidigung; alles andere wäre ihr jetzt sowieso als Schwäche ausgelegt worden. Leute, die Schwäche zeigten, pflegte ihr Vater beiläufig zu vernichten. »Das hier, das betrifft die gesamte Familie! Schließlich ist deine eigene Frau auch schon Opfer dieses Erpressers geworden. Von Thomas' beiden Häusern ganz zu schweigen.«

»Thomas.« Thormählen spuckte den Namen förmlich aus. Wie immer. »Dieser nutzlose Fresser. Hast du dich jemals gefragt, wie der zu zwei Ferienhäusern kommt, diese Null? Gar nicht! Die gehören ihm bloß auf dem Papier. Eigentlich sind das Siglindes. Auf Zeit bei ihm geparkt. Sobald die Dinger wieder hergerichtet sind, werden sie im Grundbuch umgeschrieben. Auf ihren Namen.« Er schnaubte. »Eigentlich sind es ja sowieso meine.«

Alina bemerkte, dass sie die Luft angehalten hatte. Langsam atmete sie aus. Gott sei Dank, im zweiten Versuch hatte die Ablenkung geklappt. Vater hatte sich in sein Lieblings-Hassthema verbissen. »Egal, wie du das siehst, Familie ist Familie«, legte sie nach. »Für den Erpresser sowieso. Für den sind wir alle gemeinsam das Ziel. Auf dich hat er sich schon eingeschossen, auf Thomas auch, deine Frau hat er ebenfalls schon beharkt. Nur mich noch nicht. Was hast du dir eigentlich dabei gedacht, mich nicht einmal zu warnen? Ist dir klar, dass vieles dafür spricht, dass ich das nächste Ziel bin?« Jedem anderen hätte ich den Vorwurf gemacht, ein Egoist zu sein, dachte sie. Aber nicht ihm. Der würde sich doch nur geschmeichelt fühlen.

»Du hast nichts begriffen.« Eduard Thormählen trat jetzt ganz an sie heran, riss ihr die Briefe aus der Hand und griff nach dem Foto. Sie wich aus, entzog sich ihm mit einer schnellen Drehung, trat dabei gegen die Stiftschale, die über das glatte Parkett schlitterte. Er schaute auf das mattsilberne Ding, dann auf seine Tochter, ohne ihr nachzusetzen. Die Botschaft war klar: Glaub ja nicht, dass du dich da herausquatschen kannst. Einbruch, Vertrauensbruch – irgendwann büßt du mir dafür. Dann wandte er sich ab und ließ sich in einen der hochlehnigen Ledersessel in der Sitzecke sinken.

Immerhin, dachte Alina, ein Teilerfolg. Ich stehe noch, und er hört mir zu. Gut. Jetzt muss ich ihn nur noch zum Reden bringen.

Aber das musste sie gar nicht. Ihr Vater begann ganz von alleine zu erzählen. »Ich habe das zuerst überhaupt nicht ernst genommen. Erpresserbriefe, mein Gott! Und dann noch so ein wirres Zeug. Auf Schreibmaschine geschrieben, persönlich eingeworfen – lächerlich. Dazu diese aberwitzige Forderung. Drei Millionen Euro. Ich war mir sicher, es mit einem Schwachsinnigen zu tun zu haben. Wäre ja auch typisch gewesen. Kaum wird am Ort bekannt, dass man es zu etwas gebracht hat, kommt irgendein Taugenichts auf die Idee, er könnte sich etwas davon abzwacken. Natürlich ohne sich dafür anzustrengen, ist ja klar. Dekadentes Gammlerpack.«

Merkwürdig, dachte Alina, von der Höhe der Geldforderung habe ich gar nichts gelesen. Lagen die Briefe doch nicht in der richtigen Reihenfolge auf dem Stapel?

»Den ersten Brief habe ich direkt weggeworfen.« Thormählen beantwortete die ungestellte Frage umgehend. »Zack, weg, fort mit Schaden. Dann kam der Brief mit den Fotos. Da fing ich dann an, hellhörig zu werden.«

»Fotos? Mehrere?«

»Zwei«, sagte Thormählen. »Auf dem anderen ist er noch besser zu sehen.«

»Wer?«

Thormählen schlug sich mit der flachen Hand auf den Schenkel, so dass Alina zusammenzuckte. »Jetzt sag bloß, du erkennst deinen eigenen Macker nicht! Ex-Macker vielmehr. Aber trotzdem. Mensch, Mädchen, da klaust du mir schon meine Sachen, und dann kannst du noch nicht einmal etwas damit anfangen!«

Sie starrte das Foto in ihrer Hand an. Plötzlich war es

sonnenklar. Die größere der beiden Gestalten, das war Walli Wallmann. Die breite Figur, die klotzige Armbanduhr und die Tatsache, dass er, der Linkshänder, sie am rechten Handgelenk trug – das war er, das musste er sein, trotz der Kapuze und des abgewandten Gesichts. Erkennen konnte man ihn nur, wenn man wusste, dass er es war. »Walli«, sagte sie leise. »Was macht er da? Wo ist das überhaupt?«

»Das ist vor einem meiner Häuser«, sagte Eduard Thormählen. »Und er macht da seinen Job.« Seine Miene war abweisend und hart wie Granit. »Walli hat immer seinen Job gemacht. Ich frage mich wirklich, warum du einem wie ihm den Laufpass gegeben hast! Er hatte die Stärke, er hatte den Willen. Und keine überflüssigen Bedenken. Darum hat er auch Erfolg gehabt.«

Jetzt ist er tot, dachte Alina. Vielleicht ja auch darum. Trauer empfand sie nicht für ihn, dazu hatte sie sich zu gründlich von ihm gelöst. Aber doch Bedauern. Solange sie zusammen gewesen waren, hatte sie sich über nichts zu beklagen gehabt. Und anschließend nur darüber, dass er – nun ja, eben die falsche Sorte Mensch gewesen war.

Ihr Vater schien ihr Schweigen zu missdeuten. Sein Gesichtsausdruck wurde um eine Nuance milder. »Aus solchen Fehlern kannst du nur lernen«, sagte er. »War aber ja in gewisser Weise auch günstig für dich, dass ihr nicht mehr zusammen wart, als ... sonst hätte dich der Verlust sicherlich härter getroffen. Ein Hammer war es natürlich auf jeden Fall, was da mit Walli passiert ist. Muss gestehen, ich war einen Moment lang wie vor den Kopf geschlagen. Danach wusste ich dann jedenfalls, dass der Kerl es doch ernst meint.«

Ernst? Was meinte Walli ernst? Walli war doch tot. Alina war verwirrt. Und das änderte sich auch nicht, als ihr klar wurde, dass ihr Vater wieder auf den Erpresser zurückgekommen war. »Wieso? Wurde Walli denn auch erpresst?«, fragte sie schließlich.

Eduard Thormählen schüttelte den Kopf. »Wie ich

schon sagte, du hast nichts begriffen«, knurrte er. »Wallmann wurde nicht erpresst. *Ich* werde erpresst! Walli wurde getötet. Abgeschlachtet wurde er. Die Bullen fragen sich, warum. Ich weiß es. Walli mag dein Ex-Freund gewesen sein, aber er war *mein* Mann, verstehst du? Mein Vertrauter, meine rechte Hand. Was glaubst du, warum ich euch beide zusammengebracht habe? Mann, hat das gut gepasst! Meine Haupterbin und meine Ein-Mann-Armee Arm in Arm! Na ja, für dich anscheinend nicht gut genug. Der Erpresser aber, der hat besser erkannt, wie wertvoll Wallmann war. Darum hat sein erster Schlag gegen mich auch ihn getroffen. Und indirekt zugleich dich! So viel zu deiner Familien-Ziel-Theorie. Der Schlag gegen dich ist doch längst erfolgt! Aber du, du hast ihn nicht einmal wahrgenommen.«

Bis dahin war Alina stehen geblieben, in sicherer Distanz und fluchtbereit. Jetzt ließ sie sich in den zweiten Ledersessel fallen. Was Vater da gesagt hatte, war ungeheuerlich. Es erschien ihr wahnwitzig, in der nächsten Sekunde zwingend logisch, dann wieder an den Haaren herbeigezogen. Wie Flipperkugeln rasten die Gedanken durch ihr Hirn, willkürlichen Impulsen folgend, ungesteuert und unberechenbar. Warum hatte sie selbst diesen Zusammenhang nicht erkannt? Weil es ihn nicht gab? Oder weil sie nicht gewusst hatte, wie eng die Verbindung zwischen Wallmann und ihrem Vater war? War sie wirklich so oberflächlich, so unbedarft, dass sie solche wichtigen Verbindungen wie die zwischen Walli und ihrem Vater einfach nicht mitbekam? Oder war sie einmal so gewesen, in jener schon so fern anmutenden Zeit, als sie so einen brachialen Typen wie Wallmann noch toll finden konnte? Jedenfalls, wenn das stimmte, dass der Erpresser Walli auf dem Gewissen hatte, dann war er ja noch viel gefährlicher als bisher vermutet. Aber wenn ihm ein Mord nichts ausmachte, warum hatte er dann nicht gleich einen von ihnen umgebracht? Siglinde, Thomas – oder sie?

Die Flipperkugel sauste, knallte, dröhnte, schmerzte. Und jedesmal prallte sie viel zu schnell zurück, von immer neuen Energiestößen beschleunigt, als dass Alina sie hätte fixieren können. Dass sie ihre Hände an die Schläfen presste, half da auch nichts.

»Warum hast du ... der Polizei keinen Tipp gegeben?«, fragte sie schließlich.

Natürlich erwähnte Eduard Thormählen das Verbot des Erpressers nicht. Klar, um so etwas kümmerte sich einer wie er nicht. »Wallmann und ich«, sagte er langsam, »das war eine Kooperation auf verschiedenen Ebenen. Wir haben uns viel Mühe gegeben, alles hübsch auseinander zu halten. Die interessanteren, lohnenderen Dinge waren nicht für die Öffentlichkeit bestimmt. Schon gar nicht für die Polizei.«

Alina schaute auf das Foto in ihrer Hand. Dort, wo sie es zwischen den Fingern hielt, begann es sich leicht zu wellen, weil ihre Hand schwitzte. Sie legte es auf den kleinen Tisch aus Mahagoniholz-Gräting, der zwischen ihnen stand. Unabsichtlich führte sie ihre Finger zur Nase. Sie rochen merkwürdig, irgendwie chemisch.

»Aber der Erpresser wusste davon?«, fragte sie.

Thormählen nickte. »Ganz offensichtlich. Das engt meinen Handlungsspielraum ein wenig ein.«

Gerade noch hatte Alina zwischen Entsetzen und Verwirrung geschwankt; jetzt wurde sie wütend. Wie er dasitzt, dachte sie, wie ein Feldherr, der von seinem Hügel aus entscheidet, welche Truppen er in die Schlacht schickt und welche er noch als Reserve zurückhält, wen er schont und wen er opfert, dabei selber über den Dingen stehend und niemandem Rechenschaft schuldig! Dabei geht rings um ihn her alles in Flammen auf, sein engster Vertrauter ist tot, seine Familie steht unter Beschuss, aber ihm geht es komplett am Arsch vorbei. War das das Holz, aus dem auch sie geschnitzt war?

»Eins musst du mir erklären«, sagte sie und wunderte

sich, wie ruhig ihre Stimme dabei klang. »Wieso beginnt ein Erpresser, der nach und nach Druck aufbauen will, gleich mit einem Mord? Von der Taktik her ist das doch grundverkehrt. Wie will sich der denn danach noch steigern?«

Ein zufriedenes Schmunzeln drängte Thormählens Mundwinkel auseinander. »Du bist eben doch meine Tochter«, sagte er anerkennend. »Ja, taktisch falsch, da hast du völlig recht. Da muss noch ein weiteres Motiv mit hineinspielen. Und damit« – sein rechter Zeigefinger schoss nach vorne – »hat sich dieser Mensch eine Blöße gegeben, denn über seine Motive ist letztlich doch jeder identifizierbar. Daran arbeite ich gerade. Natürlich nicht persönlich. Ich habe Leute beauftragt. Die haben auch das andere Foto.« Er nickte versonnen, wie um sich selbst zu bestätigen, dass er die richtigen Maßnahmen getroffen hatte. »Die Fotos sind die zweite Blöße. Durch sie wusste ich, wo wir ansetzen mussten. Alles andere ist nur noch eine Frage der Zeit.«

»Zeit, die der Erpresser zu nutzen versteht«, warf Alina trocken ein.

»Ich weiß. Unfähig ist der nicht.« Thormählen unterhielt sich mit seiner Tochter inzwischen wie mit einer Verbündeten; der Einbruch schien fürs Erste vergessen zu sein. »Und er kennt mich recht gut. Vermutlich wusste er, dass ich ihm nach seinem ersten ernsthaften Attentat sofort Wallmann auf den Hals gehetzt hätte. Genau das hat er durch eben diese Maßnahme verhindert. Zwei Fliegen mit einer Klappe, wenn nicht drei. Wirklich clever, das muss ich anerkennen.«

»Die Fotos.« Alina versuchte es noch einmal. »Wo wurden sie aufgenommen? Was zeigen sie?«

Für einen Moment kehrten Ablehnung und Misstrauen in Thormählens Miene zurück. Er fixierte seine Tochter schweigend. Alina hielt seinem Blick stand. Wenn ich ihm helfen soll, muss er mich einweihen, dachte sie. Das muss ich ihm nicht erklären, das weiß er. Entscheiden muss er sich allein.

Eine Sekunde später hatte Eduard Thormählen sich entschieden. »Also gut. Die Fotos stammen von Sylt. Da habe ich auch allerhand Investitionen getätigt. Viel eigenes Geld, noch mehr fremdes. Immobilien. Auf Sylt geht immer noch etwas. Erstaunlich, wenn man bedenkt, wie lange Sylt schon erste Adresse ist. Aber es gibt eben Booms, die hören einfach nicht auf.«

»Und wem bist du dabei auf die Zehen getreten? Konkurrenten? Kann mir nicht vorstellen, dass die mit Erpressung und Attentaten reagieren.«

»Hast du eine Ahnung«, knurrte Thormählen. Noch einmal zögerte er, gab sich dann einen deutlichen Ruck. »Aber nein, vermutlich liegen die Dinge anders. Unter anderem habe ich auf Sylt Wohnblocks erworben. Marode Dinger, beinahe schon abgängig, unteres Mietpreissegment. Profittechnisch eigentlich uninteressant. Aber die Lage entwickelt sich gut. Lage ist bei Immobilien das Einzige, was du nicht verändern kannst, wie du weißt. Weil sie eben immobil sind!« Er registrierte, dass sein Witz verpuffte, und fuhr ungerührt fort: »Die Grundstücke waren schon im Wert gestiegen. Aber richtig steigen werden sie erst mit der richtigen Bebauung. Hotels der ersten Kategorie, dito Restaurants, dito Ladenkonzepte. Die Bauzeichnungen waren fertig, die Bebauungspläne geändert, alle Entscheider und sonstigen Hindernisse gut abgeschmiert. Alle bis auf eins: die Mieter. Die wollten einfach nicht raus. Alteingesessene Sylter, Arbeiter, Angestellte, alte Leute. Behaupteten, sie würden nichts Geeignetes mehr finden auf der Insel – zu Preisen, die sie sich leisten könnten. Müssten aufs Festland ausweichen, dort leben und nur noch zum Arbeiten auf die Insel kommen, während dort die Gäste wohnten. Und dass sie das nicht wollten. Ja, Leute, was interessiert mich das?« Thormählen warf die Hände in die Luft, als stünden die aufsässigen Mieter leibhaftig vor ihm.

Alina nickte. Mittlerweile konnte sie sich vorstellen, wie die Sache weitergegangen war. Solche Vorgänge kannte sie aus dem Fernsehen. Walli und ein paar seiner Leute waren in Aktion getreten, hatten zunächst für ein paar Leerstände in den Blocks gesorgt; irgendwer fand sich ja immer, der nachgab und ausscherte. Deren Wohnungen wurden dann unter dem Vorwand notwendiger Reparaturen verwüstet, Fenster und Türen herausgebrochen, das Dach teilweise abgedeckt, bis das ganze Haus feucht und schimmelig wurde und wie eine Ruine aussah. Danach waren bestimmt weitere Mietparteien ausgezogen, bis die bewohnten Apartments in der Minderzahl waren. Dann wurden in den Treppenhäusern Dauerbaustellen eingerichtet mit Dreck, Lärm und Gestank, Wasser- und Gasleitungen wurden abgedreht oder ganz gekappt, die Kanalisation wurde unbrauchbar gemacht. Wenn das noch nicht gereicht hatte, waren Schlägerbanden aufgetaucht, hatten die Leute direkt terrorisiert, sie beschimpft, belästigt, bedroht und um ihre Nachtruhe gebracht. Danach gaben meist auch die Hartnäckigsten auf.

»Das Problem war, dass einige dieser Mieter einfach nicht begreifen wollten, dass sie keine Chance mehr hatten«, sagte Thormählen jedoch. »Wir hätten einfach abwarten können. Irgendwann wären ihnen die alten Kästen überm Kopf zusammengesackt. Aber mir lief die Zeit davon, und es gab Probleme mit den Geldgebern. Also wollten wir die Sache noch einmal etwas forcieren. Endspurt einlegen, sozusagen. Walli war sofort dabei.« Thormählen schwieg einen langen, tiefen Atemzug lang. »Ein wenig zu eifrig vielleicht«, ergänzte er dann.

Skrupel? Ihr Vater hatte Skrupel? Aber nein, dachte Alina und sagte: »Es gab also Ärger.«

»Und nicht zu knapp. War auch kein Wunder. Schließlich stand am Ende einer der Blocks komplett in Flammen.«

»Ihr habt Feuer gelegt?« Alina schnappte nach Luft. »Den Leuten die Bude über dem Kopf angezündet?«

Thormählen musterte sie missbilligend. »Vor Feuer haben die Leute nun einmal die größte Angst. Und es musste eben schnell gehen. Die Bank stand kurz davor, uns die Kreditlinie zu kündigen! Die Finanzkrise kam wirklich zum völlig falschen Zeitpunkt. Was sollten wir machen?«

Schuld waren die Opfer also selbst, dachte Alina. Logisch. Hätte ich mir ja denken können.

»Wallmanns Plan war an sich gut«, fuhr Thormählen fort. »Niemand sollte zu Schaden kommen, aber keiner sollte sich mehr trauen, noch einen Fuß in dieses Haus zu setzen. Mit etwas Glück hätte die Feuerwehr der Bude den Rest gegeben, alles unter Löschwasser gesetzt, und der Abriss wäre von Amts wegen angeordnet worden. Eins aber hatte Walli nicht bedacht, nämlich, dass er die letzten Bewohner ja gezwungen hatte, zeitweise ohne Gas und Strom auszukommen. Hartnäckig wie die waren, hatten sie sich Ersatz besorgt. Mist, blöder.«

»Propangas?« Alina hielt nichts von Camping, aber dass man mit dem Gas aus diesen grauen Stahlflaschen eine Menge machen konnte, wusste auch sie. Kocher oder Kühlschrank, Heizung und Beleuchtung, alles ließ sich mit Propangas betreiben. Relativ risikolos sogar, solange die Schläuche dicht hielten. Und solange es nicht ringsherum brannte.

Ihr Vater nickte. »Und zwar in einer der leerstehenden Wohnungen. Zwei halbvolle Flaschen. Einer von den Mietern, die sich inzwischen verdrückt hatten, hatte die einfach stehen lassen. Die Dinger sind hochgegangen wie Bomben. Drei Tote. Mann, Mann, danach war vielleicht was los!«

Klar, die Medien mussten auf solch eine Katstrophe förmlich geflogen sein. Alina konnte sich gar nicht daran erinnern, etwas darüber im Fernsehen oder in der Zeitung gesehen zu haben. Aber das musste nichts heißen. Meldungen dieser Art hatten in den letzten Jahren

Überhand genommen, seit sich die öffentlich-rechtlichen Programme den Privaten in ihrer Sensationsgier immer mehr anglichen. Hier brannte ein Fachwerkhaus, dort ein Imbiss, hier ging ein Tankwagen in die Luft, dort krachte einer in ein Wohnhaus. Eine Inflation, die einzelne Fälle oder gar Einzelschicksale verwischte und beliebig machte. Mitten drin drei Feuertote auf einer Nordseeinsel. *So what?* Morgen trieben sie wieder eine andere Sau durchs Dorf.

»Wann war denn das überhaupt?«, fragte sie.

»Ist schon fast ein Jahr her. Und seitdem kommen wir mit unserem Projekt dort überhaupt nicht mehr voran. Brandermittlung, Mordkommission, Sachverständige, der ganze Rummel. Druck durfte ich danach natürlich nicht mehr machen, um mich nicht zu exponieren. Hatte sowieso allerhand Besuch von den Bullen! Aber natürlich konnten die mir nichts. Keine verräterischen Spuren, keine Indizien, nichts. In diesen Dingen war Walli wirklich ein Profi.« Unvermutet begann er zu lachen: »Ein Gutes hatte der ganze Ärger ja. Keine drei Tage nach dem Brand war auch der letzte Mieter aus meinen Objekten raus! Schade nur, dass mir das bis heute nichts genützt hat.«

»Was ist mit den Überlebenden?«, fragte Alina. Ihre Miene war starr. »Gab es überhaupt welche? Hast du mit ihnen gesprochen?«

»Bist du wahnsinnig?« Thormählen fasste sich demonstrativ an die Stirn. »Mit denen reden? Ihnen womöglich etwas anbieten? Da könnte ich ja gleich ein Geständnis unterschreiben. Nee, nee, da heißt es cool bleiben. Ich habe mich auf den Standpunkt gestellt, dass es ein Unfall war, verursacht von den Mietern selbst, leichtsinniger Umgang mit Gas und so. Als dann doch Brandbeschleuniger nachgewiesen wurde, hieß das für mich Vandalismus. Blinde Zerstörungswut, ziellose Aktion, Zufallstäter. Kennt man doch, überall betrunkene Jugendliche heutzutage, die machen alles kaputt, was ihnen zwischen die Finger kommt, und die Eltern kümmern sich einen Dreck. Sag selbst, ist es nicht so? Fast hätte ich mir selbst geglaubt.«

Wieder dieses fette Lachen. Alinas Finger krallten sich in die Sitzlehnen. »Also gibt es Überlebende«, stellte sie fest. »Könnte es sein, dass die …«

»Na klar! War auch mein erster Gedanken. Rache ist doch ein starkes Motiv. Zumal« – er beugte sich in plötzlicher Vertraulichkeit vor – »zumal bei einigen der Attentate hier auf Langeoog ja auch Flaschengas verwendet wurde. Sieht doch sehr nach einer Retourkutsche aus, oder?«

Alina drückte sich unter dem Blick ihres Vaters tiefer in die Sesselpolster. Hier schließt einer von sich auf andere, dachte sie, während sie die Lichtreflexe in seinen weit aufgerissenen Augen beobachtete. Sie flackerten wie Flammen, wie kleine Explosionen.

Unvermittelt erhob sich Eduard Thormählen, ging um den ausladenden Schreibtisch herum und öffnete eine der hohen Schranktüren, die ebenso kalt funkelten wie der Rest der Büroeinrichtung. Dahinter kam eine weitere Tür zum Vorschein, eine Stahltür in stumpfem Grau. Mit triumphierender Geste zog Thormählen sein Schlüsselbund hervor, öffnete die Tür mit einem kompliziert aussehenden Doppelbartschlüssel. Ein Waffenarsenal kam zum Vorschein, bestehend aus mehreren Gewehren, Faustfeuerwaffen und haufenweise Munitionspäckchen. »Siehst du?«, fragte er stolz. »Ich bin vorbereitet.«

»Worauf? Angriff der Raketenwürmer?«, erwiderte Alina trocken. Trocken aber war plötzlich auch ihr Mund.

Thormählen schien den Einwurf gar nicht registriert zu haben. »Das hier sind Jagdwaffen, ganz legale«, erläuterte er, während seine Hand zärtlich über die langen Läufe strich. »Und hier, Sportpistolen, alle ordentlich auf meiner Waffenbesitzkarte eingetragen. Das hier dagegen … na ja.

Man kann ja mal etwas übersehen, nicht wahr?« Er nahm eins der Gewehre aus der Halterung. Es war kürzer als die Jagdflinten, dafür mindestens ebenso großkalibrig, und unterhalb des Schaftes ragte ein langes Magazin heraus. »Kleines Souvenir aus Pakistan. Dort machen sie dir sowas an jeder Straßenecke, genau nach Wunsch. Irre, nicht?«

»Ja«, antwortete Alina.

»Das Schöne ist, die bauen dir auch jedes Einzelteil nach, ganz exakt. Daher gibt es zu jeder dieser Waffen mindestens einen Ersatzlauf. Passgenau und austauschbar, verstehst du? Aber mit ganz eigener Charakteristik, was die Marken angeht, die jeder Lauf auf dem Geschoss hinterlässt. Mit ausgetauschtem Lauf kannst du diese Waffen für alles Mögliche benutzen, und kein Kriminaltechniker wird dir irgendwas nachweisen können. Solange du die Waffen an einem sicheren Ort bunkerst, natürlich. Clever, was?«

»Was hast du vor?«, fragte Alina. Ihr wurde immer mulmiger.

»Sowie ich weiß, wer dieser Erpresser ist, wird er in der Zeitung stehen«, sagte Thormählen ruhig. »Unter Familienanzeigen, mit dickem schwarzem Rand. Wie sich das gehört. Meine Leute sind dran. Alle Überlebenden, alle Angehörigen der Brandopfer, alle anderen Geschädigten werden zur Zeit durchleuchtet. Einer von denen muss es sein. Wenn wir den haben, dann haben wir auch die Unterlagen, die Beweise, von denen der faselt. Und dann – tschüss.«

Kalt, dachte Alina, so kalt. Sie widerstand dem Impuls, die Beine unter den Körper zu ziehen und die Arme um den Leib zu schlingen, nur mühsam. Stattdessen legte sie ihre Hände zusammen, führte sie zum Mund und hauchte hinein.

Da war wieder dieser merkwürdige Geruch. Der Geruch, der dem Foto anhaftete. Diesem merkwürdig altmodisch aussehenden Schwarzweißfoto. Plötzlich wusste sie, was das war. »Fixiersalz«, sagte sie.

»Wie bitte?« Thormählen hielt inne, das Automatikgewehr noch in der Hand.

»Fixiersalz«, wiederholte Alina. »Gibt es meist als Lösung zu kaufen. Wird in Dunkelkammern benutzt. Die Papierabzüge kommen nach dem Entwickeln hinein, um den Entwicklungsvorgang zu stoppen. Danach müssen sie in Wasser gespült werden. Wenn man das nicht gründlich genug macht, bleibt ein leichter Geruch zurück.« Sie lächelte gegen ihren Willen. »Das weiß ich aus meiner Schulzeit. Foto-AG. Früher hatten viele Fotoamateure eigene Dunkelkammern. Oder auch freie Journalisten. Ist aber längst aus der Mode. Heute geht das ja alles digital.«

Thormählen stellte das Gewehr weg, ohne die Stahltür zu schließen, eilte zurück zu Sitzgruppe, schnappte sich das Foto und hielt es sich an die Nase. Er nickte. »Fixiersalz, ja? Bist du sicher?«

Alina nickte ebenfalls. »Wieso?«

»Weil mich das auf eine Idee bringt.« Er ließ das Foto wieder auf den Tisch fallen und griff nach dem Hörer der Telefonanlage, die seitlich auf dem Schreibtisch stand. »Schätze, wir müssen unsere Suche ein bisschen erweitern.« Sein Zeigefinger näherte sich dem Tastenfeld, verharrte jedoch wenige Zentimeter davor in der Luft. Thormählen legte den Hörer zurück. »Wäre nett, wenn du mich jetzt allein lassen würdest. Und, äh, danke. Du hast mir sehr geholfen.«

Alina erhob sich langsam. Die letzte Bemerkung ihres Vaters verursachte bei ihr Gänsehaut.

38.

»Sehr schön.« Marian Godehau war mit sich zufrieden. Sein Artikel für die Hauptausgabe der *Regionalen Rundschau* las sich sehr gut, rund und glatt, ebenso informativ wie unterhaltsam. Marian verstand es, so zu formulieren, dass Leser, die einmal in den Sog seiner Sätze geraten waren, gar nicht anders konnten, als den ausgebreiteten Gedankengängen bis zum Schluss zu folgen. Und so bescheiden er auch in anderen Dingen war, so sehr war er sich dieser Stärke bewusst. Schade nur, dass sein Egoismus und sein Karrierestreben nicht so ausgeprägt waren wie seine Schreibkunst! Er verstand es einfach nicht, sich bei den richtigen Leuten lieb Kind zu machen, sich im richtigen Moment in den Vordergrund zu spielen. Andere, weit weniger qualifizierte Kollegen hatten ihn auf dem Weg nach oben längst hinter sich gelassen. Er dagegen war immer noch einfacher Redakteur. Und das nicht einmal mehr in der Zentrale, sondern in der entlegensten aller Randredaktionen. Na ja, was nützte alles Klagen. Immerhin konnte er sich mit diesem Artikel wieder einmal in Erinnerung bringen. Vielleicht merkten ja wenigstens die Leser, wie die *Rundschau* mit dem Potenzial ihrer Mitarbeiter umging.

Marian lachte leise und spöttisch vor sich hin, während er den Artikel ein letztes Mal überflog. Dann klickte er auf »Senden«. So, Schluss für heute! Wieder eine Ladung Futter für die *Rundschau*-Leser. Und natürlich würden auch diesmal wieder die allermeisten keine Qualitätsunterschiede erkennen. Die Leute lasen halt, was sie interessierte. Stil und Sprache waren nachrangig.

Marian schaute auf die Uhr: Abendbrotszeit. Die Kollegen in Oldenburg waren um diese Zeit noch mitten in der Produktion, in der Sportredaktion hatte der größte Stress gerade erst richtig begonnen und würde mit Sicherheit noch ein paar Stunden anhalten. Das war doch ein großer Vorteil der Randlage: die frühe Umbruchzeit, eine direkte Folge mangelnder Wichtigkeit. Zwar war er später fertig geworden als vorgesehen, kein Wunder wegen der vielen Unterbrechungen, trotzdem hatte er den ganzen Abend noch vor sich.

Sina, Stahnke und Lüppo Buss waren schon vor geraumer Zeit gegangen. Gerne hätte Marian diese neue Entwicklung in Sachen Bootsdiebstahl weiter mit ihnen diskutiert, aber seine eigenen Pflichten waren einfach zu drängend gewesen. Jetzt stand er hier mit seinem Halbwissen, ohne rechte Ahnung, worauf diese jüngsten Erkenntnisse nun hinausliefen. Overbeck schien andere Ziele zu verfolgen als bisher angenommen, na gut. Zusätzlich? Oder stattdessen? Brachte das, was ihn nun neu belastete, in anderer, gravierenderer Hinsicht Entlastung für ihn? Schwer zu beurteilen. Genau genommen überhaupt nicht, dachte Marian.

Mitten im redaktionellen Endspurt hatte auch Alina angerufen, und Marian hätte sich gerne mehr Zeit für sie genommen. Einmal aus Prinzip, und zum anderen, weil auch sie Neues zu berichten hatte. Ein enger Zusammenhang zwischen dem Mord, den Stahnke bearbeitete, und der Anschlagserie hier auf der Insel. Hatte beunruhigend geklungen, aber auch spekulativ. Nichts für seinen heutigen Artikel also. Der Zeitdruck war groß gewesen, daher hatte er Alina gebeten, Stahnke zu informieren, und ihr auch seine Handynummer gegeben. Darüber hatte er ganz vergessen, sich für heute Abend mit ihr zu verabreden. Wie blöd konnte er eigentlich sein?

Ach, waren das Zeiten, als Journalisten noch rauchten, dachte er. Dann könnte ich mir jetzt einfach eine anstecken und in Ruhe überlegen, eine Zigarettenlänge lang. Klar, überlegen konnte er auch so, aber das war irgendwie nicht dasselbe. Nicht, weil es sich mit verengten Adern und weniger durchblutetem Gehirn etwa besser hätte überlegen lassen. Nein, es fehlte einfach das Ritual.

Aber das ließ sich doch ersetzen! Gab es hier in Ostfriesland etwas Rituelleres als Tee trinken? Na ja, Grünkohl essen vielleicht. Aber das tat man nur im Winter. Eine Tasse Tee hingegen war schnell gebrüht, zu jeder Jahreszeit. Und selbst hier.

Da stand sogar noch der schmutzige Becher, den Keno Gautier hinterlassen hatte. Ach ja, den Teerest hatte Marian in den Papierkorb gekippt, auf die Papierbögen, die darin lagen. Gautier hatte ja diesen Morgen seine Texte auf Papier in die Redaktion gebracht und sie hier direkt ins System getippt. »Eingetickert«, wie er das Abtippen nannte. Guter Mann, echt zuverlässig, dachte Marian. Wenn ich heute zu allen anderen auch noch Fremdtexte hätte eintippen müssen, dann gute Nacht.

Gautier gehörte zu denjenigen Mitarbeitern, denen es schwerfiel, ihre Texte in einer potenziell unruhigen Redaktion zu verfassen, sondern die dazu die heimische Ruhe benötigten. Aber warum hatte er die Texte eigentlich nicht einfach auf Stick oder Diskette mitgebracht und gleich direkt in den PC geladen? Ach ja, weil sein eigener Computer zu Hause kaputt war. »Jockel« hatte er ihn in seiner Nachricht genannt. Lustig. Marian kannte den Begriff nur als Synonym für Dieselmotoren.

Aber wie hatte er seine Texte dann überhaupt geschrieben? Etwa von Hand?

In der Redaktion gab es mehrere Papierkörbe; der, in den Marian die Gautier-Skripte geworfen hatte, stand ein wenig abseits. Daher war heute Nachmittag auch weiter nichts darin gelandet. Marian beugte sich darüber. Da waren die Bögen, ordentlich zusammengefaltet, die Außenseiten besudelt mit kaltem Tee. Zwischen den gelben Teeflecken waren die Blätter gräulich. Und sie waren uneben, buckelig, eine Folge der Typenhebel, die sie von den Vorderseiten her getroffen hatten. Diese Bögen waren mit einer altmodischen Schreibmaschine betippt worden.

Ihm wurde schwindelig. Gautier? War Keno Gautier

der Erpresser? Dieser etwas brummelige, aber doch nette Typ, dieser zuverlässige Mitarbeiter, solide Schreiber, humorvolle Beobachter? Dieser handwerklich geschickte Mann, der es schaffte, sich mit allerlei Teilzeitjobs über Wasser zu halten? Ausgerechnet der?

Aber es lag auf der Hand. Einer wie Keno Gautier kam auf der ganzen Insel herum, kam überall hinein, steckte als Berichterstatter seine Nase in alles, ohne dadurch aufzufallen. Außerdem verdiente er sich Geld mit Reparaturarbeiten, verstand sich auf Holz und Metall ebenso wie Elektrik und Mechanik. Kaum ein Haus, eine Werkstatt, eine Küche auf dieser Insel, in der er noch nicht gewesen war, schätzte Marian. Gautier arbeitete schnell und preiswert, nahm selbst kleinste Aufträge, aber auch die längerfristige Betreuung ganzer Objekte an; man musste kein gebürtiger Insulaner sein, um sich vorstellen zu können, wie gefragt solch ein Mann in der Langeooger Geschäftswelt war.

Mit spitzen Fingern zog Marian die Bögen aus dem Papierkorb heraus, hielt die tropfenden Dinger auf Augenhöhe, mit Sicherheitsabstand. Ja, das Schriftbild sah genauso aus wie das des Erpresserbriefs, den Alina ihm gezeigt hatte. Vor Jahren, als Schreibmaschinen noch weit verbreitet waren und in fast jedem Haushalt eine stand, hätte das allein noch nichts bedeutet. Erst eine genaue Schriftbildanalyse hätte einen vagen Verdacht zur Gewissheit werden lassen können. Aber heute? Zwar besaß immer noch mancher solch ein veraltetes Ding, aber wer benutzte es schon noch?

War Keno Gautier also tatsächlich der Erpresser? Und, falls Alina richtig lag, sogar ein Mörder?

Hinter ihm knarrte eine Tür. Schwere Schritte ließen den auf Holzbalken gelagerten Redaktionsfußboden leicht erbeben. Eine raue Stimme sagte: »Nanu, du bist ja noch da.« Und dann: »Ach du Scheiße.«

Okay, dachte Marian. Das dürfte wohl eine Schriftbildanalyse ersetzen.

Langsam drehte er sich herum. Es war so still, dass man das Tropfen des Tees auf den Boden hören konnte. Als Gautier in Marians Blickfeld auftauchte, stand er mit dem Rücken zur geöffneten Tür, seinen Rucksack wie meistens an nur einem Gurt über der rechten Schulter, beide Hände in die Hüften gestemmt. Breit, sehr breit sah er aus. Breit und kräftig.

»Die hier wolltest du holen, stimmt's?«, fragte Marian.

Gautier nickte bloß. Ohne den Blick von seinem Gegenüber zu wenden, ließ er seinen Rucksack von der Schulter rutschen und zu Boden gleiten. Obwohl er ihn vorsichtig absetzte, klang es schwer und hart.

»Warum?«, fragte Marian. »Warum hast du das getan?« Einen Moment lang hatte er mit dem Gedanken gespielt, den Unwissenden zu mimen, um die Redaktion unbehelligt verlassen und Hilfe herbeitelefonieren zu können. Aber das hatte überhaupt keinen Zweck, Gautier hatte ihn in eindeutiger Pose überrascht. *Caught in the act*. Besser, den Mann in ein Gespräch zu verwickeln. Solange sie sprachen, tat er ihm vielleicht nichts.

»Wieso getan?«, knurrte Gautier. »Ich bin noch nicht fertig, also ist Präsens angebracht. Immer schön auf die Zeiten achten, Chef.«

Marian versuchte ein Lächeln, aber er scheiterte kläglich. »Gegenfragen sind keine Antworten«, konterte er, während ihm sein hart klopfendes Herz den Brustkorb zu sprengen drohte. »Schulmeisterei statt Aussagen – willst du Politiker werden?«

Jetzt lächelte Gautier. Es war ein bedauerndes Lächeln. »Bist ein netter Kerl, Marian«, sagte er. »Tut es denn Not, dass du deine Nase in alles reinsteckst?«

»Musst du gerade sagen.« Marians Stimme vibrierte ebenso wie sein ganzer Körper. »Du hast ja nicht nur die Nase überall reingesteckt, sondern noch ganz was anderes. Aber warum? Warum machst du das?«

Ohne sich umzudrehen, griff Gautier hinter sich und

ließ die Tür zuklappen. »Du hast mir ein bisschen zu viel Kontakt zur Polizei, als dass ich dir hier irgendwas auf die Nase binden werde«, sagte er. »Aber ums Binden werden wir wohl nicht herumkommen. Ich brauche noch ein bisschen Zeit, ohne dass du mir in die Parade fährst.«

Er bückte sich, um seinen Rucksack zu öffnen. Jetzt oder nie, dachte Marian. Er stürmte los, den Kopf gesenkt, die Fäuste geballt. Zwei lange Sätze, dann holte er aus und schickte einen kraftvollen Schwinger in Richtung Gautiers Kopf.

Als Marians Faust ihren Bestimmungsort erreichte, war Gautiers Kopf schon nicht mehr dort. Vom eigenen Schwung mitgerissen, taumelte Marian auf die geschlossene Redaktionstür zu. Fast hätte er sich noch abfangen können, aber ein harter Stoß traf seinen Rücken und brachte ihn aus dem Gleichgewicht. Den lauten Knall, mit dem seine Schläfe gegen die hölzerne Türfüllung prallte, hörte er schon nicht mehr.

39.

»Noch einen Tee?«, fragte Insa Ukena, die geblümte Kanne in der Hand. Jannik Bartels nickte dankbar und schob ihr seine Tasse hin. Sie ließ einen dicken Kluntje in die kleine, hauchdünne Porzellanschale plumpsen und schenkte ein. Alle lauschten dem Knistern des Kandis, der in der heißen Flüssigkeit Sprünge bekam und sich aufzulösen begann. Als die Oberkommissarin ihr Werk noch mit einem Sahnewölkchen krönte, war das Ritual perfekt. Insa Ukena schaute mit mütterlicher Zufriedenheit zu, wie der kleine Koch das Tässchen an die Lippen hob, natürlich ohne umgerührt zu haben, und vorsichtig zu schlürfen anfing. Seine bleichen Wangen begannen sich wieder zu röten.

Welch ein Idyll, dachte Lüppo Buss und schob seine leere Tasse ebenfalls seiner Kollegin hin. Deren Reaktion bestand in einem Kopfnicken in Richtung Kanne.

»Nett, dass du noch eben bei uns vorbeigekommen bist«, sagte Insa Ukena und hielt Jannik Bartels den Keksteller hin. »Wenn man bedenkt, was du heute schon alles erlebt hast! Ich an deiner Stelle hätte mich wahrscheinlich irgendwo verkrochen.«

Der kleine Koch schüttelte den Kopf. »Auf gar keinen Fall! Unter Menschen ist mir jetzt deutlich wohler. Ich meine, ein geselliger Mensch bin ich sowieso. Aber solange Thomas Overbeck noch frei herumläuft, werde ich das Gefühl nicht los, dass er irgendwo auf mich lauert. Lieber lasse ich mich einsperren, als allein zu Hause zu sitzen.«

»Lässt sich einrichten«, flachste Lüppo Buss, was ihm einen strafenden Blick von Insa Ukena eintrug. Er schmunzelte nur. Mittlerweile war ihm der kleine Koch richtig ans Herz gewachsen, da konnte er die kindische Eifersucht, zu der er sonst neigte, ganz gut im Zaum halten. »Immerhin hältst du es noch mit Polizisten aus«, fuhr er fort. »Keine Selbstverständlichkeit, wenn man bedenkt, dass du gerade erst im *Haus der Insel* das zweifelhafte Vergnügen mit Herrn de Beer und seinem Hochleisterteam hattest.«

Jannik Bartels zuckte die Achseln. »Wenigstens hat er versprochen, dass die ganze Insel durchkämmt wird. Will dafür noch mehr Leute anfordern, sagt er. Die Verbindungen zum Festland werden ja schon länger überwacht. Fähren, Flugzeuge, Yachthafen – sogar Wattwanderungen sind nur noch mit polizeilicher Erlaubnis statthaft! De Beer ist sich sicher, dass Overbeck noch auf der Insel ist. Und dass es nur eine Frage der Zeit ist, bis sie ihn haben.«

Lüppo Buss schnaubte verächtlich. »Und ich sage, der nimmt den Mund ganz schön voll. Habt ihr gesehen, was heute den ganzen Tag über am Hafen los war? Die Touristen verlassen in Scharen die Insel, jede Fähre ist überfüllt, selbst die zusätzlich eingesetzten! In diesem Gedränge durch die Kontrollen zu schlüpfen, ist relativ einfach. Mich würde es nicht wundern, wenn Overbeck schon wieder in Deutschland ist.«

Der kleine Koch wiegte zweifelnd den Kopf. Dass die Insulaner das Festland als »Deutschland« bezeichneten, um so ihren eigenen Sonderstatus zu betonen, fiel ihm schon nicht mehr auf. »Ich weiß gar nicht, was mir lieber wäre«, sagte er. »Wenn er schon wieder weg ist, kann er mir im Moment zwar nichts anhaben, aber damit steigt die Gefahr, dass er entkommt und zur dauerhaften Bedrohung wird. Wenn er noch hier ist, besteht eine gute Chance, ihn bald zu erwischen. Aber bis es so weit ist, finde ich bestimmt keine Ruhe.«

Er leerte seine Tasse und wurde von Insa Ukena mit neuem Tee und weiterem Gebäck versorgt. Lüppo Buss lehnte sich zurück. Er selbst konnte auch etwas Ruhe vertragen, war aber ebenfalls sicher, sie nicht zu finden, solange der Verhasste noch auf der Insel war. Nur hieß der für ihn nicht Overbeck, sondern de Beer.

Stahnke hatte es gut, überlegte er weiter. Der hatte sich mit seiner Sina absentiert und zurückgezogen. Leicht vorzustellen, was die beiden gerade trieben – aber das untersagte Lüppo Buss sich lieber. Außerdem beneidete er Stahnke ja nicht um Sina, sondern um Kramer. Der arbeitete zuverlässig und unermüdlich weiter und kam sukzessive voran, während sich sein Chef nicht nur um seine Freundin, sondern vor allem um Dinge kümmerte, die ihn eigentlich gar nichts angingen. Stahnke konnte sich das leisten, nicht nur, weil er der Chef war, sondern vor allem, weil Kramer ihn brav mit Resultaten versorgte. Zum Beispiel mit der Erfolgsmeldung in Sachen Bootsfahndung. Dass das gestohlene Boot, mit dem Overbeck vor einigen Tagen die Insel verlassen hatte, inzwischen aufgefunden worden war. Kurz vor der Grenze zu Tschechien. Dass man bei dieser Gelegenheit Mitglieder einer Schieberbande, die straff organisiert vorgegangen war, dingfest gemacht hatte. Dass dieser Diebstahl also mitnichten eine Zufallsaktion gewesen sein konnte.

Ruckartig beugte Lüppo Buss sich wieder vor. »Sag mal, was ist eigentlich aus der Sache mit dem Boot deines Chefs geworden?«, fragte er, ohne Rücksicht darauf, dass er dem jungen Koch damit das Wort abschnitt.

Jannik Bartels schaute ihn entgeistert an. »Was soll sein? Es ist weg. Gestohlen worden und nicht wieder aufgetaucht. Versicherungsfall, sagt Thormählen. Er hat sich inzwischen wenigstens wieder abgeregt. Na ja, es gibt ja auch genug andere Dinge, über die er sich aufregen kann.«

»Wer wusste eigentlich seinerzeit davon, dass ihr vorhattet, am Abend einen Trip nach Deutschland zu machen?«

»Eine Menge Leute.« Wieder zuckte der kleine Koch die Schultern. »Wir haben uns ja in aller Öffentlichkeit verabredet. Haben auch noch ein paar andere Leute gefragt, die aber nicht wollten oder keine Zeit hatten. Natürlich wussten auch Herr Thormählen und seine Frau Bescheid; er hat sich ja erst bei ihr vergewissert, dass sein Boot nicht etwa anderweitig gebraucht wurde. Na, und im Yachthafen hat es sicher auch mancher mitgekriegt. Besonders leise waren wir ja nicht.«

»Frau Thormählen, geborene Tuitjer«, sagte Lüppo Buss. »Geschiedene Overbeck. Die Mutter von Thomas.«

»Ich weiß.« Jannik Bartels blickte den Inselpolizisten fragend an.

»Du hast doch erzählt, Overbeck habe zugegeben, wegen seiner Spekulationen seit einiger Zeit in Geldnot zu sein und sich daher durch zwielichtige Tätigkeit etwas hinzuverdient zu haben«, fuhr Lüppo Buss fort. »Gehen wir mal davon aus, dass Overbeck dich zwar nicht belogen, dir aber auch nicht die volle Wahrheit gesagt hat. Dass er neben halblegalen auch komplett illegale Aktionen gemacht hat, um an Geld zu kommen. Dass er zum Beispiel regelmäßig und auf Bestellung Boote geklaut hat, die dann von einer professionellen Schieberbande ins Ausland gebracht wurden. Dass er nicht nur fürs Klauen selbst, sondern auch für die entsprechenden Tipps bezahlt wurde. Na, macht das Sinn?«

Der kleine Koch blies die Backen auf. »Klar macht das Sinn! Durch seine Mutter hat er erfahren, wo das Boot seines Vaters in dieser Nacht sein würde, nämlich unbewacht in Bensersiel. Und weil er wusste, dass das Boot gut versichert war, machte es ihm überhaupt nichts aus, das Ding seinen Abnehmern zu melden, zu klauen und an sie weiterzureichen. Wenig Mühe, doppelter Lohn. Und jetzt verstehe ich auch, warum er zwischenzeitlich die Insel verlassen hat, obwohl das ein zusätzliches Risiko für ihn bedeutete. Dringende Bestellung – und er konnte es sich nicht leisten, seine Geschäftspartner zu verärgern.«

Insa Ukena goss sich den Rest aus der Teekanne in die eigene Tasse. »Wenn das alles zutrifft«, sagte sie langsam, »und ich zweifle eigentlich nicht daran – wenn Overbeck neben allem anderen auch ein gewerbsmäßiger Bootsdieb ist, dann müsste er doch noch an weiteren einschlägigen Taten beteiligt gewesen sein. Richtig?«

Lüppo Buss nickte. »Richtig. Und denkst du dabei an etwas Bestimmtes?«

»Du nicht?«

Der Inselpolizist trommelte mit den Fingern auf die Tischplatte. »Stahnkes Fall«, sagte er. »Der Mord im Yachthafen Bingum. In Verbindung mit einem Bootsdiebstahl. Das Boot ist ebenfalls bis heute verschwunden. Könnte passen.« Er rieb sich das Kinn. »Es war dieselbe Nacht, allerdings fand der Diebstahl in Bingum einige Stunden eher statt als der in Bensersiel. Angenommen, Overbeck hat Wallmanns Boot nur bis zur Jann-Berghaus-

Brücke gefahren, das dauert bloß ein paar Minuten. Da gibt es eine Stelle am Emsdeich, die fürs Slippen gut geeignet ist. Wenn seine Komplizen dort das geklaute Boot in Empfang genommen haben, hätte Overbeck mehr als genügend Zeit gehabt, um nach Bensersiel zu fahren und dort noch einmal zuzuschlagen.«

»Macht Sinn.« Insa Ukena schnippte mit den Fingern. »Denn in Bingum wollte Overbeck offenbar gleich zwei Boote besorgen, kam jedoch nicht mehr dazu. In dem Bericht, den Kramer gefaxt hat, steht, dass beim Nachbarboot schon eine Leine gelöst worden war.«

»Und wie hätte er zwei Boote gleichzeitig steuern wollen?«, fragte Jannik Bartels.

»Das eine hätte er einfach mit dem anderen in Schlepp genommen«, antwortete Insa Ukena. »Für eine kurze Strecke geht es ganz problemlos. Weil Overbeck aber überstürzt flüchten musste, hat er das zweite Boot, das vermutlich ebenfalls bestellt und fest zugesagt war, dann eben in Bensersiel besorgt. Er wusste ja, dass ein passendes dort sein würde.«

»Und zwischen den beiden Bootsdiebstählen soll Thomas Overbeck also zum Mörder geworden sein«, sinnierte Lüppo Buss. »Hm. Dieser Wallmann könnte ihn überrascht haben, klar. Sieht den Dieb, regt sich furchtbar auf, will ihn gleich packen. Soll ja ein großer und handfester Bursche gewesen sein. Overbeck – wenn er es denn war – gerät in Panik und sticht zu. Na ja, möglich. Aber sechsunddreißig Mal? Völlig irre! So handelt doch kein überraschter Dieb.«

»Vielleicht kam ja ein anderes Motiv hinzu«, sagte Insa Ukena. »Vielleicht gab es eine Verbindung zwischen Overbeck und Wallmann, von der wir noch nichts wissen. Möglicherweise hat Overbeck sich Wallmanns Boot nicht zufällig ausgesucht, genau wie das Boot seines Stiefvaters. Eine gezielte Aktion, basierend auf Informationen, die er hatte. Das wäre doch denkbar.«

»Etwas viel Konjunktiv«, sagte Lüppo Buss. »Möglicherweise, vielleicht, denkbar. Gut und schön. Etwas Handfestes wäre mir jedoch weitaus lieber.«

Es klapperte; Jannik Bartels hatte seinen Teelöffel auf die Untertasse fallen lassen. Plötzlich war er wieder leichenblass.

»Was ist?«, fragte Insa Ukena besorgt. »Ist dir schlecht? Wirkt vielleicht der Schock noch nach?«

Der kleine Koch schüttelte den Kopf. »Nein«, sagte er heiser. »Mir ist nur gerade etwas eingefallen. Etwas, was ich vorhin im *Haus der Insel* vergessen hatte.« Er schob seine Hand in die Hosentasche. Mit spitzen Fingern zog er etwas heraus und legte es neben seine filigrane Tasse. Ein zusammengefaltetes Butterfly-Messer, eins von der langen Sorte mit massiven Griffhälften. »Das gehört Thomas Overbeck«, sagte er. »Hab ich in seiner Jackentasche gefunden. Fingerabdrücke sind aber wohl keine brauchbaren mehr drauf. Außer von mir.«

»Keine Sorge«, sagte Insa Ukena. Wie aus dem Nichts präsentierte sie eine Plastiktüte und stülpte sie über das Messer. »Die Kriminaltechnik hat noch ganz andere Möglichkeiten. Wenn dies die Tatwaffe ist, dann können die das auch nachweisen.«

»Donnerwetter«, sagte Lüppo Buss. »Da soll noch mal einer sagen, die ostfriesische Teezeremonie sei verlorene Zeit! Schätze, wir haben bei Stahnke allerhand gut. Fehlt bloß noch, dass wir ihm den Täter gleich mitliefern können, versandfertig verpackt und verschnürt. Wie sieht es aus, Jannik, hättest du vielleicht noch einen Tipp für uns, wo sich Thomas Overbeck aufhalten könnte?«

»Du wirst lachen«, erwiderte der kleine Koch. »Den habe ich.«

40.

Marian erwachte mit einem Schreckensschrei. Hatte er schlecht geträumt, oder war die rechte Hälfte seines Schädels tatsächlich zu heißem, halbflüssigem Glas geworden, und sein Gehirn war wirklich drauf und dran, durch diese weiche Masse hindurch zu Boden zu rutschen? Er wollte sich dorthin greifen, wo es heiß und schmerzhaft pulsierte. Aber das ging nicht. Seine Hände, seine gesamten Arme ließen sich nicht bewegen.

»Na, das ging ja schnell«, sagte eine raue Stimme. »Scheinst einen hübsch harten Schädel zu haben. Brauchst du aber auch, so plump, wie du boxt.«

Marian öffnete die Augen. Er lag auf dem Fußboden der Redaktion, unweit des Papierkorbs, aus dem er Keno Gautiers tropfende Schreibmaschinenseiten gefischt hatte, die Hände auf den Rücken gefesselt. Auch seine Füße waren mit einer Art Wäscheleine zusammengebunden, die zusätzlich noch um die Rippen eines altmodischen Heizkörpers geschlungen war. Gautier saß an Marians Schreibtisch, den Rucksack neben sich auf dem Boden, und drehte sich auf dem Bürostuhl lässig hin und her.

»Tja, das nennt man wohl Ironie des Schicksals, mein Junge«, sagte er. »Vor ein paar Stunden erst habe ich einen Gefesselten befreit, was mir gut zupass kam, weil der dafür sorgen wird, dass die Polizei weiterhin der falschen Fährte folgt. Und jetzt musste ich selbst einen fesseln. Aus dem gleichen Grund.«

»Du bist ja noch hier. Was hat dich aufgehalten? Hattest du es nicht so furchtbar eilig?« Marian erschrak über seine eigene Dreistigkeit. War er denn wahnsinnig, einen Mörder zu provozieren? Aber irgendwie konnte er nicht anders. Sein Kopf schmerzte, hinter den Schmerzen lauerte die Angst, aber das alles beherrschende Gefühl war

Zorn, und in heiligem Zorn war er bisher noch gegen jede Wand gerannt. Verdammt, dies hier war Keno Gautier, der Mann, den er schätzte, dessen Lebenstüchtigkeit er bewunderte, den er bei jeder Gelegenheit gelobt hatte! Trotz der erst kurzen Zeit ihrer Zusammenarbeit hatte sich für ihn bereits eine große Vertrautheit eingestellt. Und was tat dieser Kerl? Schnürte ihn zu einem Bündel, ließ ihn sich auf dem Boden seiner eigenen Redaktion winden, band ihn an der Heizung fest wie einen lästigen Köter!

Keno Gautier lachte kurz und kratzig. »So ist es recht, zeig mir, wer der Boss ist«, spottete er. »Draußen ist es noch zu hell. Und es sind zu viele Bullen unterwegs. Die suchen zwar nicht nach mir, aber wer weiß! Zufälle passieren. Ich möchte nicht das Korn sein, das von einem blinden Huhn aufgepickt wird.«

Glück gehabt, dachte Marian. Aber jetzt halt mal lieber dein Maul. Vorsichtig versuchte er Hände und Füße zu bewegen. Die Stricke schienen nicht so fest geschnürt zu sein, dass sie ihm das Blut abdrückten. Aber fest genug geknotet, um sich nicht abstreifen zu lassen. Da war ein Fachmann am Werk gewesen. Oder nein – kein Spezialist, eher ein Generalist. Ein Alleskönner. Ein Hans Dampf in allen Gassen. Einer, dem anscheinend alles zuzutrauen war.

»Wie du festgestellt hast, habe ich dich nicht geknebelt«, fuhr Gautier fort. »Ich möchte ja nicht, dass du Todesängste ausstehen musst wie der kleine Koch, der fast erstickt wäre. Außerdem ist hier sonntags außer uns niemand im Haus, wie du weißt, da nützt Schreien nicht viel. Also reiß dich etwas zusammen, dann bleibt dir der Knebel erspart.«

»Okay«, sagte Marian. Und als ob sie das kurze Öffnen seines Mundes ausgenutzt hätte, schlüpfte die unvermeidliche Frage hinterher: »Was war denn mit Jannik Bartels?«

»Das Geißlein hat dem bösen Wolf die Haustür aufgemacht. Das hätte es besser nicht tun sollen.« Gautier blinzelte Marian aufmunternd zu. »Los, tu mir schon den Gefallen. Frag!«

»Geißlein?«, fragte Marian gehorsam. »Wolf?«

»Na siehst du!« Gautier strahlte über das ganze bartstoppelige Gesicht. »Brav. Fein gemacht. Dann erzähl ich dir auch die Geschichte.«

Gerade wollte er mir doch keine Silbe erzählen, erinnerte sich Marian. Von wegen Polizeikontakte. Warum dieser plötzliche Sinneswandel? Weil ich ihm nicht mehr gefährlich werde, weil ich nichts mehr verraten kann? Klar, verdammt, er hat mich mit seinen Schreibmaschinenblättern in der Hand gesehen. Er weiß, dass ich es weiß. Da kann ein Mörder kein Risiko eingehen.

Vom Kopf her wurde seine Haut eiskalt. Er wird mich töten, dachte Marian. Da hat er gar keine andere Möglichkeit. Ich kann ihn identifizieren, und das würde ich auch, wenn er mich ließe. Hat keinen Zweck, etwas anderes zu behaupten. Er bringt mich um. Ein flirrendes Singen ertönte in seinem Kopf und begann anzuschwellen. Marian schloss die Augen und atmete tief. Ohnmächtig werden wollte er jetzt auf keinen Fall, warum auch immer.

Gautier war plötzlich über ihm, fasste nach seinen Händen, rüttelte an dem Strick, der seine Füße zusammenhielt. »Sind die Fesseln zu eng?«, fragte er. Es klang richtig besorgt. »Staut sich das Blut irgendwo? Du wirst so blass.« Leichte Ohrfeigen klatschten rechts und links gegen seine Wangen.

»Au!« Marian riss die Augen wieder auf. »Was interessiert dich denn das? Hör bloß auf mit deinem scheinheiligen Getue. Als ob …« Marian biss sich auf die Zunge. Sporn ihn nicht auch noch an, dachte er. Offenbar will er es ja nicht hier tun, wahrscheinlich wegen der Blutspuren, die das hinterlassen würde. Dann also draußen, und raus kann er erst, wenn es dunkel wird.

Demnach habe ich noch ein bisschen Zeit. Jedenfalls, wenn ich es endlich schaffe, die Klappe zu halten.

Mit gekränkter Miene zog sich Keno Gautier zurück. Er drehte die Lehne des Schreibtischstuhls nach vorn und setzte sich rittlings auf das zerschlissene Polster. Sein Blick wanderte zwischen Marian, der sich auf dem Boden wand wie eine Robbe beim Sonnenbad, und dem Fenster hin und her. »Willst du es nun hören oder nicht?«, fragte er nach einer Weile.

»Ja, klar«, sagte Marian. Nur kein neuer Affront, dachte er.

»Der kleine Koch lag ganz ähnlich auf dem Fußboden wie du hier«, begann Gautier. »Im Flur seiner Mietwohnung. Nur, dass Overbeck beim Fesseln etwas gründlicher vorgegangen ist als ich.« Genüsslich breitete er aus, wie er Jannik Bartels vorgefunden, wie er ihn befreit und zum *Haus der Insel* eskortiert hatte. »Ich habe noch geguckt, dass er auch auf jeden Fall hineingeht«, sagte er. »Kurz danach sind die Bullen ausgeschwärmt wie die Hornissen. Alle auf der Jagd nach Thomas Overbeck, dem bösen Attentäter. Besser konnte es für mich doch gar nicht laufen.«

»Was für ein glücklicher Zufall, dass du gerade heute in Janniks Wohnung gekommen bist«, warf Marian ein.

Gautier schmunzelte. »Nicht wirklich. Sicher, ich hatte den Auftrag, mich um den verstopften Abfluss zu kümmern. Tatsächlich aber wollte ich mich nach einem möglichen neuen Zielobjekt umschauen. Dieses Apartmenthaus, in dem der kleine Koch wohnt, gehört nämlich auch Thormählen.« Für einen Moment sah es so aus, als wollte Gautier auf den Fußboden spucken, aber er beherrschte sich. »Und weil gerade so viele Touris die Insel verlassen, dachte ich mir, man könnte ja mal gucken, was da geht. Wenn das Haus leer gewesen wäre – Gas hätte ich noch gehabt! Ist aber längst Schnee von gestern. Inzwischen habe ich etwas anderes im Auge.«

Marian wartete gespannt; Keno Gautier aber war verstummt, starrte wieder aus dem Fenster.

»Woher kam denn der Auftrag?«, fragte Marian nach einer Weile.

»Auftrag?« Gautier war zusammengezuckt.

»Na, wegen dem Abfluss«, sagte Marian schnell. »Der Reparaturauftrag. Kam der direkt von Thormählen?«

»Das glaubst du ja wohl nicht, dass der sich mit sowas selber die Finger dreckig macht.« Gautier hatte seine Oberlippe hochgezogen, die Zähne lagen frei. »Nicht einmal im übertragenen Sinne. Nee, für die Objektverwaltung ist seine Frau zuständig. Glaub mir, da hat sie eine Menge zu tun! Seine diversen Immobilien, ihre eigenen – und dann noch die von Thomas, ihrem Goldjungen. Da kommt einiges zusammen. Die Sippschaft ist schweinereich! Aber wenn es um Kosten geht, vor allem natürlich um Löhne, dann kennt die Bande nur ein Prinzip: so billig wie möglich. Tja, so kam ich dann ins Spiel. Deren Geiz war für mich die offene Tür.«

Klar, dachte Marian. So kam Keno überall hinein. Musste nicht einmal befürchten, dass man ihm zu sehr auf die Finger guckte, solange nur anschließend alles funktionierte und seine Rechnungen niedrig waren. Sparen konnte manchmal richtig teuer werden.

»Seit ich für die Thormählens arbeite, komme ich auch sonst überall rein«, fuhr Gautier fort. »Wenn nicht mit Hauptschlüssel oder Dietrich, dann mit Dreistigkeit. Meist reicht ein wichtiger Gesichtsausdruck! Wie bei Tant' Trudi.« Er grinste selbstzufrieden. »Du weißt, die Marmeladenköchin. Gerufen hatte sie mich, weil eine Herdplatte Probleme machte. Als ich dann die Sanddornpampe so vor sich hin blubbern sah, kam mir die Idee mit dem Rizinus. Also habe ich ihr weisgemacht, sie bräuchte unbedingt Feuchtraum-Lichtschalter, wegen dem Dampf, das wäre so Vorschrift. Hat sie mir ohne Weiteres abgekauft! So konnte ich ein zweites Mal bei ihr auflaufen, diesmal mit reichlich Abführmittel im Rucksack, und so lange vor mich hin werkeln, bis Tant' Trudi mal dringend wohin musste. Tja, und danach musste dann viele Leute mal wohin, und zwar sehr dringend!«

Klingt so, als seien Sabotage und Erpressung lustige Spielchen, dachte Marian, behielt das aber lieber für sich. »Wieso bist du eigentlich so vielseitig?«, fragte er stattdessen. »Du beherrscht so viele verschiedene handwerkliche Dinge, Artikel schreiben kannst du auch – wo hast du das alles gelernt?«

»Als ich mich letztes Jahr bei deinem Vorgänger beworben habe, habe ich einen Lebenslauf mitgeschickt. Der steckt bestimmt noch in meiner Personalakte. Hast du den nicht gelesen?«

»Nein«, musste Marian zugeben.

»Gut. Was da drinsteht, ist nämlich alles gelogen.« Keno Gautier lachte schallend, hieb sich auf die Oberschenkel, hob die Füße und ließ seinen Bürostuhl Kreise drehen. »Hat auch keinen interessiert. Du musst nur die Arbeit machen und du musst billig sein, dann stellt keiner mehr irgendwelche Fragen. So geht es doch heute zu auf dem Markt!« Seine aufgesetzte Belustigung ging abrupt in Bitterkeit über. »Du bist noch einer von der alten Sorte, Marian, auch wenn du so viel jünger bist als ich. Für dich ist ordentliche Ausbildung noch ein Wert an sich. Du glaubst an Tarifverträge. Und daran, dass auch die kleinen Rädchen wichtig sind, damit ein Getriebe richtig funktioniert. Lange arbeiten wir ja noch nicht zusammen, aber glaub mir, ich habe gelernt, Menschen schnell einzuschätzen. Leider etwas zu spät. Wenn Leute wie du mehr zu sagen hätten, dann könnte es vielleicht etwas werden mit sozialer Verantwortung, mit Partnerschaft zwischen Kapital und Arbeit, mit Generationenverträgen. Aber leider haben es die anderen zu sagen. Die Raffkes, die Gierschlünde, die Westerwelles. Und darum knallt hierzulande der Karren auch vor die Wand.«

»Ist ja schön, dass du mir so viel zutraust«, sagte Marian. »Aber irgendwie fühle ich mich gerade ganz besonders machtlos.«

Keno Gautier blickte ihn nachdenklich an. »Weißt du, ich glaube nicht, dass du Verständnis für das aufbringst, was ich hier mache«, sagte er dann. »Dafür bist du ein zu moralischer Mensch. Das ist übrigens deine entscheidende Schwäche, darüber kriegen sie dich immer! Aber wenn du wüsstest, was ich mitgemacht habe, würdest du zumindest begreifen, warum ich mich entschieden habe, auf Moral zu pfeifen. Warum ich diese Grenze überschritten habe, die für dich eine acht Meter hohe Mauer ist. Glaub mir, das wäre mir wichtig.«

Jetzt kommt sie doch, die große Beichte vor dem Todgeweihten, dachte Marian. Und anschließend dann das tiefe Bedauern: »Du verstehst, dass ich dich jetzt nicht mehr am Leben lassen kann ...« Verfluchter Dreck. Aber er konnte sich ohnehin nicht vorstellen, wie Gautier ihn noch mit heiler Haut aus dieser Nummer herauslassen konnte. Schon jetzt wusste er viel zu viel. Widerworte hatten also gar keinen Zweck. Er konnte nur noch auf Zeit spielen.

»Wie du weißt, sind alle Menschen verschieden«, sagte Gautier, »untereinander. Aber ich bin schon in mir selbst verschieden. Die handfesten Leute halten mich für intellektuell, und die Intellektuellen sagen, ich sei sehr praktisch und handfest veranlagt. Ein innerer Widerspruch auf zwei Beinen also, das bin ich. Ich wollte immer schon lernen, ganz viel und schnell. Aber in der Schule ging das nicht, keine Chance. Also bin ich ab, sobald ich konnte, nach neun Jahren Hauptschule. Erst zur See gefahren, Schiffsjunge, Leichtmatrose, Matrose. Dann zurück an Land, mit Ende zwanzig noch mal in die Lehre gegangen. Als Industriemechaniker. Hab' anschließend für eine Firma gearbeitet, die Fließbänder montierte, egal wo, freischwebend überm Hafen oder tausend Meter unter Tage im Bergwerk. Das war besonders hart. Aber auch lehrreich.« Wieder grinste Gautier, diesmal spitzbübisch: »Da wird nämlich viel mit Sprengstoff gearbeitet, und ich konnte mir eine Menge abgucken.«

Schnell wurde er wieder ernst. »Mit den Jahren ging diese Maloche sehr an die Substanz. Ich halte so einiges aus, aber irgendwann musste ich doch wieder umsatteln. Das Arbeitsamt hat mir eine Umschulung zum Drucker bezahlt. Danach habe ich etliche Jahre lang in einer kleinen Druckerei in Flensburg gearbeitet, das kennst du bestimmt, liegt oben in Schleswig-Holstein, fast schon in Dänemark. Da haben wir alles Mögliche gemacht, meistens Offset, aber auch andere Techniken, kleine Auflagen, wechselnde Formate. Plakate, Flugblätter, Schmuckbögen, Broschüren, Kataloge. Eine Binderei war angeschlossen, für die Bücher, die wir produziert haben. Die habe ich nicht nur gedruckt und gebunden, ich habe sie auch Korrektur gelesen. Vom Deutschunterricht war doch mehr hängen geblieben, als ich dachte! Dann gab es noch eine kleine Rotation, für die Lokalzeitung, die bei uns drucken ließ. So habe ich erstmals Kontakt zu Journalisten bekommen. Die haben mir erzählt, worauf es bei Zeitungsartikeln ankommt. Hatte ich wohl auch Talent für, na ja, ehe ich's mich versah, war ich bei denen freier Mitarbeiter. Mann, was war das eine tolle Zeit! Niemals Nullachtfuffzehn, jeden Tag etwas anderes zu tun, meistens etwas Neues dabei. Für mich war das echt das Paradies.«

Marian hütete sich, genervt die Augen zu verdrehen. Er hasste es, wenn Leute, die etwas mitzuteilen hatten, bei Adam und Eva anfingen, und Gautier tat das fast buchstäblich. Andererseits aber war das alles gewonnene Lebenszeit für ihn. Also machte er gute Miene. »Glaube ich«, log er. »Aber Paradies, das klingt nach Vertreibung. Stimmt's?«

»Verdammt richtig«, bestätigte Gautier. »Die Druckerei ging pleite. Überall spezialisierte sich die Konkurrenz, die Preise gingen runter, unsere Kunden wanderten ab. Was sollten sie auch machen? Als mein Chef doch noch auf den fahrenden Zug springen und in neue Maschinen investieren wollte, machte ihm seine Bank einen Strich durch die Rechnung. Ein kleiner, geleckter Kreditknilch, knapp aus den Pickeln raus, ließ ihn abblitzen. Unser Betrieb hätte ›nicht die richtige Flughöhe‹! Mein Chef schäumte vor Wut, als er mir und meinen Kollegen davon erzählte. Am nächsten Morgen war er tot. Hatte sich mit zollfreiem Sprit vollaufen lassen und war nachts ins Hafenbecken gefallen. Die Bank übernahm unseren Laden und ließ ihn in die Insolvenz schlittern, der geleckte Knilch wurde Konkursverwalter. Ich hab nur noch zugesehen, dass ich da wegkam.«

Wieder starrte Gautier zum Fenster hinaus. Dämmerte es etwa schon? Marian konnte die Wanduhr vom Boden aus nicht sehen. Er hatte aber das deutliche Gefühl, dass es in der Redaktion schon ein wenig dunkler geworden war. Vielleicht war auch nur eine Wolke vor die Sonne gedriftet, redete er sich ein.

»Zunächst habe ich versucht, mich als freier Mitarbeiter der Lokalzeitung über Wasser zu halten«, erzählte Gautier nach einer Weile weiter. »War schwierig. Als Zubrot sind Zeilen- und Fotohonorare ja ganz nett, aber leben kannst du davon kaum, selbst wenn du von morgens bis abends herumflitzt wie ein Furz auf der Gardinenstange. Nach ein paar Monaten war dann sowieso Schluss damit. Das Blatt wurde von einem größeren Verlag aufgekauft und als Titelkopfausgabe eingegliedert. Was nichts anderes heißt, als dass die meisten Zeitungsseiten vom großen Partner einheitlich produziert und zugeliefert werden. Nur noch das Lokale selbst wurde vor Ort gemacht. Das spart ungemein – weil nämlich die meisten Redakteure wegrationalisiert wurden. Auch ich als freier Mitarbeiter war plötzlich überflüssig. Man hatte ja nun genügend Ex-Redakteure als Freie.«

Marian schwieg. Ein bittereres Schicksal, zweifellos. Aber einen triftigen Grund, Thormählen zu erpressen und Wallmann umzubringen, hatte er bisher noch nicht herausgehört. Befand sich Keno Gautier etwa auf einem Rachefeldzug gegen den Kapitalismus insgesamt? Dann hatte er sich ja einiges vorgenommen.

»Meine Wohnung in Flensburg musste ich aufgeben«, fuhr Gautier fort. »Und wohin geht man, wenn man auf einmal keinen Lebensmittelpunkt mehr hat? Natürlich zurück in die alte Heimat. In meinem Fall nach Sylt.«

Schau an, dachte Marian, zum ersten Mal klingelt etwas.

»Zwar lebten meine Eltern bereits nicht mehr, aber meine alte Tante Kea gab es noch, die jüngste Schwester meiner Mutter. Die besorgte mir eine billige Unterkunft. Genau genommen eine kostenlose. Dafür war sie nicht besonders komfortabel, und ich musste auch einiges dafür tun. Aber immerhin waren die Nachbarn froh über mich. Das kann ja nicht jeder von sich sagen, was? Aber nicht, dass du jetzt an Fischerhaus-Romantik denkst, an Reetdächer und heimelige Torffeuer! Tant' Kea lebte in einem Wohnblock, einem ziemlich schäbigen noch dazu. Dafür waren die Wohnungsmieten dort ziemlich günstig, und das heißt auf einer Insel wie Sylt schon etwas. Sylt muss man sich als Sylter nämlich erst einmal leisten können.«

Das Telefonat mit Alina! Von einem Foto hatte sie gesprochen, zwei Männer vor der Wand eines Wohnblocks. Von Entmietungen, die ihr Vater dort habe vornehmen lassen, um die alten Wohnhäuser abreißen und gewinnträchtige Spekulationsobjekte hochziehen zu lassen – Pläne, die er angeblich auch für Langeoog hegen sollte. Von einem Brand, den es gegeben hatte. Und von Toten.

»In Tant' Keas Block standen schon viele Wohnungen leer. Die Mieter wurden rausgeekelt, die Häuser sollten weg. Kennt man ja. Aber Insulaner sind stur, und einige Leute wollten sich einfach nicht vertreiben lassen. Da kam ich gerade recht. Immer, wenn Stromleitungen gekappt wurden, habe ich sie wieder geflickt. Wenn Rohre zertrümmert wurden, habe ich neue verlegt. Alles, was die Brüder sabotiert haben, habe ich wieder gangbar gemacht. Nur an die Gasleitungen habe ich mich nicht herangetraut, aber das war kein Problem, da hab ich einfach Propangas besorgt und angeschlossen. Die Mieter waren total happy, haben mich als Gegenleistung ständig bekocht und mit allem versorgt, was ich so brauchte. Gewohnt habe ich in einer der geräumten Wohnungen; hab sie mir ein bisschen hergerichtet, so, dass es von draußen nicht auffiel. Tagsüber bin ich mit der Kamera über die Insel gezogen, habe Landschaftsaufnahmen gemacht und abends mit meinem alten mobilen Fotolabor die Filme entwickelt und Abzüge gemacht. Solche Fotos konnte ich immer noch bei einigen Zeitungen loswerden und mir so ein kleines Zubrot verdienen.«

Gautier seufzte versonnen: »Für mich war das ein Riesenspaß, ein Mittelding zwischen Camping und Indianer spielen. Wochenlang ging das so. Die Handlanger des Besitzers dieser Wohnblocks waren natürlich weniger begeistert. Ich kann dir sagen, die haben geschäumt! Aber erwischt haben die mich nie. Indianer sind eben doch cleverer als Cowboys!«

Der Schimmer von Begeisterung und Triumph, der Gautiers Miene hatte erstrahlen lassen, verblasste schnell. »Dann passierte etwas, womit ich so schnell gar nicht gerechnet hatte. Ich fand einen Job.«

»Ist doch toll«, entschlüpfte es Marian. Reiner Reflex, dachte er; in diesen Zeiten galt die Chance, sich durch Lohnarbeit ausbeuten zu lassen, ja bereits als Glücksfall.

»Das dachte ich auch«, bemerkte Gautier trocken. »Arbeit in meinem alten Beruf, als Industriemechaniker. Und das mit fast fünfzig! Echter Volltreffer. Aber ich habe ja auch allerhand Zusatzqualifikationen, kann schweißen, drehen, gravieren, ätzen, sogar laminieren. Damit kam ich auf einmal sogar für den Schiffbau in Frage. Für den einzigen Zweig der deutschen Werftindustrie, der so etwas wie einen Boom erlebte.«

»Aha«, warf Marian ein, »Kreuzfahrtschiffe. Die Leiner-Werft! So bist du also nach Ostfriesland gekommen.«

»Erraten. Das hieß natürlich Abschied von Sylt. Und von Tant' Kea und ihren tapferen Galliern. Sie hat sich so für mich gefreut! Schiffbau, das war was in ihren Augen, und dann noch auf einer Werft, die alle Naselang im Fernsehen gezeigt und groß gefeiert wird. Sie hat mir sogar das Geld für die Fahrkarte vorgestreckt. Und sie wollte es nie zurückhaben.«

Wieder eine Pause, wieder dieser abwesende Blick aus dem Fenster. Es war wirklich schon dämmrig geworden, jetzt ließ sich das nicht mehr leugnen. Meine Galgenfrist läuft ab, dachte Marian.

»Die Freude war von kurzer Dauer«, fuhr Gautier schließlich in galligem Tonfall fort. »Ich hab geschuftet wie ein Pferd, trotzdem hieß es gleich nach der Probezeit: danke schön, auf Wiedersehen.«

»Kündigung?« Marian konnte sich das kaum vorstellen. Die Leiner-Werft protzte doch immer mit der angeblich so großen Zahl von Arbeitsplätzen, die sie der Region sicherte, und den vollen Auftragsbüchern, die ihrem phantastischen Management zu verdanken seien. Hatte Gautier versagt? Auch das kam Marian unwahrscheinlich vor. So kannte er ihn jedenfalls nicht.

»Rein rechtlich nicht, faktisch schon. Der Vertrag lief einfach aus. Und gleich danach kam ein neues Angebot, bloß unter der Hand: Sofortige Neueinstellung, aber nicht bei Leiner selbst, sondern bei der PF. Steht für *Personal Flexibility*. Ist eine Tochterfirma, eine von vielen.«

»Zeitarbeit?«

Gautier nickte. »Allerdings. Klingt so aber viel schöner, was? Modern, effizient, anpassungsfähig. Das trifft auch alles zu! Effizient ist es für den Unternehmer, modern ist die Ausbeutung, anpassungsfähig ist die Belegschaft – heuern und feuern, wie es gerade passt. Und vor allem werden die Löhne angepasst. Als Schweißer verdienst du auf der Werft zwischen fünfzehn und sechzehn Euro pro Stunde. *PF* hat nicht einmal neun gezahlt! Ist ja klar, wenn eine Zeitarbeitsfirma dazwischen steckt, geht das Geld durch eine Hand mehr. Und an der bleibt ordentlich was hängen! So haben alle etwas davon. Nur der Malocher nicht. Der muss ja arbeiten und hat keine Zeit zum Geldverdienen.«

Dieser Satz kam Marian vage bekannt vor, aber er konnte sich nicht erinnern, wo und von wem er ihn schon mal gehört hatte. »Kann man gegen so etwas nicht angehen?«, fragte er. »Ich meine, Gewerkschaft, Betriebsrat und so?«

Gautier winkte ab. »Seinen Betriebsrat hat Leiner fest im Griff. Jeder weiß, dass die Betriebsratsvorsitzenden anschließend im Konzern Karriere machen. Was soll man von denen also erwarten? Und der Gewerkschaft sind die Hände gebunden. Guck dir doch an, was wir seit Schröder für Gesetze haben! Alle Trümpfe auf der Kapitalseite. Klar, dass die trotzdem immer noch mehr wollen. Aber Übertretungen muss du ja erst einmal beweisen können. Und jeder, der aufmuckte, hatte doch sofort Wallmann persönlich auf dem Hals.«

Marian zuckte zusammen. Waldemar Wallmann, der Tote aus dem Bingumer Yachthafen! Hier war das persönliche Motiv, serviert auf dem Silbertablett. Wenn er es doch nur herausschreien könnte! Aber dazu würde er wohl keine Gelegenheit mehr haben.

Gautier seufzte. »Ich hatte also die Wahl: Zurück zu den Gelegenheitsjobs bei meinen Widerständlern im maroden Wohnblock auf Sylt – oder die relative Sicherheit eines halbfesten Jobs zu demütigenden Konditionen, aber immerhin mit genügend Einkommen, um davon leben zu können. Ich muss gestehen, dass ich feige war.

Ich hab den Spatz in der Hand genommen, hab den Knebelvertrag unterschrieben und als Bananenpflücker bei Leiner gearbeitet.«

»Bananenpflücker?«

»So nennen richtige Arbeiter ihre Kollegen mit den miesen Konditionen. Tja, so sieht's aus, das Leben ist von beiden Seiten rau. An Arbeitersolidarität brauchst du nicht zu glauben, das ist ein Märchen von vorgestern. Jeder nimmt sich, was er kriegt, und pfeift auf die anderen.«

Marian musste sich eingestehen, dass er selbst immer noch an dieses Märchen glauben wollte. Sich daran klammerte, genauer gesagt, denn heilsame Erfahrungen hatte er auch schon gesammelt. Während eines landesweiten Journalistenstreiks, in dem er die Streikkoordination für die *Regionale Rundschau* übernommen hatte. Sicher, die Mehrzahl der Redakteure hatte sich am Ausstand beteiligt. Aber fast jeder, der einen Leiterposten inne hatte oder einen haben wollte, hatte den Streikbrecher gespielt. Alle Volontäre hatte man unter Druck gesetzt, so dass die sich nicht zu streiken trauten. Jeden Streiktag war die *Rundschau* auf diese Weise erschienen, nicht so fundiert und ordentlich wie sonst und voller Fehler, aber wer merkte das schon? Und als am Ende ein Tarifvertrag ausgehandelt worden war, der eine bessere Ausbildung des Nachwuchses festschrieb und im Ausgleich dafür nur eine moderate Lohnerhöhung vorsah, hatte Marian sich noch von einigen dieser sogenannten Kollegen wüst beschimpfen lassen müssen. Nein, auf die Solidarität der Arbeitnehmer konnte man nicht wirklich hoffen. Aber worauf denn dann? Etwa auf die Überzeugungskraft von Bomben? Genauso wie Keno Gautier?

»Ich war also brav«, nahm Gautier den Faden wieder auf. »Hab meine Schichten geschoben, jede Überstunde mitgenommen, abends mein Bier getrunken und am Wochenende am Kanal gesessen und geangelt, auf dem Fehn, da, wo ich auch meine billige Bude hatte. Hin und wieder bin ich nach Hause gefahren, also nach Sylt, und habe bei Tant' Kea und ihren Leuten das Nötigste erledigt. Meine Tante war immer gut aufgelegt, wenn ich dort war. Optimistisch, fast kämpferisch. Trotzdem war nicht zu übersehen, dass die Lage immer ernster wurde. Die Blocks waren wirklich kaum noch bewohnbar. Immer mehr Bewohner gaben auf. Na ja, und dann kam diese bewusste Samstagnacht.«

»Der Brand.« Marian nickte. Erstaunt nahm er zur Kenntnis, dass das liegend und gefesselt eine ziemlich absurde Kopfbewegung war. Gautiers Erzählung drohte ihn ganz in ihren Bann zu ziehen. Dabei ging es hier doch nicht um den, sondern um ihn! Etwas weniger Solidarität, Herr Godehau, lieber etwas gesunden Egoismus, dachte Marian.

»Am Freitag hatte ich Frühschicht, anschließend Überstunden. Als ich auf Sylt ankam, war es spät am Abend und ich war todmüde. Tant' Kea schlief schon, also habe ich mich auch gleich hingehauen, in der Wohnung vom letzten Mal. Alles sah noch aus wie zuvor, also dachte ich, kein Problem. Bin sofort eingeschlafen. Und um vier Uhr morgens wieder aufgewacht.« Er grinste ironisch: »Musste dringend aufs Klo. In meinem Alter muss man sich daran gewöhnen. Aber was soll's – meine Blase hat einen Orden verdient. Schließlich hat sie mir das Leben gerettet.«

Gautier wechselte seine Sitzposition; sein Fuß stieß hörbar gegen den Rucksack auf dem Boden. Sehen konnte man das Ding schon nicht mehr, so dunkel war es geworden. Das Finale naht, dachte Marian, in jeder Hinsicht.

»Weil Vollmond war, konnte ich die Gestalten draußen gut sehen«, sagte Gautier. »Wusste sofort, dass die nichts Gutes im Schilde führten. Polizei rufen ging nicht; Telefon war abgeklemmt, Handy besaß ich keins, außerdem hatte ich in der Wohnung offiziell ja nichts zu suchen.

Wenn ich geahnt hätte, was passieren würde … aber hinterher ist man ja immer schlauer. Ich dachte jedenfalls, Fotos wären eine gute Idee. Meine alte Kleinbildkamera habe ich ja immer dabei, sogar heute, wenn ich eigentlich das Digitaldings der Redaktion benutze. Bin eben ein altmodischer Mensch. Mit all dem Computerzeugs komme ich zwar klar, aber ich liebe es nicht.«

Diesmal konnte sich Marian das beifällige Nicken gerade noch verkneifen. Sympathie für meinen Mörder, dachte er, also echt, ich spinne doch. Altmodisch – meint er das biblisch? ›Die Rache ist mein‹ und so? Dann müsste er sich für Gott halten. Ist das seine Schwäche?

»Natürlich konnte ich nicht blitzen«, fuhr Gautier fort. »Musste eine lange Verschlusszeit wählen, daher wurden die meisten Bilder unscharf. Und auf den paar scharfen sind die beiden Typen leider überwiegend von hinten zu sehen. Dann waren sie im Haus verschwunden, und ich wusste zuerst nicht, was ich machen sollte. Als ich merkte, dass sie Feuer legten, war es schon zu spät, denn die Flammen breiteten sich rasend schnell aus. Und meine Propangasflaschen fielen mir auch erst wieder ein, als sie hochgingen.« Gautier schüttelte den Kopf. Im Dämmerlicht sah er plötzlich zwanzig Jahre älter aus.

»Trotz allem bin ich danach zur Polizei gegangen, logo.« Keno Gautiers Miene verhärtete sich wieder. »Erstmal haben die natürlich mich verdächtigt und durch die Mangel gedreht, aber bald wieder von mir abgelassen. So gesehen, haben die Fotos ja doch etwas genutzt, unscharf und von hinten, wie sie waren. Ebenso wie die Aussagen der überlebenden Hausbewohner zu meinen Gunsten. Und mein Aufenthalt auf dem Revier war auch zu etwas gut: Dort habe ich zum ersten Mal den Namen Thormählen gehört und mitgekriegt, dass er hinter all dem steckt und wo der wohnt. Ach ja, die Polizei, dein Freund und Helfer!« Er zwinkerte Marian zu. »Aber zur Täteridentifikation oder Fahndung wären die Fotos leider, leider nicht aussagekräftig genug, meinte die Bullen. Diese Sesselpuper! Vielleicht waren die sogar ganz froh, dass die Bude abgefackelt war und der alte Schandfleck endlich platt gemacht werden konnte.« Gautier schüttelte den Kopf: »Sicher kein abwegiger Gedanke. Aber ich hätte ihn wohl nicht so laut aussprechen sollen. Jedenfalls nicht bei den Bullen. Ich konnte schon immer etwas aufbrausend sein. Hat Tant' Kea auch oft gesagt.«

»Ist sie ... ich meine, deine Tante ...«

»Was?« Gautier fixierte ihn scharf.

Marian hätte sich am liebsten auf die Zunge gebissen. Zu spät. »Ich meine, war deine Tante unter den Opfern?« Bestimmt war sie das, wozu sonst der Rachefeldzug? Warum musste er denn unbedingt Salz in die Wunde reiben!

»Nein«, antwortete Gautier. »Sie wohnte ja im selben Block wie ich. Der Block, der in Flammen aufging, war der gegenüber. Ein älteres Ehepaar und ein allein lebender alter Mann starben dabei. Arme Schweine. Wieso fragst du?«

Jetzt ist es auch egal, dachte Marian und gab alle Zurückhaltung auf. »Weil ich zu verstehen versuche, was dich zu deinen Taten bewogen hat. Das wolltest du doch! Und ich verstehe, glaube ich, deine Motive ganz gut. Trotzdem kann ich nicht begreifen, was dich getrieben hat, zum Mörder zu werden.«

»Mörder?« Gautiers Miene verfinsterte sich. »Du nennst mich einen Mörder? Etwa wegen der Gasflaschen?«

»Mörder, was denn sonst? Was erwartest du? Wallmann ist schließlich tot, oder etwa nicht? Und wie es aussieht, soll Thormählen ja wohl der Nächste sein.« Vielleicht aber auch ich, setzte Marian stumm hinzu. Die Reihenfolge wird sich ja erst noch herausstellen.

Gautier stierte ihn an, schüttelte dann den Kopf. »Du hast nichts verstanden«, sagte er, »gar nichts. Ich habe gar keine Lust mehr zu weiteren Erklärungsversuchen. Vor allem auch keine Zeit.« Der vierschrötige Mann erhob sich: »Okay, jetzt ist es dunkel genug. Es geht los.« Mit diesen Worten griff er in seine Hosentasche, zog ein großes Messer hervor und klappte die spitze Klinge mit einer geübten Bewegung heraus. »Déjà vu«, sagte er grinsend. »Irgendwie hatte ich auch das heute schon einmal. Nur mit anderen Vorzeichen.« Die Klinge vorgestreckt, beugte er sich zu Marian herab.

Marian kniff die Augen zu, presste die Lippen aufeinander, wartete auf den tödlichen Stich. Zuckte zusammen, als er hörte, wie etwas zerschnitten wurde. Als er Gautiers Hände an seinen Beinen fühlte, begann sich sein Körper zu entkrampfen. Also doch nicht, dachte er. Noch nicht?

Gautier zog ihn vom Boden hoch, schleifte ihn zu einem Stuhl, auf den Marian mit kraftlos einknickenden Knien plumpste, und schnitt ihm auch die auf den Rücken gefesselten Hände los. Allerdings nur, um sie gleich darauf vor dem Bauch wieder zu verschnüren. »So«, sagte Gautier, nahm eine alte Windjacke vom Garderobenhaken und drapierte sie so über Marians Hände, dass die Fesseln auf den ersten Blick nicht zu erkennen waren. »Jetzt können wir uns draußen blicken lassen.« Er schwang sich seinen Rucksack über die Schulter und zog Marian, dessen Füße zu prickeln begonnen hatten, vom Stuhl hoch. »Komm jetzt, es wird Zeit«, sagte er.

»Zeit wozu?«, fragte Marian, ohne Widerstand zu leisten.

»Den Sack zuzumachen«, antwortete Gautier. »Jetzt geht es ans Eingemachte.«

41.

»Da vorne ist es«, flüsterte Jannik Bartels. Es klang ehrfürchtig. »Sie nennen es Dünenschlösschen.«

»Passt«, knurrte Lüppo Buss zurück. Tatsächlich wirkte die Silhouette des auf einer kleinen Anhöhe gelegenen Gebäudes mit seinen zahlreichen Erkern, Gauben und Zinnen, den beiden Türmchen und der umlaufenden Balustrade im letzten Schummerlicht der untergehenden Sonne wie direkt aus einem Märchenfilm herauskopiert. Auf die verniedlichende Nachsilbe hätte der kleine Koch allerdings verzichten können, fand der Inselpolizist. Das Gebäude hatte mit dem Tiefparterre, den beiden Stockwerken und dem Dachgeschoss durchaus die Dimensionen einer ausgewachsenen Villa. Für Lüppo Buss war so etwas ein ausgewachsenes Schloss.

»Kein Licht zu sehen«, sagte Insa Ukena. »Sieht unbewohnt aus.«

»Frau Thormählen ist jedenfalls nicht hier«, ergänzte Lüppo Buss. Dessen hatte er sich am Nachmittag vergewissert. Vertreter der Langeooger Geschäftswelt tagten an diesem Abend im *Nordseehotel Kröger*, um die Folgen des Touristen-Exodus für die Existenz der Insulaner und mögliche Gegenmaßnahmen zu besprechen. Frau Thormählen, geborene Tuitjer, verwitwete Overbeck gehörte zu den Wortführern. Mit einem schnellen Ende der Debatte war angesichts der katastrophal anmutenden Lage nicht zu rechnen.

Das Dünenschlösschen, bestimmt eins der imposantesten Gebäude der Insel, war schon alt, aber mit viel Aufwand restauriert und bildschön hergerichtet worden. Das Wertvollste an dieser Villa jedoch war wohl ihre Lage, dachte der Inselpolizist. An einem Platz wie diesem, abseits des Ortsrandes und mitten in den Dünen, dürfte heute wohl niemand mehr eine Baugenehmigung bekommen, nicht einmal einer wie Thormählen. Der hatte dieses Objekt schon vor Jahren günstig erworben und es, wie man sich ohne allzu viel Heimlichtuerei erzählte, überwiegend in Schwarzarbeit renovieren lassen. Dann hatte er es seiner Frau geschenkt. Eine Geste, die gerne romantisch gedeutet wurde, als Ausdruck von Thormählens großer Liebe zu seiner Siglinde. Tatsächlich diente diese Maßnahme, davon war Lüppo Buss fest überzeugt, nur der steuerlich günstigen Streuung seines Immobilienbesitzes.

Immerhin aber verfügte Frau Thormählen tatsächlich selber über dieses Haus, und sie vermietete es nur selten, was für eine Geschäftsfrau ihres Zuschnitts mehr als ungewöhnlich war. Meist nutzte sie es als Ort des Rückzugs, um sich, manchmal nur stundenweise, vom Stress der immer weiter ausgedehnten Tourismussaison zu erholen. Zwischenzeitlich stand das Schmuckstück leer. Und auch im Moment schien es das zu tun.

»Ich bin aber sicher, *er* ist da«, flüsterte Jannik Bartels. »Seine Mutter hat ihn ja schon das erste Mal versteckt, als er untertauchen musste, und zwar bestimmt nicht in ihrer Wohnung mitten im Ort! Vermutlich ist er auch letzte Nacht hier gewesen, obwohl er versprochen hatte, meine Bude auf keinen Fall zu verlassen. Daher der Sand, den er mir ins Haus geschleppt hat. Er kann seine Mutter aber nicht angetroffen haben, die saß ja mit im Restaurant *Weiße Düne*. Ich schätze, anschließend ist er zum Haus seines Stiefvaters gegangen.«

»Warum?«, fragte Insa Ukena. »Dass der nicht dort sein würde, wusste er ja.«

»Genau deshalb«, erwiderte der kleine Koch. »Bestimmt hat Thomas versucht, in das Haus einzudringen, verzweifelt wie er war. Hat aber mit Sicherheit nicht geklappt, trotz des Satzes Dietriche, den er bei sich hatte. Thormählen hat eine teure Alarmanlage, keine, die man mit Plastikeimern und Bauschaum außer Gefecht setzen kann. Und das steht auch am Haus dran! Da hat Thomas bestimmt nichts riskiert, sondern Thormählen nur aus Wut die Post aus dem Kasten geklaut. So kam er zu diesem Erpresserbrief.«

»Wenn es seine Gewohnheit ist, nachts auf der Insel herumzulaufen und in die Häuser seiner Verwandten einzusteigen, würde das auch den Fingerabdruck erklären, der in der Küche des Hotels *Insulaner* gefunden wurde«, flüsterte Lüppo Buss. »Was hat er da wohl gesucht? Etwas zu essen?«

Jannik Bartels zuckte die Achseln. »Möglich. Obwohl seine Mutter ihn bestimmt nicht hat hungern lassen. Sie würde alles für ihn tun, ganz egal, was er auf dem Kerbholz hat. Für mich ist das wahre Affenliebe! Wenn er die Insel nicht inzwischen verlassen hat, dann ist er bei seiner Mutter, da bin ich mir sicher. Also hier.«

»Gehen wir rein?«, fragte Insa Ukena leise.

»Wir warten noch auf Stahnke«, gab der Inselpolizist zurück.

»Nicht mehr nötig«, brummte eine tiefe Stimme. Ein kompakter Schatten schälte sich aus dem Dämmergrau, links von ihnen, wo es zum Wasser ging und zu dem niedrigen Schuppen, der zum Haus gehörte und in dem Surfbretter und ein Ruderboot aufbewahrt wurden. Dem großen Schatten folgte ein zweiter, der deutlich kleiner und schmäler war. »Hier sind wir. Haben einen kleinen Umweg gemacht, über den Strand. Nichts los da zur Zeit. Schätze, niemand hat uns gesehen.«

Der Inselpolizist trat dicht an den Hauptkommissar heran. »Warum hast du sie mitgebracht?«, zischte er ihm ins Ohr. »Dedo de Beer reißt mir sowieso schon die Eier ab, wenn er mitkriegt, was wir hier treiben, ohne ihn informiert zu haben. Und dann noch in Anwesenheit einer Zivilistin!«

»Und warum hast du *ihn* mitgebracht?«, konterte Stahnke ebenso leise. »Ist doch auch ein Zivilist. Oder hat er inzwischen als Polizeikoch angeheuert?«

»Der? Das ist doch ganz was anderes.«

»Sina ist auch ganz was anderes.«

Sekundenlang standen sie Brust an Brust und funkelten sich an. Dann grunzte Lüppo Buss und wandte sich ab. Soll er doch seinen Willen haben, dachte er. Darauf kommt es jetzt auch nicht mehr an. Meine Beamtenpension ist sowieso mit der nächsten Ebbe futsch.

»Okay«, sagte Stahnke, nunmehr halblaut. »Es gibt einen Hintereingang, richtig? Den nimmst du, Lüppo. Schau an den üblichen Stellen nach einem versteckten Türschlüssel, Kollegin Ukena und ich machen vorne das Gleiche. Kontakt über Handy. Stummschalten nicht vergessen! Wenn kein Schlüssel da ist, dringen wir ein. Der Mann ist zur Fahndung ausgeschrieben, da läuft das unter ›Gefahr im Verzug‹. Keiner wird uns daraus einen Strick drehen können.«

»Nee, daraus nicht«, brummelte Lüppo Buss vor sich hin.

Stahnke ignorierte das. »Ich gehe davon aus, dass Thomas Overbeck bewaffnet ist«, sagte er eindringlich, »womit auch immer. Also Vorsicht, klar? Zivilisten bleiben an der Grundstückgrenze. Verstanden?« Dabei streifte der Blick des Hauptkommissars den kleinen Koch nur, auf Sina aber ruhte er doppelt intensiv. »Verstanden?«

»Ja doch«, zischte sie beleidigt.

»Na dann los. Lüppo und Sie, junger Mann, zuerst. Wir gehen los, sobald ihr hinter dem Haus außer Sicht seid.«

Der Inselpolizist pirschte los, Jannik Bartels dicht hinter sich. Er umrundete das Dünenschlösschen in weitem Bogen, immer darauf bedacht, sich in den Dünentälern zu halten. Inzwischen war es auch am westlichen Horizont völlig dunkel geworden, und da sich der Himmel bewölkt hatte, half nur ein diffuser Restlichtschimmer des verborgenen Halbmondes bei der Orientierung. Zwar hatte Lüppo Buss seine schwere Maglite-Taschenlampe dabei, aber die gedachte er nur im äußersten Notfall zu benutzen.

Dieser Fall aber trat nicht ein. Der ragende, fettschwarze Hausschatten zur ihrer Rechten war unübersehbar. Nach einiger Zeit wurde das Gelände ebener, Grashalme raschelten unter ihren Füßen. Als der Inselpolizist schätzte, dass sie das Haus zur Hälfte umrundet haben mussten, knirschten seine Schuhsohlen plötzlich auf glatten, sandigen Steinplatten. Offenbar gab es auch zur Hintertür einen gepflasterten Weg. Alles andere hätte auch nicht zu Thormählen gepasst, dachte er.

Schritt um Schritt wurde der fette Schatten größer, bis er drohend über ihnen hing. Rechts und links tauchten Torpfosten auf, Zaunlatten waren zu erahnen. Das Törchen stand weit offen. Lüppo Buss blickte über seine Schulter zurück, aber Jannik Bartels hatte sich schon neben einem der Pfosten niedergekauert.

Noch ein paar Schritte, und der Inselpolizist stand am Fuß einer gemauerten Treppe. Er bückte sich, hob den eisernen Schuhabstreifer an, dann die Pflanzkübel, die beiderseits der untersten Stufe standen. Kein Schlüssel. Vorsichtig erklomm er die Treppe. Oben lag eine Fußmatte – nichts darunter. Die Tür hatte zwei Flügel, von denen nur der linke beweglich zu sein schien. Rechts stand ein Blumenkasten. Auch hier wurde der Inselpolizist nicht fündig, weder darunter noch darin; seine Finger eggten durch lockere, leicht feuchte Blumenerde. Am Dünenschlösschen schien sich jedes Detail liebevoller Pflege zu erfreuen.

Er richtete seinen Blick in die Höhe. Keine Blumenampeln; er hatte fest damit gerechnet. Die Außenlampe war halbkugelig und unpassend modern, schloss bündig mit der Wand ab. Da konnte kein Schlüssel verborgen sein. Wo war der Postkasten? Hier links. Aber nein, dieser Kasten war nicht für die Post. Es war der äußere Teil einer Alarmanlage, ähnlich denen an Overbecks Ferienhäusern. Ein metallener Kasten, der wohl vor allem die Sirene enthielt, geziert von allerhand Schlitzen. Nicht weit davon gab es ein Tastenfeld, das Befugten den Zugang ermöglichte. Das war es dann wohl mit der Hoffnung auf einen versteckten Schlüssel, dachte Lüppo Buss. Schöner Mist. Wie sollte er dieses Hindernis überwinden ohne Spezialausrüstung oder die richtige Kombination?

Er legte den Kopf in den Nacken. Dort oben musste eine Alarmlampe sein ... ja, da war etwas. Sah aber merkwürdig aus, fand der Inselpolizist. Größer als üblich. Aber eine Kleinigkeit zu hoch angebracht, als dass er in der Dunkelheit Genaueres hätte erkennen können.

Er wandte sich noch einmal dem Metallkasten zu. Auch hier kam ihm etwas eigenartig vor. Diese Schallschlitze. Sollten sie nicht dunkel aussehen, wie andere unbeleuchtete Löcher auch? Diese hier waren hell. Als wäre etwas dahinter. Lüppo Buss streckte die Hand aus, tastete so vorsichtig, als könnte er allein durch Berührung den Alarm auslösen. Ja, da war wirklich etwas. Eine raue Masse, die sich angeschickt hatte, durch die Schlitze nach außen zu quellen, ehe sie erstarrte. »Bauschaum«, murmelte der Oberkommissar vor sich hin. Schlagartig wusste er auch, was ihm da oben an der Leuchte komisch vorgekommen war. Jemand hatte einen Plastikeimer darüber gestülpt. Keine Frage, hier war ein Einbrecher am Werk gewesen.

Oder war er es noch?

Eine Berührung ließ ihn so stark zusammenzucken, dass er regelrecht in die Höhe sprang, wenn auch nur wenige Zentimeter. Wer hatte ihm da an den Oberschenkel gefasst? Ach so, nur das blöde Handy, auf Vibrationsalarm eingestellt. Er deckte seinen Mund mit der gewölbten Hand ab. »Ja?«

»Was ist bei dir?«, fragte Stahnke. »Wir haben hier keinen Schlüssel gefunden. Dafür eine Alarmanlage. Schöner Mist.«

»Dito hier«, erwiderte Lüppo Buss. »Aber guck dir die Anlage da vorne doch noch einmal genauer an.«

Kurzer Schweigen, Knistern am Ohr, dann Stahnkes überraschte Stimme. »Die Sirene ist mit Bauschaum geknebelt worden. Und die Alarmleuchte mit einem Eimer geblendet. Bei dir ebenso?«

»Ja. Was machen wir?«

»Reingehen, was sonst«, antwortete Stahnke. »Die Tür hier vorne sieht sehr massiv aus. Wie ist deine?«

Lüppo Buss taxierte: auch hier festes Holz, weiß lackiert. Aber es gab ein kleines Fenster. Ob das Thermopane war? Oder einfaches Glas, das sich mit blanker Faust und einem Taschentuch einschlagen ließ? Wenn man ein paar Klebestreifen hatte, sogar praktisch scherbenlos. Der Inselpolizist trat einen Schritt näher. Ungewollt berührte seine Hand die Türklinke.

Lautlos schwang die Tür nach innen auf.

»Tja«, flüsterte Lüppo Buss ins Handy, »wie sagte Boris Becker doch immer: Bin ich schon drin? Die Antwort ist ›ja‹. Tür ist offen.«

»Wir kommen rum zu dir«, sagte Stahnke. »Pass bloß auf, du weißt ja, was das bedeuten kann.«

Lüppo Buss nickte und beendete das Gespräch mit einem Tastendruck. Klar wusste er das, da war jedes Wort überflüssig. Dazu musste man kein Hauptkommissar sein. Der Einbrecher konnte sich noch hier aufhalten. Und Thomas Overbeck außerdem. Ihr Job war eindeutig schwieriger geworden.

Ein Lichtschein zuckte durch die Dunkelheit. Der Inselpolizist fuhr zusammen. Wie konnte Stahnke nur so leichtsinnig sein? Aber nein, der war das nicht, da hätte er ja geflogen sein müssen. Kam das Licht etwas aus dem Haus? Hatte Overbeck etwas gehört und wollte nach dem Rechten schauen? Oder machte der Einbrecher gerade seinen Abgang?

Nichts davon. Der Schatten des Hauses hing immer noch schwarz und lichtfleckenlos über ihm. Das Licht musste also von hinten gekommen sein, vom Gartentörchen her. Etwa Jannik Bartels? Wie blöd war der denn? Nein, falsch, korrigierte sich Lüppo Buss, das Törchen war zu nah, die Lichtquelle musste weiter entfernt gewesen sein. Irgendwo in den angrenzenden Dünen. Angestrengt spähte er in die Finsternis.

Da! Da war es wieder. Ein kurzes Aufleuchten, kaum länger als ein Blitz. Als wollte sich jemand orientieren, aber selbst möglichst nicht gesehen werden. Ein Heimlichtuer, einer wie er selbst. Hatte der Einbrecher das Haus doch schon wieder verlassen und den Rückmarsch angetreten?

Wieder leuchtete das Licht auf, ein klein wenig länger als zuvor. Am selben Platz. Diesmal ging es mit einem Funkeln einher. Da hantierte jemand mit etwas Dünnem, Blankem. Ein Einbrecher schied aus, der hätte den Teufel getan, dort herumzutrödeln, der wäre längst weg gewesen.

Der Inselpolizist griff zum Handy. Stahnke war sofort dran. »Aufpassen«, raunte Lüppo Buss. »Da hockt jemand in den Dünen, vielleicht hundert Meter entfernt, ist aber schwer zu schätzen im Dunklen. Hantiert mit Licht und irgendwelchen Gerätschaften. Waffe nicht ausgeschlossen. Peilung etwa rechter Winkel zu Hintertür und Gartentörchen.« Mann, das hörte sich ja richtig maritim an, fand der Oberkommissar.

»Stellung halten«, kam es von Stahnke zurück. »Wir werden sondieren. Sind schon ziemlich nah, ich glaube, wir haben das Licht eben auch schon gesehen. Waren uns nur nicht sicher. Bleib auf Empfang.«

Aus dem Handy drangen heftiges Knistern und Rascheln. Auch Schritte waren zu hören. Offenbar drangen die drei weiter vor. Der Inselpolizist starrte weiterhin ins Dunkle. Da, erneut ein Aufleuchten. Auch das Funkeln war wieder zu sehen. Und noch etwas anderes: Eine dunkle Masse, die dort am Boden lag.

»Eine Antenne!« Stahnkes Stimme war wieder da,

keuchend und ungewöhnlich erregt. »Hab's klar erkannt. Eine Teleskopantenne. Und das Ding, zu dem diese Antenne gehört, muss eine Funkfernsteuerung sein.«

»Bist du sicher?«

»Könnte natürlich auch ein Kofferradio sein«, knurrte Stahnke zurück. »Klar bin ich sicher, Blödmann! Das ist er. Der Attentäter. Will hier eine Bombe hochgehen lassen, per Funk, genau wie im Restaurant. Bloß größer diesmal, schätze ich mal.«

»Du meinst … das Haus?« Erschrocken drehte Lüppo Buss sich um. Der riesige schwarze Schatten schien auf ihn zu stürzen und ihn unter sich zu zermalmen. Unwillkürlich trat er einen Schritt zurück; fast hätte er auf der obersten Treppenstufe das Gleichgewicht verloren. Der Fluchtimpuls war mächtig.

»Pass auf«, hörte er Stahnkes kratzige Stimme im Handy. »Du musst da jetzt rein. Wenn Overbeck in dem Haus ist, dann schwebt er in höchster Lebensgefahr. Ob der Attentäter ihn umbringen will oder ob er davon ausgeht, dass das Haus leer ist, spielt jetzt keine Rolle. Such den Mann, hol ihn da raus, sonst ist er tot. Wir nehmen uns den Attentäter vor. Noch scheint er bei den Vorbereitungen zu sein. Wenn wir uns alle beeilen, haben wir eine Chance.«

Da rein? Ins Dünenschlösschen, das sich plötzlich in eine Todesfalle verwandelt hatte? Der Inselpolizist schluckte trocken. »Ist gut«, krächzte er dennoch. Es gab kein Vertun. Er aktivierte die Tastensperre und steckte sein Handy eingeschaltet in die Hosentasche. Dann betrat er den Hausflur.

Wohin jetzt? Hier drinnen war es stockdunkel. Lüppo Buss drückte die Tür hinter sich zu, traute sich aber dennoch nicht, die Taschenlampe einzuschalten. Die Eingangstür hatte ein Fenster, der Attentäter würde sofort aufmerksam werden. Vielleicht würde ihn die Erkenntnis, dass sich jemand in dem Haus aufhielt, von seinem

Vorhaben abbringen. Vielleicht aber auch nicht. Der Inselpolizist war nicht bereit, dieses Risiko einzugehen.

In diesem Augenblick peitschte draußen ein Schuss.

Stahnke, war Lüppo Buss' erster Gedanke. Er geht bis zum Äußersten. Aber erneut musste er sich korrigieren. Das war unmöglich Stahnke gewesen – es sei denn, er hätte sich irgendwie ein Gewehr beschafft. Der Schuss war eindeutig aus einer Langwaffe gekommen, und zwar aus einer großkalibrigen.

Was tun? Der Inselpolizist schwankte im wahrsten Sinne des Wortes. Die Entscheidung aber wurde ihm abgenommen. Oben tapsten bloße Füße über hölzerne Dielen, eine Tür ging. Als das Flurlicht aufleuchtete, hatte sich Lüppo Buss schon die linke Hand über die Augen gehalten, um nach seinem langen Aufenthalt im Dunkeln nicht allzu sehr geblendet zu werden. Mit der rechten steckte er die Maglite weg. Und zog seine Pistole.

Als Thomas Overbeck die Treppe heruntergestolpert kam, konnte sich der Inselpolizist das Lachen kaum verkneifen. Die Haare verstrubbelt, die Augen verquollen, das Gesicht stoppelig, nur in Unterhosen und ohne Schuhe machte der junge Mann keinen sehr gefährlichen Eindruck. Trotzdem dachte Lüppo Buss nicht daran, die Waffe herunterzunehmen. »Los, Hände hinter den Kopf und herkommen.« Ohne auf Overbecks gestammelten Protest zu achten, dirigierte er ihn zur Tür.

Draußen knallte er erneut. Und gleich noch zweimal hinterher. Ein Gewehrschuss, zwei Pistolenschüsse, registrierte Lüppo Buss. Da ist ein Feuergefecht im Gange.

»Los, raus jetzt!«, herrschte er Overbeck an, während er das Flurlicht ausknipste. Als von hinten angestrahlte Zielscheibe wollte er nicht gerne aus der Tür treten. Thomas Oberbeck zitterte am ganzen Leib. Anscheinend hatte er tief und fest geschlafen und war nach dem unsanften Wecken entsprechend geschockt. Fast wäre er die dunkle Außentreppe heruntergepurzelt; der Inselpolizist konnte ihn gerade noch am Arm festhalten. Unten schubste er ihn unsanft vor sich her, bis sie den Zaun erreicht hatten. Dort hockte immer noch Jannik Bartels. »Was ist hier los?«, fragte Lüppo Buss. »Konntest du etwas erkennen?«

»Wenig«, zischte der kleine Koch. Er war erstaunlich ruhig, machte einen geradezu abenteuerlustigen Eindruck. »Beim ersten Schuss konnte ich Mündungsfeuer erkennen, bei den weiteren aber nicht. Kam von da links.« Er deutete die Richtung mit einem Kopfnicken an.

»Links?« Das war nicht die Richtung, in der er das Licht gesehen hatte. »Bist du sicher?«

»Absolut.«

»Hast du sonst noch etwas gehört? Geschosseinschlag, pfeifender Querschläger?«

»Nichts in der Art.« Inzwischen hatte Jannik Bartels erkannt, wen der Inselpolizist da mitgebracht hatte. »Schau an, der Thomas! Na, brauchst du wieder einen Schlafplatz? Dann leg dich mal hin.«

Lüppo Buss zückte seine Handschellen. »Er muss gefesselt und weiter vom Haus weggebracht werden. Am besten in Richtung Strand. Kriegst du das hin?«

»Worauf du dich verlassen kannst!«, erwiderte der kleine Koch voller Überzeugung.

Lüppo Buss wartete, bis die Handschellen eingerastet waren und die beiden jungen Männer sich in Bewegung gesetzt hatten. Dann ging er geduckt in Richtung Dünen. Wo mochte der Attentäter sein, wo Stahnke, wo Insa Ukena? Und wer war dieser geheimnisvolle Schütze?

Im nächsten Moment wusste der Inselpolizist zumindest, *wo* dieser Schütze war. Nämlich immer noch links von ihm. Die großkalibrige Waffe krachte erneut, und Lüppo Buss glaubte, den Luftzug des über ihn hinweg sausenden Geschosses zu spüren. Bestimmt Einbildung, dachte er und war dennoch froh, sich geduckt zu haben.

Keine Einbildung war auf jeden Fall der unterdrückte Schrei zu seiner Rechten. Lüppo Buss stand da wie gelähmt, eingekapselt von Dunkelheit. Jemand war getroffen, und der Inselpolizist konnte unmöglich sagen, wer. Insa Ukena oder Sina wohl nicht, denn eine Frauenstimme war das sicher nicht gewesen. Also Stahnke? Um Gottes Willen!

»Stehenbleiben!«, schnauzte es links von ihm. »Waffe weg! Auf den Boden das Ding!« Eindeutig Stahnkes Stimme. Den hatte es also nicht erwischt. Lüppo Buss' Erleichterung dauerte aber nur den Bruchteil einer Sekunde, dann krachte es ein weiteres Mal. So laut, dass der Lärm den fast gleichzeitigen Knall einer Pistole beinahe verschluckte. Die Riesenflinte von gerade war das aber nicht gewesen. Verdammt, wie viele Leute schossen denn hier um sich?

Jetzt stöhnte auch links jemand. Der Inselpolizist hatte bereits zwei Sätze in diese Richtung gemacht, als eine Stimme knurrte: »So, Freundchen, warum nicht gleich. Muss ich dir denn erst die Hose durchlöchern, ehe du parierst?« Eindeutig Stahnkes Organ.

»Puh«, machte Lüppo Buss. Er bremste ab, sprintete wieder in die Gegenrichtung. Purer Slapstick, dachte er. Bloß gut, das mich jetzt keiner sehen kann. Aber Mist, dass ich selber nichts sehe. Von wo kam denn jetzt dieser erste Schrei?

Da war der Lampenschein wieder. Diesmal dauerhaft. Ganz deutlich waren eine Funkfernsteuerung und die funkelnde Antenne zu erkennen. Der Inselpolizist hielt darauf zu, ganz vorsichtig, langsam und geduckt, obwohl, wie er sich verspätet klar machte, von dort ja überhaupt kein Schuss gekommen war. Jetzt war er bis auf wenige Meter heran. Eine Hand tauchte im Lichtkegel der Taschenlampe auf, eine kräftige Hand voller glitzernder, roter Flecken. Sie machte sich an Tasten und Schiebern zu schaffen. Dann drückte sie einen Knopf.

Der Sand unter Lüppo Buss' Füßen tat einen Ruck. Im selben Moment wurde es taghell. Plötzlich war alles zu erkennen, in schmerzhafter, greller Deutlichkeit. Keno Gautier, wie er da am Fuß der Düne hockte, den rechten Arm blutüberströmt, die Taschenlampe in der Linken, die Fernsteuerung auf den Knien. Nicht weit von ihm eine menschliche Gestalt, die am Boden lag, die Hände gefesselt, eine Windjacke über dem Kopf. Wenige Meter davon entfernt Insa Ukena, geduckt, Waffe in Vorhalte, Mündung leicht nach unten gerichtet – ein weibliches Spiegelbild seiner selbst. Hyperrealistisch, dachte Lüppo Buss.

Dann schlug ihn eine mächtige Faust zu Boden, und irgendein Riesentrommler hämmerte auf eine gigantische Pauke ein. Auf dem Boden liegend fand er sich wieder, die Ohren dröhnend, den Mund voller Sand, aber bei vollem Bewusstsein. So verpasste er den Anblick nicht, der, wie er sich eingestand, zu den schönsten gehörte, die ihm jemals zuteil geworden waren. Entfernt erinnerte er an den Vorspann von Disney-Filmen, an das Märchenschloss mit Feuerwerk und Sternengeglitzer. Nur, dass hier das Dünenschloss selbst die Quelle des Feuerwerks, der leuchtenden Sterne und des Geglitzers war. Quelle und Bestandteil. Und dass es in diesem erhebenden Schauspiel unterging.

Sekunden später war aus der Märchenshow ein schnödes Großfeuer geworden. Die unnatürliche Helle wich einer flackernden, aber immer noch ausreichenden Beleuchtung der umgebenden Szenerie. Auch Insa Ukena war kurzzeitig zu Boden gegangen, aber schon vor ihrem Kollegen wieder auf die Füße gekommen und hatte den Attentäter ins Visier genommen. Keno Gautier machte keine Anstalten zu fliehen, sondern hielt eine Hand erhoben. Die linke. Sein rechter Arm war offensichtlich außer Gefecht gesetzt.

Lüppo Buss eilte auf die liegende Gestalt zu, riss ihr die Jacke vom Kopf. Es war Marian Godehau. Der Presseheini! Der Inselpolizist spürte die Abneigung wieder in sich aufwallen, noch stärker aber die Sorge, der Mann könnte tot sein. Eine unbegründete Sorge, wie sich gleich darauf herausstellte, denn der Journalist begann sich zu bewegen und die Augen zu rollen. Dass er stumm blieb, lag an dem Klebestreifen, der ihm den Mund verschloss, von Wange zu Wange quer über Bart und Schnurrbart. Eine Sekunde lang spielte der Inselpolizist mit dem Gedanken, den Knebel kleben zu lassen. Von wegen »keine Sympathiefigur«! Aber dann bückte er sich doch, griff nach einer Ecke des Klebestreifens und zog herzhaft.

»Au!«, brüllte Marian Godehau.

»Gern geschehen«, erwiderte Lüppo Buss genüsslich.

Das Dünenschlösschen brannte jetzt in seiner gesamten Ausdehnung. Eine dicke, dunkle Rauchsäule stieg auf, von unten her rot und weißgelb angestrahlt – ein gespenstischer Anblick. Licht- und Schattenflecken huschten im Rhythmus der abwechselnd lodernden und flackernden Flammen über die benachbarten Dünen. Es blieb hell genug, um sich zu orientieren. Weit entfernt war eine Sirene zu hören; offenbar war man auch im Ort auf den Brand aufmerksam geworden.

Stahnke näherte sich, seine Dienstwaffe in der rechten Hand. Mit der linken stützte er einen Mann, der sich nur mit Mühe auf den Beinen halten konnte. Es war Eduard Thormählen. In Höhe der rechten Wade war sein Hosenbein nass von Blut. Entweder hatte Stahnke trotz der Dunkelheit göttlich gezielt, dachte der Inselpolizist, oder aber er hatte schlicht auf das Mündungsfeuer des anderen gehalten und einfach Glück gehabt. Er tippte auf das Letztere.

Auch Jannik Bartels tauchte auf, den halbnackten Thomas Overbeck in Handschellen vor sich hertreibend. Beide sahen unverletzt aus.

»Dann hätten wir unsere Sammlung ja komplett«, sagte der Hauptkommissar laut, um das Prasseln des Feuers zu übertönen. »Keno Gautier, den Insel-Attentäter,

Erpresser von Thormählen und Mörder von Waldemar Wallmann. Verhinderter Rächer der Opfer dieses Herrn hier, Eduard Thormählen, der als Bauspekulant über Leichen geht. Auf frischer Tat ertappt beim Versuch der Selbstjustiz aus egoistischen Gründen. Und Thomas Overbeck, organisierter Bootsdieb und Beteiligter an allerhand anderen illegalen Taten.«

»Ich habe niemanden umgebracht«, rief Keno Gautier.

»Dass ich auf diesen Kerl hier geschossen haben soll, müssen Sie mir erstmal nachweisen«, schnauzte Thormählen.

Thomas Overbeck sagte nichts.

Eduard Thormählen hatte sich in den Sand sinken lassen, schaffte es aber, auch in dieser Position herablassend zu wirken. »Der Schuss mit dem Peacemaker-Revolver, ja, das war ich. Als Sie im Dunkeln auf mich losgingen, haben Sie mich erschreckt. Da habe ich einen Warnschuss abgegeben, mehr nicht.« Er verschränkte die Arme. »Was hier brennt, ist übrigens das Haus meiner Frau. Ich verlange, als Geschädigter behandelt zu werden. Vielleicht ruft mal jemand einen Arzt – ich blute! Und was ist mit der Feuerwehr?«

»Kommt«, sagte Insa Ukena ganz ruhig. »Kommt alles. Ich habe angerufen, sie sind unterwegs.« Sie schaute sich suchend um: »Wo ist denn Sina Gersema?«

»Da kommt sie, glaube ich«, antwortete Lüppo Buss, der eine kleine Gestalt bemerkt hatte, die sich durch die Dünen näherte. Aber es war nicht Sina Gersema, es war Alina Thormählen. Sie trug ein Gewehr, ein großes, klobiges Ding. Auch in der anderen Hand hielt sie etwas. Unwillkürlich nahm der Inselpolizist seine Pistole wieder hoch – und gleich wieder herunter, denn von der Seite her rannte ihm Marian Godehau, inzwischen seiner Handfesseln ledig, in die Schusslinie. Mit ausgebreiteten Armen. Alina Thormählen ließ das Gewehr und das andere Ding in den Sand fallen und stürzte dem Journalisten entgegen.

»Ich glaube, Sie sehen da etwas falsch«, sagte Jannik Bartels zu Stahnke, während sich Marian Godehau und Alina Thormählen in den Armen lagen. »Überlegen Sie mal: Mein falscher Freund Thomas Overbeck hier ist derjenige, der auf Bestellung Boote klaut. Zum Beispiel das von Herrn Thormählen, das er mir in Bensersiel gestohlen hat. Oder das Mietboot hier im Yachthafen. Beide Boote wurden sofort von hier abtransportiert, Richtung östliches Ausland, wie wir inzwischen wissen. Das Gleiche trifft auf das Boot von diesem Wallmann zu, da bin ich mir sicher. Es war doch genauso spurlos verschwunden wie die beiden anderen auch. Und jetzt, da die Bande dingfest gemacht worden ist, taucht es vielleicht ebenso wieder auf wie das geklaute Mietboot. Overbeck muss also der Mörder von Waldemar Wallmann sein. Er war zur Tatzeit am Tatort. Er stand wegen seiner Geldprobleme unter starkem Druck. Und er hatte das passende Messer.«

»Stimmt«, warf Insa Ukena ein. »Jedenfalls nach einem ersten flüchtigen Abgleich. Ich habe das Messer digital fotografiert und das Bild per E-Mail ans LKA geschickt. Typ und Maße der der Klinge stimmen. Die genaue Untersuchung folgt natürlich noch. Wenn dabei Blutspuren vom Opfer an der Waffe gefunden werden, ist die Sache klar.«

Alles schaute auf Thomas Overbeck. Der sagte immer noch kein Wort, hockte im Sand wie ein Häuflein Unglück, den Blick zu Boden gerichtet. Das personifizierte Schuldbewusstsein, dachte Lüppo Buss.

»Du hast Walli umgebracht? Du?« Die Worte brachen förmlich aus Thormählen heraus. »Du Wahnsinniger! Ausgerechnet Walli! Warum?« Er machte Anstalten, sich zu erheben. Die Beinwunde aber hinderte ihn daran. »Von Walli hättest du alles lernen können, alles! Der hatte es drauf, all das, was du niemals fertiggebracht hast. Und wohl auch nie fertigbringen wirst. Mann Gottes! Ich weiß, du bist Siglindes Sohn, aber sie ist wirklich mit dir geschlagen. Ich habe da etwas mehr Glück gehabt.« Sein Blick suchte Alina, kehrte aber schnell zu Overbeck zurück. »Aber wenn ich einen Sohn gehabt hätte, dann hätte er so sein müssen wie Walli. Und du bringst ihn um! Warum nur?«

Thomas Overbeck hob den Kopf und schaute seinen Stiefvater an. So viel Verzweiflung war in diesem Blick, so viel Hoffnungslosigkeit und Resignation, dass Lüppo Buss leise vor sich hin murmelte: »Vermutlich deshalb.«

Dann begann Overbeck doch zu sprechen. »Er war es doch«, sagte er leise und stockend. »Wallmann! Er hat mich überredet, die Ferienhäuser zu beleihen und ihn das Geld investieren zu lassen. In *deine* Projekte! Und als aus den versprochenen Profiten nichts wurde und die Zinsen alle meine Reserven aufgefressen hatten, da hat er mich hingehalten. So lange, bis ich bis zum Hals in Schulden steckte. Dann hat er mir diese Jobs angeboten, anrüchige, halblegale, illegale. Ich musste sie annehmen, was blieb mir denn übrig? Und während ich strampelte, um nicht ganz unterzugehen, wurde er immer reicher und reicher. Geprahlt hat er damit! Ausgelacht hat er mich! Seine Verachtung hat er mir gezeigt, immer wieder. Genau so wie du.« Jetzt blickte er seinem Stiefvater direkt in die Augen. Einige Sekunden lang. Mehr Kraft schien er nicht zu haben.

»Auch mit seinem neuen Boot hat er geprahlt«, fuhr Overbeck fort. »Da hab ich gedacht, ich zahle es ihm heim. Habe mich bei meinen Abnehmern erkundigt, ob dieser Bootstyp gerade gefragt ist. Mit Kusshand, haben die gesagt und gleich einen Termin festgelegt. Ich habe das Boot leicht geknackt, war überhaupt kein Problem, das entsprechende Dietrich-Set hatten die Abnehmer mir besorgt. Ein kleiner Nackenschlag für Wallmann, habe ich gedacht, er wird's verschmerzen, und mir verschafft die Sache wieder ein bisschen finanzielle Luft. Und ausgerechnet da kommt Wallmann in die Marina, mitten in der Nacht! Vermasselt mir auch diese Sache noch! Da ist die Wut in mir hochgestiegen, das war unglaublich, Welle um Welle. Der ganze Hass ist aus mir herausgebrochen. Ich konnte nicht mehr aufhören.« Wie Hilfe suchend blickte Overbeck in die Runde. Seine Augen hatten sich mit Tränen gefüllt.

Thormählen erwiderte nichts. Er wandte sich ab und spuckte in den Sand.

Lautes Krachen ließ alle herumfahren; das brennende Dünenschlösschen begann von oben her in sich zusammenzubrechen. Gleichzeitig näherten sich aus dem Ort verschiedene Sirenenklänge. Offenbar waren Feuerwehr und Krankenwagen endlich unterwegs.

Thormählen schaute sich fordernd um. »Will nicht vielleicht mal jemand den Krankenwagen zu mir her lotsen? Ich bin schließlich verletzt. Und Sie, Herr Polizeibeamter« – er fixierte Stahnke mit herrschaftsgewohntem Blick – »haben ja hoffentlich nicht vor, meine ärztliche Behandlung durch irgendwelche fadenscheinigen Anschuldigungen zu verzögern! Meinen Warnschuss haben Sie sich mit Ihrer Herumschleicherei selbst zuzuschreiben. Das Gelände hier ist schließlich meins, da genieße ich Hausrecht. Mit den Gewehrschüssen aber habe ich nichts zu tun. Wenn Sie Lauf und Geschoss untersuchen, werden Sie feststellen, dass meine Waffe hier nicht zum Einsatz gekommen ist.« Er zeigte auf Gautier: »Wobei derjenige, der diesen Halunken zur Strecke gebracht hat, ja wohl eher einen Orden verdient als eine Anklage.«

»Den Orden bekommst du wohl nicht, Vater«, ließ sich Alina Thormählen vernehmen. Sie hatte sich inzwischen aus Marians Armen gelöst und war näher herangetreten. Das klobige Gewehr hatte Insa Ukena an sich genommen; das andere Ding jedoch, das Alina in den Sand hatte fallen lassen, hielt sie inzwischen wieder in der Hand. Es war ein Gewehrlauf, nur der Lauf, ohne Schloss und Schaft, und er sah dem von Thormählens Gewehr zum Verwechseln ähnlich. »Keinen Orden, aber die Anklage schon eher. Ich bin dir gefolgt, Vater. Ich weiß jetzt, wo du die nicht identifizierbaren Duplikate aufbewahrst. In dem kleinen Bootshaus da unten. Diesen hier hast du ja zwischen die Sanddornbüsche geworfen, hast wohl gedacht, du kannst ihn später in aller Ruhe holen und verstecken. Aber daraus wird nichts.« Sie nickte zu Gautier hinüber, wandte sich dann Stahnke zu: »Ich möchte eine Aussage machen. Es gibt da ein paar Dinge in unserer Familie, die dringend beendet werden müssen.«

Stahnke nickte.

»Und wer von euch ist nun der *Morspieker*?«, platzte es aus Lüppo Buss heraus. »Ich meine, alles ist jetzt säuberlich zugeordnet, richtig? Der Mord, die Erpressung, die Gründe dafür, die Attentate bis hin zur vergifteten Marmelade. Alles klar so weit. Bis auf die Morspiekerei. Na, wer von euch war's?«

»Ich jedenfalls nicht«, sagte Keno Gautier.

»Wovon reden Sie überhaupt, Sie Hanswurst?«, schnauzte Thormählen.

Thomas Overbeck schüttelte nur stumm den Kopf.

»Hier ist er«, sagte eine Frauenstimme von der Strandseite her. Alle Köpfe fuhren herum.

»Sina!«, rief Stahnke aus. »Da bist du ja endlich! Wo warst du denn so lange?«

»Wo du mich hast stehen lassen, als es hier ernst wurde«, antwortete Sina und streckte ihm die Zunge heraus. »Dieser Lustmolch hier hat das ausnutzen wollen, um sich an mich heranzuschleichen. Als die Schüsse fielen, konnte er nicht schnell genug flitzen. Dann stand plötzlich das Haus in Flammen, und seine Deckung war futsch. Da!« Sie schubste Klaas Reershemius vor sich her. Der alte Mann taumelte, seiner gewohnten Stütze beraubt, denn den Handstock trug Sina. Ans untere Ende des Stockes war ein spitz gefeilter Zimmermannsnagel gebunden, so, dass gerade zwei oder drei Zentimeter überstanden.

»Na also«, sagte Lüppo Buss zufrieden. »Dann hätten wir den ja auch.«

Während er den Alten in Empfang nahm, um ihn weniger an der Flucht als am Umfallen zu hindern, hörte er, wie Sina zu Stahnke sagte: »Er wollte mich wirklich in den Mors pieken! Dabei dachte ich, er wäre auf andere Kaliber scharf. Sag mal, habe ich wirklich einen so dicken Hintern?«

Das Gelächter ging im Heulen der Sirenen unter.

42.

Was für ein Genuss, sich einfach nur räkeln zu können, dachte Marian. Räkeln, strecken, bis es knackt, und sich dann wieder zu entspannen, einfach liegen zu bleiben und zuzuschauen, wie immer mehr Sommersonne durch den offenen Vorhang fällt. Heute ist Samstag, wieder einmal, heute wird keine neue Zeitung produziert. Heute ist Ruhe angesagt.

Er reckte die Schultern, spreizte die Arme – und verharrte mitten in der Bewegung wie erstarrt. Jetzt hatte er sie doch angestoßen. Dabei wollte er sie eigentlich schlafen lassen! Sie murrte kurz, warf sich dann herum, wandte ihm ihren Rücken zu. Noch mal gut gegangen.

»Sina«, sagte er halblaut vor sich hin.

Mit einem Ruck setzte Alina sich auf. »Was hast du gesagt? Hä? Schon wieder vergessen, wie ich heiße?«

Statt einer Antwort fuhr Marian ihr mit der flachen Hand über den nackten Rücken, so, wie sie es gerne hatte. Zuerst entlang der Wirbelsäule, dann über die Seiten, erst links, dann rechts. Sie erschauerte wohlig. »Mein Seitenlinienorgan kennst du immerhin noch«, sagte sie schon deutlich friedlicher und schnurrte leise.

»Keine Sorge.« Marian nahm sich Zeit, achtete sorgfältig darauf, keinen Quadratzentimeter dieser unglaublich feinen, samtweichen Haut, in der man auf Armeslänge keine einzige Pore lokalisieren konnte, auszulassen. Sein eigener Körper reagierte augenblicklich mit schmerzhafter Intensität. Nur Gemach, dachte Marian. Kommt alles. Guter Sex ist keine Sprintveranstaltung.

»Mal im Ernst«, sagte Alina, die Augen geschlossen, »warum sagst du Sinas Namen? Sie ist ja wirklich nett, das muss ich zugeben. Aber ich dachte, sie ist … Geschichte?«

»Das ist sie ja auch«, erwiderte Marian. »Aber ist das nicht eigenartig? Sina, Angelina, Alina. Die drei Frauen, die mir bisher am allermeisten bedeutet haben – beziehungsweise bedeuten, ehe du wieder die Goldwaage rausholst. Ist es nicht komisch, wie ähnlich diese Namen klingen? Als hätte ich mich allein danach entschieden. Merkwürdig, nicht?«

»So, so. Der Herr trifft seine Entscheidung also vollkommen im Alleingang, und die Frauen harren züchtig, bis sie erwählt werden. Ist ja reizend. Oh ja, da ist es gut! Weiter so.« Sie wand sich ein wenig, um seine Hand nach ihren Wünschen zu dirigieren. »Aber hast du dir schon einmal überlegt, dass dies alles vielleicht gar nicht von deinem freien Willen abhängt? Dass da vielleicht ganz andere Mächte am Werk sind?«

»Wovon redest du?« Marians Finger hatten den Schwung von Taille und Hüfte erreicht und erkundeten, wie weit sie gehen konnte, ohne dass es kitzlig wurde. »Himmel und Hölle oder so 'n Zeugs?«

»Kennst du den Film *Welt am Draht*?«, fragte sie zurück. »Darin ist unsere Welt nichts anderes als ein virtuelles Konzept im Computer. Wir leben also gar nicht, sondern werden gelebt. Sind Teil einer Vision, eines Spiels oder eines Buches! Und was wir tun, ist gar nicht auf unserem eigenen Mist gewachsen, sondern das hat sich irgendein Autor für uns ausgedacht. Tja, und wenn dieser Autor nun eben einen ganz bestimmten Geschmack hat oder einfach nur zu wenig Phantasie, dann heißen deine Freundinnen eben alle sehr ähnlich. Na, macht dir diese Vorstellung keine Angst?«

Marian umschlang sie mit beiden Armen und zog sie an sich heran. »Ach weißt du, wenn das Drehbuch stimmt«, flüsterte er ihr aus nächster Nähe ins Ohr, »dann lieben wir eben einfach vom Blatt! Was meinst du, wollen wir den geschätzten Lesern nicht etwas zu gucken geben?«

Sie rieb sich vorfreudig an ihm. »Aber auch nicht zu viel«, sagte sie kichernd. »Zieh mal den Vorhang ein Stückchen zu.«

***

Als er das nächste Mal wach wurde, war es schon halb zehn, und seine Blase scheuchte ihn aus dem Bett. Als er aus dem Bad zurück ins Schlafzimmer kam, stand Alina am Fenster und spähte durch den Vorhangspalt. Er hielt inne, betrachtete sie mit flitterwöchnerischer Begeisterung, weidete sich am Anblick ihrer zierlichen, sportlichen Gestalt, die er so unglaublich erregend fand, umso mehr, als Alina momentan gar keinen Gedanken daran zu verschwenden schien, dass sie auch von hinten nackt war.

»Komm her«, rief sie und wedelte mit dem Arm. »Guck mal!«

Er stellte sich seitlich hinter sie, umarmte sie so unaufdringlich wie möglich und schaute in ihre Blickrichtung. Da war Stahnke, unübersehbar in seiner breitschultrigen Stattlichkeit, auch wenn er um die Hüften herum längst nicht mehr so ausladend schien wie früher. An seinen Lippen hing Sina, und die beiden küssten sich so gründlich und unbekümmert, dass die ersten Touristen bereits ihre Kameras zückten.

»Ist das nicht süß?«, fragte sie grinsend. »Und mutig, ich meine, in ihrem Alter!«

»Du meinst wohl, in *seinem* Alter«, spottete er. Aber es war gutmütiger Spott, gönnerhaft geradezu, wie Marian selbstanalytisch feststellte. Er schaute auf Sinas und Stahnkes Treiben mit einer Überlegenheit herab, die durch seinem Standort im ersten Stock alleine nicht zu erklären war. Keine Frage, er war über den Berg. Er hatte das Kapitel Sina endlich hinter sich.

»Guck mal, wie voll es da unten ist«, sagte Alina, als das Pärchen unten weitergeschlendert war. »Beinahe schon wieder so voll wie vorher. Ich meine, vor …«

»Weiß schon«, kam Marian ihr zuvor. »Gott sei Dank.« Aber er spürte, wie sie sich in seinen Armen versteifte, und beschränkte seine weiteren Zärtlichkeiten auf das sanfte Streicheln ihrer Oberarme. »Kaffee?«, fragte er dann.

Sie nickte, drehte sich weg und verschwand im Bad.

Kein Wunder, dachte Marian, während er die altmodische Espressokanne füllte und auf die Herdplatte stellte. Ihr Vater sitzt im Knast, und das nicht zuletzt, weil sie gegen ihn ausgesagt hat. Und noch weiter aussagen wird. Nicht zu vergessen ihr Stiefbruder, der sich auf eine Anklage irgendwo zwischen Mord und Totschlag im Affekt einstellen musste. Allzu viel Strafnachlass würde ihm seine Kooperationsbereitschaft, die bereits zur Festnahme weiterer Mitglieder der Bootsschieberbande geführt hatte, nicht eintragen. Selber gestellt hatte er sich schließlich nicht, und darauf kam es an. Nein, Thomas Overbeck würde den Knast so schnell nicht wieder verlassen.

Anders Eduard Thormählen. Eine halbe Armee hochbezahlter Rechtsanwälte war emsig damit beschäftigt, alles, was ihm nachzuweisen war, kleinzureden oder auf den toten Waldemar Wallmann zu schieben. Ein Wunder, dass Thormählen überhaupt noch in Untersuchungshaft saß! Wäre da nicht dieser Schuss auf Stahnke gewesen, er wäre wohl längst wieder draußen, mutmaßte Marian, aller Verdunklungsgefahr zum Trotz. Aber auf einen Polizisten zu schießen, nein, das ließ man auch dem angesehensten Weißkragen nicht so einfach durchgehen. Es sei denn, ein begnadeter Advokat schaffte es, den Richter von der gewagten These mit dem Warnschuss im Dunkeln zu überzeugen. Falls das eintrat, würde man gut auf Stahnke aufpassen müssen, überlegte Marian. Aber vielleicht sah er das ja auch alles zu schwarz. Vielleicht war ja alles ganz anders, und es gab doch noch Richter in Deutschland, für die Recht und Gerechtigkeit nicht zwei verschiedene Dinge waren.

Alina schlenderte in die Küche, barfuß und im Bademantel, und lächelte ihm tapfer zu. Der Espresso war fertig und duftete intensiv. Marian füllte zwei winzige Tässchen mit der dampfenden, dicken, dunklen Brühe und schob Alina fürsorglich den Zucker hin. Er nahm sich vor, ganz besonders rücksichtsvoll zu ihr zu sein.

»Schade, dass ich heute so viele Termine machen muss«, sagte er und pustete über seinen Espresso. »Sonst könnten wir den ganzen Tag über am Strand faulenzen. Blöd, dass Keno Gautier nicht mehr da ist.« Platsch – voll hinein ins Fettnäpfchen! Besorgt wartete er auf Alinas Reaktion.

Alina aber nickte zustimmend. »Stimmt. So einen Mitarbeiter findest du so schnell nicht wieder. Umtriebig, vielseitig, zuverlässig – schon ein toller Typ.«

Marian fiel fast der Unterkiefer weg. »Ist dir der Kaffee nicht stark genug?«, fragte er dann. »Oder warum sonderst du hier derart schwarzen Sarkasmus ab? Immerhin hat der Typ mit seinen Aktionen deine ganze Familie aufgemischt!«

Alina lächelte ein nadelspitzes Lächeln. »Da war schon mehr als ein Fünkchen Wahrheit dran«, erwiderte sie. »Klar, wenn sich demnächst herausstellen sollte, dass ich von meinem Vater keinen Cent an Erbe zu erwarten habe, weil alles zu Unrecht erworben wurde und deswegen vom Staat eingesackt wird, dann hat Keno Gautier mit

Sicherheit seinen Anteil daran. Auch daran, dass meine Stiefmutter kurz vor dem Nervenzusammenbruch steht. Aber Gautier hat mich auch dazu gebracht, mich endgültig zu entscheiden. Und das habe ich getan. Sicher, es fehlte nicht mehr viel zu dieser Entscheidung, aber den letzten Anstoß verdanke ich ihm.«

»Wozu? Dass du jetzt ein nützliches Mitglied der menschlichen Gemeinschaft wirst statt eine raffgierige Heuschrecke?«

»Nenn es, wie du möchtest.« Ihr Lächeln wurde wärmer. »Aber ich muss schon sagen, ich zolle einem Keno Gautier meine Hochachtung. Sein Weg mag ja ein Irrweg gewesen sein, aber seine Motive waren lauter. Er ist ein richtiger Robin Hood des Globalisierungszeitalters. Leider kein siegreicher.«

Marian zögerte. Trank ein Schlückchen, schüttelte den Kopf. »Ich tu's ja nicht gerne«, sagte er dann, »und wer weiß, welche Chancen für den heutigen Abend ich mir damit verbaue. Aber ich muss dir widersprechen. Mag sein, dass Keno Gautier sich wie Robin Hood gefühlt hat, als er den widerborstigen Mietern auf Sylt gegen Thormählens Handlanger half – und ihnen die Gasflaschen besorgte, die ihnen später um die Ohren geflogen sind. Aber spätestens, seit er hier auf Langeoog aufgetaucht ist mit dem erklärten Ziel, deinen Vater zu erpressen, war er keiner mehr.«

»Wieso? Klar, er hat Gewalt angewandt, aber nur gegen Sachen. Dass er dabei auch Menschen gefährdet hat, okay, das war sicher nicht gut. Aber kennst du die Robin-Hood-Filme? Wie viele Leute da umgelegt werden, und trotzdem ist Robin am Ende der strahlende Held?«

Sie lachten laut; Marian aber wurde schnell wieder ernst. »Ich hab's ja auch geglaubt«, sagte er, »selbst, als ich gefesselt auf dem Boden meiner eigenen Redaktion lag, gefesselt von meinem eigenen freien Mitarbeiter! Da habe ich es sogar unbedingt glauben wollen, denn ich war ihm ausgeliefert und hoffte, dass ein Robin Hood mich nicht umbringen würde ... Damals dachte ich noch, Gautier wäre der Mörder von Wallmann, und ich wäre vielleicht dieser eine Tote mehr oder weniger, auf den es nicht ankommt ... da wusste ich ja noch nicht, dass Keno ganz andere Pläne hatte. Dass er sich dank seiner Drucker-Fähigkeiten längst falsche Papiere angefertigt hatte, um mit dem erpressten Geld spurlos untertauchen zu können. Als Gautier dann sagte, ich hätte nichts verstanden, bezog sich das natürlich in erster Linie auf meinen Mordverdacht. Aber nicht nur. Ich war davon ausgegangen, er wäre auf einem Rachefeldzug, genau wie du. Ich hatte ihm das auch gesagt. Aber das stimmte nicht. Keno Gautier wollte Geld, erinnerst du dich? Drei Millionen Euro. Für die Entrechteten in diesem Lande reicht das nicht. Nicht annähernd. Für ihn aber schon. Für ein neues Leben mit neuer Identität.«

»Nur das Geld? Du meinst, es ging ihm nur um das Geld?« Alina sah enttäuscht aus. »Ich dachte, nachdem Vater ihm so übel mitgespielt hat ... und nicht nur Vater alleine. Banken, Unternehmer, Leiharbeitsvermittler. Meinst du nicht, dass Keno Gautier etwas Größeres im Sinn hatte als nur Geld?«

Marian hob die Schulter. »In der Lage, in der Keno sich befand, nämlich immer wieder ausgenutzt, geheuert und gefeuert, trotz vieler Qualitäten an den unteren Rand der Gesellschaft gedrängt zu werden – in dieser Lage ist eine gesicherte Existenz eine ziemlich große Sache. Glaube ich.« Er trank sein Tässchen leer und pulte sich mit der Zungenspitze die Kaffeesatzkörnchen aus dem Gebiss. »Außerdem, wenn du im großen Rahmen etwas verändern willst, richtest du mit einen paar Bomben alleine nichts aus. Das haben andere schon versucht.«

»Hört, hört! Der rote Großvater erzählt.« Alina lachte wieder fröhlich, und das war Marian wichtiger als alles andere.

Als sie ihre leere Tasse auf die Spüle stellte, musste sie sich in Marians kleiner Küche dicht an ihm vorbeidrängen, und er konnte seine Hände nicht im Zaum halten. Dabei fiel ihm etwas ein. »Sag mal, was wird denn jetzt aus diesem *Morspieker*? Ich meine, aus dem alten Reershemius? Eigentlich gehört der doch in die Klapse, pervers und gemeingefährlich, wie der ist. Stell dir vor, er hätte sich an diesem herrlichen Morsmodell hier vergriffen?«

»Warum nicht gleich Modellmors?« Sie schlug ihm spielerisch auf die Finger. »Dazu hätte er mich erstmal kriegen müssen. Ich bin nämlich schneller auf den Beinen als die Morsmodelle, die der alte Sack so bevorzugt.«

»Glaubst du eigentlich, dass Reershemius schon vor dem letzten Weltkrieg aktiv war?«, fragte Marian. »Drüben auf dem Festland, in Norden? Damals soll es doch solche Vorfälle auch schon gegeben haben.«

»Stimmt«, sagte Alina. »Aber so alt ist Reershemius nun auch wieder nicht, dass er dafür als Täter in Frage käme. Einen Zusammenhang jedoch gibt es. Lüppo Buss hat mir erzählt, dass Reershemius irgendwann einmal Berichte über diesen historischen *Morspieker* in die Finger bekommen hat. Die haben ihn wohl inspiriert. Der Gedanke hat ihn nicht mehr losgelassen. Die ewigen Hetzereien der *Viererbande* vom Bahnhof gegen die Touristen taten ein Übriges. Irgendwann war er so weit und hat seine Gelüste in die Tat umgesetzt.«

»Na, aber hör mal«, widersprach Marian, »das ist ja alles ganz nett, was du da in Erfahrung gebracht hast. Aber das reicht doch nicht als Motiv für solche frauenverachtenden Aktionen! Da muss doch noch etwas anderes dahinterstecken.«

»Tut es auch.« Alina grinste spitzbübisch. »Reershemius hat es Lüppo gebeichtet, und der konnte es nicht für sich behalten. Der alte Klaas steht zu Hause unter dem Pantoffel. Aber so richtig! Dadurch hat sich in ihm so ein Minderwertigkeitsgefühl angestaut, dass er irgendwann ein Ventil dafür brauchte. Tja, und das war dann eben die Morspiekerei.«

»Ehrlich?« Marian guckte zweifelnd. »Nach einer psychiatrischen Diagnose klingt das aber nicht.«

»Aber nach dem wahren Leben«, trumpfte Alina auf. »Jedenfalls hat Lüppo Buss entschieden, Klaas Reershemius nicht anzuzeigen, sondern das Problem ganz unter der Hand zu lösen.«

»Na, der ist ja mutig«, musste Marian zugeben. »Respekt! Dabei war Hauptkommissar Dedo de Beer doch sowieso schon drauf und dran, ihm wegen seiner vielen Eigenmächtigkeiten den Kopf abzureißen! Will er den denn endgültig zur Weißglut treiben? Stell dir nur mal vor, der *Morspieker* schlägt wieder zu!«

»Erstens«, sagte Alina, »konnte de Beer außer Motzen gar nicht viel machen. Schließlich haben Stahnke und Lüppo Buss eingewilligt, ihn die Aufklärung der Langeooger Attentate nach außen hin als eigene Leistung verkaufen zu lassen. Andernfalls wäre de Beer bis auf die Knochen blamiert gewesen. Wenn man bedenkt, was für falsche Erfolgsmeldungen er vorher schon verkündet hatte, kommt er so mit einem blauen Auge davon – aber nur unter der Bedingung, dass er Lüppo und Insa Ukena keine Schwierigkeiten macht! Und zweitens wird der *Morspieker* ab sofort keine weiteren Überfälle mehr begehen.«

»Ach. Was macht dich da so sicher?«

»Ein feierliches Versprechen.«

»Na hör mal!« Marian schüttelte den Kopf. »Auf das Versprechen eines so kranken Typen wie Klaas Reershemius würde ich mich bestimmt nicht verlassen.«

»Lüppo und Insa auch nicht«, stimmte Alina zu.

»Also?«

»Also«, verkündete Alina feierlich, »hat sich Lüppo Buss dieses Versprechen lieber von Gertrud Reershemius geben lassen. Und glaub mir, darauf kannst du dich verlassen!«

Marian prustete los.

»Außerdem«, ergänzte Alina, »hat Lüppo für den Fall der Fälle ja noch ein todsicheres Druckmittel in der Hand.«

»Nämlich?« Marian schaute gespannt.

»Er hat ihr gesagt: ›Tante Trudi, wenn Klaas sich nicht an dein Versprechen hält und noch einmal Morspieken geht, dann erzähle ich hier allen Leuten davon!‹ Damit war die Sache klar, denn das würde Gertrud Reershemius niemals riskieren.«

Es war ein wirklich schöner, sonniger und herrlicher warmer Tag auf Langeoog, und die vielen Touristen, die durch den Ort flanierten, fanden, dass das laute Gelächter, das aus einem offenen Fenster im ersten Stock eines Backsteinhauses drang, hervorragend zu solch einem angenehmen Tag passte.

Ende

Peter Gerdes

1955 in Emden geboren, lebt in Leer (Ostfriesland). Verheiratet, drei erwachsene Töchter. Studium der Germanistik und Anglistik, anschließend als Journalist und Lehrer tätig. Literarische Anfänge Ende der 70er Jahre; schreibt seit 1995 vor allem Kriminalliteratur und betätigt sich als Herausgeber. Mitglied im *Verband deutscher Schriftsteller (VS)* und im *Syndikat*, Leiter der *Ost-Friesischen Krimitage*. Liebt Fahrräder, Motorräder und fast alles, was schwimmt.

Kriminalromane: *Ein anderes Blatt* (1997); *Thors Hammer* (1997, beide NA als Doppelband 2008); *Ebbe und Blut* (1999, TB 2006, NA 2007, 2010); *Der Etappenmörder* (2001); TB unter dem Titel *Der Tod läuft mit* (2007);. *Fürchte die Dunkelheit* (2004); *Solo für Sopran* (2005, NA und Hörbuch 2006) *Der siebte Schlüssel* (2007, NA 2010); *Sand und Asche* (2009).

Kriminalgeschichten: *Stahnke und der Spökenkieker* (2003). Anthologieherausgaben (Auswahl): *Mordkompott – Kriminelles zwischen Klütje und Kluntje* (2000); *Mordlichter* (2001); *Flossen höher! Kriminelles zwischen Fisch und Pfanne* (2004, mit Heike Gerdes). *Fiese Friesen – Kriminelles zwischen Deich und Moor* (2005); *Inselkrimis – Kriminelles zwischen Strand und Düne* (2006). *Unsere Ems – Ein Lesebuch vom Leben am und im Fluss*; *Friesisches Mordkompott – Herber Nachschlag* (2009); *Friesisches Mordkompott – Süßer Nachschlag* (2010; alle mit Heike Gerdes).

Peter Gerdes
Ein anderes Blatt
Thors Hammer
2 Oldenburgkrimis
978-3-939689-11-9
352 S.; 9,90 Euro

Peter Gerdes
Ebbe und Blut
Ostfrieslandkrimi
978-3-934927-56-8
224 Seiten
8,90 Euro

Peter Gerdes
Fürchte die
Dunkelheit
Kriminalroman
978-3-934927-60-5
272 S.; 11,90 Euro

Peter Gerdes
Sand und Asche
Inselkrimi
Langeoog
978-3-939689-11-9
320 S.; 9,90 Euro

Peter Gerdes
Solo für Sopran
Inselkrimi
Langeoog
978-3-934927-63-6
208 S.; 9,90 Euro

Peter Gerdes
Der siebte
Schlüssel
Ostfrieslandkrimi
978-3-934927-99-5
320 S.; 9,90 Euro